WINDBRUCH

Elke Bergsma

Windbruch – Ostfrieslandkrimi

Büttner und Hasenkrug ermitteln 1

Elke Bergsma

Zum Buch: Maarten Sieverts, gebürtiger Ostfriese, lebt seit geraumer Zeit in New York und ist Inhaber eines weltweit operierenden Ingenieurbüros. Als er eines Tages eine Einladung zur Hochzeit seiner Schwester nach Ostfriesland bekommt, fliegt er erstmals seit mehreren Jahren wieder in seine Heimat. Dort angekommen, läuft ihm sein alter Schulfreund Hauke über den Weg, der, schwer erkrankt, den Verdacht äußert, an seinem Arbeitsplatz vergiftet worden zu sein. Als Hauke bald darauf stirbt, beschließt Maarten, dem von seinem Freund geäußerten Verdacht auf den Grund zu gehen und schließt ein Joint-Venture mit dessen Firma, der N. S. Offshore-Power Ltd. in Emden, die in der Nordsee Offshore-Windkraft-Projekte realisiert. Schon sehr bald wird Maarten klar, dass es bei dieser Firma zu sicherheitsrelevanten Manipulationen bei der Planung von Windkraftanlagen kommt, die sein Freund Hauke offensichtlich aufgedeckt hatte und verhindern wollte. Gemeinsam mit Tomke, seiner Freundin aus Kindheitstagen, nimmt er Nachforschungen auf. Es kommt zur großen Katastrophe ...

Zur Autorin: Elke Bergsma, Ostfriesin, Jahrgang 1968, freut sich, dass sie sich aufgrund des großen Erfolgs ihrer Ostfrieslandkrimis ihren Traum, vom Schreiben leben zu können, erfüllen konnte.

In dieser Reihe erschienen auch:
„Das Teekomplott", Ostfrieslandkrimi
„Lustakkorde", Ostfrieslandkrimi
„Tödliche Saat", Ostfrieslandkrimi
„Dat witte Lücht", Ostfrieslandkrimi
„Puppenblut", Ostfrieslandkrimi
„Stumme Tränen", Ostfrieslandkrimi
„Schweigende Schuld", Ostfrieslandkrimi
„Fluchträume", Ostfrieslandkrimi
„Brandwunden", Ostfrieslandkrimi
„Strandboten", Ostfrieslandkrimi
„Maskenmord", Ostfrieslandkrimi
„Eisige Spuren", Ostfrieslandkrimi

Impressum

Cover: Susanne Elsen, www.mohnrot.com
unter Verwendung eines Fotos von © dell / fotolia.com
ISBN-10: 1534893245
ISBN-13: 978-1534893245

Für meinen Onkel
Gerhard Poppinga
- einen wahren Ostfriesen.

Du fehlst!

1

„Herr Doktor Sieverts, als Sie in der Besprechung waren, kam ein Anruf aus Tokio rein. Irgendwas ist da mit der Anlage schief gelaufen. Sie müssten sich mal darum kümmern."

Maarten Sieverts nickte knapp und runzelte verärgert die Stirn. Schon wieder Tokio. Da gab es ständig Probleme. „Am besten fliege ich selbst mal hin und schau mir die Sache an", sagte er zu seiner jungen Assistentin und legte ihr zwei prall gefüllte Aktenordner auf den Schreibtisch. „Wie sieht es terminlich aus?"

„Mitte nächsten Jahres wäre noch was frei oder ansonsten dann im übernächsten Jahr", vermeldete Franziska Bintz sarkastisch und hob abwehrend die Hände. „Und sagen Sie jetzt bloß nicht Das machen Sie schon, Franziska. Ich bin gerade froh, dass ich Ihr Date in Johannesburg für kommenden Monat auf die Reihe bekommen habe."

„Ach, das machen Sie schon, Franziska", sagte Maarten und versuchte ein Lächeln, was aber prompt in einem Gähnen mündete. „Entschuldigung", murmelte er, während er sich die müden Augen rieb und fügte dann hinzu: „Und buchen Sie für sich doch bitte auch einen Platz, ich brauche Sie dort drüben." Damit wandte er sich seinem Büro zu.

„Sie sollten mal Urlaub machen, Herr Doktor Sieverts", rief ihm Franziska hinterher, als er gerade mit einem Verbinden Sie mich bitte mit Tokio hinter seiner

Bürotür verschwand.

„Ja, ja, sicher“, brummte Maarten und zog die Tür hinter sich zu. Urlaub machen. Wie ging das auch noch? Sein Doktorvater hatte mal zu ihm gesagt Wer Urlaub braucht, hat den falschen Job. Kurz darauf war er einem Herzinfarkt erlegen. Damals hatte Maarten sich geschworen, dass er es nie soweit kommen lassen würde. Und jetzt?

Mit einem tiefen Seufzer ließ er sich in seinen Schreibtischstuhl fallen und seinem Blick über die imposante Skyline von Manhatten schweifen. In letzter Zeit hatte er tatsächlich das Gefühl, dass ihm alles über den Kopf wuchs. Erst gestern war er mitten in der Nacht aus Moskau zurückgekehrt, morgen ging es weiter nach Los Angeles, dann nach Buenos Aires. Und jetzt auch noch Tokio. Ein kaum merkliches Grinsen huschte über sein Gesicht, als er an die Reaktion seiner Assistentin dachte. Natürlich würde sie es hinbekommen, dass er in der japanischen Hauptstadt kurzfristig nach dem Rechten sehen konnte. Sie war erst seit einem knappen halben Jahr hier in New York und er hatte sie ganz zufällig bei einem Geschäftstermin getroffen. Ihre frische Art hatte ihm sofort gefallen, genauso wie ihr immer leicht amüsierter Blick, der beständig den Eindruck erweckte, als würde sie das alles hier nicht so ernst nehmen. Sie war nicht wirklich hübsch zu nennen mit ihrer von Sommersprossen übersäten Stupsnase, den etwas zu weit auseinander stehenden Augen und den meistens in alle Richtungen verwirbelten Haaren. Und für seinen Geschmack war sie auch ein wenig zu dünn. Aber sie hatte eindeutig eine Ausstrahlung, die ihn vom ersten Augenblick an fasziniert hatte. Und sie war mit Abstand die beste Assistentin, die er jemals gehabt hatte. Ja, sie war einfach Gold wert, ein absoluter Glücksgriff. Ab und zu klopfte er sich immer noch vor dem Spiegel auf die Schulter, weil er damals so geistesgegenwärtig gewesen war, ihr ohne besonderen Anlass seine Visitenkarte zu überreichen. Und wie es der Zufall wollte, hatte sich seine alte Assistentin wenig später unsterblich in einen Cowboy verliebt und war mit ihm nach Texas gegangen. Maarten wusste bis heute nicht, woher Franziska davon Wind bekommen hatte. Auf jeden Fall hatte sie schon sehr bald mit einem Hier bin ich vor seiner Tür gestanden – und schon am nächsten Tag ihren neuen Job angetreten. Lange hatte er überlegt, an wen ihn Franziska erinnerte. Und dann war es ihm ganz plötzlich, von einem Moment auf den anderen, klar geworden. Mit ihrer Gestik und ihrer Art zu sprechen erinnerte sie ihn an Swaantje, seine kleine Schwester. Auch die war immer ein kleiner Wirbelwind gewesen, und auch sie hatte immer ganz offen das ausgesprochen, was sie dachte. Was nicht immer allen Freude machte, aber das scherte sie nicht. Sie war wie sie war und das war auch gut so, fand sie. Ach ja, die kleine Swaantje …

„Herr Doktor Sieverts, ich habe Tokio am Apparat. Ich stelle durch“, wurde Maarten in seinen Gedanken jäh von Franziskas Stimme unterbrochen. „Und hier ist ein Fax gekommen, wirklich ganz entzückend, muss ich schon sagen.“ Damit legte Franziska auf.

Maarten seufzte. Vorbei war’s mit der Tagträumerei. Er griff nach dem Hörer. „Hello, Mr. Yamamoto, how are you doing today?“

„Franziska, Sie sagten vorhin, es sei ein Fax für mich gekommen?“, fragte Maarten, nachdem er das Gespräch nach Japan beendet hatte und sich einen Kaffee aus dem Sekretariat holte. Früher hatte er sich seinen Kaffee bringen lassen, aber bei Franziska hatte er aus irgendeinem Grund Scheu, sie darum zu bitten. Und da sie es ihm auch nie angeboten hatte, kümmerte er sich eben selbst darum. So blieb er schließlich auch ein wenig in Bewegung.

„Ja, schauen Sie mal. Ist das nicht allerliebst?" Franziska strahlte wie ein Christbaumengel.

Neugierig nahm Maarten das Fax in die Hand, warf einen Blick darauf – und sofort traten ihm Tränen der Rührung in die Augen. Es war eine Kinderzeichnung. Zu sehen waren ein Deich mit einem kleinen Leuchtturm darauf, rundherum irgendwelche Kugeln mit offensichtlich vier Beinen. „Schafe", murmelte er. „Wie bitte?", fragte Franziska, die meinte, nicht richtig verstanden zu haben. „Schafe, auf dem Bild sind Schafe", wiederholte Maarten und wischte sich verschämt eine Träne aus dem Augenwinkel. „Außerdem ist da die See, es ist Ebbe, ein paar Möwen laufen im Watt. Und unten drunter steht: Moin, Maarten. Mama und Papa heiraten am 26. August im Pilsumer Leuchtturm. Du bist herzlich eingeladen. Es ist von meiner kleinen Nichte Jule aus Ostfriesland."

Als Maarten aufblickte, stellte er fest, dass Franziska ihn mit einem unergründlichen Blick ansah. „Ja", sagte er, „ist ja schon gut. Ich weiß, was ich zu tun habe."

2

Wie lange war er nicht mehr in seiner Heimat gewesen? Sechs Jahre oder gar sieben? Maarten wusste es nicht mehr genau. Auf jeden Fall war es lange her, und er hatte auch nur einen Tag und eine Nacht dort verbracht. Es war zur Beerdigung seines Großvaters gewesen, an dem er als Kind sehr gehangen hatte. Die kleine Jule musste jetzt ungefähr sieben Jahre alt sein. Wenn er sich richtig erinnerte, sollte sie gerade in die Krabbelgruppe kommen, als er zum letzten Mal in Ostfriesland gewesen war. Jule war die Tochter seiner älteren Schwester Wiebke. Inzwischen gab es auch noch den kleinen Immo, Jules Bruder, aber den hatte Maarten noch nie gesehen.

Ostfriesland. Maarten schaute nachdenklich auf die Wolken unter sich, die wie riesige Watteknäuel über der Erde schwebten und nur ab und zu mal einen Blick auf den darunter liegenden Atlantik zuließen. Als leitender Ingenieur eines global tätigen Maschinenbauunternehmens hatte er sich so an das schnelle und aufregende Leben im Jet-Set gewöhnt, dass er nur noch selten an seine Heimatregion dachte. Ab und zu telefonierte er mal mit seinen Eltern oder bekam eine E-Mail von einer seiner Schwestern. Mit den meisten Leuten, deren Namen in diesen Telefonaten und Schreiben genannt wurden, konnte er zwar irgendwas anfangen. Aber genaugenommen hörte er den Geschichten seiner Mutter um Geburten,

Hochzeiten und Sterbefälle nur mit halbem Ohr zu. Er führte sein eigenes Leben, und das hatte mit dem Leben seiner Eltern und Geschwister nichts gemeinsam.

Gleich nach dem Abitur hatte er sich ganz bewusst dafür entschieden, nach dem Zivildienst in München Luft- und Raumfahrttechnik zu studieren. Ostfriesland war ihm immer zu eng gewesen. Er wollte mitten im Leben stehen, und das, so hatte er damals gedacht, fand überall statt, nur nicht in dem flachen Landstrich an der Nordsee. So war er also nach München gegangen, dann für ein paar Semester nach London und zur Doktorarbeit nach Detroit. Endlich hatte er das Gefühl gehabt, frei atmen zu können, hatte sie genossen, die Anonymität der Großstadt. Mit seiner Karriere als Ingenieur war es dann steil bergauf gegangen, in einem Tempo, das ihn noch heute manchmal schwindeln ließ. Ja, er hatte viel erreicht. Beruflich. Und privat? Sein Privatleben hatte er praktisch mit seiner gerahmten Promotionsurkunde an den Nagel gehängt, im Büro, über den Schreibtisch. Aber genauso wenig, wie er im Grunde diese Urkunde jemals in Augenschein nahm, dachte er darüber nach, was alles anders wäre, wenn er neben seinem Job auch noch eine Familie gehabt hätte. Das Thema Familienplanung hatte er niemals ernsthaft in Erwägung gezogen, alleine schon deshalb, weil es mit seinem Job unvereinbar gewesen wäre. Absolut unvereinbar. Und der Job ging vor. Immer.

Doch obwohl er eigentlich überzeugt war, dass er sich mit seinem jetzigen Leben den größten Wunsch seiner Kinder- und Jugendtage erfüllt hatte, so waren ihm in letzter Zeit doch Zweifel gekommen. Denn bekanntlich ist ein Traum nur so lange aufregend, wie er anhält. Wird er dann plötzlich Realität, kann man sich zwar für eine Weile daran erfreuen, aber schließlich ist auch er Alltag. Und dann? Dann muss ein neuer

Traum her, für den es sich zu leben und zu arbeiten lohnt. Mit Ende dreißig aber war Maarten an einem Punkt, an dem er, würde ihn jemand nach seinem Traum fragen, keine Antwort wüsste. In den letzten Wochen kannte er nur noch ein Gefühl: Müdigkeit. Und er hatte zum ersten Mal in seinem Leben die Erfahrung machen müssen, dass es verdammt schwer war, durchschnittlich sechzehn Stunden am Tag hellwach und strebsam zu wirken. Immer wieder hatte er in Sitzungen und Symposien plötzliche Gähnanfälle bekommen und irritierte Blicke, wenn nicht gar Kopfschütteln auf sich gezogen. Peinlich, aber er konnte nichts dagegen tun. Er war ausgepowert. Sein Körper sendete eindeutige Signale. Er forderte ihn unmissverständlich auf, eine Pause einzulegen.

Doch noch deutlicher als sein Körper war Franziska geworden, als sie zwei Tage, nachdem die Einladung von Jule angekommen war, das Fax in dem Stapel Papier gefunden hatte, der für den Reißwolf bestimmt war. Sie hatte ihren Chef mit zusammengekniffenen Augen wortlos angeschaut, das Bild mit in ihr Büro genommen und es wenig später wiedergebracht. Aber nun hatte das Fax Gesellschaft bekommen, nämlich von einem Zettel auf dem stand, der Flug nach Bremen über Frankfurt sei für den 16. August gebucht, Rückflug am 15. September. „Ihre Schwester freut sich riesig, dass Sie zu ihrer Hochzeit kommen. Sie konnte es kaum glauben. Aber ich habe ihr gesagt, dass Sie es gar nicht erwarten können, die Heimat mal wieder zu sehen und ein Krabbenbrot zu essen“, hatte seine Assistentin ihm im gleichen Tonfall zur Kenntnis gegeben, als würde sie ihm mitteilen, dass in der Sahara die Sonne scheint. Und im Übrigen habe sie schon all seine Termine in diesem Zeitraum auf seine Stellvertreter umgeschichtet.

Und nun saß er also hoch über dem Atlantik in der Business-Klasse des Lufthansa-Fluges 7602 von New York nach Frankfurt. Er würde die Hochzeit seiner Schwester feiern. Aber auf keinen Fall würde er bis Mitte September bleiben. Dat is so kloor asn Doornkaat – hatte sein Opa immer gesagt.

3

Das erste, was Maarten auffiel, als er vor der Tür seines Elternhauses aus dem Taxi stieg, war die frische Luft. Sogleich reckte und streckte er seine vom langen Sitzen steif gewordenen Gliedmaßen und atmete tief durch. Er hatte ganz vergessen, wie frisch es hier in Ostfriesland roch. Wenn er es sich richtig überlegte, hatte er, da er sich hauptsächlich in den Metropolen dieser Welt bewegte, schon sehr lange nicht mehr tief durchgeatmet und dabei das Gefühl gehabt, seine Lungen würden soeben einer Tiefenreinigung unterzogen. Und so setzte er seine Inhalationseinheit gleich noch intensiver fort, hob und senkte dabei seine Arme und zog abwechselnd die Knie an.

Maarten war so sehr mit seinen Leibessübungen beschäftigt, dass er zusammenzuckte, als sich neben ihm jemand hörbar räusperte. „Ich störe Sie ja nur ungern beim … na ja … was auch immer Sie da gerade tun, aber ich müsste dann mal weiter“, sagte der Taxifahrer, und seinem Blick war zu entnehmen, dass er Maarten für einen esoterischen Spinner oder ähnlich Seltsames hielt.

„Ähm, ja“, stotterte Maarten und er spürte, wie ihm die Röte ins Gesicht stieg. Schnell zückte er sein Portemonnaie und gab dem Fahrer über den reinen Fahrpreis hinaus noch ein üppiges Trinkgeld. Als das Taxi fort war, stellte Maarten seinen Koffer vor das Gartentor seiner Eltern. Noch schien seine Ankunft keiner bemerkt zu haben. Da er niemandem mitgeteilt hatte, wann genau er ankommen würde, vermutete er nach einem Blick auf seine teure Armbanduhr, dass seine Mutter gerade das Mittagessen vorbereitete, während sein Vater im Gemüsegarten werkelte, wie er es bei jeder Gelegenheit tat, seit er in Rente war. Er schaute die Straße entlang, die ihm seit Kindertagen so vertraut war. Kein Mensch war zu sehen. Nichts schien sich verändert zu haben im Dieksweg. Ostfriesische Idylle pur. Rote Klinkerhäuschen standen, aufgereiht wie an einer Perlenschnur, beidseitig der schmalen, ebenfalls mit roten Klinkersteinen gepflasterten Straße. In den gepflegten, mit Hecken oder Zäunen eingefassten Vorgärten, die allesamt aussahen, als hätten die in ihnen zahlreich aufgestellten Gartenzwerge persönlich Hand angelegt, entfaltete sich eine wahre Blütenpracht. Nur ein Garten fiel komplett aus der Reihe, wie Maarten auffiel. Schräg gegenüber, im Dieksweg 16, wo früher das ältere Ehepaar Harms gewohnt hatte, musste wohl ein Generationswechsel stattgefunden haben. Wenn ein Garten das Prädikat naturbelassen verdient hatte, dann sicherlich dieser. Aus einem der Fenster des spitzgiebeligen Hauses hing zudem eine Flagge mit Atomkraft nein danke. Hier herrschte Anarchie, das war mal klar, stellte Maarten mit einem Grinsen fest. Mal sehen, was seine Eltern darüber zu berichten hatten.

Gerade, als Maarten beschlossen hatte, nun Vater und Mutter zu begrüßen, hob die Mittagsglocke der jahrhundertealten Kirche zu einem nahezu ohrenbetäubenden Gebimmel an. Maarten zwinkerte, die Hand zum Schutz vor der Sonne über die Augen gelegt, zum kleinen Kirchturm hinauf, der auf dem mächtigen Dach der Kirche etwas verloren aussah. Auf die Mittagsglocke hatte Groß Midlum lange Jahre verzichten müssen, aber nun hatte man anscheinend ausreichend Spendengelder zusammenbekommen, um sich eine neue leisten zu können. Begleitet von dem Gebimmel nahm Maarten den Bügel seines Rollkoffers in die Hand und öffnete das kleine, grün-weiß gestrichene Gartentor. Es quietschte. Wie immer. Niemandem war es jemals gelungen, dieses Quietschen vollständig abzustellen. Und manche Dinge änderten sich anscheinend auch in Jahrzehnten nicht.

Vorteil dieses Gartentores war immer gewesen, dass Familie Sieverts auf einen Wachhund verzichten konnte. Keiner kam hier unbemerkt hindurch. So auch diesmal. Kaum, dass das Tor Alarm geschlagen hatte, stand auch schon sein Vater vor ihm, in Flanellhemd und Arbeitsweste und mit Spaten in der Hand. Die schwieligen Hände voller Erde, glotzte er seinen Sohn erstaunt an. Dann rammte er den Spaten mit Schwung ins Blumenbeet und kam langsam auf ihn zu.

„Moin, mien Jung", sagte er und hieb ihm kräftig mit der Hand auf die Schulter, was auf Maartens T-Shirt erdige Striemen hinterließ.

„Moin, Vadder", erwiderte Maarten, ließ seinen Koffer los und umarmte seinen Vater mit einigen Klopfern auf den gebeugten Rücken.

„Warst lang nicht da."

„Nun bin ich aber da."

„Jo."

„Ist Mutter auch da?"

„Jo. Gibt jetzt Middach. Kartoffeln und frischen Salat ausm Garten. Hab ich gerade geerntet. Dazu `ne schöne Scholle. Hab ich geholt, in Greetsiel, am Hafen. Is ganz frisch." Er machte eine wegwerfende Handbewegung. „Ach watt, ich red wieder zuviel. Komm einfach rein. Siehst ja selbst."

Maarten grinste. Ja, für seinen Vater war das eine

richtige Ansprache gewesen. Ein untrügliches Zeichen dafür, dass er aufgeregt war. Einem plötzlichen Impuls folgend legte er seinem Vater den Arm um die Schulter. „Es ist schön, wieder mal hier zu sein, Vadder."

Doch noch ehe sein Vater etwas darauf erwidern konnte, stand plötzlich seine Mutter vor ihm und umarmte ihn so fest, als wolle sie ihn nie wieder loslassen.

„Da bist du ja, mien Jung. Als Wiebke sagte, dass du kommst, wollte ich es gar nicht glauben. Aber nun bist du ja da. Ich freu mich so!" Als Maarten sah, dass sie sich eine Träne aus den Augen wischte, bekam er plötzlich ein schlechtes Gewissen. Es musste schwer sein für seine Mutter, den Sohn nur alle paar Jahre zu sehen und nur ab und zu mit ihm zu telefonieren. Er nahm sich vor, ihr in den wenigen Tagen, die er hier war, besonders viel Aufmerksamkeit zu schenken.

„Hast ja `n ganz schmutziges T-Shirt, Maarten. Was has`n damit gemacht?" Frau Sieverts strich mehrmals kräftig mit der Hand über Maartens Rücken. Ohne Erfolg.

„Das is von mir", sagte ihr Mann und hielt ihr seine Hände hin. „Ging nicht anners, musste den Jung ja anständich begrüßen."

„Na, is ja nich schlimm. Schmeiß ich gleich inne Wäsche." Frau Sieverts strahlte, als hätte Maarten ihr damit ein ganz besonderes Geschenk gemacht. „Jetzt komm mal essen, mien Jung. Hast ja bestimmt Hunger. Gibt Kartoffeln und Salat und frische Scholle aus Greetsiel."

„Ja, hat Vadder schon gesagt."

Maartens Mutter schüttelte den Kopf. „Was der alles redet in der kurzen Zeit. Na ja. Nu komm mal mit und erzähl mir alles. Hast ja sicher viel erlebt da hinten in Amerika."

Wann hatte er zum letzten Mal eine so gute Scholle gegessen? Maarten konnte sich nicht erinnern. Zuhause in New York ganz bestimmt nicht. Da aß er sowieso nur unregelmäßig. Eine warme Mahlzeit bekam er in der Regel nur, wenn er irgendwo zum Geschäftsessen war. „Es schmeckt ganz wunderbar", sagte er zu seiner Mutter. Die strahlte über das ganze Gesicht und tätschelte ihm die Hand. „Iss du nur, mien Jung. Is ja genuch da. Und bist ja sowieso zu dünn. Kriegst wohl nichts, dahinten in Amerika. Brauchst mal ne Frau, die für dich kocht."

Maarten erwiderte nichts darauf, sondern widmete sich weiter ausgiebig seinem Festmahl. Das Thema Frau kam mit Sicherheit in den kommenden Tagen noch öfter auf.

Als er den letzten Bissen hinuntergeschluckt hatte, lehnte er sich zurück und rieb sich zufrieden seinen Bauch. Dabei schaute er sich in der Küche um. Auch hier hatte sich kaum etwas verändert. Die schlichte Küchenzeile aus hellem Eichenfurnier mit dem inzwischen fast antiken Gasherd musste um die dreißig Jahre alt sein. An der Wand stand nach wie vor die weiß lackierte Holzvitrine, ein Geschenk der Großeltern zur Hochzeit. Im oberen Teil der Vitrine, hinter den Glasscheiben, standen Gläser und Becher, schön sortiert und aufgereiht neben- und hintereinander. Aber Maarten wusste, dass es in den Schubladen und hinter den Türen darunter weniger ordentlich aussah. Da war schon damals alles gelandet, was ansonsten nicht zuzuordnen war. Es wäre sicherlich interessant mal zu schauen, was sich da im Laufe der Jahrzehnte so angesammelt hatte.

Die Sitzecke, in der sie gerade ihr Mittagessen zu sich nahmen, wurde dominiert von einem knallroten Ostfriesensofa. Hier durften die Gäste sitzen, so jetzt auch er. Ansonsten standen um den schweren Eichentisch herum nur ein paar einfache Stühle. An den Wänden hing alles, was sich eben als Wandschmuck im Laufe der Zeit so ansammelte: Mehr oder weniger geschmackvoll gerahmte Kopien von Ölgemälden, Fotos von Kindern und Enkeln, ein fein säuberlich ausgefüllter, inzwischen aber reichlich vergilbter Geburtstagskalender, kleine Holztafeln mit Sprüchen wie Trautes Heim, Glück allein sowie ein kleines Regal mit allerhand Nippes. Neu war einzig eine Magnettafel, an der ein paar Postkarten hingen. Sie waren alle von ihm, wie Maarten feststellte. Und sofort überkam ihn wieder das schlechte Gewissen. So viel, wie er in der Welt herumreiste, müssten es eigentlich noch deutlich mehr sein. Aber meistens vergaß er einfach eine zu schreiben.

Seine Mutter war seinem Blick gefolgt. „Die Magnettafel hat Swaantje mir mal geschenkt. Ich hatte ja die Postkarten immer an die Schränktüren geklebt. Aber so gehen sie nun nicht mehr kaputt, weil ich ja kein Tesafilm mehr brauche. Es ist lieb von dir, dass du immer an uns denkst. Wir freuen uns immer, wenn eine Karte kommt, nich, Focko? Und wir zeigen sie dann auch allen.“

Maartens Vater nickte, erwiderte aber nichts. Maarten schluckte. Er musste zukünftig einfach öfter daran denken, eine Karte zu schreiben, wenn es seinen Eltern so viel Freude machte.

4

Ihren Mittagsschlaf ließen sich seine Eltern nicht nehmen. Auch nicht, wenn der verlorene Sohn nach Jahren der Abwesenheit gerade heimgekehrt war. Und so beschloss Maarten, einen längeren Spaziergang zu machen und zu schauen, was seine Schwester Swaantje so trieb. Aber zunächst schälte er sich aus seinen nicht mehr ganz frischen Klamotten, nahm eine ausgiebige Dusche und zog sich dann eine leichte, helle Sommerhose an, dazu ein blaues T-Shirt. Als er sich im Spiegel sah, strich er sich unwillkürlich durch sein volles dunkles Haar. Es konnte mal wieder einen Friseur gebrauchen. Und müde sah er aus und blass. Keine Spur von Sommerbräune war zu sehen, obwohl schon August war. Er hatte wohl doch zuviel Zeit im Büro und in Konferenzsälen verbracht. Um seine blauen Augen herum hatten sich dunkle Ringe gebildet, und er meinte zu sehen, dass auch die Falten auf seiner Stirn tiefer geworden waren. Hm. In New York hatte er sich in solchen Fällen schon mal in die Hände einer professionellen Kosmetikerin begeben. Aber das konnte er sich hier in der Krummhörn schlecht vorstellen. Bestenfalls würde er das ein oder andere Kopfschütteln ernten. Schlimmstenfalls aber war er am nächsten Tag das Gesprächsthema in der Nachbarschaft, weil irgendein Bekannter ihn erkannt hatte. Das konnte er zum einen seinen Eltern nicht antun, und zum anderen wollte er hier nicht als eitler

Gockel verschrien sein. Nicht in Ostfriesland, da war man ganz einfach kein eitler Gockel. Für so etwas hatten die Ostfriesen keinen Sinn.

Maarten ließ sich Zeit. Bis nach Pewsum, wo Swaantje wohnte, würde er einige Kilometer zurücklegen müssen, aber ihn hetzte ja keiner. Und so lief er über die Feldwege, die er noch aus seiner Kindheit kannte. Hier hatte er schon mit seinen Freunden aus Groß Midlum gespielt, meistens Cowboy und Indianer. Gleich in der Nähe sah Maarten den großen, erhabenen Gulfhof von Bauer Langhoff. Hier hatten die Kälberboxen den Cowboys immer als Gefängniszellen gedient. Außerdem hatte es im Stall einen kleinen, abschließbaren Holzverschlag gegeben. Der war so eng gewesen, dass gerade eine Person aufrecht darin stehen konnte. Hier kamen die Schwerverbrecher rein. Nur seine Schwester Wiebke hatte sich das nicht gefallen lassen, sondern lautstark gekreischt und um sich geschlagen, wenn jemand versucht hatte, sie da einzusperren. Sie hatte wohl Platzangst, was die Kinder damals natürlich nicht wussten. Für sie war Wiebke dann einfach eine Spielverderberin gewesen.

Der jüngere Sohn der Familie Langhoff war bis zum Abitur sein bester Freund gewesen, danach hatten sie sich aus den Augen verloren. Hauke. Was er heute wohl machte?

Maarten erkannte viele Stellen wieder, an denen sich kaum etwas verändert hatte. Verträumt ließ er seinen Blick in die Ferne schweifen, über die endlos weiten Wiesen und Ackerflächen, bis hin zum weiten Horizont, über dem der blaue Himmel wohl nirgends so hoch war wie in Ostfriesland. Es war gerade Heuernte, über den von der heißen Sommersonne ausgedörrten Wiesen hingen mächtige Staubwolken, die hinter den Traktoren aufstiegen. Maarten genoss es, den Duft des getrockneten Grases tief in sich einzusaugen. Früher hatte Hauke seinem Vater zur Erntezeit immer Wurstbrote und eine Thermoskanne Kaffee aufs Feld bringen müssen. An diesen glühendheißen Sommertagen hatte Maarten ihn oft begleitet und es genossen, barfuß durch das duftende Heu zu laufen oder über die bereits gepressten Ballen zu springen. Hinterher waren sie dann mit den Fahrrädern an den Kanal gefahren, um sich ein erfrischendes Bad zu gönnen.

In den am Wegesrand entlanglaufenden Abwassergräben hatten sie als Kinder im Sommer, wenn sie ausgetrocknet waren, oft inmitten von Rohrkolben gesessen und versucht, diese zu rauchen. Als Zigarrenersatz. Es grenzte nahezu an ein Wunder, dass das ganze Gestrüpp dabei nicht einer weitgreifenden Brandrodung zum Opfer gefallen war. Manchmal war er mit seinen Freunden auch auf die Jagd nach Bisamratten gegangen. Die armen Tiere, sie hatten sie nicht geschont.

Eines aber hatte es damals noch nicht gegeben und Maarten war erstaunt, wie viel sich hier in den letzten Jahren getan hatte: Windkraftanlagen. Den ganzen Weg entlang standen sie in kleineren Gruppen, und die Rotorblätter durchschnitten die Luft, mal mehr, mal weniger schnell. Die schlicht gestalteten modernen Windräder mit ihrem hohen Mast und den drei Rotorblättern sahen nicht besonders beeindruckend aus. Aber als studierter Aerodynamiker wusste Maarten, wie viel Erfindungsreichtum und Technik sich in diesen Anlagen verbarg. Er blieb stehen und hörte dem leisen Surren der modernen Windkraftanlagen für eine Weile zu. Für ostfriesische Verhältnisse gab es an diesem Tag nicht besonders viel Wind. Stärke vier vielleicht, schätzte er. Wie viel Strom wohl an einem solchen Tag von einer Anlage erzeugt wurde? Er nahm sich vor, sich in den kommenden Tagen intensiver mit dieser Technik auseinanderzusetzen. Vielleicht lohnte es sich ja, mal in das ein oder andere Projekt mit einzusteigen. Denn wie viele Menschen, die ein wenig oder auch mehr Geld übrig hatten, hatte auch Maarten in den Zeiten der Finanz- und Wirtschaftskrise das Vertrauen in herkömmliche und riskante Anlageprodukte weitgehend verloren und war auf der Suche nach Alternativen. Vielleicht lohnte sich für ihn ja der Markt der erneuerbaren Energien.

Als er das kleine Städtchen Pewsum erreicht hatte, beschloss Maarten, nach so langer Zeit nicht mit leeren Händen vor seine Schwester zu treten. Und so kaufte er zunächst ein paar Teestangen ein. Von diesem Blätterteiggebäck hatte Swaantje in einer ihrer seltenen Mails mal geschwärmt, und ihr Bruder hatte sich gefragt, was an diesen Teestangen wohl so Besonderes sei. Nun, heute würde er sie mal probieren. Als er aus der Bäckerei trat, fiel sein Blick auf einen kleinen Blumenladen. Er trat ein und schaute sich um. Die Auswahl war riesig. Wo sollte er da anfangen? „Kann ich Ihnen behilflich sein, junger Mann?“, sprach ihn eine ältere Frau in Kittelschürze an und lächelte dabei freundlich.

„Ja, sehr gerne. Ich hätte gerne einen bunten Strauß für meine Schwester.“

„Wie heißt Ihre Schwester denn?“

„Ähm ... wieso? Ich meine ...“, stammelte Maarten. Wieso tat der Name seiner Schwester hier zur Sache? Irritiert blickte er die Verkäuferin an, die aber schaute ihm nur abwartend ins Gesicht. „Ähm ... sie heißt Swaantje ... ähm ... Sieverts. Swaantje Sieverts.“

„Ach, Swaantje. Ja, die mag gerne weiße Freesien

und gelbe Rosen. Und ein bischen was Blaues darf auch dabei sein. Aber nicht so viel.“ Sofort begann die Verkäuferin, einzelne Blumen aus den zahlreich herumstehenden Vasen zu zupfen. „So, dann musst du wohl Maarten sein, junger Mann.“

„Ähm ... ja, ganz recht. Maarten. Maarten Sieverts.“

„Ja, hab schon gehört, dass du wieder im Lande bist. Warst ja lang nich da.“

„Ähm ... woher wissen Sie ...“

„Ach, hier spricht sich alles schnell rum. Und Swaantje is ja die Freundin von meiner Heike. Sind ja zusammen im Boßelverein. Is ne gute Boßlerin, unsere Swaantje.“

Maarten zog die Augenbrauen in die Höhe. Swaantje boßelte? Davon hatte er ja noch gar nichts gewusst.

„So, Maarten, ist es so recht?“ Nur wenig später hielt ihm die Frau in Kittelschürze einen ausladenden, herrlich farbenfrohen Blumenstrauß unter die Nase.

„Ja, prima. Und so ... groß!“ Was mochte der wohl kosten? Bestimmt ein Vermögen. Aber der Strauß war es auf jeden Fall wert. „Was macht das dann?“

„Genau zwanzig Euro.“

„Zwanzig Euro?“ Maarten glaubte, sich verhört zu haben. Er erinnerte sich, erst kürzlich in München einen viel kleineren gekauft zu haben. Für die Frau eines Geschäftspartners. Und der hatte doch schon dreißig Euro gekostet.

„Zwanzig Euro. Oder findest du das zu teuer?“ Die Verkäuferin sah ihn fragend, aber keineswegs unfreundlich an.

„Nein, äh, nein, ganz im Gegenteil. Ich wundere mich gerade, dass ein so schöner Strauß so günstig ist. Da bin ich ganz andere Preise gewöhnt“, beeilte sich Maarten zu antworten und reichte ihr einen 20-Euro-Schein über den Tresen.

„Ja, so ist das wohl woanners.“ Die Frau zuckte mit den Schultern und nahm das Geld entgegen. „Dann wünsch ich viel Spaß damit, er wird Swaantje bestimmt gefallen. Und schönen Gruß.“

Maarten dankte und wollte gerade zur Tür hinaus, als die Frau hinter ihm herrief: „Ach ja, Maarten, und sach deiner Schwester, dass wir Samstach gegen Osteel boßeln. Freundschaftsspiel. Dann muss ich sie nich noch anrufen. Tschüß!“

„Ja, äh, klar, äh, mach ich. Samstag gegen Osteel. Tschüß!“

Kopfschüttelnd ging Maarten seines Weges. Er hatte ganz vergessen, wie familiär es hier in Ostfriesland zuging. Früher war es ihm immer furchtbar auf die Nerven gegangen, dass jeder sich kannte und immer alles über den anderen wusste. Aber, gestand er sich nun ein, so eine persönliche Ansprache im Blumengeschäft, das hatte auch was. Da fühlte man sich gleich gut aufgehoben. Da ...

„Maarten?“, hörte er in seine Gedanken hinein jemanden sagen und drehte sich zur Seite. „Maarten! Mensch, du bist es ja wirklich!“ Ehe er sich’s versah klopfte ihm sein Gegenüber mit voller Wucht auf die Schulter. Fast wären ihm dabei die Blumen aus der Hand gefallen. „Mensch, Maarten, erkennst du mich nicht? Ich bin’s, Hauke!“

„Hauke! Mensch, hast mir ja gar keine Möglichkeit gelassen, dich zu erkennen. Bist ja gleich auf mich los, wie ein Berserker.“ Maarten strahlte über das ganze Gesicht. Eben erst hatte er sich gefragt, was sein alter Kumpel so machte, und nun stand er vor ihm. Fast zwanzig Jahre war es her, seit sie sich zum letzten Mal gesehen hatten.

„Hab schon gehört, dass du kommst, wegen Wiebkes Hochzeit.“

„Ja, hab schon gemerkt, dass hier jeder alles weiß."

„Ja, weißt ja, wie das hier ist. Haste Zeit fürn kühles Jever? Könnten zu Günni gehen." Hauke zeigte auf eine kleine Eckkneipe, die es schon in ihren Jugendtagen gegeben hatte und der Treffpunkt für ihn und seine Kumpel gewesen war. Der Wirt hieß Günther, wurde aber von allen nur Günni genannt.

„Nee, Hauke, tut mir leid. Bin auf dem Weg zu Swaantje." Er hielt den Blumenstrauß in die Höhe. „Antrittsbesuch."

„Swaantje. Ja, die fällt bestimmt um vor Freude dich zu sehen. War schon ganz hibbelig die letzten Tage."

„Du siehst sie öfter?"

„Klar. Ihr Freund Simon und ich, wir boßeln doch zusammen."

„Ach so, klar."

„Wie sieht's denn heute Abend aus? Sieben Uhr bei Günni?"

Maarten überlegte kurz. Eigentlich hatte er zeitig ins Bett gehen wollen; so langsam spürte er den Jetlag. Andererseits wollte er Hauke nicht einfach abwimmeln, nach so langer Zeit. Er nickte. „Gerne."

Hauke strahlte. „Na, dann bis dann." Damit drehte er sich um und ging mit ausladenden Schritten davon.

5

Maarten schwirrte der Kopf. Natürlich hatte er gewusst, dass seine kleine Schwester ein temperamentvolles Energiebündel war. Und voller Rührung hatte er wahrgenommen, dass sie bei seinem Erscheinen sogar ein paar Freudentränen verdrückt hatte. Aber mehrere Stunden in ihrer Gesellschaft hießen nicht nur, viel zu Lachen und mächtig Spaß zu haben. Nein, diese Stunden konnten auch einfach nur schlauchen, wenn man erst kurz zuvor den Atlantik überquert und dann noch ewig im Taxi auf Deutschlands vollgestopften Autobahnen im Stau gestanden hatte. Gerne hätte er sich also direkt nach dem Besuch ins Bett gelegt; aber da er Hauke versprochen hatte, noch bei Günni vorbeizuschauen, führte ihn sein nächster Weg direkt in die kleine Eckkneipe.

Als Maarten die Kneipe um kurz vor sieben betrat, war außer ihm nur ein weiterer Gast da. Hauke war noch nicht eingetroffen, und auch von Günni war weit und breit nichts zu sehen. „Moin. Günni is mal kurz wech, Frikadellen waren aus. Martha hat neue gemacht. Die holt er jetzt“, sagte der Gast mit einem Fingerzeig auf die Theke, als er Maartens fragenden Blick sah. Maarten nickte ihm nur zu und setzte sich auf einen der abgeschabten Barhocker. Er schaute sich um. Offensichtlich hatte auch Günni hier in den letzten zwanzig Jahren nichts verändert. Alles in der kleinen

Eckkneipe sah noch genauso aus wie früher. Ein großer, rustikaler Tresen nahm mindestens die Hälfte des Raumes ein. An ihm hatten, wenn man etwas zusammenrückte, zwölf Personen Platz. Maarten und seine Freunde hatten das früher mal ausprobiert und für Günni dann ein Blechschild aus dem Fahrstuhl eines Emder Ärztehauses abgeschraubt, auf dem max. 12 Personen stand. Das Schild hing immer noch an der Stelle direkt neben den Whiskeyflaschen, wo Hauke es damals hingehängt hatte. Zwischen Tresen und Fenstern standen noch vier Tische mit jeweils sechs Stühlen. An der Wand hingen Regale und Vitrinen mit Vereinswimpeln und -pokalen. Die meisten vom Boßeln, aber auch vom Fußball waren welche dabei. Hinter dem Tresen, unter dem Regal mit den Schnapsflaschen, hingen verschiedene ältere Werbeschilder aus Blech, eines davon warb für Jever-Pilsener. Maarten kannte das Bier schon aus seiner Kindheit. Damals war es nur auf dem regionalen Markt bekannt gewesen, aber erst kürzlich hatte er es sogar in einer Bar in New York bekommen. Friesisch herb. Nun, wenigstens das war es immer geblieben. In der Luft hing ein Geruch aus Zigaretten, Bratfett und abgestandenem Bier. Im Winter würde noch der Geruch von Grog hinzukommen.

„Nu, da bist du also auch mal wieder hier“, sagte plötzlich der Herr, der bereits vor Maarten da gewesen war. Maarten hatte bemerkt, dass er ihn die ganze Zeit gemustert hatte. Nun sah er erstaunt zu ihm rüber.

„Kennst mich wohl nich mehr, wa?“

Maarten sah sein Gegenüber genauer an. „Tjark?“, fragte er dann zögernd.

Tjark nickte. „So isses. Dein Vadder hat gesacht, dass du kommst. Wir kegeln immer noch einmal im Monat, weißt du. Auch wenn die alten Knochen nich immer so mitmachen. Aber was solls. Is eben so. Kannst nix dran tun."

„Ich warte auf Hauke."

Tjark nickte und nahm einen Schluck von seinem Bier. „Ja, Hauke", sagte er dann. „Ob das alles so richtig ist", fügte er kopfschüttelnd hinzu. Er leerte sein Glas, stand auf, griff sich mit schmerzverzerrtem Gesicht an die Hüfte und humpelte dann in Richtung Tresen, wo er anfing, sich ein neues Bier zu zapfen. „Willst du auch eins?", fragte er Maarten.

Maarten nickte. Dass man sich bei Günni selber sein Bier zapfte und dann einen Strich auf seinen Bierdeckel machte, kam immer mal wieder vor. Auch das kannte er noch von früher.

„Was ist nicht richtig?", fragte er.

„Wat?"

„Du hast gesagt, ob das alles so richtig ist."

Tjark bückte sich zum Eisfach und holte eine Flasche Doornkaat hervor. Er füllte zwei Schnapsgläser bis an den Rand und schob eins davon ungefragt zu Maarten rüber. „Prost!", sagte er dann und trank seines in einem Zug leer. Maarten tat es ihm gleich, verzog das Gesicht und schüttelte sich. In New York trank er Cocktails.

„Er sacht ja nix. Aber es geht ihm nich gut in letzter Zeit. Das merk ich doch. Aber sagen tut der nix. Günni hat ihn mal gefracht, was denn is. Aber Hauke tut dann so, als wär nix."

„Wie meinst du das, es geht ihm nicht gut?", fragte Maarten und sah Tjark prüfend an. „Liebeskummer oder was?", versuchte er dann zu scherzen und grinste breit.

„Nee, Jung, wenn's das man wär. Aber er wankt immer so zwischendurch."

„Er wankt? Wie, er wankt?"

„Na, so", sagte Tjark und taumelte hin und her.

„Er hat Schwindelanfälle?" Maarten zog die Stirn in Falten. Das hörte sich nicht gut an. „Seit wann hat er das denn?"

„Weiß nich genau, seit ein paar Tagen vielleicht. Es wird schlimmer. Aber er tut so, als wär nix." Tjark stellte das Pils vor Maarten ab. „Hab ihm gesacht, er soll zum Arzt gehen, aber er sacht, es ist nix." Er drückte seine Zigarette im Aschenbecher aus und zündete sich gleich wieder eine neue an. „Aber das kann ja nich sein. Einfach so wankt man ja nich."

Maarten fuhr sich mit der Hand über das Gesicht, dann durch die Haare. Das, was er da hörte, gefiel ihm gar nicht. „Kümmert sich denn jemand um ihn, zuhause meine ich?"

„Ja, klar, er hat ja seine Sonja und die beiden Jungs. Nu, die Jungs sind ja noch klein, die merken nix. Aber Sonja, ja, die macht sich Sorgen. Aber was soll sie denn machen, der Kerl geht ja nich zum Doktor."

Maarten nahm einen kräftigen Schluck Bier und schüttelte dann den Kopf. Er wollte gerade ansetzen, etwas zu erwidern, als die Kneipentür aufging.

„Moin, Maarten", sagte ein untersetzter Mann mit lichtem Haar und führte seine rechte Hand an eine imaginäre Mütze. Er stellte eine große Porzellanschüssel auf den Tresen. Durch die Frischhaltefolie hindurch sah Maarten frische Frikadellen, und ihm knurrte prompt der Magen. Für Marthas Frikadellen hätte er früher alles stehen lassen. Ob sie immer noch so gut schmeckten?

„Moin, Günni. Darf ich eine?", fragte er und deutete auf die Frikadellen.

„Soviel du willst. Geb ich dir aus. Bist ja sowieso zu dünn. Gibt wohl nix zu essen da in Amerika."

„Wenigstens keine Frikadellen von deiner Frau", grinste Maarten und griff zu. „Danke, Günni."

„Da nich für."

„Ich warte auf Hauke. Er wollte um sieben hier sein", sagte Maarten nach einem herzhaften Biss in die Frikadelle. Sie schmeckte köstlich, genauso wie früher. „Hm, Martha hat nichts verlernt", stellte er fest und griff nach einer Serviette.

Auf Günnis Stirn zeichneten sich plötzlich tiefe Falten ab. „Du kannst es ja noch nicht wissen."

„Was weiß ich noch nicht?" Bei Maarten schrillten alle Alarmglocken, so besorgt hatte Günni geklungen.

„Er is zusammengebrochen. Heute Nachmittag. Einfach so. Nu isser im Krankenhaus. In Emden."

„Was?", sagte Maarten und ihm wurde plötzlich ganz schwummrig. „Aber das kann nicht sein, ich habe ihn heute Mittag gesehen, es ging ihm gut."

„Es geht ihm schon seit Tagen nich mehr gut, wa, Tjark?"

Tjark nickte. „Jo, das hab ich Maarten auch gesacht, das mit den Anfällen und so." Er zog tief an seiner Zigarette und stieß dann schwungvoll den Rauch aus. „Und nu isser also umgekippt. Mannomann."

„Ja, hat Martha gerade gesacht. Sie hat den Krankenwagen gesehen und is gleich rüber. Hauke wollte gerade zum Einkaufen. Da isses passiert. Martha hat dann schnell die Jungs genommen, damit Sonja mit ins Krankenhaus kann."

„Mist. Ich muss nach Hause. Kannste mir ein Taxi rufen, Günni?" Maarten war plötzlich ganz übel.

„Klar." Günni griff zum Hörer. „Moin, Harm, ich bin's. Schick mal'n Taxi."

Wenig später war Maarten auf dem Weg nach Hause. Gleich morgen würde er sich um Hauke kümmern. Tjark hatte Recht. Man bekam nicht einfach so Schwindelanfälle und kippte dann um. Hoffentlich war es nichts Ernstes. Maarten schlug sich mit der rechten Faust in die flache linke Hand. Warum nur mussten Ostfriesen immer so stur sein? Wofür, glaubten die eigentlich, gab es Ärzte?

6

Ostfriesenzeitung vom 22. August

Mysteriöses Fischsterben geht weiter

(Greetsiel) Erneut haben heimische und auswärtige Fischer am Wochenende unzählige tote Fische in ihren Netzen gehabt. Erstmals wurden auch an den Stränden der ostfriesischen Inseln Norderney und Juist Fischkadaver angespült.

„Nach wie vor können wir uns keinen Reim darauf machen, wo die Ursache für dieses mysteriöse Fischsterben liegt“, sagte Meeresbiologe Markus Renken von der Universität Kiel gegenüber dieser Zeitung. Einzelne Tiere seien zur Untersuchung ins Labor gebracht worden, es habe aber keine endgültige Aussage zur Todesursache gemacht werden können.

Indes haben bereits die ersten besorgten Urlauber bei den Behörden angerufen. Sie sind verunsichert und verlangen Aufklärung darüber, ob sie nach wie vor unbesorgt in der Nordsee baden können. Auch wollen sie wissen, ob der Fisch unbedenklich verzehrt werden kann. Für eine Panik gebe es keinerlei Grund, so Renken. Wasserproben hätten keine außergewöhnlichen Belastungen ergeben. Und schließlich sei es auch in der Vergangenheit immer mal wieder zu vermehrtem Fischsterben gekommen. Man gehe derzeit davon aus, dass die Vorkommnisse mit dem ungewöhnlich heißen Sommer zusammenhingen, womöglich käme es hier und da zu akutem Sauerstoffmangel. Ein Indiz dafür sei auch die Tatsache, dass das Algenwachstum in der Nordsee deutlich höher ausgeprägt sei als in den vergangenen Jahren. Da nun laut Wetterbericht aber ein Wetterumschwung bevorstehe, sei zu hoffen, dass der Spuk bald ein Ende habe.

Erstmals hatten Fischer aus Greetsiel vor rund drei Wochen einen vermehrten Fang toter Fische verzeichnet (die OZ berichtete).

7

Wo gab es denn so was? Verärgert schüttelte Maarten den Kopf, als er vor der Schranke zum Parkplatz stand. Seit wann musste man denn für den Besucherparkplatz des Emder Hans-Susemihl-Krankenhauses Parkgebühren bezahlen? Still vor sich hin fluchend stopfte er den Parkschein in seine Hosentasche und passierte die nun geöffnete Schranke.

Der Gang durch den langen, dunklen Flur bis zu den Fahrstühlen rief unangenehme Erinnerungen in ihm wach. Als Jugendlicher war er hier fast zwei Wochen lang beinahe täglich gewesen, nachdem ein sehr guter Kumpel von ihm einen schweren Mopedunfall gehabt hatte. Immer hatte er geglaubt, es würde ihm am nächsten Tag besser gehen, und er hatte mit Herzklopfen sein Zimmer betreten, in der Hoffnung, er würde ihm wie vorher fröhlich entgegen grinsen. Und tatsächlich schien es langsam aufwärts zu gehen, nach zwölf Tagen konnte er die Intensivstation verlassen. Aber dann: Lungenembolie. Es ging alles so schnell, dass die Ärzte keine Chance hatten. Er starb ihnen unter den Händen weg. „Entschuldige, Micha, dass ich so lange nicht mehr an dich gedacht habe“, murmelte Maarten und nahm sich vor, Michas Grab auf dem Loppersumer Friedhof zu besuchen.

„Moin, Maarten, das ist ja schön, dass du kommst“, freute sich Hauke, als sein früherer Freund an sein Krankenbett trat und ihm zur Begrüßung die Hand drückte. „Tut mir leid, dass ich dich gestern versetzt habe. Aber siehst ja, die halten mich hier fest."

„Da haben sie auch recht", erwiderte Maarten und verzog den Mund. „Tjark und Günni sagen, es geht dir schon länger nicht gut. Warum bist du denn nicht zum Arzt gegangen?"

Hauke versuchte ein Grinsen, was ihm aber kläglich misslang. Er schien Schmerzen zu haben. Er war so blass, dass sich sein Gesicht kaum noch vom hellen Kissen abhob. Seine Augen lagen tief in den Höhlen, und erst jetzt fiel Maarten auf, wie dünn sein Jugendfreund geworden war. Hauke hatte immer viel Sport getrieben, aber jetzt sah er so aus, als könne er sich nicht einmal mehr auf den Beinen halten. Was ja auch stimmte, wie sich gestern gezeigt hatte.

„Wie lange bleibst du denn diesmal?", fragte Hauke und sah seinen Freund prüfend an. „Vielleicht schaffen wir ja doch noch ein kühles Jever bei Günni."

Maarten zögerte. Eigentlich hatte er ja nur ein paar Tage bleiben wollen. Aber plötzlich verspürte er Lust, doch ein wenig länger zu bleiben. Vielleicht lag das an der ostfriesischen Luft, dachte er. Wenn man sie nicht gewohnt war, verfiel man schnell in einen Zustand der Dauererschöpfung und hatte das Gefühl, sich erst mal richtig erholen zu müssen, bevor man wieder loslegte. „Hm, mal sehen", murmelte er. „Hab mich noch nicht entschieden."

„Freut mich auf jeden Fall sehr, dass ich dich mal wieder sehe. Erzähl mal, wie isses denn so in Amerika? Swaantje erzählt ja immer mal was von dir, aber ich glaub, so richtig weiß sie auch nicht, was du da eigentlich machst, oder?"

„Nu lenk ma nich ab", erwiderte Maarten und bemerkte im selben Moment, wie er so langsam in den ostfriesisch breiten Singsang zurückfiel. Ziemlich stolz war er darauf, dass er sich, wie ihm häufiger bestätigt wurde, noch keinerlei amerikanischen Akzent zugelegt hatte. Normalerweise sprach er reinstes Hochdeutsch. Das hatte er sich nach seinem Wegzug aus Ostfriesland strikt antrainiert. In München war es ihm peinlich gewesen, gleich als Norddeutscher erkannt zu werden. In diesem Moment aber merkte er, dass er doch ein wenig stolz war, den Dialekt seiner Kindheit noch nicht ganz verdrängt zu haben. „Jetzt sag du erst mal, was los ist. Was sagen die Ärzte?“

Über Haukes Gesicht legte sich ein Schatten. „Sie tappen noch im Dunkeln, sagen sie. Irgendwelche inneren Blutungen. Aber sie haben noch keine Ahnung, woher sie kommen.“ Im selben Moment krümmte er sich plötzlich zusammen. Hauke versuchte mit schmerzverzerrtem Gesicht, sich wieder aufzurichten, aber die Krämpfe zwangen ihn, in gebeugter Haltung zu verharren.

„Tjark sagt, das geht schon seit Tagen so. Warum hast du es denn nicht gleich untersuchen lassen?“

„Dachte, das geht von selber wieder wech. Is nur Stress, hab ich gedacht“, stöhnte Hauke. Er schien starke Schmerzen zu haben. Doch genauso schnell, wie die Krämpfe gekommen waren, hörten sie auch wieder auf. Mit einem erschöpften Seufzer ließ sich Hauke in die Kissen zurückfallen.

„Stress bei der Arbeit, oder was?“, hakte Maarten nach.

Hauke hob kurz die Hand, ließ sie aber sofort wieder sinken, so, als sei sie ihm zu schwer geworden. „Weißt ja, wie das ist. Immer länger arbeiten, immer weniger Zeit für die Familie. Seit ich den neuen Job hab, wird es immer schlimmer. Ich hätte nicht wechseln sollen. Aber das konnte ja keiner ahnen, so wie die einen damals umworben haben.“

Maarten fiel auf, dass er gar keine Ahnung hatte, was Hauke beruflich machte. Das war ihm peinlich, und er traute sich kaum, ihn danach zu fragen. Schließlich waren sie doch mal die besten Freunde gewesen. Und nun wusste er nicht mal mehr die einfachsten Dinge von ihm. Er gab sich einen Stoß. „Was ist das denn für ein neuer Job? Ich meine, ich hab ja gar keine Ahnung, was du überhaupt so machst, beruflich."

„Ich bin Ingenieur, genau wie du. Verfahrenstechnik, wenn man's genau nimmt. Hab früher bei VW hier in Emden gearbeitet." Hauke zögerte kurz. „Ja", sagte er dann und nickte, „da hätte ich auch bleiben sollen. Wusstest du, dass die Belegschaft da inzwischen sogar eine eigene Energiegenossenschaft hat? Photovoltaik. Is ne prima Sache."

„Und für wen arbeitest du jetzt?"

„Ist so `n internationaler Konzern. Hat seit drei Jahren hier in Emden `ne Betriebsstätte. Baut Windkraftanlagen. Große. Für Offshore."

„Das klingt doch gar nicht schlecht. Und was genau machst du da?"

„Beschichtungen für Rotorblätter. Forschung und Entwicklung."

„Dann hast du auch mit Aerodynamik zu tun, genau wie ich bei meinen Flugzeugen", rief Maarten. „Da sind wir ja gar nicht soweit voneinander weg."

Statt zu antworten, bekam Hauke plötzlich einen heftigen Hustenanfall. Mit schmerzverzerrtem Gesicht deutete er auf ein Glas Wasser, und Maarten hielt es ihm sofort an den Mund. Aber kaum, dass Hauke einen Schluck genommen hatte, schien der Husten noch heftiger zu werden. Und plötzlich spuckte er Blut. Blut! Erschrocken hielt sich Maarten die Hand vor den Mund, drückte dann sofort den roten Alarmknopf. Hauke konnte sich noch immer nicht beruhigen. In seiner Panik lief Maarten auf den Gang und rief laut nach einer Schwester. „Mein Freund spuckt Blut! Er spuckt Blut! Nun machen Sie doch was, schnell!“, rief er aufgebracht, als eine junge Frau in weißem Kittel ihren Kopf aus einem der Krankenzimmer schob. Sie stürzte sofort herbei und bediente im Laufen einen Piepser. Im nächsten Moment kam auch schon ein Arzt um die Ecke.

Als sie zu dritt wieder ins Zimmer kamen, hatte der Hustenanfall nachgelassen. Haukes Brustkorb hob und senkte sich in leichten Zuckungen, er lag wie ermattet in seinen Kissen, aus seinem Mund lief Sabber. Auf der Bettdecke hatte sich eine blutig-schleimige Masse verteilt. Hauke sah Maarten an, als er in Begleitung von Arzt und Schwester zurückkam, und in seinen Augen sah Maarten Angst. Nackte Angst.

Der Arzt gab irgendwelche Anweisungen, woraufhin die Schwester eine Spritze aufzog. „Verlassen Sie bitte den Raum“, sagte der Arzt, während er sein Stethoskop an Haukes Brust hielt. Maarten nickte stumm und tat, wie ihm geheißen. Er war geschockt. Wie schlimm stand es wirklich um seinen Freund?

Eine knappe Viertelstunde war vergangen, als Arzt und Schwester Haukes Zimmer mit ernstem Gesichtsausdruck wieder verließen. „Darf ich wieder zu ihm?“, fragte Maarten leise. Statt einer Antwort hob der Arzt nur leicht den Arm und deutete mit einer knappen Bewegung auf die Tür. Was wohl soviel heißen sollte wie Ja. Also ging Maarten wieder hinein. Hauke lag völlig regungslos auf seinem Bett und starrte an die Decke. „Geht’s wieder?“, fragte Maarten und versuchte, sich nicht anmerken zu lassen, wie erschrocken er war. Hauke nickte schwach und drehte langsam seinen Kopf in Maartens Richtung. „Sie wollen mich auf die Intensivstation bringen“, sagte er röchelnd, und in seine

Augen traten Tränen. Maarten schluckte. Sein Freund sah aus, als hätte ihm jemand allen Lebenssaft aus den Adern gesaugt. „Ist vielleicht besser. Da können sie dich besser beobachten“, sagte er und strich Hauke sanft über den Arm.

„Aber was ist denn mit mir, Maarten? Warum geht es mir plötzlich so schlecht?“

Maarten dachte, dass es Hauke nicht plötzlich, sondern schon seit Tagen schlecht ging. Aber er sagte: „Die Ärzte werden dich weiter untersuchen und sicherlich bald wissen, woher die Blutungen kommen. Und dann wirst du schnell wieder gesund.“ Maarten versuchte optimistisch zu klingen, aber er hörte selbst, dass es ihm nicht gelang.

Hauke deutete ein Nicken an. „Ich bin so müde, Maarten. Ich glaub, ich werde jetzt mal ein wenig schlafen.“

„Ja, mach das. Ich geh dann mal nach Hause.“ Maarten klopfte Hauke zum Abschied leicht auf die Schulter. „Mach’s gut, Alter, und gute Besserung.“

„Kommst du wieder?“

„Natürlich, Hauke. Natürlich komme ich wieder.“

8

Nervös fingerte er an der Tablettenschachtel herum. Wie nur ging dieses verdammte Ding auf? Er brauchte dringend eine von diesen knallroten Kapseln. Und die alte Packung war längst leer.

Eigentlich hatte es eine Ausnahme sein sollen. Er war nervös gewesen, hektisch, gestresst. Was ja kein Wunder war, bei den beschissenen Arbeitsbedingungen hier. Und so hatte er sich diese Kapseln besorgt, ohne Rezept versteht sich, bei einem Freund, der sich mit so was auskannte. Nur eine Kapsel, hatte er gedacht, dann würde er wieder ruhig, könne seine Arbeit wieder machen, so wie früher, konzentriert und gewissenhaft.

Aber es war nicht besser geworden mit dem Stress. Und dann war auch noch die Geschichte mit der Windlady II hinzugekommen. Er hatte gedacht, das würde ein Kinderspiel, nachdem doch die Firstlady so einwandfrei lief. Aber dann sollte alles plötzlich ganz anders sein. Er hatte es nicht verstanden. Aber er tat, was ihm gesagt wurde. Das war sein Job. Und er wollte keinen Ärger, denn den hatte er schon genug.

Und dann war alles aus dem Ruder gelaufen. Er hatte es prophezeit, aber keiner hatte ihm zugehört. Na gut, einer, ja, der hatte, genau wie er, kritisch nachgefragt. Fehler. Man sah ja jetzt, was der davon hatte. Nein, er würde es anders machen. Er würde nicht mehr nachfragen, auf gar keinen Fall. Er würde nur seinen Job machen und dann abends nach Hause gehen. Zu seiner Frau. Die beschwerte sich schon laufend, dass er keine Zeit mehr für sie hatte und ständig so schlecht gelaunt war. Das würde von nun an wieder anders werden. So wie es früher gewesen war. Verdammt! Es gelang ihm einfach nicht, diese blöde Kapsel herauszudrücken. Seine Finger zitterten. Das war doch nicht normal!

Fahrig fuhr er sich über das mit kaltem Schweiß bedeckte Gesicht. Er war doch noch jung, er konnte noch so viel machen. Mit seiner Frau. Und im Job. Ja, er würde kündigen und noch mal ganz von vorne anfangen. Vielleicht hier in Ostfriesland. Vielleicht auch ganz woanders. Nur weg von hier, aus diesem Unternehmen, denn das machte ihn kaputt. Da, na endlich, eine der knallroten Kapseln fiel auf den Tisch und kullerte dem Abgrund entgegen. Schnell griff er nach ihr und schob sie sich mit zitternden Fingern in den Mund. Jetzt noch schnell einen Schluck Wasser – ja, schon besser.

Letzte Woche, da hatte er gedacht, alles würde besser werden. Nachts war er nicht mehr so oft schweißgebadet aufgewacht, die Tage schienen wieder heller, freundlicher. Ja, nachdem er beschlossen hatte, dass ihn die Schweinereien hier alle nichts angingen, dass er nur seinen Job machen wollte, da war er ruhiger geworden. Schließlich lag die Verantwortung nicht bei ihm, er ging nur seiner Arbeit nach.

Aber dann hatte er was gesehen. Und im Nachhinein wünschte er, er wäre an diesem Tag gar nicht erst zur Arbeit gegangen. Wäre einfach zuhause geblieben. Dann hätte er es nicht mit ansehen müssen. Ihm hatte der Atem gestockt und er hatte sich am Geländer festhalten müssen, so schwindlig war ihm plötzlich gewesen. Fast hätte ihn jemand gesehen, denn er war gegen eine alte Farbdose getreten, und die war dann hinuntergefallen, auf die nächst tiefere Etage. Es hatte ordentlich gescheppert, aber Gott sei Dank waren die Geräusche der See und des Windes so laut gewesen, dass das Geräusch nicht bis dahinten zu hören gewesen war. Er hatte sich dann schnell verdrückt, auf keinen Fall durfte jemand mitkriegen, dass er was gesehen hatte. Und er hatte für sich beschlossen, auch diesen Vorfall zu vergessen. Aber es gelang ihm nicht. Verdammt, es gelang ihm überhaupt nicht.

9

Der Wind war etwas aufgefrischt. Dennoch schwappten die Wellen nur leicht plätschernd ans Ufer. Es musste gerade Hochwasser sein, schloss Maarten aus dem Wasserstand. In den nächsten Stunden würde die See also Stück für Stück wieder zurückweichen, bis das Wasser nur noch weit hinten am Horizont zu sehen war. Mit fahrigen Bewegungen strich sich Maarten immer wieder über das Gesicht. Er bekam die Bilder nicht aus dem Kopf. Hauke, so blass und voller Angst im Krankenbett. Das Blut auf seiner Decke. Sein schmerzverzerrtes Gesicht.

Gestern war er nach dem Besuch im Krankenhaus zu seinen Eltern gefahren und hatte sich eigentlich gleich hinlegen wollen, so ausgelaugt hatte er sich plötzlich gefühlt. Doch dann hatte seine Schwester Wiebke mit ihrer Familie vor der Tür gestanden, nur wenig später dann auch noch Swaantje und Simon. Also aßen sie alle zusammen zu Abend, und es war noch ein richtig netter Abend geworden. Wiebke hatte einen richtig zufriedenen und ausgeglichenen Eindruck gemacht. Ihre Kinder, Jule und Immo, waren recht lebhaft, aber, wie Maarten fand, mit ihren glatten, strohblonden Haaren, den großen blauen Augen und den roten Bäckchen ganz reizend. Wiebkes langjährigen Lebensgefährten und Beinahe-Ehemann Daniel hatte Maarten schon immer gut leiden können. Die beiden lernten sich während Wiebkes Ausbildung zur

Hotelfachfrau kennen gelernt, Daniel hatte in ihrem Ausbildungshotel als Koch gearbeitet. Inzwischen waren sie Inhaber eines kleinen Fischrestaurants in Norddeich.

In ein paar Tagen würden Wiebke und Daniel heiraten. Fast genau an der Stelle, wo Maarten jetzt saß. Er hatte sich inzwischen einen Mietwagen genommen und kurzerhand beschlossen, sich für ein paar Stunden einfach nur an den Deich bei Pilsum zu setzen. Doch er musste feststellen, dass es hier früher deutlich ruhiger gewesen war. Denn seitdem Otto Waalkes seinen Film am Pilsumer Leuchtturm gedreht hatte, war dieser praktisch zum Wallfahrtsort für Touristen geworden – und der untere Teil seines Korpus' diente als Sammlung aller Freundlich- und Peinlichkeiten, die einem menschlichen Hirn entspringen konnten. Bis zu dieser Zeit hatte sich kaum jemand hierher verirrt, und man hatte Stunden am Deich sitzen können, ohne allzu vielen Menschen zu begegnen.

Maarten hatte sich einen Sitzplatz in angemessener Entfernung zum Leuchtturm gesucht und dort eine Picknickdecke ausgebreitet, auf der er jetzt saß und darüber nachdachte, was er für Hauke tun konnte. Auf jeden Fall würde er nicht wieder nach Amerika zurückkehren, ohne zu wissen, wie es mit seinem Freund weiterging. Soviel stand fest. Am nächsten Tag würde er Franziska anrufen und ihr sagen, dass er seinen Aufenthalt auf unbestimmte Zeit verlängern würde. Damit musste sie jetzt klarkommen, schließlich war sie es gewesen, die ihn quasi genötigt hatte, zur Hochzeit seiner Schwester nach Ostfriesland zu fliegen. Das hatte sie nun davon, dachte er mit einem Schmunzeln. Aber solange Franziska im Vorzimmer seines New Yorker Büros saß, würde da auch ohne ihn alles rund laufen, daran hatte er keinerlei Zweifel.

Maarten versuchte, die düsteren Gedanken aus dem Kopf zu bekommen. Es war ein herrlicher Sommertag und er beschloss, sich in seinen mitgebrachten Krimi zu vertiefen und diesen Sommertag genau hier, an diesem Platz am Deich, in vollen Zügen zu genießen. Während er las, holte er immer wieder tief Luft und erfreute sich am intensiven Geruch der salzigen Luft, einer Mischung aus Meer, Gras und – was war das? – Schaf. Schaf? Maarten schaute auf. Tatsächlich. Nicht weit von ihm trieb ein Schäfer dutzende der wollweißen Tiere auf den Deich. Aber, wie er mit einem zufriedenen Grunzen feststellte, verlief zwischen ihm und der Herde ein Zaun, sodass er seinen Platz nicht würde räumen müssen.

Gerade, als Maarten beschlossen hatte, ein kleines Nickerchen an der frischen Luft zu machen, fiel ein Schatten auf sein Buch. Erstaunt drehte er sich um und schaute in ein bärtiges Gesicht. Der Körper zu diesem Gesicht steckte in einer Polizeiuniform.

„Moin, Maarten."

„M... Moin. Kennen wir uns?"

„Das will ich meinen. Kannst dich nich mehr an mich erinnern, oder was?" Der Bärtige grinste breit. „Also, wenn ich das mal sagen darf, du hast dich ja überhaupt nich verännert. Siehst noch genauso aus wie damals inne Schule. Nur'n büschen älter. Aber wer von uns is das nich, wa?" Damit kramte der schlaksige Mann eine Schachtel Zigaretten aus der Tasche und bot Maarten eine an. Der schüttelte den Kopf und überlegte immer noch, wer da eigentlich vor ihm stand.

„So, immer noch Nichtraucher, wa? Hab dich hier so sitzen sehen und da dachte ich, sachst ma guten Tach." Er steckte sich umständlich eine Zigarette an und zwinkerte Maarten zu. „Und, drauf gekommen, wer ich bin?"

Erneutes Kopfschütteln. „Tut mir leid, keine Ahnung."

„Harry. Ich bin Harry, Harry Veldkamp. Und? Klingelt's?"

„Harry? Du bist Harry?" Maarten schaute sein Gegenüber irritiert von oben bis unten an. Natürlich kannte er Harry Veldkamp, aber in seiner Erinnerung war der klein und dick. Der Harry, den er kannte, hatte immer eine Packung Prinzenrolle in der Hand gehabt. Egal, wo er gerade war. Morgens, mittags, abends. Nie hatte er ihn ohne seine Prinzenrolle gesehen. Deswegen – und natürlich wegen seiner kompakten Statur - wurde er ja damals von allen auch nur Rolle genannt. „Du hast dich aber verändert, Rolle", stellte er dann nüchtern fest.

Harry verzog das Gesicht. „Nee, nee, mien Jung. Die Zeiten von Rolle sind vorbei. Schon lange. Ging ja nich anners. Wollte ja unbedingt zur Polizei. Und die wollten keine Möpse. Also habe ich meine letzte Prinzenrolle noch aufgegessen und dann – Fitnessstudio. Jeden Tach. Und dann haben se mich genommen. Tja, und da bin ich heute noch."

„Glückwunsch, tolle Leistung!" Maarten nickte anerkennend. „Willste dich nicht kurz zu mir setzen?", bot er Harry dann einen Platz auf seiner Picknickdecke an.

„Jo, fünf Minuten geht wohl." Er setzte sich, griff sich an den Rücken und verzog dabei das Gesicht. „Bandscheibe. Man is ja keine dreißig mehr."

„Und was machst du hier am Deich mitten im Dienst?"

„Och, muss man ja immer mal nach'm Rechten sehen, seit hier so viel los is. Meistens, wenn ich herkommen muss, hat einer von den Dösbaddeln den annern eingeparkt, oder so." Harry machte mit seinem

Kopf eine Bewegung Richtung Leuchtturm, wo sich gerade mindestens vier Dutzend Urlauber tummelten. Anscheinend war ein ganzer Bus vorgefahren. Über ihnen machten ein paar Möwen ein ohrenbetäubendes Geschrei und warteten auf die Leckerbissen, die hier zuhauf vom Reiseproviant abfielen. „Tja, und da kümmer ich mich dann drum."

Na, das klang ja nun nicht wirklich nach steiler Polizeikarriere, dachte Maarten. Aber Harry schien zufrieden zu sein.

„Und von da oben hast du mich erkannt?", fragte Maarten ungläubig. Bis zum Leuchtturm waren es mindestens dreihundert Meter.

„Ach wat. Nee, ich lauf denn immer noch'n bischen rum, mal Beine vertreten, weißt du. Jo, und da hab ich dich hier sitzen sehen und dachte, guck, den hast ja lange nich gesehn, sachst ma guten Tach."

„Gute Idee."

„Jo. Seit wann bissn hier?"

„Seit vorgestern."

„Ja, hab schon gehört, dass du zu Wiebkes Hochzeit kommst. Wird ja auch mal Zeit, dass die heiraten. Sind so lange schon zusammen, und dann die zwei Lütten."

„Gestern hab ich Hauke im Krankenhaus besucht", machte Maarten einen Themenwechsel.

„Hauke. Jo. Böse Geschichte, das."

„Ihm geht's richtig schlecht. Gestern hat er Blut gespuckt. Und dann immer diese Krämpfe. Und keiner weiß, was er hat."

„Jo, tragisch. Und dann hat er ja auch noch so Paranoia."

Maarten stutzte. Litt Hauke etwa unter Verfolgungswahn? „Wie kommst du denn da drauf?" fragte er.

„Ja nu, seit er diese Krämpfe hat, war er schon

zweimal bei uns im Polizeirevier in Pewsum. Hat immer behauptet, man würde ihn vergiften. Aber nu mal ganz ehrlich. Wer soll Hauke wohl vergiften?“

Maarten sah Harry prüfend an. „Hat er denn mal einen Verdacht geäußert, wer ihn vergiften will?“

„Er meint, das sind die Kollegen bei der Arbeit.“

„Und wieso sollten die ihn vergiften?“

„Er hat sich da was zusammengereimt. Irgendwas mit `ner Windkraftanlage, die nich richtig funktioniert, oder so.“

„Das klingt ziemlich wirr.“

„Sach ich doch.“

Für eine Weile saßen sie schweigend nebeneinander und guckten aufs Meer hinaus, das jetzt wieder auf dem Rückzug war. Gift. Und wenn es stimmte? Maarten war zwar kein Mediziner, aber er konnte sich gut vorstellen, dass Gift solche Krämpfe und Blutungen auslösen konnte, wie sie bei Hauke auftraten. Aber bestimmt würde das im Krankenhaus ja untersucht. Wenn es so war, dann würden die Ärzte es herausbekommen. Er nahm sich vor, gleich am nächsten Tag noch mal ins Krankenhaus zu fahren und Hauke dahingehend zu befragen.

„Nee, wenn du mich frachst, is Hauke einfach nur krank. Vom Stress, oder so. Gefällt ihm ja nich so gut, sein neuer Job“, setzte Harry unvermittelt das Gespräch fort, als hätte er Maartens Gedanken gelesen.

„Ja, vermutlich hast du recht“, erwiderte Maarten. Aber dennoch spürte er bei diesen Worten Zweifel in sich aufsteigen.

„Ich muss dann mal wieder“, sagte Harry und stand auf, die rechte Hand in den Rücken gestützt. „Mach’s gut, Maarten. Wir sehen uns auf’er Hochzeit.“

„Ja, bis dann, Harry. Hat mich gefreut, dich zu treffen.“

„Jo."

10

Als Maarten später wieder im Haus seiner Eltern war, machte seine Mutter gerade Tee. Er half ihr, den Tisch einzudecken, und irgendwie machte es ihn glücklich, dass seine Eltern nach wie vor das Teeservice mit dem original ostfriesischen Rosenmuster benutzten. Seine Mutter hatte es mal zu Weihnachten von seiner Großmutter bekommen, als Maarten noch ganz klein gewesen war. Er nahm eine der kleinen Tassen in die Hand und betrachtete sie für eine Weile. Früher hatte er sich um solche Sachen, wie das traditionelle ostfriesische Teetrinken, keine Gedanken gemacht. Es hatte einfach immer dazugehört. Aber seitdem er nicht mehr in Ostfriesland lebte und seinen Tee, der woanders nicht halb so gut schmeckte wie zu Hause, in der Regel aus großen Kaffeebechern so nebenbei trank, dachte er oft über die gemütlichen Teestunden nach, die es tagtäglich in seinem Elternhaus gab. Diese Teestunden dienten in erster Linie dazu, mal Pause zu machen, zur Ruhe zu kommen und wieder Kraft zu tanken. Und wo gab es so was schon noch? Maarten jedenfalls hatte keine Ahnung, wie er solch eine regelmäßige Teestunde oder ähnliches in seinen New Yorker Alltag hätte einbinden sollen. Mit einem wehmütigen Lächeln betrachtete er den kleinen, silbernen Sahnelöffel, den seine Mutter gerade in das kleine Kännchen mit Teesahne tauchte. Er sah aus wie eine winzig kleine Suppenkelle, in den Griff war ebenfalls das Rosenmuster eingraviert. Genauso wie in die Kandiszange, die gerade ihren Platz in der Schüssel mit den weißen Zuckerklumpen, die man in Ostfriesland Kluntjes nannte, einnahm. Unwillkürlich drückte Maarten seiner Mutter einen Kuss auf ihre von Falten durchzogene Wange.

„Nanu, was'n los, mien Jung?“, fragte sie und sah ihn erstaunt, zugleich aber auch gerührt an und hielt ihre Hand auf die Stelle, auf der der flüchtige Kuss ihres Sohnes gelandet war.

Maarten zuckte mit den Schultern und lächelte. „Och, Mudder, nur'n Anflug von Sentimentalität. Ich freu mich einfach, mal wieder hier zu sein und eine Tasse Tee mit dir zu trinken.“

„Ich freu mich auch, dass du hier bist, mien Jung. Focko, Tee is feddich!“, rief sie dann zum Fenster hinaus ihrem Mann zu, der wie immer eifrig im Garten werkelte.

Wenig später saßen alle drei am Küchentisch, und Maarten schaute nachdenklich auf das Sahnewölkchen, das in seinem dampfenden Tee in Verbindung mit dem Kluntje bizarre Muster zeichnete.

„Und, Maarten, wie geht es Hauke? Du warst doch vorhin bei ihm im Krankenhaus, oder?“, fragte sein Vater unvermittelt, nachdem sich alle drei eine ganze Weile angeschwiegen und ihren Tee mit einem Stück Butterkuchen genossen hatten. Herr Sieverts war schon seit Jahrzehnten eng mit Bauer Langhoff, Haukes Vater, befreundet. Normalerweise erkundigte er sich nicht allzu oft nach dem Befinden anderer Menschen. Nicht aus Ignoranz, sondern weil er ganz einfach der Meinung war, dass ihn das Leben anderer nichts anging. Dass er nun nach Hauke fragte, war ein untrügliches Zeichen dafür, dass er sich große Sorgen machte.

Maartens Stirn umwölkte sich. „Gar nicht gut,

Vadder, Hauke geht es leider gar nicht gut. Er hat Blut gespuckt, als ich da war."

„Oha", sagte sein Vater nur und schüttelte den Kopf.

„Was mach das nur sein?", sagte Frau Sieverts und kniff die Augen zusammen. „Der Junge war doch immer so gesund. Und jetzt das. Da kann doch was nicht mit rechten Dingen zugehen."

Maarten dachte an Harry, der von Haukes Verdacht gesprochen hatte, man würde ihn vergiften. „Ich weiß es auch nicht, Mudder", sagte er. „Habt ihr was von dem Verdacht gehört, dass Hauke vergiftet wurde?"

Sein Vater nickte. „Ja, wurde mal beim Kegeln drüber gesprochen. Aber, mal ehrlich, wer sollte Hauke wohl vergiften. Hat doch niemandem was getan, der Jung."

„Nee", pflichtete seine Frau ihm bei und schenkte noch mal Tee nach. „Da muss wohl wat anners dahinter stecken."

„Ich dachte ...", setzte Maarten gerade zu einer Erwiderung an, als es plötzlich an der Tür läutete. „Erwartet ihr Besuch?"

Seine Eltern schüttelten den Kopf. „Nee", sagte Frau Sieverts, „is vielleicht eine deiner Schwestern."

„Ich schau mal nach", sagte Maarten und drückte seine Mutter, die sich gerade erheben wollte, sanft wieder auf ihren Stuhl zurück.

„Maarten?", fragte eine junge Frau, als er die Tür geöffnet hatte. Er nickte und schaute sie fragend an. „Was kann ich für Sie tun? Oder wollen Sie zu meinen Eltern?"

„Nee", sagte sie und deutete ein Lächeln an. „Nee, ich wollte zu dir. Ich bin Sonja, Haukes Frau."

„Sonja!" Maarten reichte ihr die Hand und bedeutete ihr einzutreten. „Vater, Mutter, das ist ...", wollte er die junge Frau seinen Eltern vorstellen, als er mit ihr im Schlepptau die Küche betrat, wurde aber durch deren zweistimmiges Moin, Sonja unterbrochen. Sie kannten sich also schon. Na ja, dachte er sich, das hätte er wissen müssen. Hier kannte ja offensichtlich jeder jeden.

„Tasse Tee, Sonja?“, fragte Frau Sieverts und hob die Kanne vom Stövchen.

„Gerne“, lächelte Sonja und setzte sich unaufgefordert auf das rote Ostfriesensofa. Sie schien hier wirklich nicht ganz fremd zu sein, stellte Maarten fest. „Maarten, Hauke hat mich gebeten, dir das zu geben“, kam sie dann gleich zum Zweck ihres Besuches und zeigte auf eine gelbe Mappe, die sie auf den Tisch gelegt hatte. „Er wollte, dass ich mit dir was bespreche.“

„Ich geh dann mal wieder in’n Garten“, brummte Herr Sieverts und stand auf. Beim Hinausgehen legte er Sonja kurz seine Hand auf die Schulter. „Alles Gute, mien Wicht. Und grüß Hauke von uns.“

„Ich muss dann mal einkaufen“, murmelte Maartens Mutter, und damit war auch sie aus der Küche verschwunden.

Maarten betrachtete die junge Frau im hellgelben Sommerkleid, die ihm gegenüber saß und zunächst still ihren Tee schlürfte. Sie war eine reizende kleine Person, fand er. Vielleicht etwas blass, aber das war unter diesen Umständen ja auch kein Wunder. Sie hatte eine zierliche Figur, ein hübsches, schmales Gesicht mit ebenmäßigen Zügen. Ihre dunklen Augen machten, auch wenn um sie herum dunkle Ringe lagen, einen hellwachen Eindruck. Ihre glatten, blonden Haare trug sie zu einem Pferdeschwanz gebunden.

„Hauke bittet dich, dir diese Unterlagen mal anzusehen“, begann Sonja unvermittelt wieder zu sprechen und reichte ihm die mitgebrachte Mappe. Maarten blätterte sie kurz durch. Es waren Werbeunterlagen einer Firma, stellte er fest.

„Das ist die Firma, bei der Hauke beschäftigt ist“, fuhr Sonja fort. „Sie bauen Windkraftanlagen.“

„Ja“, nickte Maarten, „Hauke hat es erwähnt. Er scheint nicht ganz glücklich mit diesem Job zu sein, oder?“

Sonja zog die Stirn in Falten und schüttelte den Kopf. „Er meint, es war ein Fehler, für dieses Unternehmen zu arbeiten. Er ...“, sie fing an zu zittern, als wäre ihr ganz plötzlich kalt, und verschränkte die Arme vor ihrem Körper. „Er ... ist davon überzeugt, dass diese Firma schuld ist an seiner Krankheit.“

Maarten nickte. „Ja, ich habe Harry Veldkamp getroffen. Der hat so was angedeutet.“

Sonja sah auf und schaute Maarten in die Augen. „Harry hat ihm nicht geglaubt. Und ehrlich gesagt ... ich weiß auch nicht so recht, ob Hauke sich da nicht was zurecht gelegt hat.“

„Was sollte es denn für einen Grund geben, dass ihn jemand vergiftet?“

Sonja zuckte mit den Schultern. „Er meint, er wüsste zuviel.“

„Was weiß er zuviel?“

„Ich habe keine Ahnung. Ich sag ja, ich weiß auch nicht, was diese Andeutungen sollen. Er hat auch nie Genaueres dazu gesagt.“

Maarten sah sie prüfend an. Die arme Frau musste in der letzten Zeit viel durchgemacht haben. „Und warum soll ich mir die Unterlagen angucken?“

„Er meint, sie wären vielleicht interessant für dich, weil du ja wohl auch Ingenieur bist. Er hat schon vor einiger Zeit recherchiert, was deine Firma so macht. Maarten macht alles richtig, sagte er mal. Keine

Ahnung, was er damit gemeint hat."

„Gut", nickte Maarten und legte die Mappe zurück auf den Tisch. „Ich sehe mir die Sachen mal an. Bestimmt hat er einfach nur Lust, mit mir ein wenig zu fachsimpeln."

„Kann sein", erwiderte Sonja, aber es klang nicht überzeugt.

„Warst du heute schon bei ihm?", fragte Maarten vorsichtig. Ob sie schon wusste, wie schlecht es ihrem Mann heute ging?

„Ja. Ich komme gerade von ihm. Sie ...". Sonja schluckte, und wieder ging ein Zittern durch ihren schmalen Körper. „Sie haben ihn auf die Intensivstation verlegt."

„Ja, das hatten sie vor." Maarten sah, dass Sonja mit den Tränen kämpfte und legte seine Hand auf ihre. Sie war eiskalt. „Es tut mir sehr leid, Sonja. Wenn ich irgendwas für euch tun kann, lass es mich bitte wissen."

„Hauke sagt, du bleibst nicht lange?"

„Ich ... ich habe keine Ahnung. Ich denke, dass ich schon noch länger hier bin", sagte er und war im nächsten Moment selbst überrascht. Das stand doch noch gar nicht fest! „Ich habe gehört, ihr habt zwei Söhne?", wechselte er schnell das Thema.

Zum ersten Mal, seit sie hier saß, trat ein Leuchten in Sonjas Augen. „Ja, Nicolas und Tilman. Sie sind Haukes ganzer Stolz."

„Und deiner auch", lächelte Maarten.

„Ja, meiner auch", lächelte sie zurück und deutete dann auf die gelbe Mappe. „Ich danke dir, dass du das für Hauke tust, Maarten."

„Ich wünschte, ich könnte noch viel mehr tun", gab er leise zurück.

11

Ein wenig Angst sich zu blamieren hatte er ja schon. Maarten stand am Straßenrand und legte die Hand zur Abschattung über die Augen. Es musste schon deutlich über zwanzig Jahre her sein, dass er zum letzten Mal im beschaulichen Örtchen Canhusen gewesen war. Damals, da ging er noch zur Grundschule, hatte er seinen Freund Micha auf einem Kindergeburtstag kennen gelernt. Micha, der später an einer Lungenembolie gestorben war, wohnte in Loppersum. Maarten war oft mit dem Fahrrad zu ihm gefahren und dann weiter mit ihm nach Canhusen, das nur wenige Kilometer entfernt war. Hier wiederum hatte Tomke gewohnt, Michas Kusine. Zunächst hatte Maarten nicht verstehen können, warum sich Micha öfter mit Mädchen abgab, als er unbedingt musste. Seine Schwestern nämlich, Wiebke und Swaantje, empfand der damals als reine Zumutung und ging ihnen aus dem Weg, wo er nur konnte. Aber dann hatte er ganz schnell verstanden, was Micha an Tomke so faszinierte. An ihr war ein Junge verloren gegangen, das war klar. Was womöglich daran lag, dass sie mit vier Brüdern aufwuchs. Jedenfalls war sie für jeden Unfug zu haben gewesen und hatte sich bei Mutproben immer mehr getraut, als alle Jungen in ihrem Umfeld. Maarten war immer ein wenig in sie verliebt gewesen, auch wenn er es nie zugegeben hätte. Aber er hatte immer gedacht, dass er später, wenn überhaupt, nur eine Frau wie

Tomke heiraten würde. Und auf gar keinen Fall eine, die immer nur Vater, Mutter, Kind mit ihren Puppen spielte, wie es seine Schwestern tagaus, tagein taten.

Die Erinnerung an Tomke trieb Maarten ein Lächeln aufs Gesicht. „Na, du scheinst dich ja mächtig zu freuen, dass du heute mal mit uns kommen kannst“, sagte eine dunkle Stimme in seine Gedanken hinein. Maarten drehte sich um und sah in die Augen von Harry, dem Polizisten. Der hatte ihn am Abend zuvor spontan angerufen und gefragt, ob er nicht Lust habe, mal wieder mit zum Boßeln zu gehen. Er, Harry, habe sich an der Einfallstraße nach Canhusen mit ein paar Freunden verabredet, einfach nur so, aus Spaß.

Eigentlich hatte Maarten vorgehabt, gleich am frühen Nachmittag zu Hauke ins Krankenhaus zu fahren, aber da kam es auf zwei, drei Stunden ja nicht an. Das würde er dann eben gegen Abend tun. „Ja, ist schon lange her, dass ich zum letzten Mal geboßelt habe. Weiß gar nicht, ob ich das noch hinkriege.“

„Och, das wird schon“, befand Harry und schlug ihm freundschaftlich auf die Schulter. „Einfach immer auf'n Mann, das weißt du ja.“

Inzwischen waren noch vier weitere Freunde von Harry eingetrudelt, von denen Maarten keinen kannte, und es konnte losgehen. Normalerweise gehörten zum Boßeln zwei Mannschaften, aber hier sollte es ja nicht um einen Wettkampf gehen. Man wollte nur ein paar Kugeln auf der Straße Richtung Wirdum schieben.

Als Maarten zum ersten Mal seit langer Zeit die Boßelkugel wieder in den Händen hielt, kamen sofort Erinnerungen an frühere Wettkämpfe in ihm hoch. Und obwohl es ein sonniger und sehr warmer Tag war, meinte er, plötzlich kalte Hände zu haben. Die Boßelwettkämpfe hatten nämlich immer im Herbst und Winter stattgefunden, bei Wind und Wetter. Wie oft hatte Maarten schon nach kurzer Zeit das Gefühl gehabt, seine Hände würden ihm vor Kälte abfallen, wenn er frierend und bibbernd am Straßenrand gestanden und auf seinen Einsatz gewartet hatte! Und viel zu oft war es ihm passiert, dass seine vor Kälte starren Finger die Gummikugel nicht mehr hatten halten können und er sie noch beim Anlaufnehmen fallen ließ – was ihm nicht nur die missbilligenden Blicke seiner Mannschaftskameraden, sondern der gegnerischen Mannschaft häufig auch noch einen Punkt eingebracht hatte.

„Na, Maarten, nu man los, worauf wartest du denn?“, sprach ihn einer von Harrys Freunden an und gab ihm einen freundschaftlichen Stoß in den Rücken. „Kalle hat sich vorne aufgestellt, siehst du, und da, wo er steht, da schießt du jetzt einfach die Kugel hin, okay?“ Maarten nickte. Ja, soweit konnte er sich noch erinnern. Wenn er mit viel Schwung dahin schoss, wo der Mann, Kalle, in einiger Entfernung stand, dann würde die Kugel am längsten auf der Straße bleiben. Und das war schließlich Ziel der Geschichte. Die Mannschaft, die am Ende die vorgegebene Strecke mit den wenigsten Schüssen hinter sich gebracht hatte, hatte das Spiel gewonnen.

Maarten nahm Anlauf und guckte dabei starr auf Anweiser Kalle. Mit viel Schwung brachte er dann die Kugel, ähnlich wie beim Kegeln, in Fahrt, und sie donnerte über den Asphalt der Landstraße. Nur, und das war schnell klar, schlug sie keineswegs die Spur Richtung Kalle ein, sondern fiel bereits nach wenigen Metern ab und landete schließlich mit einem Platscher im Straßengraben. Lautes Gelächter war die Folge. „Na, Maarten, da geht aber noch wat“, lachte Harry und spurtete los, um die Kugel wieder aus ihrem nassen Asyl zu fischen. Dazu hatte er den Sucher mitgebracht, einen langen Stab, an dessen Ende sich ein kleiner Korb aus Metall befand. Mit diesem Korb stocherte Harry nun im trüben Nass des Grabens herum. So eine Suche konnte schnell gehen. Es kam aber auch vor, dass die Kugel nicht in angemessener Zeit wieder ans Licht befördert werden konnte und dann eine Ersatzkugel zum Einsatz kam. Nach dem Spiel zog dann einer los, um sein Glück erneut zu versuchen. Maarten wollte gar nicht wissen, wie viele Boßelkugeln ihre letzte Ruhestätte in einem der ostfriesischen Straßengräben gefunden hatten, weil es auch nach großer Anstrengung niemandem gelungen war, sie aufzustöbern.

Maarten verlebte einen amüsanten Nachmittag mit Harry und seinen Freunden, es wurde viel gelacht und noch mehr geflucht. Als sie schließlich an der Einfahrt nach Canhusen wieder ankamen, war er völlig durchgeschwitzt und keuchte vor Anstrengung. Im Laufe des Spiels hatte er seine Leistung deutlich steigern können und langsam den Maarten wieder erkannt, der er früher gewesen war, als er mit roten Wangen und klammen Fingern mit seiner Mannschaft den ein oder anderen Pokal nach Hause geholt hatte.

„Und, Maarten, kommste noch mit, `nen Lütten heben?“, fragte Harry, als sie ihr Equipment wieder in den Autos verladen hatten.

„Nee du, lass mal, ich will noch zu Hauke ins Krankenhaus.“

Harrys Gesicht verdüsterte sich. „Brauchste nich, Maarten.“

„Wieso? Ist er schon wieder entlassen worden?“ In Maarten keimte ein Funken Hoffnung auf.

Harry schüttelte den Kopf. „Leider nich. Ich hab vorhin Sonja getroffen. Sie war am Boden zerstört, die Arme. Sie haben Hauke ins künstliche Koma gelegt. Is gar nich mehr ansprechbar. Und noch immer weiß keiner, woher er eigentlich diese Blutungen hat.“

„Ins ... ins Koma?“, stammelte Maarten erschrocken und merkte, wie ihm die Knie weich wurden. Schnell lehnte er sich an das Auto, das ihm am nächsten stand. Die Männer um ihn herum nickten stumm.

„Ich ... ich habe ihm versprochen, dass ich mir mal ein paar Broschüren über sein Unternehmen anschaue, in dem er arbeitet. Ich glaube, das werde ich jetzt mal machen.“ Maarten hatte das Gefühl, jetzt irgendetwas für seinen Freund tun zu müssen, auch wenn es nur das stupide Lesen dieser Broschüren war, die Sonja ihm in seinem Auftrag vorbeigebracht hatte.

„Reine Zeitverschwendung“, murmelte Kalle vor sich hin.

„Warum? Was ist reine Zeitverschwendung?“, fragte Maarten und schaute den kleinen, kräftigen Mann irritiert an.

„Ist doch sowieso alles gelogen, was in diesen Broschüren steht. Glaub mir, Maarten, die Realität sieht ganz anders aus.“ Zur Unterstreichung seiner Worte spuckte Kalle auf den Boden.

„Woher willst du das wissen?“

„Arbeite auch für die.“

„Du arbeitest für dieselbe Firma wie Hauke?“

„Jawoll. Und eins kannst du mir glauben, Maarten, das is kein Spaß. Oder hat Hauke was anderes gesacht?“

„N ... nein. Er hat sogar ... er sagt ... na ja, ist ja auch egal.“ Maarten schwirrte plötzlich der Kopf.

„Komm mit uns inne Kneipe, Maarten. Und dann erzähl’ ich dir mal, was das fürn mieser Laden is, für den wir uns krumm machen. Hauke als leitender Ingenieur, ich als kleiner Arbeiter. Und was da für charakterlose Schweine rumlaufen, das erzähl ich dir auch. Und dann stoßen wir auf Hauke an. Weil, der hat es nich verdient, so behandelt zu werden. Issn feiner

Kerl, unser Hauke. Viel zu fein für die Arschgeigen, die da das Sagen haben.“ Wieder spuckte Kalle aus, und Maarten sah tiefste Verachtung in seinen Augen.

„Okay“, sagte er, „da komm ich mit.“

12

Richtig glücklich sah hier keiner aus. Eher so, als hätten sie sich in ihr Schicksal ergeben. Natürlich, die Dame am Empfang war ausgesprochen freundlich gewesen, fast zu freundlich für seinen Geschmack. Und auch alle anderen grüßten höflich. Aber irgendetwas störte ihn, auch wenn er nicht genau benennen konnte, was es war.

Maarten saß, eine Tasse Kaffee in der Hand, in der gemütlichen Sitzgruppe im Foyer und schaute sich interessiert um. Das lichtdurchflutete, rundum verglaste Firmengebäude war nach den neuesten und modernsten Standards erbaut, das sah man gleich. Das großzügige Foyer wurde von einer riesigen Glaskuppel überdacht, die sich, so hatte es Maarten mit seinen geschulten Augen gleich bemerkt, bei schönem Wetter öffnen ließ. Gerne hätte er gesehen, wie das funktionierte, aber leider goss es an diesem Tag immer mal wieder in Strömen. Es bot sich also an, auf diese Funktion lieber zu verzichten. Fasziniert verfolgte Maarten für eine Weile das Spiel von Licht und Schatten, das sich durch den ständigen Wechsel von Sonne und Wolken über der Glaskuppel ergab und sich im Foyer auf beeindruckende Weise fortsetzte. Hier musste ein Architekt am Werk gewesen sein, der sein Handwerk verstand. Ein wahrer Meister seines Faches.

Rund um das Foyer herum verliefen in vier Stockwerken die Büroetagen, die man über verglaste

Aufzüge erreichte. Jede der Etagen war über einen breiten Gang erschlossen, von dem man in die einzelnen Büroräume kam und der zum Foyer hin mit einer eleganten, verchromten Brüstung abschloss.

„Herr Doktor Sieverts?“, hörte Maarten in seine Gedanken hinein jemanden sagen. Er schaute auf und sah in ein breit lächelndes Gesicht. Smart, war der Begriff, der ihm zu seinem Gegenüber als Erstes einfiel. Nadelstreifenanzug, dezent gemusterte Krawatte, teure italienische Schuhe. Der etwa fünfzigjährige Mann hatte seine mittelblonden Haare nach hinten gegelt, die Fingernägel waren manikürt. Das einzige, was nicht zu seinem allzu glatten Auftreten zu passen schien, war sein eher ungepflegter Bart. Der Blick, den er Maarten aus seinen schmalen Augen zuwarf, empfand Maarten als unangenehm. Denn das breite Lächeln des Mundes war nicht bis zu den Augen vorgedrungen, was Maarten sofort misstrauisch werden ließ. Er hatte in seinem Leben schon mit vielen Managertypen zu tun gehabt. Und dieser gehörte ganz klar zu dem Typus, bei dem äußerste Vorsicht geboten war. Aber na ja, auch damit konnte Maarten umgehen, da hatte er keinerlei Zweifel.

Er stand auf und reichte dem Mann die Hand. „Ja, ich bin Maarten Sieverts. Und Sie müssen Herr Naumann sein.“ Der feste Händedruck seines Gegenübers zeugte von Tatkraft. „Ja, Hans-Jürgen Naumann. Ich freue mich sehr, dass Sie ihren Weg zu uns gefunden haben, Herr Doktor Sieverts. Ihr Name ist ja in der Fachwelt nicht ganz unbekannt. Umso mehr wundere ich mich, dass wir uns hier im beschaulichen Ostfriesland treffen. Wenn ich mich richtig erinnere, haben Sie ihren Firmensitz in New York. Und da ich annehme, dass Sie nicht nur wegen uns hier in Emden sind, darf ich fragen, was Sie in diesen hinteren Winkel der Welt treibt?“ Seine letzten Worte hatte er mit einer

Geste seiner Arme unterstrichen, die zu sagen schien, dass er sich wirklich nicht vorstellen konnte, warum sich jemand freiwillig hier aufhielt. Maarten ärgerte diese Überheblichkeit, er ließ sich aber nichts anmerken. Bei solchen Typen kam man letztlich nur mit einem Pokerface weiter.

„Meine Eltern und Geschwister leben hier."

„Ach." Hans-Jürgen Naumann schien wirklich überrascht zu sein. „Dann sind sie also gebürtiger Ostfriese." Es war mehr eine Feststellung als eine Frage, und Maarten war sich sicher, dass er zwischen den Zeilen ein unausgesprochenes Sie Armer, wie konnte denn das passieren? herausgehört hatte. Angesichts von so viel Arroganz näherte sich seine Stimmung mehr und mehr dem Tiefpunkt, und so langsam kostete es ihn doch Anstrengung, freundlich zu bleiben.

Sie waren inzwischen bei einem der Fahrstühle angelangt und fuhren in die oberste Etage hoch. Naumann geleitete ihn in ein Büro von dem man, so stellte Maarten sogleich fest, eine fantastische Aussicht über den Rysumer Nacken und weit über die Ems bis in die benachbarten Niederlande hatte. Das Büro war riesig, die Einrichtung protzig. In zahlreichen Glasvitrinen waren die Errungenschaften ausgestellt, die anscheinend auf Geschäftsreisen in alle Welt eingesammelt worden waren. Naumann bedeutete Maarten, sich zu setzen, und so nahm er in einem ausladenden Sessel im Kolonialstil Platz. Naumann ging zu seinem Schreibtisch, drückte eine Taste am Telefon und sagte: „Annemarie, Kaffee." Maarten konnte sich ein Grinsen nicht verkneifen. Wenn er Franziska gegenüber solch einen Tonfall angeschlagen und darüber hinaus nicht mal bitte gesagt hätte, hätte er bis zum Sankt Nimmerleinstag auf sein Heißgetränk warten können. Franziska hätte ihn einfach ignoriert – mal ganz abgesehen davon, dass er sich seinen Kaffee ja sowieso selber machte.

Annemarie aber schien Franziskas Auffassung nicht zu teilen, denn es dauerte nicht lange, bis sie mit einer Kanne Kaffee, zwei Tassen und einer Schüssel Gebäck hereinkam. Sie war anscheinend darauf konditioniert, mit den männlichen Gästen des Chefs zu flirten, denn kaum, dass sie sich Maarten näherte, warf sie ihm auch schon einen schmachtenden Blick zu und platzierte ein perfekt einstudiertes Lächeln. Maarten tat ihr den Gefallen und lächelte verschmitzt zurück. Und auch, als sie ihm beim Einschenken des Kaffees einen tiefen Einblick in ihr üppiges Dekolleté gewährte, nickte er ihr anerkennend zu. Er kannte das Spiel, das in den oberen Konzernetagen gespielt wurde, und er spielte es mit. Zumindest so lange, bis er erreicht hatte, was er wollte. Und hier stand er ja schließlich erst am Anfang.

„Nun, Herr Doktor Sieverts, dann sagen Sie mir doch mal, womit ich Ihnen behilflich sein kann“, begann Naumann das Gespräch, nachdem sich Annemarie wieder in ihr Vorzimmer zurückgezogen hatte.

„Nun, ich war schon seit ein paar Jahren nicht mehr in Ostfriesland und habe mich in den letzten Tagen mal ein wenig umgeschaut, was sich hier so verändert hat. Beim Blättern in der Ostfriesenzeitung blieb ich dann an einem Artikel über Ihr Unternehmen hängen. Es klang interessant und ich habe mich direkt auf Ihrer Homepage informiert, was hier alles so passiert. Und ich muss wirklich sagen, ich war tief beeindruckt.“ Hier machte Maarten eine Pause und nahm einen Schluck Kaffee, um Naumann, der sich bei seinen Worten fast unmerklich in seinem Sessel aufgerichtet hatte, die Gelegenheit zu geben, etwas zu erwidern.

„Ja, nicht wahr“, sagte der mit stolzgeschwellter Brust, „ich denke, ich kann ohne Umschweife sagen, dass wir hier etwas ganz Großes aufgebaut haben.“ Und so, wie er es sagte, klang es, als habe er eigentlich ich statt wir sagen wollen.

Maarten nickte. „Wie Sie wissen, bin ja auch ich im Bereich der Aerodynamik tätig, wenn auch eher bei Flugzeugen, als bei Windkraftanlagen. Aber ich denke, wir sind uns einig, wenn ich sage, dass das eine nicht allzu weit vom anderen entfernt ist.“

„Sicher, sicher“, winkte Naumann ab, „gar keine Frage.“

„Nun, und da ich ja immer auf der Suche nach interessanten und innovativen Joint-Ventures bin, dachte ich mir, ich schaue mal, welche Schnittstellen unserer Unternehmen wir vielleicht für das ein oder andere interessante gemeinsame Projekt nutzen könnten.“

Naumann nippte nachdenklich an seinem Kaffee. „Interessante Idee“, sagte er dann. „An was genau hatten Sie dabei gedacht?“

„Beschichtungen“, sagte Maarten. „Ich denke, dass es bei den Beschichtungen sowohl von Flugzeug- als auch von Rotorflügeln noch Entwicklungsbedarf gibt. Wir arbeiten in unserem Unternehmen mit Hochdruck daran, hier Lösungen zu finden, die das ein oder andere Problem, das wir derzeit noch im aerodynamischen Bereich haben, aus der Welt schaffen. Natürlich ist hier gerade im letzten Jahrzehnt schon sehr viel passiert, aber ich denke, da geht noch mehr.“

„Das denke ich auch“, pflichtete Naumann ihm bei. „In der Tat ist das auch eines unserer Hauptforschungsgebiete, und unsere Ingenieure sind auf einem guten Weg. Aber an der ein oder anderen Stelle hakt es. Vielleicht können wir da tatsächlich voneinander lernen." Naumann zögerte kurz, dann fügte er hinzu: „Ja, ich denke, es wäre einen Versuch wert."

Maarten lehnte sich zufrieden lächelnd in seinem Sessel zurück. Das ging ja einfacher, als er gedacht hatte. Allerdings wusste er, dass er als Ingenieur weltweit einen sehr guten Ruf genoss. Und in der Regel war es so, dass sein Unternehmen mit Anfragen geradezu überhäuft wurde, wenn es um Joint-Ventures ging. Im Prinzip konnte er sich seine Partner aussuchen, ohne selbst großartig auf die Suche gehen zu müssen. Er sah Naumann an, dass er sich gerade gedanklich selber auf die Schultern klopfte und meinte, er hätte das große Los gezogen, ohne etwas dafür tun zu müssen. Vermutlich bildete er sich in seiner Selbstverliebtheit sogar ein, dass Maarten stolz darauf sein müsse, mit ihm zusammenarbeiten zu dürfen. Dabei legte Maarten auf eine Zusammenarbeit mit Naumann eigentlich gar keinen Wert. Ihm ging es um etwas ganz anderes.

13

Egal, was auch immer Maarten von Naumann halten mochte. Eines wurde ihm schnell klar, als er durch die Produktionsstätten, Labore und Büroräume der N.S.OffshorePower Ltd. geführt wurde: Bei diesem Unternehmen handelte es sich um eine der modernsten und innovativsten Windkraftschmieden der Welt. Die riesigen, lichten Montagehallen waren genauso nach den neuesten Standards ausgestattet wie die Laborräume. Unzählige Menschen in blauen oder weißen Kitteln gingen hier ihrer Arbeit nach, unterstützt von zahllosen Robotern, die mit leisem Surren ihre Arme hin und her schwenkten und dabei mikroskopisch kleine oder auch tonnenschwere Maschinenteile zusammensetzten.

Naumann deutete auf eine der Produktionsmaschinen. „Gerne hätte ich Ihnen die Funktionsweise dieser Maschine, die wir erst vor Kurzem in Betrieb genommen haben, mal näher erklären lassen. Sie ist wirklich hochinteressant. Feinste Ingenieurskunst. Doch leider ist unser leitender Ingenieur, Herr Langhoff, der sich mit dieser Maschine am besten auskennt, seit einigen Tagen schon nicht mehr im Betrieb erschienen. Angeblich soll er krank sein. Aber das hören wir hier öfter. Meistens stellt sich die angebliche Grippe dann im Nachhinein doch als mangelnde Motivation heraus.“ Naumann gab ein leises Hüsteln von sich, bevor er weitersprach. „Na ja, so ist es eben heute. Für Ingenieure liegen die Jobs ja quasi auf der Straße. Da muss man als Arbeitgeber vieles schlucken, wenn man nicht plötzlich ohne dastehen will. Aber das kennen Sie ja sicherlich auch, Herr Doktor Sieverts."

Naumann zwinkerte Maarten verschwörerisch zu, und der musste sich die größte Mühe geben, ihm nicht gleich hier vor Ort die grienende Fresse zu polieren. Er dachte an Hauke, der auf der Intensivstation um sein Leben kämpfte, daheim Frau und zwei kleine Kinder, die um ihn bangten. Und dieser feine Herr Naumann war sich nicht zu blöd, ihn hier vor einem vermeintlich Fremden auf die mieseste Art und Weise des Blaumachens zu beschuldigen. Maarten spürte, wie sich ihm vor Wut der Magen zusammenzog, und er musste wirklich an sich halten, nicht auf dem Absatz kehrt zu machen und diesem Saftladen auf immer und ewig den Rücken zuzukehren. Das hätte der Sache nicht gedient. Also machte Maarten gute Miene zu bösem Spiel und brachte sogar ein kurzes Lachen zustande. „Ja", sagte er kopfschüttelnd, „wem sagen Sie das, Herr Naumann. Davon kann auch ich ein Lied singen, das können Sie mir glauben."

Sie gingen weiter die Gänge zwischen den imposanten Produktionsanlagen entlang, doch Maarten hörte kaum noch zu. Er kochte vor Wut. Gerade, als er beschlossen hatte, sich wegen Termindrucks zu verabschieden, kam plötzlich ein Gabelstapler um eine unübersichtliche Ecke geschossen. Er hätte Maarten womöglich aufgespießt, wenn ihn nicht jemand geistesgegenwärtig zur Seite gerissen hätte. Während Maarten noch taumelte und versuchte, sich klar zu machen, was soeben passiert war, brach neben ihm ein wahres Donnerwetter los. Naumann hatte den Gabelstaplerfahrer gezwungen anzuhalten und brüllte nun lautstark auf ihn ein. Immer wieder fielen die Worte Vollidiot, hirnamputiert und Kündigung. Mit dem Hinweis, er solle sich in fünf Minuten auf der Chefetage im Büro einfinden, wurde der Unglücksfahrer schließlich seines Weges geschickt und lief wie ein geprügelter Hund mit hängendem Kopf davon.

„Entschuldigen Sie bitte vielmals, Herr Doktor Sieverts, ich bin untröstlich. X-mal habe ich diesen Idioten von Gabelstaplerfahrern gesagt, sie dürfen hier nur im Schritttempo durch die Hallen fahren. Aber Sie wissen ja, wie das ist, wenn man darauf angewiesen ist, lauter Hohlköpfe zu beschäftigen." Naumanns Kopf war hochrot angelaufen und er sah aus, als würde er jeden Moment platzen. Geschäftig fuhr der Manager immer wieder mit der Hand über Maartens Jackett, um es von vermeintlichen Dreckspuren zu befreien – die allerdings gar nicht entstanden waren, schließlich war Maarten ja weder gestürzt, noch hatte er sich irgendwo gestoßen. Entnervt schob Maarten Naumanns Hand weg. „Ist ja nichts passiert", murmelte er. Der Gabelstaplerfahrer tat ihm leid. Sicher, er hätte besser aufpassen müssen. Aber das war noch lange kein Grund, ihn hier vor der versammelten Mannschaft niederzubrüllen wie einen dummen Schuljungen.

„Wenn Sie erlauben, werde ich mich jetzt verabschieden und mich um diesen unsäglichen Fall von menschlichem Versagen – man könnte auch sagen menschlichem Versager, haha – kümmern. Sie entschuldigen mich bitte, Herr Doktor Sieverts, ich hoffe, wir sehen uns sehr bald wieder. Es hat mich außerordentlich gefreut, Sie kennen zu lernen. Doch bevor ich gehe, darf ich Sie noch mit meiner Mitarbeiterin bekanntmachen." Er deutete auf eine Frau hinter Maarten, die dieser bisher noch gar nicht wahrgenommen hatte. „Das ist Frau Coordes, sie arbeitet hier als Ingenieurin und wird Sie sicherlich gerne weiter durch den Betrieb führen." Augenzwinkernd fügte er hinzu: „Nachdem Sie Ihnen ja gerade mit heldenhaftem Einsatz das Leben gerettet hat." Mit einem letzten Kopfnicken drehte sich Naumann um und verschwand um die Ecke.

„Guten Tag, Frau Coordes." Maarten reichte der jungen Frau in weißem Kittel, die sich nun neben ihn gestellt hatte und ihn freundlich anlächelte, die Hand. „Ach ja, und danke, dass Sie mir das Leben gerettet haben", fügte er verschmitzt lächelnd hinzu. „Ich werde mich bei Gelegenheit revanchieren."

„Kein Ursache", lächelte sie und schlug ihm, statt ihm ebenfalls die Hand zu reichen, auf die Schulter. „Moin, Maarten. Freut mich sehr, dich nach so langer Zeit mal wieder zu sehen. Hatte mir unser Wiedersehen allerdings immer weniger spektakulär vorgestellt."

„Kennen wir uns?", fragte Maarten und kam sich so langsam dumm vor. Jeder schien ihn sofort zu erkennen, nur er stand immer auf dem Schlauch.

Die junge Frau lachte laut auf. Und als Maarten dieses herzliche Lachen hörte, sah er plötzlich ein kleines Mädchen mit streichholzkurz geschorenen Haaren vor sich, das ihm eine lange Nase machte, weil sie sich getraut hatte, von der höchsten Stelle des Heubodens in die Tiefe zu springen und er sich nicht. „Tomke?", fragte er perplex.

Statt zu antworten nahm Tomke ihn in den Arm und drückte ihm einen Kuss auf die Wange. „Ach, Maarten, ich habe oft an dich gedacht und mich gefragt, was du da hinten in Amerika eigentlich so machst. Und nun fällst du mir hier einfach in die Arme." Sie wich zurück und hielt ihn mit gestreckten Armen von sich. „Lass uns zur Feier des Tages eine schöne Tasse Tee trinken, okay?“

„Dein Chef sprach von einer Betriebsführung“, flachste Maarten und grinste breit.

„Ach papperlapapp“, winkte Tomke ab und machte eine wegwerfende Handbewegung. „Wenn ich sage Tee, dann gibt es Tee. Ich zieh mich schnell um. Wir treffen uns auf dem Parkplatz und du folgst mir.“

14

Tomke wohnte ganz in der Nähe der Emder Innenstadt. Ihr kleines Häuschen lag unmittelbar am Ems-Jade-Kanal im Bereich der Kesselschleuse. Maarten saß auf der Terrasse mit Blick auf den Kanal und hörte im Hintergrund leises Stimmengewirr, das vom nahegelegenen Freibad zu ihm herüberdrang. Es hatte zwischenzeitlich aufgehört zu regnen, die Sommersonne schien wieder vom strahlend blauen Himmel. So schnelle Wetterwechsel, wie es sie in Ostfriesland gab, hatte Maarten kaum irgendwo auf der Welt erlebt. Es war schon faszinierend, dass man morgens aufstehen konnte und angesichts des Regens meinte, die Welt ginge unter. Doch schon wenige Stunden später war dann keine einzige Wolke mehr auszumachen und man nahm ein ausgiebiges Sonnenbad.

„Schön hast du es hier", sagte Maarten, als Tomke mit einen voll beladenen Tablett auf die Terrasse trat.

„Ja, ich habe lange darauf warten müssen, dass hier ein Haus zum Verkauf steht. Sind heißbegehrt, die Häuser hier in der Gegend." Sie fing an, Tassen und Teller auf dem Tisch zu verteilen. „Ich hatte gestern Abend Besuch und es sind noch einige Pasteten übrig geblieben. Ich hoffe, du magst welche?"

„Gerne", nickte Maarten und bemerkte im gleichen Moment, dass er großen Hunger hatte. „Bei euch im Betrieb ist mir ehrlich gesagt der Appetit vergangen, nachdem ich euren Chef kennen gelernt hatte."

„Jo. Das kann ich mir denken. Ist auch wirklich kein Spaß mit dem." Tomke ging zurück ins Haus und kam wenig später mit den Pasteten wieder zurück. Sie nickte Maarten auffordernd zu, und er schob sich eine der kleinen gefüllten Blätterteigtaschen in den Mund. „Hm, köstlich", sagte er schmatzend. „Glückwunsch zu deinen Kochkünsten, Tomke."

„Ach was. Die sind nicht von mir. Hab keinen Spaß am kochen. Meine Gäste bringen immer was mit, die kennen das schon. Was ich ganz gerne mache, ist backen. Und da bringe ich zu den anderen dann immer Kuchen mit. Das gleicht sich wieder aus."

Maarten sah Tomke an und lächelte. Ja, so gerade heraus war sie immer gewesen. Bloß kein Gedöns machen hatte sie schon als Kind immer gesagt. Überhaupt, wenn er sie nun reden hörte, erinnerte ihn vieles an das kleine kesse Mädchen von damals. Nur äußerlich hatte sie sich sehr verändert. Sie trug ihre strohblonden Haare inzwischen lang, sie fielen in weichen Wellen auf ihre Schultern und ringelten sich am Ende zu lustigen Korkenziehern. Ihr Gesicht war deutlich schmaler als früher und wurde von großen, blauen und lebhaften Augen dominiert. Sie hatte eine schmale, ebenmäßige Nase und einen vollen Mund. Wenn sie lachte, zeigten sich auf ihren Wangen zwei tiefe Grübchen. Ihr schlanker, offensichtlich durchtrainierter Körper stecke in Jeans und T-Shirt. „Du siehst toll aus", murmelte Maarten.

Tomke sah ihn erstaunt an. „Danke", sagte sie dann, „du aber auch. Könntest vielleicht noch ein wenig Sonnenbräune vertragen."

Maarten zuckte mit den Schultern. „Ja, das ist wohl so. Aber du sorgst ja gerade dafür, indem du mich auf deiner sonnigen Terrasse sitzen lässt."

„Hast viel Stress bei der Arbeit, vermute ich."

„Ja, kann man sagen." Maarten schmunzelte. „Und wenn mich meine Assistentin nicht praktisch in den Flieger nach Deutschland getragen hätte, wäre ich jetzt, hm, ich glaube, gerade in Dubai."

„Da ist's bei uns aber schöner."

„Sicher." Es hatte ironisch klingen sollen, aber Maarten merkte, dass das Gegenteil der Fall war. Nachdenklich schaute er Tomke an, nippte an seinem Tee und sah gigantische Glaspaläste und künstlich angelegte Palmeninseln vor sich, die sich inmitten einer kargen Wüstenlandschaft erhoben. Ja, eigentlich hatte sie recht. Hier war es tatsächlich schöner. Weniger spektakulär vielleicht, aber eindeutig schöner.

„Wie bist denn du eigentlich zu der N.S.OffshorePower Ltd. gekommen?", fragte er Tomke. „Scheint ja hier nicht der beliebteste Arbeitgeber zu sein, wie ich gehört habe."

Tomke seufzte und schob sich eine Pastete in den Mund. „Ja, leider", sagte sie, als sie die kleine Leckerei hinuntergeschluckt hatte. „Wir sind damals mit viel Tamtam angeworben worden, man hat uns das Blaue vom Himmel versprochen. Viele haben ihren eigentlich sicheren Arbeitsplatz bei VW oder bei BARD aufgegeben und bauen nun bei uns Windmühlen. Und ebenso viele wünschen heute, sie hätten es nie getan."

„Was genau läuft da schief?", fragte Maarten lauernd.

„Ach, ich denke, es ist in erster Linie die Art, wie mit den Mitarbeitern umgegangen wird. Vor allem mit denen, die keine so hohe Qualifikation haben. Uns Ingenieure lässt man weitgehend in Ruhe. Nicht weil sie uns so ins Herz geschlossen haben. Nein, sie wissen, dass sie uns brauchen, dass ohne unsere Entwicklungsarbeit nichts läuft. Und Ersatz ist schwer zu finden. Deswegen werden wir auch außergewöhnlich gut bezahlt. Aber die anderen, die eigentlich die schwerste Arbeit machen, die den ganzen Tag körperlich schuften, die werden behandelt wie die letzten Trottel." Tomke strich sich eine Locke aus der Stirn, ihre Stimme klang gallebitter, als sie das sagte. „Hast ja heute gesehen, wie der Naumann unseren Hannes behandelt hat."

„Den Gabelstaplerfahrer."

„Genau. Der Naumann, das ist ein richtiges menschliches Arschloch, das kann man nicht anders sagen. Und was er an der Position da oben im Management zu suchen hat, das weiß kein Mensch. Wir jedenfalls halten ihn für in höchstem Maße inkompetent. Aber du weißt ja, wie das läuft, Maarten. Naumann hat seine Karriere in der Politik gemacht, wurde dann mit Pauken und Trompeten von den Wählern nach Hause geschickt. Tja, und da war er dann übrig. Allerdings war er wohl maßgeblich daran beteiligt gewesen, dass sich die N.S.OffshorePower Ltd. hier zu Vorzugskonditionen ansiedeln konnte. Dass er dann diesen Posten im Vorstand bekommen hat, hat mit diesem Deal natürlich nichts zu tun, behauptet er rundweg immer wieder. Jeder weiß natürlich, dass es anders ist. Aber was willste machen. So läuft's. Das wird in Amerika nicht anders sein als hier."

„Womöglich schlimmer", nickte Maarten. „Solche Fälle kenne ich zuhauf. An der Spitze großer Konzerne findet sich häufig die geballte fachliche Inkompetenz. Aber Strippen ziehen, das können die. Und darauf scheint es ja letztlich anzukommen."

„Strippen ziehen?" Tomke verzog den Mund und ihre Stimme wurde laut. „Intrigen spinnen, meinst du wohl. Und auf die gemeinste Art Menschen ausbeuten und schikanieren, die nichts anderes wollen, als ihren

Job gut zu machen und ihre Familie zu ernähren."

„Klingt bitter."

„Es ist bitter, Absolut bitter. Ein Kollege von mir ist darüber schwer krank geworden."

„Hauke. Ja, ich weiß."

Tomke sah ihn prüfend an, dann ging ihr ein Licht auf. „Klar, du kennst Hauke ja. Hatte kurz vergessen, dass du ja schon damals zu uns gehörtest." Sie lachte kurz ihr so typisches Lachen, wurde dann aber gleich wieder ernst. „Ja, Hauke hat es wirklich schlimm erwischt."

„Er meint wohl, dass es bei seiner Krankheit nicht mit rechten Dingen zugeht", wagte Maarten sich vor. „Er glaubt, dass er womöglich ..."

„... vergiftet wurde", beendete Tomke für ihn den Satz und seufzte. „Ja, das sagt er. Aber ich weiß nicht ..."

„Ich habe ihn im Krankenhaus besucht. Er ist jetzt auf der Intensivstation."

„Ja, ich weiß. Ich habe Kontakt zu Sonja, seiner Frau. Sie hält mich auf dem Laufenden."

Für eine Weile saßen Maarten und Tomke in Gedanken versunken in ihren gepolsterten Gartenstühlen und schauten auf den Ems-Jade-Kanal, wo gerade ein paar kleinere Boote vor der Kesselschleuse aufgereiht darauf warteten, in die Schleuse einfahren zu können.

„Wiebke heiratet in zwei Tagen", sagte Maarten schließlich.

„Ja, ich bin eingeladen", nickte Tomke und nun lächelte sie auch wieder. „Ich freu mich drauf. Wird sicherlich ein Riesenspaß."

„Ja, scheint \`ne große Party zu werden", bestätigte Maarten und zog spöttisch seinen rechten Mundwinkel nach oben. „Habe noch niemanden getroffen, der nicht eingeladen ist."

„Ach, weißt du, Wiebke, Swaantje und ich haben vor ein paar Wochen zusammengesessen und versucht, die Gästeliste zusammenzustreichen. Es ist beim kläglichen Versuch geblieben. Wiebke wollte auf keinen verzichten. Aber das ist ja auch in Ordnung so. Schließlich heiratet sie nur einmal. Hm. Zumindest ihren Daniel", fügte sie dann lachend hinzu.

„Und du? Bist du verheiratet?" Maarten schaute Tomke an und wunderte sich, warum sein Herz plötzlich schneller anfing zu klopfen.

„Nein", schüttelte Tomke den Kopf, „nicht mehr. Ich habe vor ein paar Jahren einen Versuch gestartet, mit einem Studienkollegen. Aber es hat nur zwei Jahre gehalten, dann haben sich unsere Wege wieder getrennt."

„Woran lag's?"

„Er kam aus Darmstadt und hat sich da, hinter meinem Rücken, auch wieder einen Job gesucht. Er meinte wohl, ich käme dann schon mit, wenn es soweit wäre, obwohl ich ihm mehrfach unmissverständlich gesagt hatte, dass ich Ostfriesland nie wieder verlassen würde. War ja schon zum Studium in Hamburg gewesen. Aber nee, das ist nichts für mich. Ich gehöre nach Ostfriesland, und das ist auch gut so." Sie unterstrich ihre Worte mit einer ausladenden Bewegung ihrer Arme, die wohl ganz Ostfriesland mit einbeziehen sollte. „Und du, Maarten, was macht dein Privatleben?"

„Welches Privatleben?", fragte er zurück.

„Na, was nicht ist, kann ja noch werden", sagte sie lachend. „Wäre ja auch ein schändlicher Verlust für die Frauenwelt, wenn du dich einfach dauerhaft aus der Affäre ziehen würdest. Na ja, wer weiß", fügte sie schelmisch lächelnd hinzu und hob dabei ihren Zeigefinger, „vielleicht kommst du ja bei Wiebkes

Hochzeit auf den Geschmack."

Maarten wollte diese Möglichkeit gerade empört von sich weisen, als Tomkes Handy klingelte. „Oh je, bestimmt mein Chef", flachste sie. „Ja, bitte", meldete sie sich, „wer stört?" Doch schon im nächsten Moment wich ihr alle Farbe aus dem Gesicht. Nachdem sie noch kurz gelauscht hatte, legte sie wie in Zeitlupe das Handy auf den Tisch und sah Maarten erschüttert an.

„Was ist denn los?", fragte er leise und legte ihr eine Hand auf die Schulter.

Sie schlug die Hände vors Gesicht und fing an zu weinen.

„Hauke ist tot", presste sie schluchzend hervor.

15

Langsam bewegte sich der Trauerzug um die große Kirche herum. Kaum ein Laut war zu hören, außer dem Glockengeläut und dem Knirschen hunderter Schuhe auf dem schmalen Weg. Die Anteilnahme am Tod Hauke Langhoffs war so groß, dass nicht mal alle Trauergäste in der Kirche Platz gefunden hatten. Nur selten hatte Groß Midlum eine solch große Beerdigung gesehen.

Nachdem die Kirche einmal umrundet worden war, blieb die Trauergemeinde stehen. Ganz vorne am offenen Grab, über dem der hellbraune und mit weißen Lilien geschmückte Sarg darauf wartete, in die dunkle, kalte Erde hinabgesenkt zu werden, stand Sonja mit ihren zwei kleinen Söhnen. Gleich hinter ihnen standen Haukes Eltern und Geschwister mit ihren Familien. Maarten schluckte. Nur mit großer Mühe gelang es ihm, die Tränen zurückzuhalten. Der Anblick der immer wieder verzweifelt aufschluchzenden Sonja war kaum zu ertragen. Und auch die Gesichter von Haukes Eltern waren von großer Trauer gezeichnet. Seine Mutter klammerte sich an ihren Mann, als könne sie sich nicht alleine aufrecht halten. Sie hielt sich die geballte Faust vor den Mund und biss immer wieder in die Knöchel ihrer Finger, aus denen schon das Blut hervortrat. Haukes kleine Söhne, Nicolas und Tilman, schauten sich verunsichert um. Sie schienen nicht zu verstehen, warum um sie herum so viele schwarz gekleidete

Menschen standen und warum sie alle so furchtbar traurig waren. Als die Glocken aufhörten zu läuten und der Pastor gerade anfangen wollte zu sprechen, zog der fast fünfjährige Nicolas am Ärmel seiner Mutter und fragte laut in die nun fast gespenstige Stille hinein: „Du, Mama, kommt Papa nun bald wieder? Er ist doch nun schon so lange weg.“ Daraufhin ging ein Raunen durch die Menge, und an vielen Stellen waren laute Schluchzer zu hören. Haukes Bruder strich Nicolas sanft über den Kopf, aber auch er brachte, vom Schluchzen geschüttelt, keinen Laut hervor. Der kleine, dreijährige Tilman trat ein paar Schritte vor, sah in das noch leere Grab hinab und schaute dann seine Mutter mit großen, fragenden Augen an. Er deutete mit der Hand nach unten, aber schon im nächsten Moment wurde er von Haukes Schwester auf den Arm genommen. Sie strich ihm leicht über den Rücken. Sofort legte er sein kleines Köpfchen in ihre Schulterbeuge und fing an, an seinem Daumen zu lutschen. Dann fielen ihm die Augen zu.

Die Erleichterung war spürbar, als die Trauerfeier schließlich zu Ende war und sich die lange Schlange der Trauergäste langsam am offenen Grab vorbeischob, damit jeder noch einen letzten Blick auf den nun heruntergelassenen Sarg werfen und sich mit ein paar gemurmelten Worten oder einem stummen Gruß ein allerletztes Mal von Hauke verabschieden konnte. „Mach’s gut, Hauke, altes Haus“, flüsterte Maarten und senkte den Kopf auf die Brust. „Ich werde immer für Sonja und deine Jungs da sein, das verspreche ich dir.“ In diesem Moment trat Tomke zu ihm und hakte sich bei ihm ein. „Kommst du noch mit zum Teetrinken?“, fragte sie leise. Maarten nickte und wischte sich mit der Hand über die Augen. „Ja. Und danach, denke ich, ist es Zeit, mal Licht in ein paar Dinge zu bringen.“ Tomke sah ihn verständnislos an, sagte aber nichts.

Dafür war jetzt nicht der richtige Zeitpunkt.

Im Gemeindehaus waren die Tische mit zahlreichen Teegedecken eingedeckt, in der Mitte standen Teller mit Bienenstich. „Freud- und Leidkuchen“, murmelte Maarten. Auf manche Tradition war einfach Verlass. Er setzte sich neben Tomke an einen der großen Tische und bemerkte kurz darauf, dass sich Haukes Familie zu ihnen gesellte. Lange Minuten saßen sie sich nur schweigend gegenüber. Sonja starrte mit ausdrucklosem Gesicht auf ihre Tasse Tee, die eine ältere Dame soeben eingeschenkt hatte. Sie schien sie gar nicht wahrzunehmen. Haukes Schwester hielt nach wie vor den kleinen Tilman im Arm, der gerade wieder wach wurde und nun Maarten mit zusammengekniffenen Augen und Schmollmund skeptisch anschaute. „Na, kleiner Mann“, sagte Maarten und lächelte ihm freundlich zu, „ausgeschlafen?“ Tilman reagierte nicht, sondern starrte ihn nur weiter an. „Verrätst du mir denn, wie du heißt?“ bohrte Maarten weiter, doch Tilman zeigte wieder keinerlei Reaktion. Maarten guckte irritiert und setzte gerade zu einem weiteren Konversationsversuch an, als ihm Tomke einen heftigen Stoß in die Rippen versetzte. „Aua“, rief Marten empört, erschrak aber über seine eigene unangepasste Lautstärke und zischte ihr dann deutlich leiser zu: „Kannst du mir mal sagen, was das soll?“ Erst in diesem Moment bemerkte er, dass ihn die gesamte Familie Langhoff mit hochgezogenen Augenbrauen ansah. Nur Sonja starrte nach wie vor auf einen fiktiven Punkt auf der Teetafel. „Hab ... hab ich was falsch gemacht?“, stotterte Maarten sichtlich verwirrt und Tomke sagte: „Schaf.“

„Man merkt, dass du lange nicht hier warst“, ließ sich plötzlich Haukes Vater vernehmen.

„Wieso redest du denn dauernd mit Tilman?“,

mischte sich nun auch der kleine Nicolas ein. „Bist du plemplem?" Er unterstrich seine Worte, indem er mit der Hand vor seinem Gesicht herumwischte.

„Warum sollte ich denn nicht mit Tilman reden, du kleiner Naseweis?", fragte Maarten zurück.

Nicolas rollte entnervt mit den Augen. „Hallo! Weil er dich gar nicht versteht vielleicht?"

„Aber er ist doch schon ..."

„Er ist gehörlos", unterbrach Tomke ihn, bevor er noch mehr Schaden anrichten konnte.

„Was?", fragte Maarten und schaute verstört von einem zu anderen.

„Ja, Tilman ist gehörlos, er kann dich nicht hören", wiederholte Tomke.

Maarten schluckte. „T... tut mir leid", stotterte er und lief rot an. „Ich ... ich wusste es nicht."

„Warst ja auch lang nicht hier", sagte Haukes Vater wieder. Dann legte er seine Hand auf Maartens und schaute ihm mit feuchten Augen ins Gesicht. „Willkommen zuhause, mien Jung", sagte er. „Hauke hat sich sehr gefreut, dass du wieder da bist und ihn im Krankenhaus besucht hast. Das hat er mir selber gesacht, bevor ..." Seine Stimme brach, er senkte den Kopf.

„Versprichst du mir was?", fragte ihn jetzt Haukes Mutter mit tränenerstickter Stimme und wischte sich mit ihren blutverschmierten Knöcheln über die Augen.

„Ja, natürlich ... ähm ... klar", stammelte Maarten.

„Hauke sachte mir, kurz bevor ... nun, er ahnte wohl, dass er ... Er sachte, dass er die Jungs gut versorgt haben will. Und ... er ... er hat so große Stücke auf dich gehalten, immer schon. Und da dachte ich mir, vielleicht hast du ja Lust, jetzt wo unser Hauke ... nicht mehr da ist ... nun ja ..." Sie stockte, und ihr Körper fiel in sich zusammen, als hätte jemand die Luft herausgelassen.

„Ich ... ähm ...“ Maarten wusste nicht, worauf Frau Langhoff hinaus wollte. Was sollte er bloß antworten?

„Du könntest ihr Patenonkel werden“, sagte nun Tomke und warf ihm einen beschwörenden Blick zu.

„P... Patenonkel“, stammelte Maarten und wieder kassierte er einen Rippenstoß. „Klar“, rief er dann, „natürlich, das mache ich doch gerne!“

Er sah, wie sich die Gesichter der Familie Langhoff aufhellten. „Du bist ein guter Junge, Maarten, das habe ich immer gewusst“, sagte Haukes Vater und reichte ihm die Hand. „Du machst uns damit eine sehr große Freude.“

Von links schob sich eine eiskalte Hand über Maartens Arm und drückte ihn kraftlos. „Danke“, flüsterte Sonja.

16

Es war furchtbar gewesen. All die weinenden Leute. Und die kleinen Söhne von Langhoff, die gar nicht zu verstehen schienen, was mit ihrem Vater geschehen war. Langhoff war ein guter Vater gewesen, das wusste er genau. Immer wieder hatte er voller Stolz von seinen Jungs erzählt. Und wie er sich immer gekümmert hatte um den Kleinen, der gehörlos war. Von Pontius zu Pilatus war er gerannt, um nach einer Lösung zu suchen. Ja, er hatte wirklich viel für den Kleinen getan. Es konnte keinen besseren Vater geben auf der Welt.

Und nun war er tot. Einfach so, hatten die Leute gesagt. Wo er doch immer so gesund gewesen war. Aber er selbst, nein, er glaubte nicht an ein Einfach so. Denn er hatte alles gesehen. Und er glaubte, war sich fast sicher, dass auch Langhoff alles gewusst hatte. Und dass er deshalb hatte sterben müssen. Sterben, einfach so.

Er war nicht mehr mit zum Teetrinken gegangen, das hätte er nicht ertragen. All diese Gesichter, so traurig, so ratlos. Und da war dieser Sieverts gewesen, Dr. Maarten Sieverts. Er hatte ihn gesehen, als er vor einigen Tagen in der Firma gewesen war. Er wolle mit der N.S.OffshorePower Ltd. zusammenarbeiten, hatte es hinterher geheißen. Nun, vermutlich hatte er keine Ahnung, was da wirklich lief. Sonst hätte er es gelassen, denn, so hörte man, er war ein guter Mann, ein sehr guter sogar. Und über sein Unternehmen in New York hörte man nur das Beste. Er hatte ein wenig im Internet recherchiert, nachdem er ihn in der Firma gesehen hatte. Nein, Sieverts war keiner von diesen Arbeitgebern ohne Gewissen. Er war einer, der sich kümmerte. Immer.

Wie es hieß, war Sieverts früher mit Langhoff befreundet gewesen. Und auch Tomke schien er gut zu kennen. Sehr gut sogar, so wie sie sich gleich an ihn rangeschmissen hatte, kürzlich, in der Produktionshalle. Tomke. Die Unnahbare. Sie hatte ihn kühl abserviert, damals, als es in seiner Ehe kriselte und sie sich gerade von ihrem Mann getrennt hatte. Es war ihm nicht gut gegangen und er hatte gedacht, sie könnten sich vielleicht gegenseitig ein wenig trösten, sich näher kommen. Aber sie hatte ihn nur herablassend von oben bis unten angeschaut, als er sie gefragt hatte, ob sie mal gemeinsam ins Kino gehen sollten. Dann hatte sie sich wortlos umgedreht und war gegangen. Bei Sieverts aber, da war sie ganz anders gewesen. Und dann waren beide verschwunden, er hatte sie den ganzen Tag nicht mehr zu Gesicht bekommen.

Irgendwie hatten sich seine Frau und er damals wieder zusammengerauft. Aber es war nicht mehr wie früher. Und seit er diese Kapseln nahm, ohne die nichts mehr ging, da hatte sie sich fast völlig von ihm abgewandt. Dabei hätte er sie doch so sehr gebraucht, jetzt, wo es ihm immer schlechter ging! Nun ja, wenn seine Frau nicht wollte, würde er einfach einen zweiten Versuch bei Tomke starten. Sie reizte ihn. Und hatte sie ihm nicht erst vor ein paar Tagen freundlich zugelächelt, als sie sich in der Kantine getroffen hatten? Natürlich war sie wieder mit diesem Sieverts zusammen gewesen, so wie eigentlich fast jeden Mittag. Aber das hatte sicherlich nichts zu bedeuten, schließlich kannten sie sich ja gut. Und wenn da mehr laufen würde zwischen den beiden, dann hätte er es schon erfahren. Denn, wenn auf eines Verlass war, dann auf den Flurfunk in seiner Firma.

Beim Gedanken an Sieverts musste er lächeln. Ja, er war kompetent, er war nett, er kannte keine Allüren. Und er war schwul. Da war er sich sicher. Sonst hätte er sich längst an Tomke herangemacht. Nun, umso besser, dann war Sieverts definitiv keine Konkurrenz. So würde er selbst sich weiter um Tomke bemühen und sein Instinkt sagte ihm, dass er Erfolg haben würde. Noch zierte sie sich ein wenig. Aber nun, welche Frau tat das nicht, wenn es ernst wurde?

Er beschloss, sich vor dem Schlafengehen noch ein wenig im Internet umzusehen. Der Gedanke an Tomke hatte ihn erregt. Seine Frau schlief schon, aber die ließ ihn ja sowieso nicht mehr ran. Im Internet aber waren sie immer bereit. Und manche sahen Tomke sehr ähnlich.

17

Zwei Monate später

„Franziska, könnten Sie mir bitte mal die Akte zum Projekt Scottish Coast Energy heraussuchen. Ich müsste da noch mal was nachschauen, bevor wir uns auf den Weg machen“, sagte Maarten, während er an der neuen Kaffeemaschine herumfingerte, um sich einen frischen Capuccino aufzubrühen.

„Klar“, erwiderte Franziska knapp und schob ihm einen Aktenordner über den Schreibtisch. Als er sie erstaunt anblickte, sagte sie lächelnd: „Hab mir schon gedacht, dass Sie sie noch mal brauchen. Habe die wichtigen Stellen markiert.“

Kopfschüttelnd ging Maarten in sein Büro. Franziska erstaunte ihn immer wieder. Manchmal fragte er sich schon, wer von ihnen beiden eigentlich die größere Fachkompetenz besaß. Überzeugt hingehen war er längst davon, dass sie über hellseherische Fähigkeiten verfügte. Denn irgendwie schien sie schon immer im Voraus zu wissen, welchen Wunsch er an sie herantragen würde.

Nachdem Maarten sich entschlossen hatte, mit der N.S.OffshorePower Ltd. ein Joint-Venture einzugehen, hatte seine junge Assistentin sich im Nullkommanichts in die Materie eingearbeitet und ihn tatkräftig bei der Erstellung des Projektdesigns unterstützt. Und selbst, als er das Konzept vor den Verantwortlichen seines neuen Projektpartners präsentiert hatte, war sie ihm an der ein oder anderen Stelle hilfreich zur Seite gesprungen.

Nach Haukes Beerdigung war ihm schnell klar gewesen, dass er für längere Zeit in Ostfriesland bleiben würde. Dabei ging es ihm gar nicht so sehr um die interessante berufliche Perspektive, die sich ihm hier bot. Nein, in erster Linie wollte er herausfinden, warum Hauke hatte sterben müssen. Denn je länger er über dessen qualvollen Tod nachgedacht und je mehr Gespräche er mit der Familie und mit Freunden geführt hatte, desto unwahrscheinlicher schien es ihm, dass Hauke eines natürlichen Todes gestorben war. Er konnte diese Annahme, die er bisher noch niemandem gegenüber geäußert hatte, nicht wirklich begründen. Nein, vielmehr war es ein Bauchgefühl, das ihn trieb. Dem wollte und musste er nachgehen. Und das, so viel war klar, ging nur hier in Ostfriesland.

Tage- und nächtelang hatte Maarten darüber nachgegrübelt, wie er seine Assistentin Franziska davon überzeugen konnte, von ihrer Wahlheimat New York nach Emden zu ziehen. Klar war, er wollte auf sie bei diesem neuen Projekt nicht verzichten und sich erneut auf jemand neues an seiner Seite einstellen. Aber wenn man sich dafür entschieden hatte, in einer der schillerndsten und aufregendsten Metropolen der Welt zu leben, was musste einem da eigentlich geboten werden, um seinen Wohnsitz für unbestimmte Zeit ins beschauliche Ostfriesland zu verlegen?

Als alles Gegrübel zu keinem Ergebnis führte, hatte sich Maarten eines Tages kurzerhand ins Flugzeug gesetzt und einige Stunden später zur Überraschung seiner Mitarbeiter sein New Yorker Büro betreten. „Wie war die Hochzeit?“, hatte Franziska als allererstes gefragt und ihn forschend angesehen, als er mit einer müden Handbewegung abgewinkt und erwidert hatte: „Es gab keine Hochzeit. Wegen falscher Stimmungslage.“ Tatsächlich hatten Wiebke und Daniel ihre Hochzeit gleich nach Haukes Tod abgesagt, nach feiern war weder ihnen noch irgendjemand anderem zumute gewesen. Sie hatten es mit Fassung getragen. „Is nix, was wechläuft“, hatte Daniel achselzuckend gesagt, und Wiebke hatte zustimmend genickt. Damit war die Sache erledigt gewesen.

Franziska hatte ihrem Chef keine weiteren Fragen gestellt, er würde ihr die Hintergründe schon erklären, wenn ihm danach war. Und genauso geschah es. Er hatte sie am Abend zum Essen zu ihrem Lieblingsitaliener eingeladen und ihr ausführlich geschildert, was während seines Urlaubs geschehen war. Franziska hatte nicht viel erwidert, während sie mit großem Appetit ihr Nudelgericht vertilgte und an ihrem Rotwein nippte. Als er schließlich eine Redepause machte, war ihr erster Satz gewesen: „Und nun wollen Sie für eine Weile in Ihre Heimat gehen und mit diesen Windfritzen ein gemeinsames Projekt machen.“ Das hatte er bis dahin noch mit keinem Wort erwähnt, aber er wunderte sich bei Franziska ja über fast nichts mehr; und deshalb hatte er nur kurz genickt und gesagt: „So ist es. Ich denke, es ist eine interessante Geschichte und für uns eine große Chance, im Windenergiegeschäft Fuß zu fassen.“ Was sie dann sagte, erstaunte ihn allerdings auch Wochen später noch, denn auch davon hatte er bis dahin nichts gesagt. „Aber eigentlich wollen Sie wissen, woran Ihr Freund Hauke gestorben ist.“

Als er an diesem Abend nach Hause gekommen war, hätte er sich für seine Feigheit selbst prügeln können. Denn natürlich hatte er sich nicht getraut zu fragen, ob sie mitkäme. Sie hatte später am Abend noch so lebhaft von New York erzählt und gesagt, dass es schon immer ihr Traum gewesen sei, hier zu leben, dass er einfach nicht den Mut aufgebracht hatte, seinen Wunsch zu äußern. Und genauso war es auch in den kommenden Tagen geblieben, als er damit beschäftigt gewesen war, ein paar geschäftliche Dinge zu regeln und seinen längeren Aufenthalt in Ostfriesland vorzubereiten.

Genau eine Woche nach seiner Ankunft in Amerika hatte er wieder am Flughafen gestanden. Er war gerade beim Einchecken gewesen und hatte seinen Reisepass über den Tresen geschoben, als sich noch ein zweites Reisedokument hinzugesellte. Empört hatte er sich umgedreht, um dem drängelnden Passagier mitzuteilen, dass er gefälligst zu warten habe, bis er dran sei – und geradewegs in das grinsende Gesicht von Franziska geschaut. „Hallo, Chef", hatte sie gesagt, „ich dachte, Sie könnten mich da drüben vielleicht gebrauchen."

Ja, und so kam es, dass sie nun bereits seit zwei Monaten im Vorzimmer seines neuen Büros in Emden saß, das er bei der N.S.OffshorePower Ltd. bezogen hatte – und er seinen Kaffee immer noch selber kochte.

18

Ostfriesenzeitung vom 8. November

Fischer verlangen Aufklärung – Arbeitsplätze in Gefahr

(Greetsiel) Angesichts der nicht enden wollenden Flut an toten Fischen, die tagtäglich an die Küsten Ostfrieslands und der vorgelagerten Inseln gespült werden oder in die Netze der Fischer geraten, wird der Protest unter den Fischern immer lauter. Sie fordern Aufklärung, denn, so einer der Fischer wörtlich, inzwischen könne ja schließlich auch „der letzte Sesselfurzer" nicht mehr davon ausgehen, dass das heiße Wetter schuld an dem ebenso ominösen wie katastrophalen Fischsterben sei.

Verständnis für die Wut der Fischer äußerten die zuständigen Behörden, jedoch stünden sie nach wie vor vor einem Rätsel. Mit Hochdruck werde Tag für Tag an der Erforschung der Ursache gearbeitet. Da eine solche Situation wie diese aber in der Fischerei bisher noch nie vorgekommen sei, habe man auch bei den Behörden keinerlei Erfahrungswerte im Umgang damit.

Nach wie vor bestünde trotz aller Unklarheit aber keine Veranlassung, vom Verzehr der Nordseefische abzusehen. In den genommenen Proben seien keine Auffälligkeiten festgestellt worden.

Trotz dieser beschwichtigenden Worte aber geht der Fischkonsum in Ostfriesland bereits seit einigen Wochen rapide zurück. Wenn es so weiterginge, so Fischer Harm Jansen aus Greetsiel, werde der ein oder andere Kollege demnächst Konkurs anmelden müssen. Dutzende Arbeitsplätze stünden auf dem

Spiel. Aber das scheine ja niemanden zu interessieren.

19

Die ersten Herbststürme hatten eingesetzt. Fröstelnd schälte sich Maarten aus seinen völlig durchnässten Klamotten. Dabei hatte er am Morgen extra das dicke Ölzeug übergezogen, denn ein Blick aus dem Fenster seiner kleinen Emder Dreizimmerwohnung hatte ihm unmissverständlich gesagt, dass es ein ungemütlicher Tag werden würde. Der Hubschrauberflug zur Bauplattform auf hoher See aber war trotz des stürmischen Wetters nicht abgesagt worden. Selten hatte Maarten einen unwirtlicheren Platz erlebt, als da draußen in der Nordsee, rund 40 Kilometer vor der Küste der Insel Borkum. Nachdem er sich dort nur für wenige Stunden aufgehalten hatte, beneidete er keine der Frauen und Männer, die dort tagtäglich ihrer Arbeit nachgingen.

Vor Borkum errichtete die N.S.OffshorePower Ltd. einen Windenergiepark. Als Ingenieur war Maarten tief beeindruckt von den technologischen Höchstleistungen, die mit solch einem Projekt einhergingen. Und nachdem er nun schon seit zwei Monaten selber ein Projekt vor der schottischen Küste betreute, das allerdings erst auf dem Reißbrett existierte, hatte es ihn einfach mal in den Fingern gejuckt, rauszufliegen und sich einen Eindruck bei einem ähnlichen Projekt vor Ort zu verschaffen, dort, wo das, was er und seine Kollegen in Gedanken und im Computer entwickelten, schließlich Realität wurde.

Als er nun völlig durchgefroren unter die heiße Dusche stieg, dachte er über die Worte nach, die ihm Steffen Rautschek, der leitende Ingenieur auf der Bauplattform, kurz vor seinem Rückflug zugeraunt hatte. Maarten hatte sie angesichts des Sturms und der ohrenbetäubenden Geräusche unter dem Helikopter kaum verstehen können. „Ich weiß, dass Sie ein kompetenter und verantwortungsbewusster Ingenieur sind“, hatte er gesagt, und Maarten hatte angesichts dieser Lobhudelei schon entnervt das Gesicht verzogen. Dann aber war Rautschek fortgefahren: „Natürlich weiß ich auch, dass das hier nicht Ihr Projekt ist. Aber trotzdem möchte ich Sie bitten, sich die Pläne zu dieser Windkraftanlage, die wir hier gerade errichten, der Windlady II, mal genauer anzuschauen. Ich bin sicher, es fällt Ihnen was auf.“ Maarten hatte genauer nachfragen wollen, aber Rautschek hatte eine Kopfbewegung über die Schulter gemacht, aus der sich Hans-Jürgen Naumann und dessen Vorstandskollege Hayo Rhein näherten. Das Herz hatte Maarten für einen kurzen Augenblick gestockt, als Rautschek ihm im Weggehen noch mit gepresster Stimme zugeraunt hatte: „Tun Sie es für Langhoff.“

„Was hat Rautschek Ihnen denn so auf die Schnelle noch mit auf den Weg gegeben, Herr Doktor Sieverts? Es muss ja was ganz Bedeutendes gewesen sein, so blass, wie Sie auf einmal sind“, hatte ihn Naumann im Helikopter gefragt, und Hayo Rhein, den Maarten von Beginn an für einen der unsympathischsten Menschen gehalten hatte, die ihm jemals über den Weg gelaufen waren, hatte ihn mit einem fast dämonischen Grinsen auf dem Gesicht forschend angeschaut. Maarten hatte nur den Kopf geschüttelt, etwas von stürmischem Wetter und Schaukeltrauma gestammelt und einen letzten verunsicherten Blick auf die riesige

Windkraftanlage geworfen. Was war hier los?

Die Windlady II war Haukes Projekt gewesen, bevor, nach dessen Tod, Rautschek es übernommen hatte. Anscheinend war Rautschek an der Planung jetzt irgendetwas aufgefallen, was seiner Ansicht nach nicht stimmte. Seit Maarten wieder zurück in Emden war, hatte er Tag für Tag darüber nachgegrübelt, wie er den Umständen von Haukes Erkrankung auf den Grund gehen konnte. Aber so sehr er sich auch bemüht hatte, er war nicht einen Millimeter vorangekommen. Die Ärzte im Krankenhaus hatten Hauke nach seinem Tod obduziert, ihm auf seine Fragen nach dem Ergebnis aber keine Antwort gegeben, da er kein naher Verwandter von Hauke war. Auch bei Sonja hatte er versucht vorzufühlen, aber sie hatte lediglich müde gemurmelt: „Sie meinten, es sei vermutlich Medikamentenmissbrauch, zu viel Blutverdünner. Aber so was hat Hauke doch gar nicht eingenommen. Nun ja, was nützt es, das zu wissen, das macht meinen Mann auch nicht wieder lebendig."

Und jetzt plötzlich, von einem Moment auf den anderen, gab es einen ersten kleinen Hinweis. Es ging um die Pläne für die Windlady II, die Maarten heute voller Bewunderung in Augenschein genommen hatte. Majestätisch ragte sie neben ihrer älteren Schwester, der Windlady I, die ebenfalls federführend von Hauke konzipiert worden war, aus der stürmischen Nordsee und reckte ihre zurzeit noch stillstehenden, mehr als fünfzig Meter langen Rotorflügel in den grauen, mit tief liegenden Wolken verhangenen Himmel.

Maarten stieg aus der Dusche und rubbelte sich mit einem rauen Handtuch gründlich ab. Dann hüllte er sich in seinen warmen Bademantel, goss ich einen heißen Tee auf und suchte sich aus dem Telefonbuch eine Nummer heraus. Kurz darauf griff er zum Telefon.

„Moin Harry“, sagte er im nächsten Moment, „bist du jetzt im Revier? Gut, dann komme ich in einer halben Stunde mal bei dir vorbei.“

Der Sturm hatte noch zugelegt, und auf dem Midlumer Neuen Weg, der durch einen weitgehend unbebauten Abschnitt der flachen Landschaft zwischen Emden und Groß Midlum führt, hatte Maarten Mühe, sein Fahrzeug auf der Straße zu halten. Er hatte sich für die Zeit seines Aufenthaltes in der Heimat einen Kleinwagen zugelegt, der für seine Bedürfnisse hier vor Ort allemal ausreichte, dem scharfen Nordwestwind aber kaum etwas an Masse und Gewicht entgegenzusetzen hatte. Immer wieder musste Maarten mit dem Steuer gegenhalten, sonst wäre er unweigerlich von der Straße abgekommen.

Harry bot ihm gleich einen heißen Kaffee an, als er das Pewsumer Polizeirevier betrat. „Windig heute“, bemerkte der Polizist mit Blick aus dem Fenster. Maarten schmunzelte. Jeder andere hätte das Unwetter da draußen als ausgewachsenen Orkan bezeichnet. Aber die Ostfriesen waren da entspannter. Maarten erinnerte sich an einen Bekannten seiner Eltern aus Süddeutschland, der vor langen Jahren mal im Herbst in Ostfriesland zu Besuch gewesen war. Eines Sonntagmorgens, es war noch dunkel und ähnlich stürmisch gewesen wie heute, war er hektisch durchs Haus gerannt und hatte alle Familienmitglieder voller Panik geweckt und geschrien, sie sollten sich sofort in der Küche versammeln. Erschrocken war die ganze Familie aus dem Bett gesprungen in der Erwartung, das ganze Haus würde in Flammen stehen, und es sei nur noch eine Frage der Zeit, bis sie alle eines qualvollen Feuertodes stürben. Als sie die Küche betraten, hatte der Bekannte auf seinen offensichtlich in aller Eile gepackten Koffern gesessen. Der untere Teil eines

Sockens jedenfalls hatte es nicht mehr ganz in das Gepäckstück geschafft und traurig an einer Seite herausgehangen.

„Wo brennt's denn?", hatte Maartens Vater gerufen und den Feuerlöscher schon in der Hand gehabt, bereit, Frau und Kinder und Hab und Gut vor dem Flammeninferno zu retten. „Welches Feuer?", hatte der Bekannte verwirrt gefragt und dann mit Panik in der Stimme gerufen: „Wir müssen alle sofort aufbrechen. Gerade haben sie es im Radio gesagt."

„Sie haben gesagt, dass wir alle sofort aufbrechen sollen? Wohin denn?" Frau Sieverts hatte die Arme verschränkt und nicht so ausgesehen, als gedenke sie, diesem Ansinnen Folge zu leisten, ganz egal, was passieren würde.

„Ja ... ähm ... nein, nicht direkt", hatte der Bekannte gestammelt. „Sie sagten, es gebe Sturmflutwarnung für die gesamte Nordseeküste."

„Sturmflut." Herr Sieverts hatte den Mann angesehen, als halte er ihn für nicht ganz zurechnungsfähig. „Ist das alles? Ja nu, dann geh ich mal wieder ins Bett."

„Wie jetzt, ins Bett? Aber wir saufen alle ab!"

Familie Sieverts hatte mit einer Handbewegung abgewinkt und war dann, einer nach dem anderen, wieder die Treppe hinaufgeschlichen. Sturmflutwarnungen gab es an der Nordseeküste in Herbst und Winter praktisch täglich. Kein Grund also, sich um den verdienten Schlaf bringen zu lassen.

„Was genau kann ich für dich tun, Maarten?", fragte Polizist Harry und stellte eine dampfende Tasse mit Kaffee vor ihm auf den Tisch.

„Es geht um Hauke."

„Ja, Mensch, wirklich blöde Sache das. Arme Sonja." Harry schaute betrübt an einen imaginären Punkt auf dem Schreibtisch und fing dann an, mit den Fingern dessen Holzmaserung nachzuzeichnen.

„Du sagtest mir im Sommer, dass er Anzeige erstattet hatte, weil er meinte, man habe ihn vergiftet.“

„Ach das.“ Harry machte eine wegwerfende Handbewegung, als wolle er sagen Schnee von gestern.

„Darf ich die Akte mal sehen?“

„Wat?!“ Harry schaute ihn empört an und straffte die Schultern. „Nee, du, das geht wirklich nich. Is vertraulich, weißt du.“

„Ja, klar, Harry, weiß ich doch“, versuchte Maarten ihn zu beschwichtigen. „Aber Hauke ist doch nun schon eine ganze Weile tot. Der Fall ist abgeschlossen. Da kann es doch nicht so schlimm sein, wenn ich mal einen Blick in die Akte werfe. Ich meine“, er sah Harry beschwörend in die Augen, „du weißt ja, ich hatte Hauke gerade erst wiedergefunden, nach so langen Jahren, meinen besten Kumpel. Und dann ... und dann das.“ Maarten legte in gespielter Verzweiflung die Hand vor die Augen. „Verstehst du denn nicht, Harry“, sagte er mit gequälter Stimme, „ich möchte doch nur wissen, was ihn in den letzten Wochen seines Lebens so umgetrieben hat. Das hilft mir, das Geschehene zu verarbeiten. Bitte, Harry.“

Harrys Gesicht war mit jedem Wort, das Maarten sagte, länger geworden und fast sah es aus, als wolle er im nächsten Moment anfangen zu weinen. Er kämpfte mit sich, das war deutlich zu sehen.

„Bitte, Harry“, flüsterte Maarten nochmals.

„Na gut“, sagte der Polizist schließlich, schlug mit der flachen Hand auf den Tisch und stand auf. „Hast ja recht. Hauke ist tot und der Fall ist damit abgeschlossen. Was soll da schon passieren, wenn du da mal reinguckst.“ Er stand auf und ging zum Aktenschrank. Maarten jubelte innerlich. Natürlich war das, was er hier mit Harry machte, nicht ganz fair. Aber es ging schließlich darum, Hauke Gerechtigkeit widerfahren zu lassen, wenn an seiner Vermutung wirklich etwas dran war.

Es dauerte nicht lange, bis Harry die Akte gefunden hatte. Er legte sie Maarten auf den Tisch. „Du warst nie hier“, sagte er.

„Natürlich nicht.“

„Nun, dann kann ich ja mal für einen Moment rausgehen und `ne Zigarette rauchen, wenn keiner hier ist.“ Damit drehte sich Harry um und ging zur Tür.

„Natürlich. Viel Spaß“, murmelte Maarten und fing an, sich in die Akte Hauke Langhoff zu vertiefen.

20

Der Sturm rüttelte an den ausfahrbaren Markisen der hohen Glasfenster, was zu einem immer wiederkehrenden metallischem Klackern führte. Entnervt stand Maarten von seinem Stuhl auf und bediente den Schalter, um sie wieder einzufahren. So perfekt dieses Gebäude auch sein mochte, hier hatten die Konstrukteure einen Fehler gemacht. Sie hatten die Windstärken an der Nordseeküste unterschätzt. Das kam davon, wenn man einen italienischen Architekten beauftragte, der zwar über ästhetisches Feingespür verfügte, aber keine Ahnung von ostfriesischen Wetterlagen hatte, dachte Maarten und verzog das Gesicht.

„Du müsstest dir dann mal einen anderen Platz suchen“, forderte Maarten seine Kollegin Inka Henzler auf, die nun von der tief stehenden Sonne geblendet wurde. „Tut mir leid.“

„Kein Problem“, murmelte Inka und setzte sich auf einen Stuhl auf der anderen Seite des Tisches.

„Können wir dann weitermachen?“, fragte Georg Hufschmidt und steckte sein Handy in die Tasche, das penetrant angefangen hatte zu läuten, als Maarten aufgestanden war. „Ich muss gleich weg. Es gibt Probleme bei der Firstlady, um die ich mich kümmern muss.“

Inka Henzler und Georg Hufschmidt arbeiteten ebenfalls als Ingenieure bei N.S.OffshorePower Ltd.

und trafen sich wöchentlich zu einem fixen Termin mit ihren Kollegen aus den anderen Abteilungen. Von Anfang an war Hufschmidt in die Planungen der Windlady I und II mit eingebunden gewesen, und aufgrund ihres Modellcharakters war ihm die Windlady I sehr ans Herz gewachsen. Und weil er so beeindruckt von ihr war, hatte er sie Firstlady getauft. Ein Begriff, der inzwischen von allen intern nur noch verwendet wurde, wenn von der riesigen Windkraftanlage die Rede war.

„Deine Firstlady müsste sich noch ein wenig in Geduld üben, bis wir hier fertig sind“, maulte Tomke schlechtgelaunt, was ihr einen finsteren Blick von Georg eintrug. Sie hatte Kopfschmerzen und wäre gerne nach Hause gegangen. Aber ihre obersten Chefs hatten für den Nachmittag noch zu einem außerordentlichen Meeting geladen und würden, so hatten sie unmissverständlich verlauten lassen, keinerlei Ausreden dulden, was auch immer es für welche sein mochten.

„Könnten wir dann bitte weitermachen“, knurrte Maarten, der solch ein Rumgezicke nicht leiden konnte. Außerdem hatte er schon seit Tagen schlechte Laune, nachdem er die Polizeiakte studiert und zu keinem schlüssigen Ergebnis gekommen war. Es machte ihn wahnsinnig, dass er in dieser Sache nicht vorankam. Wie nebenbei hatte er Georg kurz nach seinem Polizeibesuch mal nach den Plänen für die Windlady II gefragt. Der aber hatte ihn nur misstrauisch beäugt und sie zur Geheimsache erklärt. Maarten verstand sich gut mit Georg, der aber wollte sich nie so richtig in die Karten schauen lassen, wenn es um seine Arbeit ging. Auch wenn er es nie gesagt hatte, hatte Maarten das Gefühl, dass Georg Angst hatte, Maarten würde ihm seinen Posten streitig machen. Natürlich hatte Maarten ihm mehrmals versichert, dass Emden für ihn nur ein Spiel auf Zeit sei, aber Georg blieb vorsichtig.

Sie saßen noch etwa für eine halbe Stunde beisammen, um sich über ihre Projekte auszutauschen und die in der kommenden Woche zu erledigenden Arbeiten aufeinander abzustimmen. Nach einem abschließenden Statement von Inka löste sich die Sitzung schnell auf. Auch Tomke raffte ihre Unterlagen zusammen und strebte schnellen Schrittes der Tür zu, als Maarten sie am Ärmel ihres Kittels zurückhielt. „Einen Moment noch, Tomke, ich müsste noch was mit dir besprechen“, sagte er hastig.

„Alles okay, Maarten?“, fragte Tomke und zog die Augenbrauen hoch. „Bist ja so hektisch.“

Nervös fuhr sich Maarten mit der Hand über das Gesicht. „Ja, bin etwas nervös zurzeit. Wollte fragen, ob du heute Abend mal Zeit hast, mit mir Essen zu gehen. Ich würde dir gerne was erzählen und dich um deine Meinung bitten.“

„Scheint wichtig zu sein.“

„Für mich ja.“

„Na gut. Eigentlich hatte ich heute schon was vor, aber das lässt sich verschieben. Sagen wir 19 Uhr im Restaurant an den Kapitänshäusern?“

„Gerne.“

Zu seinem Erstaunen drückte Tomke ihm einen schnellen Kuss auf die Wange, dann war sie verschwunden. Er schaute ihr perplex hinterher und fragte sich, warum ihm plötzlich ein heißer Schauer über den Rücken lief.

„Ich frage mich wirklich, was in den letzten Tagen mit dir los ist, Maarten“, sagte Tomke und schaute ihn prüfend an. „Du bist nun seit mehr als zwei Monaten hier und hast eigentlich die ganze Zeit den Eindruck vermittelt, als seiest du ganz zufrieden mit dir und der

Welt. Aber seit einigen Tagen siehst du nicht nur unausgeschlafen aus, sondern muffelst auch nur noch vor dich hin." Sie machte eine Pause und nahm einen Schluck von ihrem Sherry, den sie sich als Aperitif bestellt hatte. „Ist übrigens nicht nur mir aufgefallen, sondern allen anderen auch", fügte sie dann hinzu.

„Wer sind denn alle anderen?", knurrte Maarten und schaute sie düster an.

„Siehste, das meine ich." Mit einem Seufzer wandte sie sich der Speisekarte zu. „Gibt's hier eigentlich auch Carpaccio?", murmelte sie vor sich hin.

Maarten schaute sich im Restaurant um, ob ihm jemand zuhörte. Aber das Lokal am Emder Delft war an diesem Abend nicht besonders gut besucht und so wandte er sich wieder Tomke zu. „Es geht um Hauke."

Tomke ließ langsam die Speisekarte sinken und warf ihm einen fragenden Blick zu. „Hauke? Was ist mit Hauke?"

„Ich bin da auf etwas gestoßen, zum Teil auch gestoßen worden, was mir seit Tagen keine Ruhe lässt."

„Nämlich?"

„Nun, ich glaube nicht mehr daran, dass Hauke eines natürlichen Todes gestorben ist."

Tomke, die gerade wieder an ihrem Sherry nippen wollte, starrte ihn mit offenem Mund an. „Du ... du meinst er wurde ..."

„Ermordet."

Tomke nahm ihr Sherryglas und schüttete den Inhalt in einem Zug hinunter. "Aber ich dachte, das sei nur so `ne Spinnerei von Hauke, aus der Verzweiflung heraus, weil niemand sich seine Krankheit richtig erklären konnte."

Maarten sah sie ernst an. „Das dachte ich zunächst auch. Das heißt, nein, ich wollte es denken. Mein Bauchgefühl sagte mir von Anfang an etwas anderes."

„Und nun ist es mehr als ein Bauchgefühl?"

„Ja, nun ist es ...", setzte Maarten an, wurde aber von der jungen Kellnerin unterbrochen, die die Bestellung aufnehmen wollte. Als sie wieder gegangen war, fuhr er fort und erzählte vom Zusammentreffen mit Steffen Rautschek auf der Bauplattform in der Nordsee.

„Das ist ja wirklich seltsam", sagte Tomke. „Hauke und Rautschek haben tatsächlich sehr eng zusammengearbeitet. Sie waren ein wirklich gutes Team. Rautschek war praktisch Haukes rechte Hand, ein sehr guter Ingenieur, wenn du mich fragst. Nun hat er Haukes Posten übernommen. Und er meint, da stimmt was nicht mit den Plänen?"

„Das hat er zumindest angedeutet, ja."

„Und was genau soll daran nicht stimmen?"

„Nun, das gilt es herauszufinden. Noch habe ich keine Ahnung. Ich habe schon versucht, die Pläne bei Georg Hufschmidt einzusehen, der ja auch an diesem Projekt beteiligt war. Aber, keine Chance. Er rückt sie nicht raus."

„Kann ich mir denken, er traut keinem über den Weg. Ich glaube, dem mangelt es an Selbstbewusstsein. Der denkt immer, man nimmt ihm was weg. Auf der anderen Seite klagt er ständig über Arbeitsbelastung. Paradox." Für eine Weile starrte Tomke auf ihren Kleinen Gruß aus der Küche, den die Kellnerin soeben serviert hatte, und stocherte gedankenverloren mit ihrer Gabel darin herum. „Vielleicht hast du ja auch zuviel in die Worte von Rautschek hineininterpretiert", fuhr sie dann unvermittelt fort.

„Ja, das hab ich zwischendurch auch gedacht. Aber es hat mir keine Ruhe gelassen und dann habe ich die Polizeiakte von Hauke eingesehen?"

„Polizeiakte? Hauke hatte eine Polizeiakte?" Das schien das erste zu sein, was Tomke hörte. Sie wirkte ehrlich überrascht.

„Ja. Harry Veldkamp hat mir erzählt, dass Hauke Anzeige erstattet hatte."

„Wer ist Harry Veldkamp?"

„Du kennst ihn nicht? Hm. Kann sein, er ging in meine Parallelklasse in der Mittelstufe. Na, egal. Harry ist Polizist in Pewsum."

„Und weswegen hatte Hauke nun Anzeige erstattet?"

„Er meinte, man habe ihn vergiftet."

Tomke sah von ihrer Suppe auf. „Ja, von einer angeblichen Vergiftung habe ich auch gehört, das hatte ich ja schon mal erwähnt. Aber ich dachte ..."

Maarten machte eine abwehrende Handbewegung. „Ja, alle dachten", sagte er, und sein Tonfall klang bitter. „Und ich glaube, alle haben falsch gedacht. Aus der Anzeige geht nicht wirklich viel hervor. Ich habe den Eindruck, dass man sich mit dem Protokoll bei der Polizei nicht allzu viel Mühe gegeben hat, weil man Haukes Ausführungen für eine Paranoia hielt. So hat Harry sich zumindest ausgedrückt, als ich zum ersten Mal mit ihm über Hauke sprach. Und Sonja sagt, die Ärzte gingen von einem Medikamentenmissbrauch aus, obwohl Hauke gar keine Medikamente genommen habe."

„Und was genau steht nun drin, in der Anzeige?"

„Da steht, wie gesagt, dass Hauke glaubt, in seiner Firma vergiftet worden zu sein. Konkrete Namen nennt er nicht, es ist eine Anzeige gegen Unbekannt. Und auf die Frage, warum man ihn hätte vergiften sollen, sagte er – und nun wird's interessant – dass er herausgefunden habe, dass die Pläne zum Bau der Windlady II bewusst manipuliert worden seien."

„Wow, das wäre natürlich der Hammer! Aber warum sollte das irgendjemand tun? Ich meine, die Firstlady läuft super, ist praktisch eine Gelddruckmaschine, also alles im grünen Bereich. Die Lady II ist baugleich. Nein, es gäbe absolut keinen Grund, hier irgendwas zu manipulieren. Hm. Und du meinst nicht, dass Hauke sich da was vorgemacht hat? Ich meine, es war bekannt, dass er sich nicht mit Naumann verstand. Vielleicht wollte er ihm nur eins auswischen."

„Erstens hat er Naumann ja gar nicht namentlich benannt. Kann sein, er hat ihn gemeint, aber die Anzeige hat er ja, wie gesagt, gegen Unbekannt erstattet. Und zweitens hat nicht er mich auf die Pläne aufmerksam gemacht, sondern Rautschek."

Tomke hob kurz beide Hände und ließ sie dann wieder auf den Tisch fallen, als wolle sie sagen, dass sie nun auch nicht weiter wisse. Stattdessen sagte sie: „Da hilft ja nun alles nichts, wir müssen an die Pläne ran."

Die Kellnerin servierte die Hauptspeise und für ein paar Minuten konzentrierten sich beide aufs Essen. Was Tomke da ausgesprochen hatte, war ungeheuerlich. Denn die Pläne waren in der Regel in einem abschließbaren Schrank untergebracht. Und wenn sie keiner freiwillig herausrückte, blieb nur ein Weg: Man musste sie stehlen. Doch keiner von beiden traute sich, es so offen auszusprechen.

„Kannst du dich noch daran erinnern, wie wir bei uns in Canhusen einen Winter lang immer Räuber und Gendarm gespielt haben?", wechselte Tomke das Thema, nachdem sie ihr Seeteufelfilet ein gutes Stück weit aufgegessen hatte.

Maarten runzelte die Stirn. Wieso kam sie denn jetzt darauf? Es passte gar nicht zu ihr, ein einmal angesprochenes Thema einfach so vom Tisch zu wischen. „Ja", antwortete er zögernd, „daran erinnere ich mich gut. Wie kommst du drauf?"

Tomke grinste schelmisch. „Du weißt ja, dass Micha,

mein verstorbener Cousin, damals gerade eine Lehre zum Feinmechaniker machte."

„Ja", sagte Maarten knapp. Der Gedanke an seinen Kumpel Micha und dessen tragisches Ende schmerzte immer noch, er wollte eigentlich nicht über ihn sprechen.

„Nun, wie du weißt, war ich ja damals an allem brennend interessiert, was irgendwie dazu taugte, Unsinn zu machen."

„Ja", sagte Maarten wieder, doch diesmal musste er in Erinnerung an das kleine kesse Mädchen, das Tomke damals gewesen war, schmunzeln. Sie hatte keine Dummheit ausgelassen. Ihre Eltern waren wirklich nicht zu beneiden gewesen.

„Nun, Micha hatte mir damals beigebracht, wie man mit einem einfachen Stück Draht die kompliziertesten Schlösser knackt. Ich habe nächtelang an allen Schlössern, die in unserer Wohnung zu finden waren, geübt, bis ich richtig gut war. Für das Schreibtischschloss meines Vaters brauchte ich schließlich nur noch fünf Sekunden."

Plötzlich begriff Maarten, worauf Tomke mit ihrer Kindheitserinnerung hinaus wollte. Er starrte sie mit offenem Mund an. „Das ist nicht dein Ernst", japste er heiser.

Tomke rollte mit den Augen. „Maarten, tut mir leid, dir das sagen zu müssen, aber du warst schon immer ein Schisser." Sie streckte ihr Fischmesser in seine Richtung und zeigte direkt auf seine Brust. „Ich bin sicher, dass ich es problemlos schaffen würde, die Pläne aus Georgs Büro zu holen. Es müsste nur jemand Schmiere stehen."

„Am helllichten Tag?", krächzte Maarten entsetzt.

„Natürlich nicht." Tomke zog verschmitzt einen Mundwinkel nach oben und warf ihm einen schmachtenden Blick zu. „Sag mal, Maarten, hast du heute Nacht schon was vor?“

21

Ob Sieverts etwas ahnte? Es würde ihn nicht verwundern, denn Sieverts war ein schlauer Kopf. Und man sah ihn weniger lachen in der letzten Zeit. Er schien nervös zu sein. Nun, dachte er und ein bitteres Lächeln ging über sein Gesicht, das kannte er selbst ja nur zu gut. Sobald man zu ahnen begonnen hatte, was hier gespielt wurde, begannen die schlaflosen Nächte. Und Sieverts sah aus, als hätte er bereits seit Längerem keine ruhige Nacht mehr gehabt.

Er war auf der Bauplattform gewesen und hatte sich die Arbeiten an der Windlady II angeschaut, obwohl er ja eigentlich für die Projekte vor der schottischen Küste verantwortlich war. Und hinterher hatte er die Konstruktionspläne sehen wollen, obwohl sie ihn nichts angingen. Ja, er musste ahnen, dass mit den Plänen etwas nicht stimmte.

Pah, dachte er sich. Soll er sich ruhig auf die Pläne versteifen. Die waren doch Peanuts gegen das, was hier wirklich abging. Er selbst hatte in den letzten Wochen ein bisschen herumgeschnüffelt und das, was er dabei entdeckt hatte, raubte ihm auch Tage später noch den Atem, wenn er daran dachte. Aber es bot auch eine Chance. Natürlich, er hatte sich vorgenommen, hier einfach nur seinen Job zu machen, ohne nach links und rechts zu schauen. Aber nach allem, was er jetzt wusste, war das nicht mehr möglich.

Und sein Wissen gab es nicht umsonst. Schon bald

würde er ein reicher Mann sein. Und dann würde er Tomke alles kaufen können, was sie sich wünschte. Seit er wusste, dass er bald zu Geld kommen würde, lag er nachts wach und malte sich aus, wie sein Leben an Tomkes Seite aussehen würde. Nichts würde sie beide hier mehr halten, hier, im kalten und windigen Ostfriesland. Und sie würden sich nie wieder trennen. Sie würden sich in einem sonnigen Land eine große Villa kaufen und ihr Leben genießen.

Er brauchte nur noch ein paar Tage, dann hätte er alle Beweise zusammen. Es war nicht ungefährlich, was er hier machte. Und jedes Mal, wenn er darüber nachdachte, welche Gefahren in seinen Plänen lauerten, dann schnürte es ihm die Kehle zu und sein Mund wurde ganz trocken. In solchen Momenten zwang er sich, sich zusammenzureißen und mit kühlem Kopf weiterzumachen. Denn ein kühler Kopf war die Voraussetzung dafür, dass sein Plan aufging.

Er griff nach seiner Tablettenschachtel, nahm die letzte Kapsel heraus, steckte sie sich in den Mund und zerknautschte dann die leere Hülle. Er holte aus, zielte, und die Hülle landete mit einem leisen Plopp im Papierkorb. Zufrieden lächelnd lehnte er sich zurück. Auch diese kleinen roten Dinger würde er bald nicht mehr brauchen. Da war er sich ganz sicher.

22

Franziska griente still vor sich hin. Sie hatte sich zum Schutz vor Kälte und Regen einen gefütterten Ostfriesennerz angezogen und sich einen knallgelben Südwester aufgesetzt. Außerdem trug sie kniehohe Gummistiefel. Sie fand, dass sie nun aussah, als wolle sie mit dem nächsten Kutter zum Krabbenfang auslaufen. Tatsächlich aber hatte sie eine viel aufregendere Mission zu erfüllen. Sie hatte sich nicht schlecht gewundert, als spät am Abend plötzlich ihr Chef vor ihrer Tür im Emder Ortsteil Larrelt gestanden hatte, wo sie sich eine kleine Wohnung nur wenige Kilometer von ihrem Arbeitsplatz entfernt genommen hatte.

Hm. Da musste sie also erst von New York nach Emden ziehen, um mal hautnah ein Verbrechen mitzuerleben. Und dass es sich bei dem, was ihr Chef und Tomke vorhatten, um ein Verbrechen handelte, daran bestand ja nun wohl kein Zweifel. Oder warum sonst stieg man mitten in der Nacht in ein Firmengebäude ein und wollte dabei auf keinen Fall gesehen werden?

Tomke und sie hatten sich im Laufe der letzten zwei Monate angefreundet. Es war ihnen schon bei der ersten Begegnung klar gewesen, dass sie aus ähnlichem Holz geschnitzt waren. In der Firma hatten sie bisher nicht allzu viel miteinander zu tun gehabt, dafür aber hatten sie sich schon häufiger zu einem Kino- oder

Kneipenbesuch oder einfach nur zu einem Frauenabend mit Chips und Wein in einer ihrer Wohnungen getroffen. Bei einer dieser Gelegenheiten hatte Tomke ihr anvertraut, dass sie sich schon als Kind in Maarten Sieverts verliebt habe und jetzt, da sie ihn fast jeden Tag sehe, von ähnlichem Unheil bedroht sei. Dass, wenn es mit ihren Gefühlen so weiterging, es unweigerlich zu einem Unglück kommen müsse, stehe außer Frage. Schließlich habe Maarten angekündigt, nach spätestens einem halben Jahr nach New York zurückzukehren. Und da sie, Tomke, Ostfriesland auf keinen Fall verlassen werde, stehe eine mögliche Verbindung unter keinem guten Stern. Also werde sie Maarten so weit wie möglich aus dem Weg gehen. Außerdem sei es ja fraglich, ob er für sie genauso empfinde, bisher habe er diesbezüglich keinerlei Anzeichen erkennen lassen.

Franziska hatte Tomke zu verstehen gegeben, dass sie sie sehr gut verstehen könne, denn ihr Chef sei wirklich ein Schnuckelchen. Und bestimmt hätte auch sie sich längst in ihn verliebt, wenn sie auch nur ansatzweise auf Männer stehe. Da das aber nicht der Fall sei, sei sie immer noch auf der Suche nach der richtigen Partnerin und hoffe, sie irgendwann in New York zu finden.

Heute Nacht aber sah es gar nicht so aus, als würden sich Tomke und Maarten aus dem Weg gehen. Im Gegenteil hingen sie wahrscheinlich gerade jetzt gemeinschaftlich bis zu den Hüften in einem Aktenschrank und suchten nach den Bauplänen der Windlady II. Franziska hatte die Aufgabe übernommen, den Wachmann abzulenken. Sie war ein paar hundert Meter von der Firma entfernt aus dem Auto gestiegen und den Rest des Weges gelaufen, damit sie möglichst zerzaust aussah, wenn sie das Firmengelände betrat. Am

Werkstor angekommen, war sie schnurstracks auf den Wachmann zugeeilt und hatte ihm, mit ein paar herausgepressten Tränen auf der Wange, die rührende Geschichte aufs Ohr gedrückt, sie sei mit ihrem Freund zu einem nächtlichen Spaziergang an der Knock gewesen, um den hohen Seegang zu bestaunen. Dort sei es dann wegen einer Lappalie zum Streit gekommen und er habe sie einfach stehen lassen und sei mit seinem Auto davongefahren.

Der sichtlich empörte Wachmann hatte sich alles angehört, einen heißen Tee aufgegossen und ihr dann seinerseits erzählt, was er in dieser Beziehung schon alles erlebt habe. „Woran man mal wieder sieht, dass Männer und Frauen einfach nicht zueinander passen“, hatte er abschließend mit einen energischen Kopfnicken kundgetan. Da konnte ihm Franziska nur zustimmen.

Maarten und Tomke hatten die Ablenkung des Wachmannes genutzt, um ungesehen das Firmengebäude zu betreten. Zur Sicherheit hatten sie sich von oben bis unten vermummt, denn man konnte ja nie wissen, ob sich nicht irgendwer aus irgendeinem Grund die Bilder der Überwachungskamera ansehen würde. Nun hingen sie zwar nicht gemeinsam im Aktenschrank, wie Franziska es sich ausgemalt hatte, aber nervös waren sie trotzdem. Maarten mehr, Tomke weniger. Sie leuchtete mit der kleinen Lampe, die sich an ihrem Handy befand, den Aktenschrank aus, um die gesuchten Konstruktionspläne der Windlady II zu finden. Maarten stand derweil auf dem Flur Schmiere und zuckte bei jedem Geräusch zusammen, das sich ungewöhnlich anhörte. „Bist du bald soweit?“, zischte er Tomke zu. Wieso brauchte sie so lange, um die verdammten Pläne zu finden?

„Ich hab sie!“, rief Tomke in diesem Moment

aufgeregt und wedelte mit einem Stapel Zettel in der Luft herum.

„Schscht, sei doch leise!“, zischte Maarten. „Oder willst du, dass uns jemand hört?“

„Hier ist doch keiner“, antwortete sie kess. „Komm, jetzt schnell zum Kopierer.“

Der Kopierer stand auf dem Gang in der Nähe des Aufzugs, und sie hofften, dass Franziska ihre Aufgabe gut erledigen würde und den Wachmann davon abhielt, auch nur den kleinsten Blick auf oder in das Gebäude zu werfen. Denn dann würde er unweigerlich den Lichtstreifen des Kopierers sehen, der sich bei jeder Kopie vor und zurück bewegte.

Es war eine Heidenarbeit, die großen, mehrfach zusammengefalteten Pläne zu kopieren, denn der Kopierer schaffte maximal DIN A3-Format. Also falteten Maarten und Tomke die Seiten hin und her und hofften, sich nicht irgendwann zu vertun. Wenn sich hinterher herausstellte, dass sie auch nur einen Teil des Planes gar nicht, einen anderen dafür aber womöglich doppelt hätten, wäre alle Mühe umsonst gewesen. Und so arbeiteten sie sich verbissen vor. Maarten spürte, wie ihm vor Aufregung der Schweiß über den Rücken lief. Sie waren so in ihre Arbeit versunken, dass sie es nicht bemerkten, als sich von der Seite Schritte näherten.

„Darf ich fragen, was Sie hier machen, mitten in der Nacht?“, fragte plötzlich eine dunkle, sehr energische Stimme. Maarten und Tomke erstarrten. Wie in Zeitlupe drehten sie sich um und versuchten, ihr Gegenüber zu erkennen. Aber aufgrund des schummrigen Lichtes dauerte es eine Weile, bis sich ihre Augen an die Lichtverhältnisse gewöhnt hatten, schließlich hatten sie die ganze Zeit auf das grelle Licht des Kopierers gestarrt.

„Ich ... wir ... wir wollten nur ...“

„Wir machen ein paar Kopien", unterbrach Tomke mit scheinbar sicherer Stimme Maartens Gestammel. „Wir brauchen sie ... ähm ... morgen, ja, ähm ... ganz früh."

„Bist du es, Tomke?", fragte die Stimme barsch. Anscheinend war sie in ihrer Vermummung wirklich nicht zu erkennen.

„Richtig."

„Frau Coordes ist nur auf meine Anweisung hier", meldete sich Maarten zu Wort, der sich vom ersten Schreck erholt hatte und sich jetzt schützend vor Tomke stellte.

„Doktor Sieverts?"

„Ja, und ich kann alles erklären."

„Schon gut", sagte der Mann gegenüber und seine Stimme war plötzlich ganz ruhig. Und nun erkannte Maarten auch endlich, wer da vor ihm stand. „Herr Rautschek", sagte er erstaunt, „was machen Sie denn hier?"

„Es gibt Probleme bei der Firstlady und ich muss mal in die Computerüberwachung schauen."

„Ach so. Ja also, wir wollten hier nur ..."

„Ist schon komisch, so ganz alleine hier zu sein. Kein Mensch zu sehen, weit und breit", knurrte Rautschek und ging davon. Als er einige Meter entfernt war, hob er, ohne sich noch mal umzudrehen, kurz seinen Arm und winkte ihnen zu. Dann verschwand er in einem der Büros.

Maarten und Tomke schauten sich an und mussten sich Mühe geben, nicht laut herauszuprusten. Was für ein Teufelskerl, dieser Rautschek! Er hatte was gut bei ihnen, das war klar.

23

Nachdem sie das Firmengebäude wieder verlassen und Franziska per SMS aus ihrem Rendezvous mit dem Wachmann erlöst hatten, waren sie zu dritt zu Tomke nach Hause gefahren. Nun saßen sie auf einem flauschigen, knallroten Teppich im Wohnzimmer, jeder ein Glas Rotwein in der Hand und die Konstruktionspläne der Windlady II vor sich ausgebreitet. Tomke war nebenbei damit beschäftigt, die einzelnen Blätter mit transparentem Klebeband aneinanderzukleben. Doch zunächst fielen ihnen keine Ungereimtheit oder Unregelmäßigkeit auf.

„Sieht eigentlich alles ganz normal aus“, befand Tomke und schüttelte den Kopf. „Was auch immer Steffen Rautschek gemeint hat, ich komm nicht drauf.“

„Ja, auch ich kann nichts Ungewöhnliches erkennen. Allerdings habe ich auch noch nicht so viel Erfahrung mit der Konstruktion von Windkraftanlagen“, brummte Maarten. Er war enttäuscht, hatte sich von dieser Aktion deutlich mehr versprochen.

Nachdenklich nippten die drei an ihrem Wein und Franziska zog schließlich auf das gemütliche Sofa um, das mitten im Raum stand.

„Wir bräuchten die Pläne der Firstlady zum Vergleich“, sagte sie und fing an, die Kostenaufstellungen zu studieren, die Maarten und Tomke ebenfalls kopiert hatten. Immer wieder rieb sie sich dabei die müden Augen. Es war inzwischen fast halb sechs am Morgen und sie war nach der durchwachten und ereignisreichen Nacht sehr erschöpft. Außerdem hatte sie sich immer noch nicht an die scharfe Nordseeluft gewöhnt und hätte, seit sie in Ostfriesland war, sowieso problemlos zu jeder Tages- und Nachtzeit auf der Stelle einschlafen können.

„Hättest du vielleicht einen starken Espresso für mich, Tomke?", fragte sie unvermittelt. „Kann gut sein, dass ich den Tag sonst nicht überstehe. Seit ich ...", sie stutzte plötzlich und blätterte nun hektisch die Seiten der Kostenaufstellung vor und wieder zurück. Die Furchen auf ihrer Stirn wurden dabei immer tiefer. „Das gibt's doch nicht!", murmelte sie.

„Was ist los?", fragte Maarten alarmiert, „hast du was gefunden?" Ohne es zu bemerken, war er erstmals zum Du übergegangen."

„Also, ich verstehe ja auch nichts davon", begann Franziska, „aber ihr sagtet doch, dass die Windlady I und II absolut baugleich sind, oder?"

„Ja", bestätigte Tomke und zuckte mit den Schultern. „Sie sind praktisch Klone. Worauf willst du hinaus?"

„Nun, wenn ich die Kostenaufstellung richtig verstehe – und ich sehe nicht, warum ich sie falsch verstehen sollte – dann geht aus den Zahlen eindeutig hervor, dass die Kosten für die Windlady II um mehrere hunderttausend Euro unter denen für ihre ältere Schwester liegen."

„Das ist kein Kunststück", sagte Maarten und verzog das Gesicht. „Da fallen ja eine ganze Menge Planungskosten raus, eben weil es sich um eine Kopie der Firstlady handelt."

„Danke für den Hinweis", sagte Franziska flapsig und verzog spöttisch den Mund, „aber soweit hatte ich noch mitgedacht. Nein, ich rede nicht von den

Planungskosten, sondern von den Materialkosten. Und ich kann mir kaum vorstellen, dass man hier auf einmal zu solchen Preisnachlässen kommt. Wenn überhaupt, müssten die Kosten gerade bei diesem Posten erfahrungsgemäß eher steigen als sinken."

Wo sie recht hatte, hatte sie recht, das wussten Maarten und Tomke sofort. Denn die Preisentwicklung an den Rohstoffmärkten war rasant, und jede Kalkulation, die bei der Projektplanung aufgestellt wurde, musste bei der Umsetzung in den meisten Fällen wieder nach oben korrigiert werden. Ein Nach unten hatte es in diesem Bereich schon lange nicht mehr gegeben, soviel stand fest.

Maarten und Tomke sprangen auf und setzten sich zu Franziska aufs Sofa, jeder an eine Seite. Franziska fuhr mit den Fingern die Kostenreihen hinunter, die einen Vergleich zwischen den beiden Windkraftanlagen dokumentierten, und tippte bei einzelnen Posten auf die Zahlen. Die Augen von Tomke wurden mit jedem Fingerzeig größer. „Du hast recht, Franziska, da kann was nicht stimmen. Vor diesem Hintergrund sollten wir uns jetzt die Pläne nochmals ansehen. Da wurde doch an der ein oder anderen Stelle gespart und ..."

„Und wir werden jetzt herausfinden, wo. Und dann werden wir schauen, was das für das Projekt für eine Bedeutung hat", führte Maarten ihren Satz zu Ende.

„Aber erst mach ich den Espresso", sagte Tomke und erhob sich. „Dann können wir uns auch wieder besser konzentrieren. Ich bin nämlich auch schon total kaputt."

Konzentriert gingen sie Posten für Posten in der Kalkulation noch mal durch und schauten, an welcher Stelle sich diese in den Konstruktionszeichnungen wiederfanden. Sie hatten sich darauf geeinigt, dass hierbei jeder für sich selbst arbeitete und sich zu den gewonnenen Erkenntnissen Notizen machte, um dann hinterher zu schauen, inwieweit sich diese bei allen dreien in gleicher oder ähnlicher Form ergeben hatten. Zwar war Franziska keine Ingenieurin. Aber was das Verknüpfen logischer Zusammenhänge und, damit einhergehend, das Entdecken von Ungereimtheiten anging, war sie den anderen beiden dennoch deutlich voraus, was Maarten und Tomke neidlos anerkennen mussten.

Draußen begann es schon zu dämmern, als Maarten schließlich aufstand und seufzend die Gliedmaßen dehnte. Er sagte kein Wort, sondern ließ die beiden Frauen in Ruhe weiterschauen. Ein Blick durch das Wohnzimmerfenster sagte ihm, dass das Wetter sich auch in den letzten Stunden nicht beruhigt hatte. Im Gegenteil schien der Wind sogar noch zugenommen zu haben und es regnete nach wie vor. Dennoch beschloss er, kurz vor die Tür zu treten, um ein wenig frische Luft zu schnappen. Außerdem drohten ihm die Augen zuzufallen; und die kalte Luft würde vermutlich die Lebensgeister wieder zurückbringen.

Maarten zog seine warme und winddichte Outdoorjacke über und trat vor die Tür. Augenblicklich nahm ihm der starke Wind, der direkt auf die Haustür stand, den Atem. Er japste auf, zog sich rasch die Kapuze über den Kopf und drehte sich zur Seite, denn auch der Regen stand beinahe senkrecht, schlug ihm erbarmungslos ins Gesicht und fing bereits an, sich, der Schwerkraft folgend, einen Weg zu seinem Hemdausschnitt zu bahnen.

Unweigerlich musste Maarten an einen Morgen in seiner Kindheit denken, als es draußen ähnlich zur Sache gegangen war. Zunächst unbeeindruckt von dem typisch ostfriesischen Herbststurm war er als vielleicht sechsjähriger Junge aus der Haustür hinausgetreten –

und hatte sich schon im nächsten Augenblick gewünscht, er hätte auf seine Mutter gehört, die ihm erst wenige Minuten zuvor verboten hatte, auch nur daran zu denken, das Haus zu verlassen, um seinen Freund Hauke zu besuchen. Denn kaum, dass er die schützende Nische des Hauseinganges verlassen hatte, war er auch schon von einer Windböe ergriffen und einige Meter weiter an die Garagenwand geschleudert worden. Er hatte nichts dagegen tun können. Und es hätte nicht viel gefehlt, dann hätte ihn auch noch die Mülltonne erwischt, die in diesem Moment nur haarscharf an ihm vorbei flog. Es war ihm in seiner Panik nicht einmal gelungen zu schreien, denn der Wind hatte ihm komplett den Atem genommen, sobald er auch nur den Mund öffnete. Verzweifelt hatte er nach etwas gesucht, woran er sich festkrallen konnte, aber es war nichts in greifbarer Nähe gewesen. Und so hatte er sich bei dem Versuch, sich irgendwie mit der Garagenmauer zu arrangieren, ganz bös die Handflächen an der rauen, mit winzigen Stein- und Glaspartikeln durchsetzten Oberfläche aufgeschrammt. Er hatte gerade mit seinem Leben abschließen wollen, als ihn plötzlich ein starker Arm zurückgerissen und ihn zurück zur Haustür gezerrt hatte. Maarten hatte nicht gewusst, wie ihm geschah und war noch ganz benommen gewesen, als er schließlich wieder in der warmen und vor allem windstillen Stube gestanden hatte, vor sich das wutverzerrte Gesicht seines Vaters. Im nächsten Augenblick hatte es die erste und einzige Ohrfeige gesetzt, die ihm sein Vater jemals verpasst hatte. Danach hatte sein Retter in der Not wortlos den Raum verlassen.

Maarten schaute um die Hausecke und warf einen Blick auf den Ems-Jade-Kanal, der trüb im Dämmerlicht lag und nach den heftigen Regenfällen der letzten Tage hoch Wasser führte. Seine Oberfläche war von kleinen, unregelmäßigen Wellen aufgeraut, und immer wieder kam es auf der Wasseroberfläche zu Verwirbelungen, wenn eine heftige Windböe über sie hinwegfegte. Am gegenüberliegenden Ufer des Kanals sah er einen Eimer, der in schnellem Tempo über einen schmalen Fußweg in Richtung Uferböschung kullerte, die er dann auch prompt hinabstürzte. Nun trieb er heftig schaukelnd den Kanal hinunter. Nachdem er dem Schauspiel für ein paar Minuten zugesehen hatte, beschloss Maarten, ins Haus zurückzukehren. Er fühlte sich deutlich erfrischt.

Die beiden Frauen waren inzwischen auch mit ihrer Analyse der Pläne fertig geworden und standen, als Maarten hereinkam, in der Küche. Gedankenverloren und mit ernsten Gesichtern schlürften sie einen heißen Tee und knabberten dazu ein paar Müslikekse. Maarten ging zum Küchenschrank, nahm sich eine Teetasse hinaus, tat einen Kluntje hinein und setzte sich zu ihnen. „So, wie ihr ausseht, seid ihr zu einem ähnlichen Ergebnis gekommen, wie ich", sagte er gepresst, während er nach der Kanne auf dem Stövchen griff und sich Tee einschenkte. Für einen Augenblick war nur das leise Knistern des Kluntjes zu hören, der unter der Hitze des Tees von feinen Rissen durchzogen wurde.

Tomke, die ihre dampfende Teetasse mit beiden Händen vor dem Gesicht hielt und in kurzen Abständen hineinblies, nickte schwach. „Ja, davon gehe ich aus. Und wenn das, was ich befürchte, stimmt, dann haben wir ein ernsthaftes Problem."

Franziska schaute mit ernstem Gesicht von einem zum anderen und schob sich einen Müslikeks in den Mund. „Ich wünsche mir nur selten, dass ich mich verrechnet habe. Ich möchte sogar fast sagen, nie", sagte sie schmatzend. „Aber, ganz ehrlich, diesmal wünsche ich mir nichts sehnlicher, als dass meine Berechnungen falsch sind."

Maarten spürte, wie sich auf seinen Armen eine Gänsehaut bildete und ein Frösteln über seinen Körper lief. Insgeheim hatte er gehofft, dass er etwas übersehen hatte. Aber, so wie es jetzt aussah, musste man davon ausgehen, dass bei der Konstruktionsplanung der Windlady II entweder einfach nur schlampig gearbeitet worden war, wovon er allerdings nicht ausging. Oder aber hier war bewusst manipuliert worden. Das würde auch zu dem passen, was Hauke bei der Polizei zu Protokoll gegeben hatte.

„Ich glaube, wir haben ein Problem zu lösen", sagte er.

24

Was hatte Hauke tatsächlich gewusst? Und, was noch viel wichtiger war, hatte er seinen Verdacht jemandem von der N.S.OffshorePower Ltd. gegenüber geäußert? Hatte er womöglich sterben müssen, weil beim Bau der Windlady II etwas vertuscht werden sollte?

Immer und immer wieder zermarterte sich Maarten das Hirn, um auf diese Fragen eine Antwort zu finden. Aber seine Gedanken drehten sich im Kreis. Klar war nur, dass bei der Planung der Windkraftanlage an den Materialkosten gespart worden war. Und dieses Sparprogramm, da waren sich Tomke, Franziska und er einig, würde zu Lasten der Sicherheit gehen.

Am Mittag würde sich Maarten mit Steffen Rautschek treffen, um zu erfahren, was genau der leitende Ingenieur der Windlady II wusste. War die Windkraftanlage tatsächlich mit gravierenden Sicherheitsmängeln errichtet worden? Aber, soviel stand schon jetzt fest, auch ihm musste aufgefallen sein, dass es bei diesem Großprojekt nicht mit richtigen Dingen zuging. Schließlich war er selbst es gewesen, der Maarten praktisch genötigt hatte, sich die Pläne mal genauer anzusehen. Maarten wusste, dass er, wenn er der Sache nun auf den Grund ging, vermutlich ein Tretminenfeld betrat. Denn sollte das, was er befürchtete, wahr sein, dann hatte man Hauke, der zuviel wusste, bewusst aus dem Weg geräumt. Gut,

Sonja hatte als Todesursache von angeblichem Medikamentenmissbrauch gesprochen. Aber wer konnte schon wissen, ob das tatsächlich der Wahrheit entsprach. Hatte es nicht schon immer Fälle gegeben, in denen einfach eine Todesursache angegeben wurde, obwohl die Ärzte sich ihrer Sache überhaupt nicht sicher waren? Bekanntlich war die Dunkelziffer nicht entdeckter Morde sehr hoch, weil in vielen Fällen niemand auf die Idee kam, mal nachzuschauen, ob zum Beispiel der vermeintlich eines natürlichen Todes gestorbene Ehemann nicht vielleicht doch einem perfiden Giftmord der trauernden Witwe zum Opfer gefallen war.

Um sich vor dem Gespräch mit Rautschek abzulenken, beschloss Maarten, ein wenig durch die Emder Innenstadt zu schlendern, denn dazu hatte er bisher kaum Gelegenheit gehabt. Er hatte sowieso noch einige Erledigungen zu machen, die er schon seit Tagen immer wieder vor sich hergeschoben hatte. Auch das Wetter hatte sich wieder beruhigt, ab und zu lugte sogar die Sonne zwischen den Wolken hervor und zauberte hier und da einen Regenbogen an den weiten Horizont. Maarten setzte sich in seinen Kleinwagen und parkte ihn einige Minuten später in der Großen Straße. Immer wieder war er erstaunt, wie einfach es war, in Emden einen Parkplatz zu finden. In allen anderen Städten, in denen er sich in den vergangenen Jahren aufgehalten hatte, war es diesbezüglich längst zum Kollaps gekommen.

Als Maarten aufgewachsen war, war die Große Straße noch keine Fußgängerzone gewesen. Inzwischen aber war sie attraktiv gestaltet und lud zu einem Bummel durch die meist kleinen, schmucken Läden ein. Gerade, als Maarten anfing, vor einem Buchladen in einer der Auslagen zu stöbern, zerrte plötzlich jemand an seinem Hosenbein. Verdutzt schaute er an seinem Bein herab – und sah in ein fröhlich grinsendes Kindergesicht. „Tilman“, rief er erfreut, „wo kommst denn du so plötzlich her?“ Als der Junge weiterhin nur strahlend zu ihm aufsah, nahm Maarten ihn gerührt auf den Arm und drückte ihn an sich. „Ja“, sagte er und strich ihm über den Rücken, „ich weiß, du kannst mich immer noch nicht hören. Aber daran werde ich mich wohl nie gewöhnen.“ Verträumt stand er für ein paar Augenblicke einfach nur da, bis ihm plötzlich ein Gedanke kam. Irritiert schaute er in alle Richtungen. „Sag mal, Tilman“, bemerkte er dann, „du bist doch sicherlich nicht ganz alleine hier. Wo hast du denn deine Mama gelassen?“ Natürlich zeigte der Junge auch diesmal keine Reaktion und Maarten fragte sich gerade, was er nun machen sollte, als er Sonja sah, die mit panischem Blick aus einer nahe gelegenen Bäckerei geschossen kam, den kleinen Nicolas an der Hand.

„Sonja“, rief er schnell und winkte hektisch mit seinem freien Arm, „Tilman ist hier bei mir!“ Sonja schien ihn in ihrer Panik nicht gehört zu haben, dafür aber blieb Nicolas so abrupt stehen, dass seine Mutter ins Straucheln geriet. Als sie sich wieder gefangen hatte und offensichtlich zum Gezeter anhob, rief Maarten schnell noch einmal ihren Namen. Nun endlich nahm auch sie ihn wahr, und über ihr Gesicht lief ein Ausdruck unendlicher Erleichterung, als sie ihren kleinen Sohn friedlich in Maartens Armen liegen sah. Erst jetzt ging Maarten auf, wie furchtbar es für eine Mutter sein musste, wenn sie plötzlich ihr Kind aus den Augen verlor und wusste, dass, egal wie laut sie jetzt rief, dieses Kind sie nicht hören würde. Genau wie alles andere. Was würde zum Beispiel passieren, wenn Tilman schnurstracks auf eine viel befahrene Straße zurannte, ohne dabei auf den Verkehr zu achten? Auch in diesem Fall würde er die Warnrufe seiner Mutter nicht hören, und sie müsste im schlimmsten Fall machtlos mit ansehen, wie ihr Kind von einem Fahrzeug erfasst wurde.

Instinktiv drückte Maarten den kleinen Jungen noch fester an sich. Sonja stand jetzt vor ihm und drückte ihm den Arm. „Danke“, presste sie sichtlich mitgenommen hervor und strich ihrem Sohn über das Bein. „Ich habe nichts gemacht“, sagte Maarten. „Tilman stand plötzlich bei mir und zog an meinem Hosenbein.“

„Er muss dich hier gesehen haben. Normalerweise rennt er nicht einfach so weg. Umso erschrockener war ich, als er plötzlich nicht mehr neben mir stand.“ Sonja atmete tief ein und stieß dann geräuschvoll die Luft aus. „Entschuldige“, sagte sie, „aber ich stehe noch leicht unter Schock.“

Maarten winkte ab. „Kein Problem. Ich schlage vor, dass ich euch jetzt erstmal ins Café einlade, wo wir ein großes Stück Kuchen essen und eine Tasse heiße Schokolade trinken.“

„Das ist lieb von dir, Maarten, aber leider haben wir nicht mehr viel Zeit. Wir müssen gleich meine Mutter vom Augenarzt abholen, sie müsste jeden Moment anrufen. Und dann hat sie auch schon den nächsten Termin.“

„Ich will aber mit Maarten Kuchen essen“, maulte Nicolas.

Maarten strich dem kleinen Jungen über den blond gelockten Schopf. „Ist doch kein Problem, Nicolas“, sagte er beschwichtigend, „das holen wir dann bald mal nach.“

„Will aber jetzt!“ Nicolas zog einen Schmollmund und stampfte mit dem Fuß auf. Dann fing er an zu weinen.

Maarten sah erst Nicolas, dann Sonja ratlos an. „Tut mir leid, ich wusste ja nicht ...“

„Quatsch“, unterbrach ihn Sonja und machte eine wegwerfende Handbewegung, „du hast es doch nur lieb gemeint. Normalerweise ist Nicolas auch nicht so empfindlich, aber er ... er vermisst seinen Vater sehr.“ Die letzten Worte hatte Sonja ganz leise gesprochen und Maarten bemerkte, dass auch sie jetzt mit den Tränen kämpfte. „Vielleicht“, fuhr sie dann fort und versuchte ein Lächeln, „vielleicht hast du ja Lust, den Kindern einen Berliner zu kaufen. In der Neutorstraße gibt es eine kleine Ladentheke, da werden die ganz frisch gemacht. Nicolas und Tilman essen sie für ihr Leben gerne.“

„Au ja“, rief nun Nicolas und sein Kummer war plötzlich wie weggewischt, „einen Berliner! Maarten, darf ich einen mit Erdbeermarmelade?“

Maarten knuffte ihm in die Seite. „Mit allem, was du willst, junger Mann. Und dein Bruder, isst der auch einen mit Erdbeermarmelade?“

„Nee, Tilman mag lieber den mit Apfelmus.“

„Na, dann soll er den auch haben. Kommt, wir machen uns schnell auf den Weg, bevor die Oma anruft.“ Maarten hob Tilman auf seine Schulter, worauf der kleine Mann vor Freude anfing zu strahlen und juchzend die Arme hochwarf. Und ehe Maarten sich’s versah, nahm Nicolas seine Hand und drückte sie fest. Und so stiefelten sie die Straße hinunter, und jeder der sie sah, musste sie für eine glückliche kleine Familie halten. Bei diesem Gedanken schluckte Maarten. Es fühlte sich plötzlich falsch an, dass er hier mit Sonja und den Jungen durch Emden lief. Was hätte er in diesem Moment dafür gegeben, Hauke wieder zu den Seinen zurückholen zu können!

Maarten hatte seine wahre Freude daran, den Jungen

beim Verschlingen ihrer Berliner zuzusehen. Laut schmatzend standen sie vor ihm, die kleinen Gesichter wahlweise mit Erdbeermarmelade oder mit Apfelmus verschmiert.

Als er vor dem kleinen Laden angekommen waren, war ihm eingefallen, dass es diese Berliner bereits zu seiner Schulzeit gegeben hatte, damals noch ein Stück weiter die Neutorstraße hinunter. Und auch er hatte sich damals regelmäßig einen gegönnt. Sie schmeckten einfach köstlich.

„Wie geht es euch“, fragte er Sonja, als sie ihren Berliner aufgegessen hatte, „kommt ihr zurecht?“ Sein schlechtes Gewissen meldete sich, denn er hatte das Gefühl, sich viel zu wenig um die vaterlose Familie zu kümmern. Er hatte sich zwar immer wieder mal bei ihnen gemeldet, aber nicht regelmäßig. Er nahm sich vor, sich zukünftig mehr Zeit für sie zu nehmen.

Sie hob die Schultern. „Es ist viel zu erledigen, lauter Papierkram und so. Aber Wiebke hilft mir viel, sie ist immer da, wenn ich sie brauche.“

„Und finanziell? Kommt ihr über die Runden?“ Maarten hatte gleich nach Haukes Beerdigung Konten für die Kinder eingerichtet, auf die er monatlich einen bestimmten Betrag einzahlte. So war wenigstens schon mal für die spätere Ausbildung vorgesorgt. Aber das half in der momentanen Situation natürlich nicht wirklich weiter.

„Hauke hatte eine ganz gute Lebensversicherung abgeschlossen, von der wir erstmal leben werden. So kann ich auch erstmal die Raten fürs Haus bezahlen. Tja, und dann schreibe ich Bewerbungen, ich möchte wieder als Grafikerin arbeiten. Mal sehen, was da kommt.“

„Und die Kinder?“

„Sie sind ja schon in einem integrativen

Kindergarten untergebracht. Bisher halbtags, ab nächstem Monat dann ganztags. Sie waren dort sehr entgegenkommend." In diesem Moment klingelte Sonjas Handy. „Meine Mutter", sagte sie, „wir müssen jetzt leider gehen."

„Hat mich sehr gefreut, euch hier zu treffen", erwiderte Maarten lächelnd und nahm sie kurz in den Arm. „Macht's gut. Ich melde mich bald wieder bei euch." Dann strich er den Jungen über den Kopf. „Sagt der Oma einen Gruß", gab er ihnen mit auf den Weg.

Die beiden winkten, dann verschwanden sie mit ihrer Mutter um die Ecke. Und auch Maarten machte sich wieder auf den Weg. Er wollte pünktlich zu seiner Verabredung mit Steffen Rautschek kommen.

25

„Was wollte Sieverts?“, fragte Rhein seinen Vorstandskollegen Naumann, nachdem er gesehen hatte, wie Maarten dessen Büro verließ.

„Er hat sich nach der Windlady II erkundigt.“

Hayo Rhein kniff die Augen zusammen, und sein ganzes Gesicht schien sich plötzlich zu einem einzigen Faltenberg aufzutürmen. Er saß, die langen Beine weit von sich gestreckt, zusammengesunken in einem Ledersessel und sah aus, als habe er es sich gemütlich gemacht, um sich im Fernsehen einen guten Film anzuschauen.

Naumann stand aus seinem Schreibtischstuhl auf und trat vors Fenster. Er konnte den Anblick seines Kollegen Rhein nicht ertragen. Wie er da so lässig hing, seinen stechenden Blick genau auf ihn, Naumann, gerichtet. Würde er sich solch eine Haltung nur in seiner Gegenwart erlauben, hätte er darüber hinwegsehen können. Aber so war es nicht. Ganz im Gegenteil saß Rhein immer so da, egal wie wichtig die Gäste waren, die sich gerade zur Besprechung eingefunden hatten. Mit seiner Körperhaltung vermittelte der Mittsechziger immer den Eindruck geballten Desinteresses, ja, häufig sogar demonstrativer Langeweile. Dazu kam, dass er in solchen Sitzungen häufig keinen Ton hervorbrachte, selbst dann nicht, wenn es um komplizierte juristische Sachverhalte ging. Oder gerade dann, korrigierte Naumann sich selbst.

Und so hatte sich in ihm im Laufe der Zeit der Eindruck breit gemacht, dass Rhein womöglich über keinerlei juristischen Sachverstand verfügte. Schon häufiger war es vorgekommen, dass an seiner Stelle sich plötzlich der junge Jurist des Unternehmens, der erst vor einem halben Jahr sein zweites Staatsexamen absolviert hatte, mit einem Tatbestand befasste, den er kurz zuvor mit der Bitte um Bearbeitung explizit auf Rheins Schreibtisch hatte legen lassen. Auch waren Rhein schon derart heftige juristische Fehleinschätzungen unterlaufen, dass es für das Unternehmen fatale Folgen hätte haben können, wenn sich der junge Kollege der Sache nicht beherzt angenommen und den Schaden gerade noch rechtzeitig repariert hätte.

Schon einige Male hatte Naumann beim obersten Management des Konzerns vorgefühlt, ob es nicht besser sei, Rhein auf einen anderen, für die Firma weniger gefährlichen Posten zu versetzen. Aber man hatte immer nur abgewinkt. Anscheinend gab es derzeit keinen lukrativen Posten irgendwo im Aufsichtsrat, den man Rhein hätte anbieten können und den er auch akzeptiert hätte. Dass Rhein im Management einflussreiche Kontakte hatte, stand außer Frage. Denn Naumann hatte hochrangige Mitarbeiter schon aus viel geringeren Gründen gehen sehen. Also mussten irgendwo da oben Menschen sitzen, die Rhein trotz seiner offensichtlichen Unzulänglichkeiten protegierten – und deckten.

Obwohl ein jeder in der Firma wusste, dass auch Naumann nicht wegen seiner Kompetenz auf seinem Posten saß, sondern weil er über einflussreiche Freunde in der Politik verfügte, sah Naumann sich selbst ganz anders. Und das wiederum verband ihn mit Rhein. Wenn es darum ging, sich selbst einzureden, über welch hohe fachliche Kompetenz man verfügte, dann waren beide unschlagbar. Sollten bei Naumann manchmal auch nur die geringsten Selbstzweifel diesbezüglich aufkommen, so gelang es ihm, sich das Leben bis tief in die Nacht in einer Bar mit zweifelhaftem Ruf wieder schön zu saufen und sich bereits am nächsten Morgen für den unangefochtenen Helden der Nation zu halten.

„Mich hat weniger irritiert, dass er gefragt, als das, was er gefragt hat", sagte Naumann nun, ohne sich wieder zu Rhein umzudrehen.

„Und was hat er gefragt?", erwiderte Rhein in gelangweiltem Tonfall und betrachtete eingehend seine Fingernägel, die er sich am Tag zuvor für teuer Geld hatte manikűren lassen. Eigentlich war er für solch überflüssige Ausgaben nicht zu haben. Sein Ding war es eher, Geld zu horten und zu vermehren, als welches auszugeben. Andere nannten ihn deswegen geizig, wie zum Beispiel seine zwei Exfrauen. Er selber nannte es sparsam. Nun hatte er aber bemerkt, dass die Frau, die er gedachte in sein Bett zu kriegen, auf so Albernheiten wie gut manikürte Fingernägel stand. Nun ja, was tat man nicht alles für einen schnellen sexuellen Kick.

„Er fragte, wie es uns gelungen sei, bei der Windlady II auf so signifikant geringere Baukosten zu kommen als bei der Firstlady."

Rhein pfiff durch die Zähne. „Alle Achtung, der Kerl ist auf Zack. Und was haben Sie ihm geantwortet?"

„Dass er sich um seine eigenen Projekte vor der schottischen Küste kümmern soll."

Rhein lachte kurz auf. „Gute Antwort. Ich nehme aber an, dass er sich damit nicht zufrieden gegeben hat."

„Natürlich nicht. Aber von mir hat er nicht mehr erfahren. Ich habe so getan, als hätte ich einen wichtigen Termin und ihn an seinen Schreibtisch zurückgeschickt."

„Ja", nickte Rhein, „diese arroganten Schnösel, die denken, alles ginge sie was an, die muss man gleich in ihre Schranken weisen. Der Kollege – wie hieß er noch gleich – war doch genauso. Und was hat er jetzt davon? Guckt sich die Grasnabe von unten an. So schnell kann es gehen. Wenn Sie mich fragen, Naumann, leidet der Sieverts an totaler Selbstüberschätzung. Ich meine, was hat er denn schon geleistet, mit seiner kleinen Klitsche da in New York."

„Na ja ...", setzte Naumann an, wurde aber gleich wieder von seinem Vorstandskollegen unterbrochen.

„Haben Sie gewusst, dass er schwul ist?"

„Wer?"

„Na, Sieverts."

„Woher wollen Sie denn das wissen?"

„Das sieht man dem doch schon an."

„Ich weiß nicht ..."

„Doch, doch, glauben Sie mir, der kriegt bei `ner Frau keinen hoch."

Naumann schluckte. Er hasste diese primitiven Sprüche. Aber daraus, dass Sieverts offensichtlich auf Männer stand, konnte man vielleicht was machen. Da würde er mal intensiv drüber nachdenken. Denn der Kerl schnüffelte ihm zu viel in Sachen herum, die ihn nichts angingen, seit er hier war. Außerdem hing er zu oft mit der Coordes ab. Dabei hatte doch er selbst sich vorgenommen, sie für sich zu gewinnen. Na ja, ihm würde schon was einfallen, sie von ihm abzulenken. Vielleicht ahnte sie ja noch gar nichts von Sieverts sexueller Orientierung. Wenn sie es herausfand, würde sie untröstlich sein. Und das wäre dann seine Chance. Bevor Sieverts hier auftauchte, hatte sie ihm, Naumann, doch auch immer schmachtende Blicke zugeworfen. Er hatte sie ein wenig zappeln lassen. Nun, vielleicht ein wenig zu lange. Aber das würde er schon wieder hinkriegen.

„Meinen Sie, er könnte uns gefährlich werden?“, fragte Rhein in seine Gedanken hinein.

„Wer? Sieverts? Wohl kaum. Was weiß der denn schon.“

Rhein zuckte mit den Schultern. „Wir sollten ihn auf jeden Fall unter Beobachtung lassen. Ich habe gesehen, dass er sich erst vor zwei Stunden mit diesem Rautschek getroffen hat. Sie erinnern sich, dass die schon auf der Bauplattform so innig die Köpfe zusammengesteckt haben? Das gefällt mir nicht.“

„Ich glaube, es war ein Fehler, dass wir uns auf das Joint-Venture mit ihm eingelassen haben“, sagte Naumann und strich sich nachdenklich über den ungepflegten Bart, der hinterher noch struppiger aussah.

„Nicht wir, mein lieber Naumann, haben uns auf diesen Deal eingelassen. Das waren Sie ganz alleine, wenn ich Sie daran erinnern darf“, erwiderte Rhein schleppend und erhob sich langsam aus dem Ledersessel. „Und ich schwöre Ihnen, wenn mit dem etwas schief geht, dann werden auch Sie alleine dafür verantwortlich sein. Wie Sie wissen, mache ich grundsätzlich keine Fehler. Denn sonst wäre ich ganz gewiss nicht in der Position, in der ich heute bin.“ Damit verließ er schlurfenden Schrittes das Büro.

Naumann kochte und schlug mit der Faust auf seinen Schreibtisch. Eines Tages würde er diese Nullnummer von Rhein umbringen, das stand fest.

26

Bald würde es soweit sein. Alles hatte so geklappt, wie er es sich vorgestellt hatte. Was die für ein blödes Gesicht gemacht hatten, als ihnen klar wurde, dass er Bescheid wusste! Dass er informiert war, über alles. Vergnügt grinste er vor sich hin. Das Geld hatte er so gut wie in der Tasche. Er konnte sie förmlich schon spüren, die festen, nagelneuen 100-Euro-Banknoten, die er bündelweise in seinen Händen halten und mit seinen Fingern liebkosen würde.

Ja, mit ihm hatten sie nicht gerechnet, die feinen Herrschaften. Hatten ihn unterschätzt, von Anfang an. Wie oft hatte er sich geärgert, immer nur die zweite Geige zu spielen. Immer waren die anderen bevorzugt worden. Aber nun war er dran. Wenn man ihm seinen Teil des Kuchens nicht freiwillig gab, dann würde er ihn sich eben selber holen. Und dann würde er gehen, wohin er wollte. Er würde ein Leben im Luxus führen, in Saus und Braus. Endlich würde er jemand sein. Endlich würden alle zu ihm aufschauen.

Auch Tomke. Ein sehnsüchtiges Lächeln umspielte seinen Mund. Morgen würde er es ihr sagen. Dass er bald ein reicher Mann sein würde. Und er würde ihr seine Liebe gestehen und ihr sagen, dass er immer bei ihr bleiben würde. Wie erleichtert würde sie sein, dass er nicht aufgegeben hatte, nachdem sie den dummen Fehler gemacht hatte, ihn abblitzen zu lassen. Dass er ihr verziehen hatte. Und dass er sie trotzdem liebte.

Er wusste schon, wie er es anstellen würde. Denn

morgen, das hatte er so eingefädelt, würden sie alleine sein. Oh, es würde sehr romantisch werden. Und dann ... er spürte die Erregung, die wie eine heiße Welle in seine Lenden schoss. Spürte bereits jetzt ihren schlanken Körper, die warme Haut, die drallen Brüste in seinen Händen. Er spürte ihr leichtes Zittern, hörte ihr leises, forderndes Stöhnen. Sie würde es kaum erwarten können, sich ihm ganz hinzugeben.

Er war drauf und dran, sich hier und jetzt Befriedigung zu verschaffen. Aber nein. Heute würde er mal nicht ins Internet gehen. Er würde sich beherrschen. Bis morgen. Bis er mit Tomke alleine war.

27

Es war die Ruhe vor dem Sturm. Maarten stand am Fenster seines Büros und blickte hinaus auf den grauen Novemberhimmel. Alles sah so friedlich aus, da draußen. Aber das würde sich in den nächsten Stunden ändern. Es würde einen Orkan geben. Gerade war er in Greetsiel bei einem Geschäftspartner gewesen und hatte, als er aus der Besprechung kam, einen alten Freund seines Vaters getroffen, Hinderk Manninga. Hinni, wie ihn alle nur nannten, hatte besorgt zum Himmel hinaufgeschaut und dabei, wie immer, mit zusammengekniffenen Augen an seiner Pfeife gepafft. „Wird ordentlich Sturm geben", hatte er gesagt und den Kopf langsam hin und her gewiegt.

„Sturm?", hatte Maarten erwidert, „ist doch ganz ruhiges Herbstwetter."

„Nich mehr lang. Die Kudder laufen schon wieder ein, guck." Hinni, der früher selber Krabbenfischer gewesen war, hatte bedächtig die Hand gehoben und in Richtung Hafen gezeigt. Tatsächlich. Als Maarten an diesem Mittag nach Greetsiel gekommen war, waren die Kutter gerade erst ausgelaufen. Dass sie nun schon wieder hier waren, war ein untrügliches Zeichen dafür, dass sich da draußen was zusammenbraute. Und an Hinni, das wusste er noch von früher, war ein Wetterfrosch verloren gegangen. Der alte Mann war dafür bekannt, dass er sich noch nie geirrt hatte, was die Wetterprognose anging. Und davon hatten sowohl die Fischer als auch die Landwirte oft profitiert.

„Hast du sie zurückgerufen?", hatte Maarten gefragt.

„Jo."

„Na, wenigstens sind nun alle in Sicherheit, wenn's los geht."

„Nee."

„Wie, nee. Sind noch Fischer draußen?" Maarten hatte Hinni ungläubig angeschaut. Er konnte sich nicht vorstellen, dass auch nur ein einziger Fischer nicht auf Hinnis Warnung gehört hatte.

„Nee, Fischer nich. Aber die annern."

„Welche anderen?"

„Die vonne Windkraftanlagen."

Maarten hatte tief geschluckt. Hinni hatte recht. Die Mannschaft der *Windlady II* war noch draußen auf der Nordsee. Aber sicherlich würden auch sie schon auf dem Rückweg sein. „Die kommen sicher auch bald."

Hinni schüttelte den Kopf und spuckte vor sich aus. „Nee."

„Sie kommen nicht zurück?" Maarten war blass geworden. „Hat ihnen denn keiner Bescheid gesagt?"

„Doch. Ich."

„Du hast sie angefunkt?"

„Jo."

„Und was haben sie gesagt?"

„Haben gesacht, der Chef erlaubt nich, dass sie zurückkommen."

„Hört der denn keinen Wetterbericht?"

„Doch, denk schon. Aber der Wetterbericht sacht Stärke neun. Hm. Wird aber schlimmer. Viel schlimmer." Bei diesen Worten hatte sich Hinnis Gesichtsausdruck deutlich verdüstert.

„Und jetzt? Die können doch nicht da draußen bleiben!"

Hinni hatte die Hände gehoben. „Kannste nix machen." Dann hatte er sich umgedreht und war gegangen.

Maarten war tief in Gedanken versunken nach Emden

in sein Büro zurückgefahren. „Ich muss mit Naumann sprechen“, sagte er nun zu sich selbst. „Er muss die Leute von der *Windlady II* zurückholen.“

„Franziska, ich muss mal schnell zu Naumann“, rief er seiner Assistentin zu, als er das Büro verließ. Die schaute ihm irritiert hinterher. Als er von seinem Termin zurückgekommen war, war er wortlos an ihr vorbeigerauscht und sie hatte gehört, wie er danach nervös in seinem Büro auf- und abtigerte. Und nun verkündete er, Naumann sprechen zu müssen. Was an sich schon verwunderlich war, denn normalerweise ging Maarten Naumann aus dem Weg, wo er nur konnte. Er hatte inzwischen gemerkt, dass mit dem nichts anzufangen und er noch dazu eine fachliche Null war, und es war zwischen den beiden schon häufiger zu Auseinandersetzungen gekommen. Irgendwas musste also vorgefallen sein. Nur was?

„Doktor Sieverts. Was führt Sie zu mir?“ Naumann sah Maarten erstaunt an, als der so plötzlich in sein Büro stürmte, Annemarie im Schlepptau, die hektisch mit den Armen wedelte. „Er ist einfach so reingerannt“, sagte sie weinerlich und hob entschuldigend die Hände.

„Schon gut, Annemarie“, winkte Naumann ab, „Herr Doktor Sieverts ist doch immer herzlich willkommen.“ Das bemühte Lächeln, das er bei diesen Worten aufsetzte, strafte seine Worte allerdings Lügen. Man sah ihm an, dass er auf ein Gespräch mit Maarten keinen gesteigerten Wert legte. Was dem allerdings völlig egal war. Hier ging es um Wichtigeres als Naumanns Befindlichkeiten.

„Wir müssen die Leute von der *Windlady II* zurückholen, sofort!“, fiel Maarten mit der Tür ins Haus.

„Setzen Sie sich doch, Herr Doktor Sieverts“, erwiderte Naumann und verzog süffisant grinsend das Gesicht. „Soviel Zeit muss sein.“

„Nein“, sagte Maarten barsch, „wir haben keine Zeit. Sie müssen sofort die Bauplattform räumen lassen.“

Naumann schaute ihn unbeeindruckt an. „Und warum sollte ich das tun?"

„Orkan. Es wird einen Orkan geben."

Mit einem tiefen Seufzer lehnte sich Naumann in seinen protzigen Ledersessel zurück und verschränkte die Beine. „Ach, Sieverts", seufzte er dann, „wie Sie wissen, höre ich morgens als erstes den Seewetterbericht und lasse mir laufend Meldung machen. Und Windstärke neun ist schwerlich ein Orkan zu nennen und auch kein Grund, sich über irgendetwas Sorgen zu machen. Das sollten Sie als Ostfriese eigentlich wissen." Das Wort *Ostfriese* kam ihm dabei so abfällig über die Lippen, dass Maarten ihn am liebsten direkt über den Tisch gezogen und ihm sein schmieriges Grinsen aus dem Gesicht gewischt hätte.

„Eben weil ich Ostfriese bin, weiß ich, dass es nicht bei Stärke neun bleiben wird", zischte Maarten, legte seine Hände auf den Schreibtisch und beugte sich zu Naumann vor. „Und deshalb fordere ich Sie auf: Holen Sie die Leute zurück!"

„Ich habe Ihnen bereits gesagt, dass es dafür keinen Grund gibt." Nun verlor auch Naumann die Fassung und schlug mit der Faust auf den Tisch. „Orkan. Pah! Wer hat Ihnen eigentlich diesen Schwachsinn ins Ohr gesetzt, Sieverts?"

„Ein alter Fischer aus Greetsiel hat mir ..."

„Ein Fischer!", grölte Naumann und stieß ein bitteres Lachen aus. „Ein armseliger Fischer faselt irgendwas vor sich hin und Sie markieren hier den dicken Max? Glauben Sie etwa auch noch an den Klabautermann? Eines will ich Ihnen sagen, Sieverts, der Chef hier bin immer noch ich. Und was ich sage, das wird hier gemacht. Ihre, mit Verlaub, schwachsinnigen Befürchtungen, die können Sie woanders loswerden, aber bei mir, Sieverts, kommen Sie damit nicht weiter." Wieder donnerte Naumann mit der Faust auf den Tisch, das Gesicht wutverzerrt. „Und jetzt weiß ich auch, wer diesen Schwachsinn auf der Plattform verbreitet hat. Die haben mich nämlich auch schon angerufen und sich vor Angst ins Hemd gemacht. Ich schwöre, das wird ein Nachspiel haben, Sieverts!"

Maarten glaubte zu explodieren und atmete tief durch. „Wenn da draußen was passiert, dann tragen Sie, und ausschließlich Sie, dafür die Verantwortung!", fauchte er und zeigte mit spitzem Finger auf sein Gegenüber. „Und dann, dann wird die Sache für Sie ein Nachspiel haben, Naumann, da können Sie Gift drauf nehmen!"

„Raus, Sieverts, gehen Sie mir aus den Augen!", sagte Naumann nun mit gefährlich leiser Stimme.

„Nichts lieber als das." Wutentbrannt drehte Maarten sich um und hörte im Hinausgehen noch die Worte *Ostfriesen* und *alle plemplem*.

„Uuh, ich liebe laute Männer", gurrte Annemarie, als Maarten an ihr vorbeirauschte. „Haben Sie vielleicht Lust auf eine Tasse Kaffee, Herr Doktor Sieverts?"

Maarten drehte sich zu ihr um. „Den Kaffee, liebe Annemarie, den bringen Sie lieber Ihrem Chef. Der kann ihn jetzt gebrauchen. Oder nein, doch lieber einen Schnaps. Denn den wird er schon bald bitter nötig haben."

Annemarie zupfte wie unbeabsichtigt an ihrem weit ausgeschnittenen Dekolleté herum. „Mögen Sie keine Frauen, Herr Doktor Sieverts?", fragte sie mit einem unschuldigen Augenaufschlag.

„Doch, *Frauen* schon", antwortete er und lächelte sie dabei süffisant an. Damit öffnete er die Tür und war verschwunden.

Immer noch außer sich vor Wut stürmte Maarten wenig später wieder in sein Vorzimmer. „Franziska", rief er, noch bevor er die Tür richtig geöffnet hatte, „ruf bitte mal Tomke zu mir! Ich muss dringend mit ihr sprechen."

„Wird gemacht, Chef!", rief Franziska zurück. „Was gibt es denn so Dringendes, Maarten?", fragte sie ruhig, als sie darauf wartete, dass am anderen Ende jemand abnahm. „Du bist ja ganz aufgeregt. Steht der Weltuntergang bevor?“

„Schlimmer“, antwortete Maarten und trat nervös von einem Bein auf das andere. „Es gibt einen Orkan, und Naumann weigert sich, die Leute von der Plattform zurückzurufen.“

„Au, Mist“, murmelte Franziska und biss sich auf die Lippen. „Das ist ja mal ne schöne Schei … ja, hallo, ich bin’s, Franziska“, unterbrach sie sich im nächsten Moment selbst. „Könntest du bitte mal Frau Coordes zu meinem Chef schicken, es ist dringend.“ Im nächsten Moment wich alle Farbe aus ihrem Gesicht und sie ließ den Hörer sinken.

„Was ist los?“, wollte Maarten wissen, „warum guckst du so? Ist sie nicht da?“

„Sie ... Tomke ist ... sie ist auf der Plattform“, stammelte Franziska und ihr Gesicht wurde um noch eine Nuance bleicher.

28

„Ich weiß gar nicht, warum du dich so aufregst, Maarten." Seine Kollegin Inka Henzler sah ihn ruhig an und ließ ihren Bleistift, an dessen Ende sich ein Radiergummi befand, auf ihrem Schreibtisch auf- und abspringen. „Auch als die Firstlady gebaut wurde, hatten wir einen heftigen Sturm. Keiner ist damals auf die Idee gekommen, die Leute von der Plattform zu evakuieren. Denn natürlich wusste man vorher, dass man sich mit diesem Windpark in die unberechenbare Nordsee begab und nicht ins behäbige Mittelmeer. Also hat man die Konstruktionen so gebaut, dass sie auch höheren Windstärken standhalten."

Maarten rutschte nervös auf seinem Stuhl hin und her, beugte sich vor und wieder zurück. Immer wieder schaute er nervös auf seine Uhr, sah aus dem Fenster. Der Wind hatte bereits zugenommen und es kam ihm vor, als würden sich die kahlen Äste der noch jungen Ahornbäume vor dem Bürofenster seiner Kollegin von Minute zu Minuten und mit jeder Windböe, die durch sie hindurch pfiff, tiefer Richtung Boden neigen. „Das weiß ich alles Inka. Aber trotzdem, ich habe ein ganz ungutes Gefühl." Nervös strich er sich die schweißnassen Hände an seiner Jeans ab. „Hast du dir die Pläne der *Windlady II* mal angeschaut?"

Inka sah ihn erstaunt an. „Nein. Warum sollte ich das tun? Sie ist doch absolut baugleich mit der Firstlady. Und mit der ist doch auch alles in Butter. Bis auf die üblichen Kinderkrankheiten, meine ich. Aber da sind Georg

Hufschmidt und Steffen Rautschek ja dran."

„Ich dachte mir schon, dass du davon nichts weißt."

„Dass ich wovon nichts weiß?"

„Die beiden Windkraftanlagen sind nicht baugleich. Im Gegenteil, sie haben sogar einen gravierenden Unterschied."

Zum ersten Mal, seit Maarten bei Inka im Büro war, verstummte plötzlich das leise Ploppen des Bleistifts. Inka hielt ihn nun fest in der Hand. „Das kann nicht sein", sagte sie, aber ihrer Stimme war anzuhören, dass sie eigentlich *Das darf nicht sein* meinte.

Maarten sah sie prüfend an. „Was weißt du darüber, Inka?"

„Ich ... ach, eigentlich nichts", sagte sie leise.

„Was heißt eigentlich?", hakte Maarten nach.

„Da ... da hat es mal ein Gerücht gegeben, aber ... nein, ich kann mir nicht vorstellen, dass da was dran ist. Ich meine, warum sollte jemand so was tun?"

„Warum sollte jemand was tun?"

„Ach, Mensch, Maarten!" Inka klang nun deutlich genervt und pfefferte den Bleistift mit solcher Wucht auf den Schreibtisch, dass er am anderen Ende wieder heruntersprang. „Da ist nichts mit den Plänen, okay!?"

„Ist es doch."

„Nun hör aber auf, Maarten, woher ..."

„Ich habe sie gesehen, Inka."

„Du ... du hast sie gesehen", stammelte Inka und es klang nicht wie eine Frage, sondern mehr wie eine Feststellung. „Wie denn, ich meine, Georg hütet sie doch wie seinen Augapfel."

„Eben. Und das hat mich stutzig gemacht. Nicht nur das. Aber das auch." Maarten machte eine kurze Pause und sah Inka eindringlich an. „Ist dir nichts aufgefallen, an den Plänen?"

„Ich habe sie nie gesehen, Maarten, wirklich nicht." Inkas Stimme war nun wieder deutlich leiser, klang fast resigniert. „Ich habe nur mal das Gerücht gehört, da sei irgendwas beim Material getrickst worden. Aber es war nur ein Gerücht. Und ich habe es nicht ernst genommen. Weißt du, hier wird allerhand erzählt."

„Von wem kam das Gerücht? Ich meine, wer hat dir damals davon erzählt?"

„Ist doch egal."

„Nein, ist es nicht. War es Hauke?"

„Ja", sagte Inka leise. Sie stand auf und trat ans Fenster. „Hauke meinte, dass da was nicht in Ordnung sei. Er fürchtete, dass es da Probleme mit der Standsicherheit geben könnte."

„Warum hat er dir die Pläne nicht gezeigt? Dann hättest du gesehen, dass er recht hatte."

„Er ... er wollte sie mir zeigen. Aber ich ... nun, ich ... was heißt das, er hatte recht?", unterbrach sie sich selbst, als sie begriff, was Maarten da gesagt hatte.

„Das, was ich sage. Er hatte recht. Die *Windlady II* hat womöglich Probleme mit der Standsicherheit. Zumindest ..."

„Zumindest?"

„Bei Windstärken über zehn."

Maarten sah, wie Inka erbleichte. „Aber d-das hieße ja ...", stammelte sie und riss die Augen erschrocken auf, beendete ihren Satz aber nicht.

„Ja, Inka, das heißt, dass da draußen bei einem Orkan alles passieren kann."

„Es ist nur Windstärke neun vorausgesagt", sagte sie schwach.

„Du weißt, dass man sich auf die Fischer verlassen kann, Inka. Wenn die sagen, es gibt einen Orkan, dann gibt es einen Orkan", insistierte Maarten und nahm ihr damit den letzten Strohhalm, an den sie sich in ihrer plötzlich aufsteigenden Panik noch klammerte.

„Ja", sagte sie kaum noch vernehmbar. „Und jetzt?"

„Jetzt müssen wir die Leute von der Plattform holen.

Und zwar schnell." Maarten deutete auf die Bäume vor dem Fenster, die scheinbar kraftlos immer stärker hin- und herschwankten und ihren Widerstand gegen den heraufziehenden Sturm aufgegeben zu haben schienen.

„Naumann wird es nicht tun."

„Wir werden es tun."

Inka sah ihn erschrocken an. „Das wird Ärger geben."

„Nicht so viel, als wenn unsere Leute da draußen in Lebensgefahr geraten. Und das werden sie, Inka!"

Bei Maartens Worten war das letzte bisschen Farbe aus dem Gesicht der jungen Ingenieurin gewichen, so, als würde sie erst jetzt wirklich begreifen, dass es hier nicht nur um ein technisches Problem, sondern um Menschenleben ging.

Eilig folgte sie Maarten aus dem Büro, der auf dem Weg zu den Hubschrauberpiloten war, um ihnen zu sagen, dass sie sofort starten müssten. Das hatte er schon vorher versucht, aber sie hatten ihn auflaufen lassen. Ohne Auftrag von Naumann würden sie gar nichts machen, hatten sie gesagt. Das gebe nur Ärger. Nun, vielleicht könnte Inka mehr bewirken. Auch sie war zwar nicht der Chef, aber immerhin eine Frau. Und so blass und elend, wie sie jetzt aussah, würde sie die Jungs vielleicht doch dazu bewegen können, von ihrem Standpunkt abzurücken.

„Moin, Inka", grüßte der Hubschrauberpilot, als Inka angehetzt kam, und nickte Maarten kurz zu. „Siehst ja so blass aus, hast `n Gespenst gesehen?"

„Moin, Timo, wir müssen sofort zur Plattform, die Leute runterholen. Sonst gibt es ein Unglück", keuchte Inka und hielt sich die Hände vor die Brust. Sie war völlig außer Atem. Und das nicht nur, weil sie so schnell gerannt war. Nein, zu ihrem Entsetzen hatte sie feststellen müssen, dass der Wind inzwischen in Böen schon Orkanstärke erreicht hatte. Auf dem Weg zum Hangar hatten sie oft Mühe gehabt, überhaupt voranzukommen, so stark pfiff er um die Ecken.

„Nee, is nich“, sagte Timo knapp und machte mit dem Kopf eine Bewegung Richtung freies Feld, wo es dunkler und dunkler wurde, obwohl die Dämmerung erst in rund einer Stunde einsetzen würde. „Siehst ja selbst. Und das is noch nich alles. Wird `n ausgewachsener Orkan, schätze ich. Nee, da zu starten wäre reiner Selbstmord.“ Er griff nach einem Lappen und fing an, an der Schiebetür des Hubschraubers herumzuwischen. „Guter Tach, um meiner Gertrud mal ein wenig Wellness zu gönnen.“

Maarten hatte das Gefühl, sich vor lauter Anspannung übergeben zu müssen. Aber er hatte Inka auf dem Weg hierher versprochen, die Klappe zu halten. Sie hatte Angst, er könne ausfallend werden, wenn Timo nicht gleich auf seine Bitte einging. Und diese Befürchtung war nicht ganz unbegründet. Tatsächlich zuckte seine Faust gefährlich in der Tasche und schien nur darauf zu warten, ausfahren zu dürfen. Also holte er nur tief Luft und wartete ab, was passieren würde.

„Timo, ich sehe selbst, was da draußen los ist, aber glaube mir, unsere Leute sind in Lebensgefahr, wenn wir sie nicht von der Plattform holen!“, rief Inka in flehendem Ton und guckte den jungen Piloten beschwörend an.

„Unsere Leute sind in Lebensgefahr, wenn sie sich bei diesem Wetter in meine Gertrud setzen“, sagte Timo, und nach wie vor war ihm keinerlei Aufregung anzumerken. Er war die Ruhe selbst. „Glaub mir, da wo sie sind, sind sie sicher“, fuhr er fort. „Weiß gar nicht, warum du so nervös bist. Ist doch sonst nicht deine Art.“ Er musterte sie kurz mit hochgezogenen Augenbrauen, dann wischte er weiter an seiner Gertrud herum.

„Die *Windlady II* ist nicht standsicher“, mischte Maarten sich nun doch mit zitternder Stimme ein. Er stand kurz vor der Explosion.

„Wer sacht denn so was?“ Timo schüttelte den Kopf. „Auf was für Ideen ihr Ingenieure so kommt, das ist doch

..."

„Timo, bitte, er hat recht", fuhr Inka verzweifelt dazwischen. „Wir haben keine Zeit, dir alles zu erklären. Aber glaube mir, die ..."

Noch bevor sie den Satz beenden konnte, wurde ihre Stimme plötzlich von einem lauten Scheppern übertönt. Maarten und Inka zuckten zusammen, nur Timo blieb ganz ruhig. „Darauf hab ich nur gewartet", murmelte er, „is jedes Mal dasselbe. Die Jungs lassen ihre Regenschutzzelte draußen stehen, unter denen sie arbeiten, und die fliegen bei diesem Wind dann natürlich wech. Morgen können wir sie dann irgendwo in Emden wieder einsammeln. Und wenn wir Pech haben, landen sie in Papenburg oder so. Mannomann."

„Timo, bitte", rief Inka wieder, als sie sich von dem Schrecken erholt hatte. Ich ..."

Doch der Pilot schnitt ihr mit einer Armbewegung das Wort ab. „Inka", sagte er, und seine Stimme klang nun deutlich bestimmter, „selbst wenn ich wollte, ich kann und darf nicht rausfliegen. Glaub mir, wir hätten Glück, überhaupt an der Plattform anzukommen. Aber so, wie sich das hier entwickelt, kämen wir auf keinen Fall mehr zurück." Als er die Panik in Inkas jetzt tränenfeuchten Augen sah, tätschelte er ihr unbeholfen den Rücken. „Tut mir leid, Kleine, aber es geht wirklich nicht. Vor drei, vier Stunden, ja. Aber nun ..."

„Gibt es denn keine andere Möglichkeit, da raus zu kommen?", startete Maarten einen weiteren Versuch, obwohl er wusste, dass es zwecklos war. Aber er konnte doch nicht so einfach klein beigeben. Schließlich ging es um rund zwanzig Personen, die sich schätzungsweise zurzeit auf der Plattform aufhielten. Und es ging um Tomke. Bei dem Gedanken, ihr könnte etwas zustoßen, schnürte sich ihm die Kehle zu. Erstmals wurde ihm, angesichts der Gefahr, in der sie schwebte, bewusst, wie viel sie ihm wirklich bedeutete.

Aber Timo hob nur die Schultern und legte seinen Lappen weg. „Besser, wir machen uns jetzt auf den Weg nach Hause. Mach ja gerade noch gehen, dass das Auto hier im freien Feld auf der Straße bleibt.“ Er wirkte nach wie vor ganz ruhig. Aber als er auf dem Weg zum Verwaltungsgebäude einen besorgten Blick zurück in Richtung Nordsee warf und tief durchatmete, wusste Maarten, dass auch er sich nun Sorgen machte. Aber was nützte es. Jetzt konnten sie nur noch hoffen, dass die *Windlady II* in ihrem fast fertigen Zustand stärker war als angenommen.

29

Da saß sie. Und sie sah wunderschön aus. Nur schade, dass inzwischen Wolken aufgezogen waren und die Sonnenstrahlen, die am Vormittag noch die Fensterscheiben durchdrungen hatten, nicht mehr in ihren blonden Haaren spielten und sie zum Funkeln brachten. Aber auch ohne die Sonne war sie eine wahre Augenweide, wie sie so dasaß, den Kopf nachdenklich auf ihre Hände gestützt, und fast regungslos auf den Bildschirm des Computers starrte. Zwischen ihren Augen hatte sich eine kleine, steile Falte gebildet, wie immer, wenn sie angestrengt nachdachte.

Und dass sie heute etwas zum Nachdenken hatte, dafür hatte er am Tag zuvor gesorgt. Er hatte sie angerufen und ihr erzählt, dass es Probleme mit der *Windlady II* gebe, und zwar in ihrem Fachgebiet, der Elektronik. Natürlich, auch er selbst war Elektroniker. Aber er hatte ihr glaubhaft klarmachen können, dass er mit seinem Latein am Ende war. Er habe sein Möglichstes gegeben, aber den Fehler nicht finden können. Ob sie nicht am nächsten Tag mal so freundlich sein könne und mal drüberschauen, draußen, auf der Plattform. Natürlich wisse er, wie beschäftigt sie mit ihren eigenen Projekten sei, aber trotzdem, nur dieses eine Mal vielleicht ...

Sie hatte laut in den Hörer geseufzt, und gesagt, dass das ja nun eigentlich nicht ihre Aufgabe sein könne, die von ihm verursachten Fehler auszumerzen, woraufhin ihm ein schmerzhafter Stich durch die Brust gefahren war. Warum nur mussten ihn alle immer behandeln wie einen

Idioten? Aber dann hatte er sich gesagt, dass sie ja so tun musste, als würde sie sich sträuben. Das tat sie schließlich schon die ganze Zeit, obwohl sie seine Annäherung ja eigentlich wünschte. Und schon im nächsten Satz hatte sie ihren Widerstand aufgegeben. Na gut, hatte sie gesagt und erneut geseufzt, dieses eine Mal könne sie ja mal eine Ausnahme machen. Es treffe sich, dass sie sich die *Windlady II* sowieso mal vor Ort ansehen wolle. Schließlich habe Maarten Sieverts so von ihr geschwärmt, als er neulich von ihr zurückgekommen sei, dass sie schon fast eifersüchtig geworden sei. Daraufhin hatte sie ihr glockenhelles Lachen erklingen lassen. Für ihn war es wie Musik gewesen.

Und dann war sie gekommen, am frühen Vormittag schon. Timo, der Pilot, hatte sie mit dem Hubschrauber gebracht, genau eine Stunde, nachdem er selbst mit einem anderen Helikopter auf der Plattform angekommen war. Das hatte ihm Zeit gelassen, ein wenig in seinem Programm zu arbeiten und zwei kleine Fehler in die Schaltkreise einzubauen. Und nun saß sie schon seit Stunden davor und brütete über den Plänen. Natürlich hatte er ihr nicht gleich die richtigen Dateien geladen. Sie sollte ja ein wenig länger zu tun haben.

Als er gegen Mittag mal bei ihr im Bürocontainer hereingeschaut und gefragt hatte, ob alles okay sei, hatte sie ihn nur entnervt angesehen. Als er ihr aber eine Tasse mit frisch aufgebrühtem Kaffee auf den Tisch gestellt hatte, hatte sie ihm ein Lächeln geschenkt. Ihr ganz spezielles Lächeln. Das nur ihm galt. Das sie keinem anderen schenkte.

Und nun, da er wieder vor der Glastür stand, die in ihr Büro hineinführte, beschloss er, seinen gestern so sorgfältig ausgeklügelten Plan in die Tat umzusetzen. Er schaute sich um. Weit und breit war keiner zu sehen. Die Kollegen waren in einer Besprechung, die kurzfristig einberufen worden war, mit der er aber nichts zu tun hatte. Draußen tobte ein Sturm, der in den letzten Stunden wider Erwarten immer heftiger geworden war. Hohe Wellenberge klatschten bereits gegen die Windladys und auf die Plattform. Nun, so wie es aussah, würden sie die Nacht hier verbringen müssen. Das alles lief ja alles deutlich besser, als er erwartet hatte. Er würde schon ein kuscheliges Plätzchen für sich und Tomke finden. Wohl zum hundertsten Mal fühlte er in der Tasche seines Kittels nach, ob das Päckchen, das er Tomke gleich feierlich überreichen würde, noch an seinem Platz war. Ja, dachte er lächelnd, als seine Finger es ertasteten. Sie würde sich darüber freuen. Ganz bestimmt würde sie das.

Er spürte, wie sein Herz heftig gegen die Rippen klopfte, als er die Tür öffnete. Tomke hatte soeben ein weiteres Licht eingeschaltet, da es draußen plötzlich sehr dunkel geworden war. Er sah, wie sie einen besorgten Blick durchs Fenster auf die *Windlady II* warf, kurz den Kopf schüttelte und sich dann wieder setzte. Als er eintrat, hob sie den Kopf und schürzte dann die Lippen. „Wirklich ein toller Auftrag“, sagte sie spöttisch, „ich kann absolut keinen Fehler entdecken.“

„Na, ist ja auch nicht so wichtig“, erwiderte er und setzte sein, wie er meinte, verführerisches Lächeln auf, das er so lange vor dem Spiegel einstudiert hatte.

„Alles klar?“, fragte sie und zog die Stirn in Falten.

„Lass doch den Computer einfach mal sein und schau mich an“, sagte er säuselnd. Dann trat er ein paar Schritte auf sie zu, stellte sich neben sie, beugte sich zu ihr hinunter und legte seinen Zeigefinger unter ihr Kinn. Tomke war so verdattert, dass sie zunächst überhaupt nicht reagierte. Erst, als er ihr Kinn leicht anhob und sein Gesicht dem ihren plötzlich gefährlich nahe kam, machte es klick bei ihr. Entsetzt schlug sie seinen Arm weg und sprang auf. „Sag mal, hast du sie noch alle!?“, schrie sie ihn an und zitterte vor Empörung am ganzen Körper.

Von ihrer Reaktion überrascht trat er ein paar Schritte

zurück, fasste sich aber schnell wieder und setzte erneut sein Lächeln auf. „Ich weiß ja, Kleines, dass es jetzt für dich ein wenig überraschend kommt“, sagte er mit triefender Stimme. „Aber wir brauchen uns jetzt nichts mehr vorzumachen. Wir wissen doch, wie wir zueinander stehen, und ich finde, jetzt sollten es auch alle anderen wissen.“

Als Tomke ihn nur perplex ansah, wühlte er in seiner Tasche und kramte das kleine Päckchen hervor, deren Inhalt er so sorgsam für sie ausgewählt hatte. „Schau mal, Tomke, meine Liebe, was ich hier Schönes für dich habe.“ Er legte das in rotes Glanzpapier eingewickelte Päckchen auf die Finger seiner rechten Hand und balancierte es, vorsichtig wie einen kostbaren Schatz, langsam in ihre Richtung.

„Du bist ja total irre!“, presste Tomke hervor und wich wieder hinter ihren Schreibtisch zurück. Hektisch sah sie sich um. Sie hatte keinen Platz mehr auszuweichen, zwischen ihrem Schreibtisch und dem Fenster waren nur maximal zwei Meter Platz. „Was willst du von mir?“, fragte sie und versuchte, ihrer Stimme einen festen Klang zu geben. War sie im falschen Märchen, oder was?

„Nur das, was du auch von mir willst. Liebe.“

„Oh mein Gott, das ist nicht dein Ernst!“, keuchte Tomke entsetzt und merkte im gleichen Moment, dass ihre Stimme nun alles andere als fest klang. Sie musste hier raus! Mit den Augen maß sie den Abstand bis zur Glastür. In diesem Moment sah sie jemanden am Büro vorbeigehen. Sie konnte nicht erkennen, ob der- oder diejenige zu ihr hereinsah, denn im Gang war es dunkel, hier drinnen aber taghell. „Hallo“, rief sie laut und winkte heftig in Richtung Tür. Entschlossen machte sie einen Schritt nach vorne, holte aus und rammte ihrem immer noch schmachtenden Gegenüber die Faust in den Solarplexus, sodass er im nächsten Moment laut aufstöhnend und nach Luft schnappend in sich zusammensackte. Leider kippte er jedoch genau zur falschen Seite, und als sie einen weiteren Schritt tat, stolperte sie über ihn und flog der Länge nach hin. Sie spürte, wie er sie am Bein fasste. „Bleib bei mir“, keuchte er, „verlass mich nicht, Liebe meines Lebens. Tomke, ich …“

Sie stieß ihn mit dem Fuß weg, im nächsten Moment aber schmiss er sich auf sie und drückte sie mit aller Gewalt auf den Boden, sodass sie kaum noch Luft bekam. Woher nur nahm dieser verdammte Bastard seine Kraft, fragte sich Tomke und spürte, wie er anfing, an ihrem Pullover zu nesteln. „Gib dich mir hin“, keuchte er, „hier und jetzt. Du willst es doch auch, das weiß ich ganz genau.“ Tomke versuchte, sich aus seinem Klammergriff zu befreien, aber er musste Eisenklauen haben. Sie spürte, wie ihr etwas Nasses in die Haare tropfte. Sie drehte ihren Kopf soweit es ging nach oben. Oh Gott, dachte sie und meinte, sich vor Ekel übergeben zu müssen, dem läuft ja der Sabber aus dem Gesicht! In ihrer Verzweiflung öffnete sie nochmals den Mund und versuchte um Hilfe zu rufen. Aber der Schrei erstickte in ihrer Kehle. Der Kerl drückte ihr mit seinem Gewicht die Luft ab.

Auf einmal hörte sie, wie jemand die Tür öffnete. Hoffnungsvoll sah sie auf – und vernahm im nächsten Moment einen so ohrenbetäubenden Knall, dass sie meinte, ihr Trommelfell würde zerspringen. Entsetzt zog sie den Kopf wieder ein und versuchte instinktiv, ihn mit ihren Armen zu schützen. Nur Sekunden später spürte sie, wie ihr Peiniger von ihr abließ und zur Seite kippte. Mit letzter Kraft rappelte sie sich auf. Sie schwankte. Alles um sie herum schien plötzlich zu schwanken. Sie versuchte, ihr Gleichgewicht wieder zu finden, doch kurz darauf hörte sie, wie hinter ihr eine Glasscheibe mit einem markerschütternden Krachen zerbarst. Voller Panik versuchte sie, sich durch die Tür zu retten. Doch es war zu spät. Schon im nächsten Moment wurde sie von einer eisigen Flutwelle überrollt – und alles um sie herum versank in tiefem Schwarz.

30

Nervös stocherte Maarten in seinem Essen herum. Seine Mutter hatte ihn für den Abend zum Grünkohlessen eingeladen. Sie hatte sich so darauf gefreut, ihm endlich mal wieder sein Lieblingswinteressen kochen zu können, dass er sich nicht getraut hatte abzusagen und trotz des Orkans in seinen Wagen gestiegen und nach Groß Midlum gefahren war. Was ihr natürlich auch nicht recht gewesen war. Sie hatte ihn ordentlich ausgeschimpft, dass er sich bei solch einem Wetter ins Auto setzte.

„Schmeckt's dir nicht, mien Jung?", fragte sie nun und sah enttäuscht auf seinen Teller, der sich kaum geleert hatte, seit sie ihm Grünkohl und Kartoffeln darauf geschaufelt und eine große, fette Wurst dazugelegt hatte. „Zu wenig Hafergrütze vielleicht?"

„Nein, Mudder, es ist perfekt", entgegnete Maarten und tätschelte ihr die Hand. „Es ist nur ... unsere Leute sind draußen auf See. Auf der Plattform bei der Windmühle. Ich mache mir Sorgen, dass da was passiert, bei diesem Sturm."

„Wat soll denn da passieren", brummte sein Vater, während er schmatzend auf seiner Mettwurst kaute, „Wind gibt's doch immer."

„Ist mehr ein technisches Problem", erwiderte Maarten und erklärte kurz, woher seine Befürchtungen kamen.

„Du meinst, die setzen für `n büschen Geld das Leben von Leuten aufs Spiel?", fasste sein Vater zusammen, und er klang jetzt ehrlich empört. „Das kann doch nicht sein, dass einer so wenig Anstand hat."

„Doch, Vadder, leider kann das sein. Das kommt sogar öfter vor als man denkt."

„Aber nun iss man noch was, musst ja schließlich bei Kräften bleiben, so viel wie du arbeitest", versuchte seine Mutter vom Thema abzulenken, kam aber im nächsten Moment selbst wieder darauf zurück. „Ach, jetzt fällt mir ein, Sonja hat mir die Tage erzählt, dass die kleine Tomke aus Canhusen auch bei den Windmühlen arbeitet. Hast du sie schon getroffen?"

„Ja, sicher, ich arbeite eng mit ihr zusammen. Klein ist sie aber nicht mehr." Maarten schluckte. „Sie ist auch auf der Plattform da draußen", fügte er schleppend hinzu und ließ seine Gabel auf den Teller fallen. „Tut mir leid, Mudder, aber ich kann nichts essen, solange ich nicht weiß, was da draußen los ist."

„Macht ja nix, mien Jung, ich friere es einfach ein. Weißt du, Grünkohl kann man gut einfrieren. Schmeckt nach dem Aufwärmen fast noch besser als frisch." Noch während sie das sagte, war sie aufgestanden und wühlte nun in einer Schublade nach der passenden Tupperdose. „Weißt du was, Maarten", sagte sie, nachdem sie eine der zahlreichen Plastikdosen nach intensiver Sichtkontrolle für gut befunden hatte und anfing, den Grünkohl hineinzuschaufeln, „heute Nacht bleibst du mal schön hier. Sonst fährst du nachher noch mit`m Auto in`n Schloot, so`n Wind wie heute is."

Mit einem tiefen Seufzer sah Maarten aus dem Fenster. Draußen tobte ein Orkan, wie er ihn seit seiner Kindheit nicht mehr erlebt hatte. Er dachte an die Worte von Fischer Hinni: *Der Wetterbericht sacht Stärke neun. Wird aber schlimmer. Viel schlimmer.* Er hatte recht behalten. Der starke Wind pfiff so geräuschvoll um die Häuser, dass selbst sein sonst so ruhiger Vater immer mal wieder mit gerunzelter Stirn zur Decke hinaufschaute, als könne er auf diese Weise erkennen, ob noch alle Ziegel auf dem Dach waren. Beim Nachbarn gegenüber zumindest war das nicht der Fall. Hier war soeben die Feuerwehr vorgefahren, und die Männer und Frauen versuchten verzweifelt, das Dach mit einer Plane abzudichten, damit die darunter liegenden Räume wenigstens notdürftig vor dem starken Regen geschützt waren. Ein aussichtsloses Unterfangen, wie sich schon sehr bald herausstellte. Irgendwann gaben sie auf, und der Hausherr kam mit einer Flasche Schnaps und zahlreichen kleinen Gläsern herausgelaufen.

Maarten fing beim Anblick der Blaulichter, deren zuckende Blitze sich vielfach in ihren regennassen Küchenfenstern spiegelten, an zu frösteln. Er dachte an Tomke auf der Plattform. Wenn ihr was passierte, würde ihr keine Feuerwehr helfen können. Überhaupt würde ihr so schnell keiner helfen können. Denn bei diesem Wetter war es ausgeschlossen, dass auch nur ein Schiff in See stechen oder ein Helikopter seinen Hangar verlassen würde. Nein, wenn da draußen in der tosenden See etwas passierte, wären die Menschen auf sich selbst gestellt. Vermutlich für Stunden. Das Wort *Todesurteil* schoss ihm durch den Kopf und er schlug unwillkürlich die Arme vor der Brust zusammen, als ein Zittern seinen Körper durchfuhr.

„Is dir kalt, mien Jung?", fragte sein Vater. „Komm, jetzt trinken wir `nen schönen Grog." Beherzt griff er nach einer Flasche Rum, die neben ihm im Regal stand. „Mach doch mal Wasser heiß", bat er seine Frau, und schon wenig später standen die dampfenden Gläser mit dem kleinen gläsernen Rührstab vor ihnen auf dem Tisch. Maarten nickte seinen Eltern dankbar zu und tat ein wenig Zucker hinein. Den ersten Schluck, den er nahm, spürte er heiß und brennend die Speiseröhre bis hin zum Magen hinunterlaufen. Hm, verzog er das Gesicht, sein Vater hatte ein großzügiges Mischungsverhältnis gewählt. Aber sofort setzte auch die wärmende Wirkung ein. Entspannt lehnte er sich auf dem Ostfriesensofa zurück, legte sich die weiche Kamelhaardecke über die Füße und schloss für ein paar Augenblicke die Augen. Ach, sich einfach mal von seinen Eltern verwöhnen zu lassen und hier gemütlich mit ihnen zu sitzen, war auch mal schön. Fast hätte er in seiner langsam einsetzenden Trägheit vergessen, dass er sich Sorgen um Tomke machte, als plötzlich das Telefon klingelte.

„Wer mach das wohl sein um diese Zeit“, sagte seine Mutter kopfschüttelnd und warf einen Blick auf die Wanduhr, „is ja schon zehn Uhr durch.“ Sie erhob sich schwerfällig von ihrem Stuhl und ging in den Flur. Maarten bemerkte stirnrunzelnd, dass seine Eltern noch immer kein schnurloses Telefon hatten und nahm sich vor, ihnen in den kommenden Tagen eines zu besorgen. Dann mussten sie auch nicht immer aufstehen, wenn es klingelte.

Als seine Mutter wieder in die Küche kam, sah sie ihren Sohn mit einem so seltsamen Blick an, dass Maarten sofort ein kalter Schauer über den Rücken lief. „Is was, Mudder?“, fragte er lauernd.

„Das war Swaantje. Sie sacht, wir sollen mal das Radio anmachen. Muss wohl irgendwas passiert sein, draußen aufer Nordsee. Vermutet man wenigstens, sacht sie.“

Maarten erbleichte und sprang auf. Nervös nestelte er an dem uralten Radio seiner Eltern herum und versuchte, einen Sender zu finden, der bei diesem Wetter nicht gestört war. „Lass mich mal machen“, sagte sein Vater, als es ihm nicht gelingen wollte und er fluchend mit der Hand auf das Gerät schlug, „ich weiß, wo wir was finden.“

„*... ging bei der Küstenwache ein Notruf ein ...*“, hörten sie es nur wenig später aus dem Äther sprechen. „*So wie es derzeit aussieht, hat es wohl durch den Orkan, der zurzeit über der Nordsee tobt, einen Zwischenfall auf einer Bauplattform der N.S.OffshorePower Ltd. vor der Küste von Borkum gegeben. Genaueres ist nicht bekannt, da der Kontakt bereits nach wenigen*

Sekunden abbrach. Man weiß lediglich, dass sich rund zwanzig Personen auf der Plattform befinden. Ob ihnen etwas zugestoßen ist, konnte noch nicht festgestellt werden. Wir halten Sie, liebe Hörerinnen und Hörer, auf dem Laufenden und werden Sie selbstverständlich sofort unterrichten, wenn wir Neues erfahren ... ah, ich höre gerade, dass sich wohl im ostfriesischen Greetsiel die Menschen am Hafen versammelt haben und eine Rettungsaktion auf die Beine stellen wollen, um die betroffenen Personen von der Plattform zu evakuieren. Wie das allerdings bei dieser Wetterlage gelingen kann, ist noch nicht klar. Wir melden uns wieder, wenn wir Näheres wissen. Und nun ...“

„Ich fahr nach Greetsiel!“, rief Maarten, der nun kreidebleich im Gesicht war. Er rannte hinaus und zog sich mit zitternden Händen den gefütterten Ostfriesennerz seines Vaters über.

„Aber, Maarten, das hat doch keinen Zweck“, rief seine Mutter ihm aufgeregt zu, „du kannst da doch gar nichts ausrichten bei diesem Wetter!“

„Ich kann hier auch nicht sitzen und Däumchen drehen“, rief Maarten zurück und seine Stimme überschlug sich. „ich muss irgendwas tun, Mudder!“ Damit war er zur Haustür hinaus.

31

Ihr war so kalt. Bibbernd und mit den Zähnen klappernd klammerte sich Tomke an einer Eisenstange fest. Sie konnte sich nicht mehr genau erinnern, wie sie an diese Stelle gekommen war. Sie erinnerte sich nur daran, dass starke Arme sie über den Boden geschleift hatten. Aber immer wieder hatte sie zwischendurch das Bewusstsein verloren. Irgendetwas hatte sie wohl am Kopf getroffen, als die eisig kalte Welle über sie hinwegschwappte. In diesem Moment war sie davon überzeugt gewesen, sterben zu müssen. Aber augenscheinlich hatte sie doch überlebt, was sie nicht zuletzt daran merkte, dass ihr jeder einzelne Knochen wehtat und sie bei jeder Bewegung meinte, in Stücke gerissen zu werden.

Wo waren nur all die anderen, dachte sie verzweifelt. Sie konnten doch nicht alle weg sein. Kein einziges Licht brannte mehr auf der Plattform, es musste einen totalen Stromausfall gegeben haben. Tomke versuchte sich zu orientieren, aber es war zwecklos. Sie konnte nichts sehen. Es war stockdunkel. Und das einzige, was sie hörte, war der brausende Orkan, gegen den sie sich mit allen ihr noch zur Verfügung stehenden Kräften zu erwehren versuchte, und die tosende See, deren Wellen immer wieder krachend auf die Plattform schlugen und auch sie in unregelmäßigen Abständen überspülten. Vermutlich wäre sie schon längst von den Tiefen der wütenden Nordsee verschlungen worden, würde sie nicht in einer Art Käfig sitzen, der sich um sie herum wand. Zumindest hatte sie an drei Seiten um sich herum Gitterstäbe ertastet.

Deshalb vermutete sie, in einer der kleinen Ausbuchtungen zu sitzen, die in die Außenbrüstung der Plattform eingelassen waren und in denen beim An- und Abtransport Pakete oder ähnliches abgestellt wurden, die bei Schwankungen der schwimmenden Plattform nicht unvermittelt über Bord gehen sollten.

„Hallo", rief sie so laut, wie es ihre schwindenden Kräfte noch hergaben, „ist da noch jemand?" Sie lauschte angestrengt, damit sie auch nicht das leiseste Flüstern oder Wimmern überhören würde. Aber da kam nichts. Und selbst wenn sie jemand gehört hatte, er würde sich über die tosenden Geräusche von Wind und Wasser wohl kaum verständlich machen können. Wann nur würde der Sturm endlich nachlassen, fragte sich Tomke immer und immer wieder; und in ihrer immer größer werdenden Verzweiflung tat sie, was sie schon seit Kindertagen nicht mehr getan hatte: Sie betete. Sie betete inständig zu Gott, dass er sie und ihre Kollegen aus dieser misslichen Situation befreien würde.

Ihr war klar, dass sie auf keine Hilfe vom Festland hoffen konnte, wenn der Orkan nicht nachließ. Ob da überhaupt schon jemand mitbekommen hatte, was hier draußen passiert war? Vermutlich nicht. Denn sicherlich hatte keiner von hier noch die Möglichkeit gehabt, einen Notruf abzusetzen. Und selbst wenn. Was hätten sie tun sollen, ohne sich selbst in Gefahr zu bringen? Nein, solange das Wetter sich nicht beruhigte und die ersten Schiffe wieder ausliefen, war vermutlich keine Rettung zu erwarten.

Tomke dachte an Maarten, der jetzt wahrscheinlich in seinem warmen Bett lag und selig vor sich hinschlummerte, und ihr Herz zog sich beim Gedanken an ihn schmerzhaft zusammen. Würde sie ihn jemals wiedersehen? Oder würde sie hier draußen in der eisigen und feindlichen Nordsee elendig zugrunde gehen, ohne ihm gesagt zu haben, wie sehr sie ihn mochte?

Eine weitere Welle salzigen, eisigkalten Wassers ging über sie hinweg, und es fühlte sich an wie tausend kleine Stiche, die ihr messerscharf in die Haut schnitten, obwohl sie ansonsten längst kein Gefühl mehr in ihren Gliedmaßen hatte und auch die schmale Eisenstange nicht mehr spürte, an der sie sich nach wie vor festklammerte. Zumindest glaubte sie, sich noch daran festzuklammern, da es ihr bisher gelungen war, nicht aus ihrer Nische herausgespült zu werden. Aber wie lange würde sie dafür noch die Kraft aufbringen?

„Maarten“, schluchzte sie verzweifelt auf, „bitte komm und hilf mir!“ Falls sie diese Tortur hier überleben sollte, dann würde sie ihm als allererstes ihre Liebe gestehen. Vielleicht mochte er sie ja auch. Dann hatten sie monatelang nebeneinander her gelebt, ohne es sich zu sagen. Welche Zeitverschwendung, dachte sie. Schließlich hatte sie jetzt erfahren müssen, dass das Leben von einem Moment auf den anderen vorbei sein konnte. Unfassbar, was man in dem Glauben, man hätte ja noch so viel Zeit, alles versäumen und vielleicht nie erleben konnte. Das sollte, nein, das musste jetzt anders werden.

Sie beschloss, sich ihre Zukunft mit Maarten ein wenig auszumalen, bevor ihre Verzweiflung die Oberhand gewann und sie dann womöglich nicht mehr die Kraft aufbrachte, an eine positive Zukunft zu glauben und sich einfach mit der nächsten Welle fortspülen ließ. Aber als sie die Augen schloss, dachte sie nicht an die Zukunft. Sie dachte an die warmen Sommertage ihrer Kindheit in dem kleinen Dorf Canhusen, sah sich mit den Nachbarskindern über die Felder laufen und am Schöpfwerk in Longewehr in der Sonne liegen. Sie roch die frisch gemähten Wiesen, schmeckte das Salz auf ihren Lippen, wenn sie am warmen Sandstrand von Juist einen Spaziergang machte. Wie schön es hier war und wie hell ...

Wieder schlug eine eisige Welle über ihr zusammen. Aber sie merkte es nicht mehr. Die Schwärze der Nacht hatte sie eingefangen.

32

„Weiß man schon Neues?“, schrie Maarten gegen Wind und Regen an und versuchte, die Kapuze der Öljacke auf dem Kopf festzuhalten. Er war gerade am Kutterhafen von Greetsiel eingetroffen und gesellte sich nun zu der rund fünfzig Personen umfassenden Menschenmenge.

„Nee“, schrie Swaantjes Freund Simon zurück, der nach der Radiomeldung auch gleich nach Greetsiel aufgebrochen war und unterwegs mit Maarten telefoniert hatte. „Einige Fischer wollten gleich mit ihren Kuttern auslaufen und selber nachschauen. Aber der alte Hinni konnte sie überzeugen, dass es keinen Zweck hat.“ Er wies auf die Krabbenkutter, die auf den ungewöhnlich hohen Wellen hin- und hertanzten und an ihren Tauen zerrten.

„Hört jemand Radio?“

„Ja, da hinten im Auto sitzt ständig jemand, der die Nachrichten verfolgt. Aber in der letzten halben Stunde haben die wohl nichts Neues mehr erzählt.“

Maarten zerrte an seiner Jackentasche und zog dann sein Handy hervor. Wohl zum hundertfünfzigsten Mal an diesem Tag versuchte er, Tomke zu erreichen. Aber wieder hatte er nur ihre Mailbox dran. Es war zum Verrücktwerden.

Er fluchte laut vor sich hin und war kurz davor, sein Handy ins Hafenbecken zu pfeffern, als sich ihm plötzlich eine Hand auf die Schulter legte. Er drehte sich um und schaute in das wettergegerbte Gesicht von Fischer Hinni, der wie immer seine Pfeife paffte. „Noch ungefähr `ne

Stunde“, sagte er ruhig, „dann lässt der Wind nach und sie können auslaufen.“ Er zog einmal kräftig an seiner Pfeife und stieß dann den Rauch aus. „Werden dann noch `ne Weile brauchen, bis sie vor Ort sind, bei diesem Seegang. Aber ich hab gehört, dass der erste Seenotrettungskreuzer schon`n Versuch macht, zur Unglücksstelle vorzudringen.“

„Was meinst du, was da passiert ist?“, fragte Maarten, obwohl er wusste, dass ihm niemand darauf eine befriedigende Antwort würde geben können.

„Kann keiner wissen“, sagte Hinni dann auch prompt und hob die Schultern. „Vielleicht nix, vielleicht `ne Katastrophe. Wer weiß das schon.“

„Hast du den Fischern gesagt, dass es in einer Stunde soweit ist?“

„Jo.“ Hinni wies mit der Hand auf die schaukelnden Kutter, auf denen sich junge und ältere Männer so schwankend bewegten, als wären sie allesamt betrunken. „Sie bringen jetzt Decken, Wasser, heiße Getränke und so an Bord.“ Wieder schlug er Maarten mit der Hand auf die Schulter. „Glaub mir, mien Jung, sie geben ihr Bestes.“

Simon zog Maarten in eine windgeschützte Ecke und zeigte auf einen älteren Mann, der an einem der Kutter über Deck wankte. „Er hat beide Söhne auf der Plattform. Er will unbedingt mit raus, obwohl er schon über siebzig ist. Seine Frau sitzt zuhause und steht Todesängste aus.“ Er sah Maarten ins Gesicht. „Sei froh, dass du wenigstens niemanden da drüben hast, der dir besonders am Herzen liegt.“

„Tomke“, sagte Maarten kaum hörbar, und plötzlich liefen ihm Tränen über die Wangen. Er sah ihr hübsches, lachendes Gesicht vor sich. Warum nur hatte er erst viel zu spät bemerkt, dass er sie liebte? Aber schon im nächsten Moment schalt er sich einen Esel. Schließlich hatte er überhaupt keine Ahnung, ob ihr was passiert war. Vielleicht saß sie ja auch trocken und gesund in einem der

Büros und trank eine Tasse Tee. Aber, so sehr er sich das auch versuchte einzureden, der Stachel der Ungewissheit blieb.

„Was?" Simon sah ihn fragend an.

„Ach nichts", winkte Maarten ab. Er konnte und wollte jetzt nicht über Tomke reden.

Es dauerte noch bis in die frühen Morgenstunden, bis schließlich die ersten Meldungen von der *Windlady II* durchsickerten. Als erstes war ein Rettungskreuzer vor Ort gewesen, hatte aber in der Dunkelheit zunächst nicht viel ausrichten können, sondern die Unglückstelle lediglich umkreist und versucht, eine Bestandsaufnahme zu machen und nach Lebenszeichen zu suchen. Schon bald war ein zweiter Kreuzer hinzu gestoßen und gemeinsam hatten sie festgestellt, dass der Schaden an der Plattform immens war. Im Radio hatte es wenig später geheißen:

„Der Schreck fuhr der Besatzung in die Glieder, als sie feststellen mussten, dass die tonnenschwere Gondel der Windkraftanlage auf die Plattform gestürzt war und mindestens die Hälfte der Aufbauten nun wie eine Trümmerlandschaft vor ihnen lag. Eines der an der Gondel befestigten Rotorblätter hatte sich wie der Zahn eines Vampirs durch die Plattform hindurchgebohrt, die anderen zwei Rotorblätter streckten sich, wie um göttlichen Beistand bittend, in den Himmel."

Nach dieser Meldung herrschte in der Greetsieler Kneipe, in der sich die Menschen nach dem Auslaufen der Fischkutter versammelt hatten, Grabesstille. Keiner sagte ein Wort, alle starrten mit fassungslosen Gesichtern auf das Radio, als könnte es sich bei dem Verlesen der Nachrichten nur um ein Versehen gehandelt haben und schon im nächsten Moment müsse zwangsläufig das Dementi folgen. Aber nichts geschah. Erst nach wenigen Minuten waren die ersten Schluchzer zu hören, vereinzelt wurde leise getuschelt. Der Wirt füllte wortlos mehrere

Dutzend Schnapsgläser mit Doornkaat und verteilte sie auf den Tischen.

Maarten starrte mit stumpfem Blick vor sich hin, hob mechanisch das Glas an die Lippen und kippte den Schnaps in einen Zug hinunter. Simon, der neben ihm saß, tat es ihm gleich. „Schöne Scheiße", nuschelte er dann. „Möchte gar nicht wissen, wie viele Menschen dabei umgekommen sind."

„Ich bringe ihn um", sagte Maarten, zunächst leise. Doch schon im nächsten Moment schrie er die Worte laut heraus und donnerte mit beiden Fäusten auf den Tisch. „Ich schwöre, ich bringe dieses Schwein um, so wahr ich hier sitze!" Dann ließ er seinen Kopf auf den Tisch fallen und fing wimmernd an zu weinen.

33

Das ganze Ausmaß des Unglücks wurde erst deutlich, als sich die Sonne langsam hinter dem Horizont hervorschob und einen ruhigen Herbsttag ankündigte. Der Sturm war vorbei. Die Nordsee umspülte in seichten Wellen den amputierten Stahlmast der *Windlady II*, der sich majestätisch in den nun fast wolkenlosen Himmel reckte. Ein Unbeteiligter, der von den Ereignissen der vergangenen Nacht nichts wusste, hätte bei diesem Anblick den Eindruck gewinnen können, hier harre eine Windkraftanlage geduldig ihrer baldigen Fertigstellung – wäre er nicht in unmittelbar Nachbarschaft auf das Bild schrecklicher Verwüstung gestoßen.

Dieses Bild des Grauens war es, das sich für immer in das Hirn der Helfer einbrannte, die nun mit schreckensbleichen Gesichtern und mit in Demut gesenkten Köpfen in ihren Booten und Kuttern vor der Unglücksstelle auf- und abkreuzten und hofften, noch Überlebende zu finden. Keiner von ihnen sprach ein Wort, nur ab und zu waren vereinzelte Rufe von der zerstörten Plattform zu hören, wenn die Sanitäter und Ärzte ihre Anweisungen weitergaben. Doch für die meisten der zwanzig Personen, die sich während des Orkans auf der Plattform befunden hatten, kam jede Hilfe zu spät. Einige Leichen hatte man bereits bergen können. Sie waren offensichtlich von Trümmerteilen erschlagen worden oder in den eindringenden Fluten ertrunken. Unter ihnen die zwei Söhne des alten Fischers, der nun gebrochen neben den geschundenen Körpern seiner

Jungen saß und ihnen immer wieder mit seinen schwieligen Händen zitternd über die bleichen Gesichter fuhr; und dessen Frau zitternd vor Sorge und Angst in ihrer kleinen Kate in Greetsiel saß und noch nicht wusste, dass sie ihre beiden Jungen nie wieder in die Arme würde nehmen können.

Einer der Ärzte kümmerte sich um Tomke. Schon kurz nach der Ankunft des zweiten Rettungskreuzers war sie eher zufällig in ihrer kleinen Gitterzelle von einem der starken Scheinwerfer erfasst und eilig geborgen worden. Sie war stark unterkühlt und ohne Bewusstsein. Zunächst hatten die Ärzte gedacht, nichts mehr für sie tun zu können. Aber dann hatte doch einer von ihnen ihren beinahe nicht mehr spürbaren Puls ertastet und man hatte sie hektisch in warme Decken eingeschlagen und medizinisch versorgt, so gut es eben ging.

Der junge Arzt suchte mit unruhigen Augen den Himmel ab. Sie hatten mehrere Rettungshubschrauber angefordert, eigentlich hätten sie schon längst hier sein müssen. Gerade, als er sich fluchend wieder abwandte und zum Funkgerät griff, hörte er in der Ferne das laute Röhren der Helikopter, die sich, überdimensionierten Insekten gleich, von Borkum her näherten und langsam in sein Sichtfeld rückten. Er zog erleichtert den Atem ein, froh, die Verantwortung für die allesamt schwer Verletzten nun bald nicht mehr tragen zu müssen.

Die Bergung der Verletzten ging reibungslos vonstatten. Instinktiv hatte der junge Arzt Tomke über das immer noch eiskalte Gesicht gestrichen, als sie gut verschnürt mit einem Rettungssanitäter an stabilen Seilen vom Schiff in den Helikopter gezogen wurde. Er hatte nur wenig Hoffnung, dass sie es schaffen würde. Ihr einziges Plus, das sie hatte, war ihr noch junges Alter und ihr durchtrainierter Körper. Aber er wusste nicht, ob das reichen würde. Ihr Zustand war einfach erbärmlich.

Nachdem die Hubschrauber wieder abgeflogen und am

Horizont verschwunden waren, machten sich auch die Fischerboote wieder auf Richtung Festland, an Bord die toten Söhne des alten Fischers. Die Küstenwache hatte ihren Transport mit dem Kutter zunächst nicht erlauben wollen. Ein Blick in die flehenden Augen des alten Vaters aber hatte sie verstummen lassen.

Als die Fischer am Hafen von Greetsiel einliefen, hatte sich hier eine große Menschenmenge versammelt. Sie war abrupt verstummt, als sie die Kutter in der Ferne auftauchen sah, und vermittelte nun den Eindruck einer schweigenden Klagemauer. Als erstes legte der Kutter an, auf dem sich die toten Körper der jungen Männer befanden. Als sie von vier kräftigen Männern auf Holzplanken von Bord getragen wurden, fingen wie auf ein geheimes Kommando hin alle Nebelhörner der umliegenden Schiffe an zu dröhnen, und auch die Kirchenglocken setzten zum Totengeläut an. Die Männer am Kai zogen ihre Mützen und senkten verneigend die Köpfe. Vereinzelt waren verhaltene Schluchzer zu hören, die lauter wurden, als die Mutter der beiden toten Männer mit unsicheren Schritten auf die kleine Todesprozession zuwankte und beim Anblick ihrer leblosen Söhne von stummen Weinkrämpfen geschüttelt zusammenbrach.

Auch Maarten stand in der Menge und hatte längst aufgehört, sich ständig die Tränen von den Wangen zu wischen. Stumm ließ er seiner Trauer freien Lauf. Er fühlte sich ausgehöhlt und leer. Er wusste, dass dieser Schmerz, den er in den letzten bangen Stunden empfunden hatte, ihn nie wieder ganz verlassen würde. Inzwischen hatte er gehört, dass Tomke nicht unter den Toten war, ihr Leben aber am seidenen Faden hing. Genau wie das von Georg Hufschmidt, der sich auch auf der Plattform befunden hatte, als es zu diesem furchtbaren Unglück gekommen war.

Unglück? Maarten verzog verbittert das Gesicht. Mord. Es war Mord. Und sobald er Tomke, die gerade auf dem

Weg in die Klinik war, besucht hatte, würde er zu Naumann gehen und ihm genau das ins Gesicht brüllen. Und er würde ihn verklagen. Nicht nur, weil er die zwanzig Menschen trotz aller Warnungen nicht rechtzeitig hatte evakuieren lassen. Nein, er war überzeugt, dass Naumann darüber informiert war, dass die Konstruktionspläne der *Windlady II* manipuliert worden waren. Wenn er es nicht sogar selber angeordnet hatte. Dafür würde er Rechenschaft ablegen müssen. Ja, Naumann war zum Mörder geworden. Und er, Maarten, würde dafür sorgen, dass er die gerechte Strafe erhielt. Wenn es für all das Unglück, das über die Menschen hier gekommen war, überhaupt eine gerechte Strafe geben konnte.

Als alle Kutter vertäut und die Fischer wieder von Bord waren, löste sich die Menschenmenge langsam auf. Auch Maarten machte sich auf den Weg zu seinem Auto. Er hatte Angst. Denn er wusste nicht, was ihn gleich im Emder Krankenhaus erwartete. Würde Tomke noch leben? Oder musste er womöglich schon bald einen weiteren geliebten Menschen zu Grabe tragen? Gerade, als er ins Auto einstieg, legte sich eine Hand auf seine Schulter. Simon und Swaantje standen neben ihm. „Sie haben Tomke gerade eingeliefert“, sagte Swaantje leise, „eine Freundin aus dem Krankenhaus hat mich angerufen, ich hatte sie darum gebeten. Sie sagt, Tomke hat den Transport gut überstanden. Sie schwebt aber nach wie vor in Lebensgefahr.“

Maarten nickte stumm und schluckte. „Und Hufschmidt?“, fragte er.

„Dasselbe. Leider.“

Ohne ein weiteres Wort zu sagen zog Maarten die Autotür zu und fuhr durch die schmalen Gassen von Greetsiel davon. Der Spätherbst zeigte sich an diesem Morgen von seiner schönsten Seite, und zu jedem anderen Zeitpunkt hätte Maarten es genossen, über die malerischen ostfriesischen Dörfer zurück nach Emden zu fahren und die unversperrte Weite der ostfriesischen Landschaft mit dem scheinbar endlosen Horizont links und rechts der Straßen zu genießen. Aber heute empfand er diese Stimmung als deplatziert, ja, als geradezu zynisch. Es kam ihm vor, als würde dieser heraufziehende klare und sonnige Tag die Menschen verspotten, die der vergangenen Nacht so heimtückisch zum Opfer gefallen waren.

34

Sie ließen ihn nicht zu ihr. Aber immerhin durfte er durch die Scheibe sehen, hinter der Tomke regungslos auf ihrem Bett lag, an zahlreichen Kabeln und Schläuchen hängend, sodass von ihrem schmalen Gesicht kaum etwas zu sehen war. Die Monitore zeigten an, dass sie noch lebte, auch wenn sie selber keinerlei Lebenszeichen von sich gab und sich auch die Bettdecke unter ihren Atemzügen kaum hob und senkte.

Frau Coordes saß am Bett ihrer Tochter, massierte die Finger ihrer linken Hand und redete leise auf Tomke ein. Einmal drehte sie sich kurz um und nickte Maarten kaum wahrnehmbar zu. In ihren umnächtigten Augen standen Sorge und Angst um ihre einzige Tochter und die bange Frage, welchen Albtraum diese in der vergangenen Nacht wohl hatte durchleben müssen.

„Wie geht es ihr?“, fragte Maarten die Ärztin, die den Gang entlang kam und sich anschickte, Tomkes Zimmer zu betreten.

„Sind Sie ein Angehöriger?“, fragte sie zurück und musterte ihn von oben bis unten.

Maarten schüttelte den Kopf. „Nein, leider nicht“, sagte er kaum hörbar und wischte sich über die Augen, in denen sich erneut die Tränen sammelten.

Die Ärztin legte ihm eine Hand auf dem Arm. „Wir tun unser Bestes, glauben Sie mir. Sie hat sehr lange in der Eiseskälte ausharren müssen und es grenzt an ein Wunder, dass sie überhaupt noch lebt. Das zeigt aber, dass sie stark ist und einen ausgeprägten Lebenswillen hat.“

„Ich ... würde ihr gerne etwas Vorlesen“, folgte Maarten einem plötzlichen Einfall. „Als Kind hat sie die Bücher von Enid Blyton geliebt, vor allem die *Fünf Freunde*.“ Er lächelte bei dem Gedanken, wie sie immer aufgeregt angerannt gekommen war, wenn sie ihrer Mutter wieder den neuesten Band der Abenteuerreihe abgequatscht hatte. Häufig hatten sie dann mit ihren Freunden Szenen aus den Büchern nachgespielt, und Tomke hatte immer George sein wollen, eben weil sie früher lieber ein Junge als ein Mädchen gewesen wäre. „A-aber es kann natürlich auch gerne etwas anderes sein, ähm, mehr für Erwachsene“, fügte er verlegen hinzu, als er den leicht konsternierten Blick der Ärztin sah.

Die Ärztin schürzte die Lippen. „Hm. Ich weiß nicht. Warten Sie bitte einen Moment. Ich werde mal ihre Mutter fragen, ob sie damit einverstanden ist.“

Maarten sah, wie die Ärztin Frau Coordes direkt ansprach, nachdem sie das Krankenzimmer betreten hatte, und dabei mit der rechten Hand auf ihn deutete. Tomkes Mutter sah ihn zunächst zögerlich an, dann stand sie auf und kam zu ihm hinaus, während die Ärztin begann, die Geräte zu überprüfen.

„Tut mir sehr leid, was passiert ist, Frau Coordes“, sagte Maarten und streckte ihr seine Hand entgegen.

„Entschuldigen Sie bitte“, entgegnete sie, „aber ich weiß leider nicht wer Sie sind. Kennen Sie meine Tochter näher?“

In einer anderen Situation hätte Maarten jetzt sicherlich geschmunzelt, weil er endlich mal jemandem begegnete, der ihn nicht auf Anhieb erkannte. Aber nun sagte er nur ernst: „Tut mir leid, ich dachte, Sie hätten mich erkannt. Aber wir haben uns ja schon so lange nicht gesehen ... na ja, wie dem auch sei, ich bin Maarten. Maarten Sieverts.“

Auf Frau Coordes’ Gesicht erschien der Anflug eines Lächelns. „Ach, Maarten, natürlich“, seufzte sie,

„entschuldige, aber ..."

„Kein Problem", winkte er ab, „wie gesagt, es ist ja ewig lange her."

„Tomke hat mir erzählt, dass du wieder da bist. Sie ist sehr glücklich darüber, dass ihr euch jetzt wieder häufiger seht und zusammen arbeitet." Sie warf einen Blick ins Krankenzimmer und ein Schatten umwölkte ihr Gesicht. „Wie konnte das nur passieren, Maarten", sagte sie tonlos, „ich meine, wieso hat sie denn niemand gewarnt?"

Es hat sie ja jemand gewarnt, aber die Klugscheißer wussten es ja besser, hatte Maarten auf den Lippen, aber er sagte nur: „Die Schuldigen werden zur Verantwortung gezogen, da können Sie ganz sicher sein, Frau Coordes." Und wenn es das Letzte ist, was ich tue, fügte er in Gedanken hinzu.

„Meinst du ... meinst du, sie schafft es?", fragte Tomkes Mutter leise, und ihre Augen füllten sich mit Tränen.

„Sie ist stark, Frau Coordes, natürlich wird sie es schaffen", erwiderte Maarten und versuchte, seiner Stimme einen festen Klang zu geben, obwohl er selbst einen dicken Kloß im Hals verspürte.

„Ich ... geh dann mal wieder zu ihr", sagte sie schwach und fügte, als sie schon fast zur Tür hindurch war, hinzu: „Ach ja, und ich würde mich sehr freuen, wenn du meinem Mädchen etwas vorlesen würdest. Weißt du, Tomke hat Geschichten so gern."

„Danke, Frau Coordes, das werde ich ganz bestimmt tun. Gleich morgen. Versprochen."

„Na, Gott sei Dank, dass Sie da sind!", rief ihm Hans-Jürgen Naumann entgegen, sobald er sein Büro betrat und fügte hektisch mit den Armen wedelnd hinzu: „Bitte, Herr Doktor Sieverts, Sie versprechen mir doch, dass das, was wir gestern besprochen haben, unter uns bleibt."

„Oh mein, Gott, Naumann", hörte Maarten im

nächsten Moment aus der anderen Ecke des Büros, „nun hören Sie doch endlich auf zu winseln. Das ist ja unerträglich!“

Maarten drehte sich um und sah in das spöttisch verzogene Gesicht von Hayo Rhein. Er saß, lässig die Beine übereinander geschlagen, in einem Ledersessel und schälte eine Mandarine. „Wissen Sie, Sieverts“, fügte er nuschelnd hinzu, „Naumann bildet sich ein, er käme aus der dummen Sache noch irgendwie raus.“

Maarten schloss die Augen und atmete tief durch. Jetzt keinen Fehler machen, Maarten, bleib ganz ruhig, sagte er zu sich selbst. „Dumme Sache?“, stieß er dann gepresst hervor, „Sie nennen das, was gestern passiert ist, eine dumme Sache?“ Rhein zuckte die Schultern und schob sich eine Scheibe der Mandarine in den Mund. „Kann uns maximal ein wenig Entschädigung kosten. Wenn überhaupt. Ich denke, dass die Versicherung da keinen Ärger machen wird. Und wenn, dann hab ich die schnell im Griff. Dann noch ein Bauernopfer“, fügte er mit einem spöttischen Blick auf Naumann hinzu, „und alles ist im Lot.“

Für einen kurzen Moment war Maarten sprachlos und starrte Rhein nur mit offenem Mund an. Diesen Augenblick nutzte Naumann, um sich wieder in Position zu bringen. Erregt griff er nach Maartens Ärmel und stieß mit hervorquellenden Augen hervor: „Bitte, Herr Doktor Sieverts, lassen Sie uns in Ruhe über alles reden. Ich möchte nicht, dass jetzt voreilig gehandelt wird. In einer Viertelstunde ist die Pressekonferenz, und ich möchte Sie bitten, nein, ich flehe Sie an, nichts von unserem Gespräch gestern verlauten zu lassen. Es ... Sie werden es auch nicht bereuen.“

Angeekelt stieß Maarten Naumanns Arm von sich und wollte gerade explodieren, als Annemarie ihren Kopf zur Tür herein schob. „Herr Naumann“, näselte sie und schnäuzte sich theatralisch ins Taschentuch, „der

Oberbürgermeister wäre jetzt da und möchte vor der Pressekonferenz noch mit Ihnen sprechen. Ach, wissen Sie“, fügte sie dann schniefend an Maarten gewandt hinzu, „es ist alles so schrecklich, finden Sie nicht, Herr Doktor Sieverts? Wirklich, ganz, ganz, schrecklich.“

Maarten glaubte, sich im falschen Film zu bewegen, verkniff sich aber eine Bemerkung, weil soeben der Oberbürgermeister mit hochrotem Kopf den Raum betrat und schnurstracks auf Naumann zuging, der sich soeben mit einem Taschentuch den Schweiß von der Stirn wischte. Geschäftig streckte Naumann dem Stadtchef die Hand entgegen, der aber ignorierte sie. „Was auch immer da draußen passiert ist“, schoss er polternd los, „wir sind uns sicherlich einig, dass das eine nicht wieder gutzumachende Katastrophe ist. So wie es derzeit aussieht, sind bei dem Sturm letzte Nacht deutlich mehr als zehn Menschen ums Leben gekommen. Soeben habe ich vernommen, dass eine weitere Frau im Krankenhaus verstorben ist. Ich ...“

„Wer?“, schrie Maarten schrill dazwischen, „wer ist im Krankenhaus verstorben?“

„Was?“, fragte der Oberbürgermeister zurück und starrte Maarten verdattert an.

„Ich will wissen, wer soeben verstorben ist!“, schrie Maarten und seine Stimme überschlug sich.

„Ähm, junger Mann, tut mir leid, aber ... mir wurde kein Name genannt“, stammelte der Politiker. „Darf ich fragen, wer Sie ...“ Aber noch ehe er seinen Satz beendet hatte, war Maarten schon zur Tür hinausgeschossen und griff zum Handy. Hektisch drückte er Swaantjes Nummer und atmete erleichtert auf, als sie sofort dranging. „Swaantje“, rief er panisch, „hast du was von Tomke gehört? Ich meine, der Oberbürgermeister sagte gerade, im Krankenhaus sei eine weitere Frau ...“ Ihm versagte die Stimme.

„Bleib ruhig, Maarten“, sagte seine Schwester

beschwörend, „mit Tomke ist alles in Ordnung. Meine Freundin rief mich gerade an und sagte, dass eine junge Praktikantin ihren Verletzungen erlegen ist. Eine siebzehnjährige Schülerin, die bei der *N.S.OffshorePower Ltd.* ihr Schulpraktikum absolviert hat."

„Oh mein Gott", keuchte Maarten, „wie furchtbar. Es ist ein Albtraum, Swaantje, ein absoluter Albtraum."

„Das ist es, Maarten", sagte seine Schwester leise und legte auf.

Maarten sah, dass die Herren nun aus dem Büro heraustraten, offensichtlich, um zur Pressekonferenz zu gehen. Naumann redete heftig gestikulierend auf den Oberbürgermeister ein, der aber machte nur eine wegwerfende Handbewegung und sah sichtlich angefressen aus. Hayo Rhein schlenderte in seinem gewohnt schlurfenden Gang hinter den beiden Herren her und warf im Vorbeigehen wortlos die Schale einer weiteren Mandarine auf Annemaries Schreibtisch. Dann drehte er sich noch mal zur Sekretärin um und sagte: „Ich hoffe, dass wir da in einer halben Stunde durch sind. Ansonsten verlegen Sie meinen Termin im Golfclub. Aber auf keinen Fall absagen. Sonst geht mir ein wichtiger Deal durch die Lappen."

Maarten verspürte nicht wenig Lust, ihn zu packen und mit dem Kopf auf die Schreibtischplatte zu schmettern. Aber er riss sich zusammen, denn plötzlich wusste er, was er zu tun hatte. Er atmete tief durch und ging dann scheinbar ruhigen Schrittes in den Saal, in dem die Pressekonferenz stattfinden sollte.

35

Ostfriesenzeitung vom 17. November

Tragödie im Offshore-Windpark
Eklat bei Pressekonferenz – Trägt Vorstand Verantwortung für Tod von 13 Menschen?

(Emden) Dreizehn Tote, drei Vermisste und vier Schwerverletzte lautet die traurige Bilanz der Tragödie, die sich in der Nacht zum Mittwoch im Windpark der N.S.OffshorePower Ltd. vor Borkum ereignete. Kurz bevor das international tätige Unternehmen mit Stammsitz in Großbritannien am gestrigen Vormittag zur Pressekonferenz geladen hatte, machte die Nachricht die Runde, dass eine siebzehnjährige Schülerin aus Twixlum, die bei der Firma ihr Schulpraktikum absolvierte, ihren schweren Verletzungen erlegen sei. Die Unternehmensführung war sichtlich um Schadensgrenzung bemüht – hatte ihre Rechnung jedoch offensichtlich ohne Dr. Maarten Sieverts gemacht, der selbst ein großes Ingenieurbüro in New York betreibt und zurzeit an einem gemeinsamen Projekt mit der N.S.OffshorePower Ltd. in Emden arbeitet. Er erhob während der Pressekonferenz schwere Vorwürfe gegen den Vorstand.

Das Entsetzen stand ihm ins Gesicht geschrieben, als Vorstand Hans-Jürgen Naumann in Begleitung seines Vorstandskollegen Hayo Rhein und Emdens Oberbürgermeister Jakob Folkerts im großen Konferenzsaal seines Unternehmens eintraf, wo bereits mehrere Dutzend Medienvertreter aus dem In- und Ausland auf ihn warteten.

Ein sichtlich bewegter OB Folkerts ergriff als erster das Wort, sprach zunächst den Angehörigen der Opfer sein tief empfundenes

Mitgefühl aus und wünschte den Verletzten, die zurzeit im Emder Krankenhaus um ihr Leben kämpfen, eine baldige und vollständige Genesung. Er betonte, dass er zu diesem Zeitpunkt noch keine Erklärung dafür habe, was in der „schicksalhaften Nacht, die wir alle wohl niemals vergessen werden“ tatsächlich geschehen sei. Derzeit gehe man von einem technischen Defekt an der Windkraftanlage Windlady II aus, deren Gondel sich samt Rotor vom Stahlmast gelöst habe und auf die Bauplattform gestürzt sei. Unabhängige Gutachter seien inzwischen am Unglücksort eingetroffen und versuchten, den Verlauf des Unglücks zu rekonstruieren. Auch habe die Staatsanwaltschaft die Ermittlungen aufgenommen.

Naumann betonte, nachdem auch er sein Beileid bekundet hatte, in seinem mit zittriger Stimme vorgetragenen Statement, dass man als verantwortliches Unternehmen daran interessiert sei, dass die Vorkommnisse restlos aufgeklärt würden. Es sei ihm unerklärlich, wie es zu dem „einfach schrecklichen Unglück“ habe kommen können, lege man bei der N.S.OffshorePower Ltd. doch von jeher höchsten Wert auf Qualität, auch habe die Sicherheit der Mitarbeiter selbstverständlich immer höchste Priorität.

Auf die Frage eines Medienvertreters, warum die zwanzig Personen, die sich zum Zeitpunkt des Unglücks auf der Bauplattform befanden, nicht rechtzeitig evakuiert worden seien, antwortete Naumann, dass der Seewetterbericht lediglich Windstärke neun vorausgesagt habe, und das sei „kein Wert bei dem man sich hätte Sorgen machen müssen“. Schließlich sei man sich im Unternehmen bewusst, dass es in der Nordsee zu solch hohen Windgeschwindigkeiten kommen könne und habe die technischen Anlagen entsprechend darauf ausgerichtet. Selbst bei einem Orkan, wie er gestern vor der Küste getobt habe, könne unter normalen Umständen nichts passieren. Als weitere Fragen auf ihn einprasselten, bat er um Verständnis, dass man zunächst den Abschluss der Untersuchungen abwarten wolle, bevor man detaillierte Auskünfte geben könne.

Naumann war bereits aufgestanden, um die Pressekonferenz zu verlassen, als sich plötzlich Dr. Maarten Sieverts, der im Publikum gesessen hatte, zu Wort meldete und mit seinen Ausführungen für einen Eklat sorgte. So behauptete er, Naumann erst vor wenigen Tagen darauf aufmerksam gemacht zu haben, dass bei der Konstruktionsplanung der Windlady II ganz offensichtlich Fehler gemacht worden seien, die die Standsicherheit der Anlage gefährdeten. Und eben weil er, Sieverts, dies gewusst habe, habe er Naumann bereits am frühen Nachmittag des Unglückstages aufgefordert, die Arbeiter unverzüglich von der Plattform zu evakuieren, da zudem mit deutlich höheren Windgeschwindigkeiten als den offiziell vorhergesagten zu rechnen sei. Naumann aber habe seine Warnungen in den Wind geschlagen und sie als, so wörtlich „schwachsinnige Befürchtungen" abgetan. Er selber habe dann gemeinsam mit seiner Kollegin Inka Henzler versucht, die Piloten der firmeneigenen Hubschrauberflotte zur Evakuierung zu überreden, da sei es aber aufgrund des inzwischen viel zu starken Windes für einen Einsatz zu spät gewesen. „Wenn Sie mich fragen, handelt es sich bei diesem Vorfall also nicht um ein Unglück, sondern ganz klar um fahrlässige Tötung, für die alleine der Vorstand dieser Firma verantwortlich ist", gab Sieverts abschließend zu Protokoll.

Die Aussage Sieverts' führte zu tumultartigen Szenen im Saal, als alle Medienvertreter auf einmal mit Fragen nicht nur auf ihn, sondern auch auf die Mitglieder des Vorstandes einstürmten. Weder von Naumann noch von Rhein aber war hierzu eine Stellungnahme zu bekommen. Überhaupt stieß das Verhalten des zweiten Vorstandes, Hayo Rhein, während der gesamten Pressekonferenz auf Befremden unter den Anwesenden, da er, indem er kein einziges Wort sagte und stattdessen ständig Blicke auf seine Armbanduhr warf, einen provokativ desinteressierten Eindruck am Geschehen vermittelte und zwischendurch sogar den Saal verließ, um zu telefonieren. Eine Stellungnahme zu diesem doch recht bizarren Verhalten war von ihm trotz mehrfacher Bemühungen auch nach der Konferenz nicht zu bekommen. Vielmehr verließ er diese fluchtartig mit der Begründung, noch einen wichtigen Termin zu haben.

Für die brisante Aussage von Dr. Maarten Sieverts, selbst gebürtiger Ostfriese, dürften sich in den kommenden Tagen nicht nur die Medien, sondern vor allem auch die Staatsanwaltschaft brennend interessieren. Sollte sich diese Aussage als richtig erweisen, hätte die N.S.OffshorePower Ltd. einen handfesten Skandal zu überstehen, wie er in der Geschichte dieses bisher so erfolgreich am Markt operierenden Konzerns einmalig sein dürfte.

Unterdessen wurde bekannt, dass sich nun auch der niedersächsische Innenminister Ralf Hünemann persönlich der Angelegenheit annehmen wird. Aus seinem Büro verlautete, er werde sich zunächst ein umfassendes Bild über die Vorkommnisse machen und kündigte für Montag eine Pressekonferenz an.

36

„*Am nächsten Morgen waren die Kinder schon in aller Frühe wach. Die Sonne schien durch die Fenster, und von Ferne rauschte die See. Wie herrlich, aus dem Bett zu springen und an den Strand zu eilen, sich in die blauen Wellen zu stürzen und zur Felseninsel hinüberzusehen!*“

Maarten sah von dem orangefarbenen Kinderbuch auf, weil er meinte, Tomke habe sich bewegt. Aber da hatte er sich wohl geirrt, dachte er enttäuscht und wandte sich wieder ihrem Lieblingsbuch zu, *Fünf Freunde auf geheimnisvollen Spuren* von Enid Blyton. Zumindest war es damals, in ihrer Kindheit, Tomkes absoluter Favorit unter den Blyton-Büchern gewesen. Was sie jetzt, im Erwachsenenalter, las, das wusste er nicht. Überhaupt wusste er viel zu wenig von ihr, wie ihm beim intensiven Nachdenken über sie in der letzten Nacht aufgefallen war. Nun, das würde sich ändern, sobald Tomke wieder aufgewacht war. Sie würde keine Ruhe mehr vor ihm bekommen, bevor sie ihm nicht alles über ihre Vorlieben, Träume und Wünsche verraten hätte.

Erneut hob er seinen Blick und sah sie wehmütig an. „Versprichst du mir, dass du mich nicht alleine lässt?“, fragte er leise, und zum wiederholten Male traten Tränen seine Augen. Er hatte nicht gewusst, wie sehr man einen Menschen vermissen konnte, obwohl dieser nicht einmal einen Meter von einem entfernt war. Überhaupt hatte er sich nie sonderlich viel Gedanken um menschliche Nähe gemacht. Natürlich, auch er war schon ab und an mal verliebt gewesen, hatte mehr oder weniger lange

Beziehungen mit Frauen gehabt. Letztlich aber hatte er sich seinen Gefühlen nie richtig hingegeben, seine Karriere hatte immer an erster Stelle gestanden. Mit dem Ergebnis, dass ihm jede Frau über kurz oder lang den Laufpass gab, was ihn allerdings nie besonders berührte.

Nun aber saß er hier vor Tomkes beinahe leblosem Körper und ihm war, als würde ihm der Anblick ihres bleichen, ausdruckslosen Gesichts, das verklebt war mit Schläuchen und Pflastern, das Herz zerreißen. Jede Sekunde ein bisschen mehr. Und sollte sie nie wieder erwachen, ihm niemals wieder ihr unvergleichliches Lachen schenken, dann würde es unweigerlich zerbrechen. So wie das Herz des alten Fischers, der nicht verstehen konnte, warum der liebe Gott, an dessen Gnade er bis zu diesem Moment so fest geglaubt hatte, nicht ihn, sondern seine geliebten Söhne zu sich gerufen hatte.

Maarten hob die Hand und strich Tomke mit tränenverschleierten Augen über die blasse Wange. „Hast du ihr gesagt, dass du sie liebst?“, hörte er da plötzlich eine ruhige Stimme neben sich sagen. Überrascht sah er auf, er hatte gar nicht mitbekommen, dass jemand das Zimmer betreten hatte. Frau Coordes, Tomkes Mutter, stand neben ihm, an ihrer Seite einen von Tomkes Brüdern, Keno, soweit er sich erinnerte, der ihn freundlich anlächelte.

„N-nein ... ich ...“, stammelte er und fuhr sich verlegen mit der Hand übers Gesicht, in das eine tiefe Röte gestiegen war. Frau Coordes nickte stumm. „Ich habe es ihr auch schon viel zu lange nicht mehr gesagt. Weißt du, man nimmt so vieles als selbstverständlich hin, auch, dass die eigenen Kinder immer um einen sind und dass es ihnen gut geht.“ Sie machte eine fahrige Bewegung mit der Hand in Tomkes Richtung. „Und plötzlich steht man da und es ist alles ganz anders. Man weiß nicht, ob man jemals wieder die Gelegenheit haben wird, seinem Kind ...“ Sie verstummte und fing an zu schluchzen. Keno legte ihr den Arm und die Schulter und drückte sie stumm.

Maarten stand auf, hob kurz das Buch an, dass er in den Händen hielt und sagte: „Ich geh dann mal. Ich schaue heute Abend noch mal rein und lese ihr weiter vor.“

„Fünf Freunde“, sagte Keno, und ein kaum erkennbares Grinsen schlich sich auf sein Gesicht. „Tomkes Lieblingsbuch aus Kindertagen. Erstaunlich, dass du dich daran noch erinnerst.“ Er klopfte Maarten den Rücken. „Falls es dich interessiert: Tomke hat mir erst kürzlich erzählt, dass sie all ihre Bücher von Enid Blyton behalten hat und ab und zu sogar wieder in ihnen stöbert. Ich schätze, da hast du die absolut richtige Wahl getroffen.“

Maarten hob die Schultern und lächelte ihn an. Dann warf er einen letzten Blick auf Tomke und wandte sich zur Tür. „Ich würde alles hergeben, was ich habe, wenn sie wieder ganz gesund würde, das können Sie mir glauben, Frau Coordes“, sagte er, ohne sich noch einmal umzudrehen.

37

Als Maarten wenig später bei der Arbeit eintraf, erwartete ihn bereits eine große Journalistenmeute am Eingangstor. Die meisten der Reporter sahen so zerzaust und übernächtigt aus, als hätten sie bereits die ganze Nacht vor dem Firmengebäude verbracht. Und vermutlich hatten sie das auch. Sie kamen mit Mikrofon und Kamera bewaffnet direkt auf Maarten zugestürzt und brüllten ihre Fragen so unkoordiniert zu ihm herüber, dass er kein einziges Wort verstand. Aber er hatte sowieso nicht vor, auch nur einen Satz zu sagen. Das hatte er ihnen zwar auch schon am Tag zuvor mitgeteilt, aber seine abwehrende Haltung schien sie nicht im Geringsten nachhaltig beeindruckt zu haben.

„Herr Doktor Sieverts“, brüllte ihm eine Stimme direkt ins Ohr, als er sich seinen Weg zum Eingang bahnte, „Herr Naumann nennt Sie einen elendigen Lügner. Keine Ihrer Aussagen entspreche auch nur ansatzweise der Realität, hat er gesagt. Sie seien ein ganz abscheulicher Wichtigtuer. Was sagen Sie dazu, Herr Doktor Sieverts?“ Ehe er sich’s versah sah sich Maarten mit einem riesigen, mit flauschigem Fell umwickelten Mikrofon konfrontiert, das sich ihm in die rechte Wange bohrte. Entnervt zog er seinen Kopf zurück und schob es beiseite. „Ich habe Ihnen bereits gestern mitgeteilt, dass ich mich zu der Sache nicht mehr äußern werde“, rief er der keifenden Stimme gereizt zu. „Aber vielleicht ist ja Herr Rhein auskunftsfreudiger“, fügte er spröde lächelnd hinzu und zeigte in Richtung Parkplatz, wo er in einiger Entfernung den zweiten Vorstand auftauchen sah, der zielgerichtet einem Seiteneingang zuzustreben schien.

Sofort hechtete die Meute in dessen Richtung und Maarten seufzte erleichtert auf. Doch schon im nächsten Moment nahm er neben sich einen Schatten wahr. Er drehte sich um und blickte in die Augen eines zierlichen jungen Mädchens, das ihn zugleich herausfordernd und etwas schwermütig ansah. Sie trug eine Kamera um den Hals, die für ihren zarten Körper viel zu schwer zu sein schien. Irgendetwas an ihrem Anblick rührte ihn. „Was kann ich für Sie tun?", fragte er und zog die Augenbrauen hoch.

„Mein Name ist Esther Brüning. Ich bin die ...", sie stutzte kurz und ihre Stirn umwölkte sich, „ich war die beste Freundin von Antje."

„Antje?"

„Ja, Antje. Antje Dirks." Als Maarten immer noch nicht zu wissen schien, von wem die Rede war, fügte sie leise hinzu: „Antje war die Praktikantin, die auf der Plattform ums Leben gekommen ist."

Maarten schluckte. „Ja", sagte er und verzog verlegen das Gesicht. „Entschuldigen Sie bitte, aber ich kannte Antje nicht. Sie war in einer anderen Abteilung. Tut ... tut mir leid."

Das Mädchen winkte ab. „Schon okay. Ich wollte Sie bitten, mir für ein paar Minuten zuzuhören."

„Für welche Zeitung schreiben Sie denn?"

„Es geht mir nicht um ein Interview", sagte sie und fügte dann mit einem schwachen Grinsen hinzu: „auch wenn die Zeitung, bei der ich gerade mein Praktikum mache, sicherlich nichts gegen ein Exklusivinterview mit Ihnen einzuwenden hätte."

„Nun, dann kommen Sie doch bitte erstmal mit hoch in mein Büro. Bevor Ihre Kollegen mich doch noch zu fassen kriegen", knurrte Maarten und schob sie schnell durch die Tür, als er sah, wie ein paar der Journalisten, die Hayo Rhein in die Mangel genommen hatten, sich nach ihm umsahen.

„Franziska, diese junge Dame möchte gerne mit mir sprechen“, sagte Maarten, als er seine Büroräume betrat.

„Okay“, bemerkte Franziska und lächelte Esther, die sehr müde wirkte, aufmunternd zu. „Könnte dir dabei vielleicht ein Kaffee helfen?“, fragte sie, und Maarten glaubte nicht richtig zu hören. Wieso bot sie dem Mädchen bereitwillig einen Kaffee an und ihm nie?

„Au ja“, nickte Esther, „den kann ich jetzt wirklich gut gebrauchen.“

„Hm. Toll. Ich auch“, grummelte Maarten vor sich hin und verschwand hinter der Tür. „Nun, worum geht es?“, fragte er, nachdem er Esther einen Platz angeboten und sich auch selber gesetzt hatte.

„Es geht um Antje. Aber zunächst würde ich gerne wissen, ob Sie was Neues von Tomke wissen.“

„Tomke? Kennen Sie sie denn?“

„Ja, sicher, wir sind doch zusammen ...“

„Beim Boßeln“, vollendete Maarten den Satz.

„Beim Boßeln?“ Esther sah ihn verständnislos an. „Wieso beim Boßeln? Nein, Tomke und ich sind mal zusammen auf einer Kinderfreizeit gewesen, ich als kleines Mädchen, sie als studentische Betreuerin. Sie hat Antje hier auch den Praktikumsplatz vermittelt, ich ... hatte sie darum gebeten.“ Sie biss sich auf die Lippen. „Heute wünschte ich, mir wäre dieser Einfall nie gekommen, als Antje mich fragte, ob ich jemanden kenne, der im Bereich Windkraft arbeitet“, fügte sie gepresst hinzu.

„Ich komme gerade von Tomke. Es geht ihr unverändert. Sie liegt noch ... sie ist noch nicht aufgewacht.“ Das Wort Koma brachte er nicht über die Lippen. Es klang so endgültig, fand er.

„Das tut mir leid“, sagte sie bedrückt. „Ich wünschte, ich könnte etwas für sie tun.“

„Ja, das wünschte ich auch.“

Franziska kam zur Tür herein und Maarten glaubte,

nicht richtig zu sehen. Sie trug zwei Tassen Kaffee in der Hand! „Ist die zweite Tasse etwa für mich?“, fragte er ungläubig.

„Jo“, antwortete Franziska knapp, die Spaß daran gefunden hatte, ab und zu mal den ostfriesischen Slang nachzuahmen.

„Das wird doch jetzt nicht etwa zur Gewohnheit werden?“, zog er sie auf.

„Bedaure. Nee.“

„Na, dann wenigstens für das eine Mal vielen Dank.“

„Och, da nich für.“

„Was genau wollten Sie denn jetzt eigentlich von mir wissen?“, fragte Maarten und nahm einen Schluck Kaffee, als Franziska die Tür wieder hinter sich zugezogen hatte.

„Ich wollte Ihnen was erzählen.“ Sie zögerte kurz. „Und dann würde ich gerne von Ihnen wissen, wie ich mit dieser Information weiter umgehen soll.“

„Das klingt ja spannend.“

„Na ja, es ist vielleicht etwas ... nun ja, vage. Aber ich muss mich unbedingt jemandem anvertrauen, fürchte aber, die Polizei würde mir nicht glauben. Aber ich finde, ich bin es Antje schuldig, dass ich es nicht für mich behalte.“

Maarten, der bisher zurückgelehnt in seinem Sessel gesessen hatte, setzte sich schnurgerade auf und schaute Esther eindringlich an. „Was ist das für eine Information? Geht es um die Ereignisse auf der Plattform?“

„Ja. Antje hat mich auf dem Handy angerufen, kurz bevor ... Sie war ganz aufgeregt. Sie sagte sie ... sie habe einen Überfall oder vielleicht sogar einen ... Mord beobachtet.“

„Einen Mord?“, stieß Maarten entsetzt hervor und wurde bleich. „Was für einen Mord?“

„Ich weiß es ja auch nicht genau. Aber sie hat ganz panisch in den Hörer geschrien. Und im Hintergrund war es so laut, dass ich sie kaum verstehen konnte. Es gab einen fürchterlichen Knall und dann hat irgendwas ganz schrecklich laut geknirscht und ..." Esther schlug sich die Hände vors Gesicht und begann zu schluchzen.

Maarten stand auf und legte ihr eine Hand auf die Schulter. „Was hat sie noch gesagt? Zu dem Mord, meine ich", fragte er ruhiger, als er sich fühlte.

„Sie sagt, sie habe gesehen, wie ein Mann jemanden zu Boden gerissen und womöglich ermordet hat."

„Wer? Wer hat wen ermordet, Esther?"

„Ich weiß es doch nicht!", schluchzte sie. „Ich habe nachgefragt, aber da war plötzlich die Verbindung weg. Ich habe noch öfter versucht, sie anzurufen. Aber da kam nichts mehr. Und nun ..."

Maarten ging in sein Vorzimmer und bat Franziska, sich ein wenig um Esther zu kümmern, so von Frau zu Frau. In kurzen Worten wiederholte er ihr, was das Mädchen gesagt hatte. „Und wenn sie sich ein wenig beruhigt hat", sagte er, „dann gebe ich ihr ein Exklusivinterview, wenn sie möchte. Das wird ihr wenigstens einen fetten Pluspunkt bei ihrer Zeitung einbringen, wenn sie schon sonst nichts zu lachen hat." Nachdenklich ließ er sich auf Franziskas Stuhl fallen, als diese im Büro verschwunden war. Das waren ja hochinteressante Entwicklungen. Aber konnte das, was Esther ihm erzählt hatte, wirklich stimmen? Und wenn ja, wo war dann das Mordopfer? Gehörte es zu den zwölf Toten, die geborgen worden waren? Aber wieso hatte dann noch keiner etwas von dem Mord bemerkt? Oder war er vielleicht gar nicht mehr nachweisbar, nach dem Unglück? Standen Unglück und Mord vielleicht sogar in einem unmittelbaren Zusammenhang?

Maarten legte seinen Kopf in die Hände und raufte sich die Haare. Er fürchtete, dass angesichts der Sachlage nie jemand erfahren würde, was da draußen auf der Plattform tatsächlich geschehen war. Aber das, was er wusste, würde er jetzt detailliert mit Esther besprechen.

Denn eines war ganz sicher: Naumann und auch seinen Kollegen Rhein würden aus der Sache nicht heil herauskommen. Dafür würde er schon sorgen.

38

Wie hatte er nur jemals annehmen können, das Leben in Ostfriesland sei langweilig? In den paar Monaten, die er nun wieder hier war, war auf jeden Fall mehr Aufregendes passiert, als in den letzten zehn Jahren auf all seinen Reisen rund um die Welt. Hatte Franziska ihm nicht gesagt, er solle ruhig mal für längere Zeit in die ostfriesische Heimat fahren, da könne er sich mal so richtig in Ruhe erholen?

Eingehüllt in dichten Nebel saß Maarten in der Hocke am Ufer des Großen Meeres und ließ Steine über das Wasser hüpfen. Er war aus der Übung, musste er feststellen. Als Kind hatten seine Steine bis zu zehn Hüpfer hintereinander geschafft, bis sie von dem flachen Binnensee geschluckt worden waren. Heute waren es maximal vier gewesen. Er erinnerte sich, wie sie als Kinder mit ihrer Schulklasse über die zugefrorenen Kanäle bis hin zu Kleinem und Großem Meer Schlittschuh gelaufen waren. Am Kleinen Meer waren sie dann zur Belohnung in einer kleinen Holzbaracke direkt am Ufer eingekehrt und hatten einen Becher heißen Kakao getrunken und sich dabei die steif gefrorenen Finger und Zehen aufgewärmt. Wie hatten diese geschmerzt, wenn das Blut wieder in sie einströmte!

Überhaupt waren sie als Kinder oft Schlittschuh gelaufen, kilometerweit, über knarrendes Eis, die Kanäle und Tiefs auf und ab. Unter den Brücken hieß es dann, die Beine in die Hand zu nehmen und in rasendem Tempo unter sie hindurch zu schlittern. Denn unter ihnen war das Eis oft noch recht dünn, und wenn man hier trödelte, konnte es schnell passieren, dass man unfreiwillig Bekanntschaft mit dem eisig kalten Wasser darunter machte. Und das wollte nun wirklich keiner riskieren.

Es fing an zu dämmern, und Maarten beschloss, sich lieber wieder auf den Weg zu machen. Der Nebel war so dicht, dass er es vermeiden wollte, auch noch in die Dunkelheit hinein zu kommen. Gemächlich schlenderte er zum Parkplatz zurück und dachte an Tomke. Nachdem Esther wieder gegangen war, hatte er mit ihrer Mutter telefoniert, und sie hatte ihm mitgeteilt, dass die Ärzte recht zuversichtlich seien, dass es Tomke bald besser ginge. Ihr Kreislauf habe sich deutlich stabilisiert und mit sehr viel Glück werde sie schon bald wieder aufwachen.

Bei Georg Hufschmidt sah es wohl ähnlich aus, was er wiederum von Inka in Erfahrung gebracht hatte. Was aber seltsam war, war die Tatsache, dass Steffen Rautschek, der Maarten in erster Linie veranlasst hatte, die Konstruktionspläne einzusehen, seit der Unglücksnacht spurlos verschwunden war. Er hatte an diesem Tag keinen Dienst auf der Plattform gehabt, es war sein freier Tag gewesen. Dennoch aber hatte einer der Hubschrauberpiloten stur und steif behauptet, ihn an diesem Morgen dorthin geflogen zu haben. Dafür sprach, dass ihn seither keiner mehr gesehen hatte. Weder tot noch lebendig. Auch seine Frau hatte keinerlei Vorstellung, wo er sein könnte. Wenn er sich also tatsächlich auf der Plattform aufgehalten hatte, dann gehörte er jetzt zu den Vermissten, die noch nicht hatten geborgen werden können und die vermutlich für immer ihr Grab in der eisigen Nordsee gefunden hatten.

Als Maarten die Auricher Straße nach Emden hinein fuhr, bog er kurzentschlossen zum Krankenhaus ab, um Tomke noch einen Besuch abzustatten, wie er es ihrer Mutter am Morgen angekündigt hatte. Wie immer klopfte sein Herz hart gegen die Rippen, als er an der Tür der

Intensivstation klingelte. Trotz der beruhigenden Worte der Ärzte hatte er nach wie vor Angst, sie könnten sich getäuscht haben und Tomke würde womöglich ... genau wie ihr Cousin Micha damals, den sie auch für fast wieder gesund erklärt hatten und der dann doch so plötzlich gestorben war.

Aber die Schwester lächelte ihm freundlich zu, nachdem sie die Tür geöffnet und ihn erkannt hatte, was ein gutes Zeichen war. Auf dem Weg zu Tomkes Zimmer deutete sie durch eine Scheibe und sagte: „Schauen Sie mal, Ihrem Kollegen Hufschmidt geht es bereits viel besser." Maarten warf einen Blick in Hufschmidts Zimmer und in diesem Moment öffnete der die Augen. „Darf ich kurz zu ihm hineingehen?", fragte Maarten, denn er wollte dem Ingenieur unbedingt sagen, wie glücklich er sei, dass er sich auf dem Wege der Besserung befinde. Die Schwester nickte und hielt ihm die Tür auf. „Zwei Minuten", sagte sie, „er braucht noch viel Ruhe."

„Hallo", schnaufte Hufschmidt, als er Maarten an sein Bett treten sah. „Das ist aber ..." der Rest des Satzes ging in einem Geröchel unter. Maarten legte ihm beruhigend die Hand auf die Schulter. „Bitte nicht anstrengen. Ich wollte nur mal hallo sagen. Schön, dass es dir wieder etwas besser geht."

„A-alle t-tot", keuchte Hufschmidt und verdrehte die Augen.

„Nicht alle, Georg", sprach Maarten ihm gut zu. „Nebenan liegt Tomke, es geht ihr schon besser, genau wie dir."

Hufschmidt riss plötzlich die Augen weit auf. „T-Tom ... M-Mord ... sie ..."

Maarten war, als würden ihm plötzlich die Beine weggerissen, und er ließ sich schnell auf den Stuhl sinken, der neben Hufschmidts Bett stand. „W-was hast du da gesagt, Georg?", stotterte er und ergriff dessen Hand.

Doch der Ingenieur hatte die Augen wieder

geschlossen und reagierte nicht mehr auf ihn. In diesem Moment kam auch schon die Schwester herein und forderte ihn auf, das Zimmer wieder zu verlassen. „Alles okay mit Ihnen?“, fragte sie besorgt, als sie Maartens leicht schwankenden Gang sah.

„J-Ja, ja, alles in Ordnung. Es ... nimmt mich nur alles ein wenig mit.“

„Das kann ich gut verstehen. Für uns alle hier ist es nicht einfach.“ Sie führte Maarten weiter zu Tomkes Zimmer. Doch als er davor stand und gerade auf die Türklinke drücken wollte, sah er ihre Eltern am Bett sitzen, jeder hielt eine ihrer Hände und massierte sie sanft. Tomkes Vater redete dabei leise auf seine Tochter ein.

„Ich glaube, ich komme besser morgen wieder“, sagte er und ließ die Türklinke aus seiner Hand gleiten.

Er musste unbedingt mit jemandem reden. Irgendetwas Schreckliches, das mit dem Unglück nichts zu tun hatte, war auf der Plattform vorgefallen, da war er sich jetzt ganz sicher. Und Hufschmidt hatte anscheinend etwas gesehen. Alles deutete darauf hin, dass Esther die Wahrheit gesagt und ihre Freundin Antje womöglich einen Mord beobachtet hatte. Und so wie es aussah, hatte Tomke irgendwas damit zu tun. Nur was?

Wenige Minuten später fuhr er bei Franziskas Wohnung vor und klingelte. Als zunächst nichts geschah, wollte er schon wieder umdrehen. Doch genau in diesem Moment öffnete sich die Tür und vor ihm stand seine Assistentin, mit nichts weiter bekleidet als mit einem großen, roten Badetuch. „Chef“, strahlte sie ihn an, „das ist aber schön, dass du mal auf ein Glas Wein vorbeikommst.“

„Ich muss unbedingt mit dir reden“, sagte er gerade, als hinter Franziska eine weitere, sehr verstrubbelt aussehende Frau auftauchte, ihn kurz von oben bis unten musterte, seiner Assistentin einen ausdauernden Kuss auf den Mund gab und dann mit einem gehauchten *Tschüß*,

Honey verschwand.

„Guck nicht so perplex, Maarten“, lachte Franziska und legte ihm einen Finger unter das Kinn, um seinen vor Staunen offen stehenden Mund wieder zuzuklappen. „Wenn man zehn Jahre in New York gelebt hat, sollte Homosexualität eigentlich nichts Besonderes mehr sein.“

„Ich ... ich wusste ja nicht ...“, stammelte er und wurde rot.

„Na, da bin ich aber froh, dass selbst du manchmal etwas nicht weißt“, lachte sie. „Komm rein. Ich schenke uns einen guten Wein ein. Oder“, sagte sie flapsig, „willst du auf den Schreck vielleicht lieber einen Cognac?“

39

Stumm standen die drei älteren Männer, die Hände tief in ihren dicken karierten Flanelljacken vergraben, in dichtem Nebel am Strand von Juist und starrten auf den leblosen Körper, der hier offensichtlich über Nacht angeschwemmt worden war.

„Wat macht der denn hier?“, presste schließlich einer von ihnen zwischen seiner Zigarette hervor. Die anderen hoben nur kurz die Schultern, dann sagte minutenlang wieder keiner ein Wort. Rund herum waren nur das Kreischen der Möwen und das leise Plätschern der Wellen zu hören, die sich langsam den Strand heraufarbeiteten. Es würde nicht mehr lange dauern, bis der Leichnam wieder vom Wasser umspült und womöglich weggetragen würde.

„Meint ihr, wir sollten die Polizei rufen?“, durchschnitten die nächsten Worte die Stille des heraufdämmernden Tages. Wieder folgte Schulterzucken, ohne dass die Männer ihre Hände auch nur einen Spaltbreit aus den Taschen bewegt hätten.

„Jo.“

„Wegen mir.“

„Sieht ja nich so aus, als wär der freiwillich hier.“

„Nee.“

„Stimmt. Sieht nich danach aus.“

„Meinst, der hat wat mit `m Unglück aufer Plattform zu tun?“

„Weiß nich.“

„Hm. Warum hat er dann `n Messer im Rücken?“

Umständlich kramte einer der Männer in der Innentasche seiner Jacke und beförderte schließlich ein Handy hervor. „110, oder?“

„Jo.“

„Ich denk mal.“

„Is ja nix für meine dicken Finger, so `n lüttes Telefon … jo, hier Tammo Janssen von Juist … hier liecht jemand mit Messer im Rücken … Freerk, stoß den mal an … nee, lebt nich mehr … jo, westlicher Nordstrand, vorm Hammersee … jo, is neblich … na gut, wir warten hier … na gut … jo, bis späder denn.“ Er ließ sein Handy zurück in die Tasche gleiten. „Sagen, wir sollen hier warten.“

„Hm.“

„Hm.“

„Moin, Jungs“, ließ sich rund fünfzehn Minuten später eine Stimme vernehmen, deren dazugehörige Gestalt zunächst nur schemenhaft im Nebel zu erkennen war.

„Moin, Stephan“, antwortete Tammo Janssen, der die Stimme des Inselpolizisten erkannt hatte, „neblich heute.“

„Jo. Isser das?“ Stephan Kröger stellte sich zu den Männern und machte eine Bewegung mit dem Kopf zur Leiche. Auch er hatte augenscheinlich keine große Lust, die Hände aus den wärmenden Taschen zu ziehen.

„Jo. Oder siehst du hier noch `ne Leiche?“

Stephan Kröger beugte sich zu dem toten Mann hinab und betrachtete ihn von oben bis unten. „Hm“, sagte er dann, „Selbstmord war’s wohl nich.“

„Nee.“

„Sieht nich danach aus.“

„Kennt ihn jemand von euch?“

„Nee.“

„Nee. Is vielleicht vonne Plattform.“

„Mit Messer im Rücken?“

„Hm.“

„Gleich kommt Verstärkung vom Festland. Ich soll hier nur den Tatort sichern.“

„Hm.“

„Sieht hier nich nach Tatort aus. Is wohl angespült worden.“

„Jo. Der liecht schon’n büschen länger im Wasser.“

„Jo. Sieht so aus.“

„Werden ja noch Leute vermisst, vonne Plattform.“

„Jo. Blöde Sache das.“

„Wird Zeit, dass der woanners hinkommt. Is Flut. Sonst isser gleich wieder wech.“

Tatsächlich umspülten die Wellen bereits die Füße des toten Mannes, und sicherlich würde es noch mindestens eine halbe Stunde dauern, bis die Polizisten vom Festland hier eintrafen. Alle vier Männer fassten mit an und schleiften die Leiche wenige Meter höher den Strand hinauf. Dann wischten sie ihre schwieligen Hände, die von einem Leben harter körperlicher Arbeit zeugten, an ihren abgeschabten Jeans ab.

40

„Am Strand von Juist wurde ein Toter gefunden“, verkündete Franziska und tippte sich mit dem Zeigefinger an das Kinn. Sie saß, obwohl es Wochenende war, am Computer ihres Büros und wollte eigentlich im Internet ein wenig im Lebenslauf von Hans-Jürgen Naumann und Hayo Rhein stöbern, als sie auf die aktuelle Meldung stieß. „Sie wissen noch nicht, wer es ist … oh, Schitt“, entfuhr es ihr im nächsten Moment, als sie die eingestellten Fotos des Leichnams betrachte, „ich glaube, es ist Rautschek!“

Maarten, der bisher nur mit halbem Ohr zugehört hatte, kam aus seinem Büro gestürzt und starrte auf den Bildschirm. „Ja“, sagte er dann tonlos, „es ist Steffen Rautschek.“ Er klickte sich weiter durch die Bilderreihe, stieß plötzlich einen erstickten Schrei aus und hielt sich erschrocken die Hand vor den Mund. „Schau mal“, sagte er dann mit zittriger Stimme und zeigte auf das letzte Bild, auf dem ein Klappmesser mit schwarzem Griff abgebildet war. „Sie suchen …“

„… jemanden, der die Mordwaffe kennt“, vollendete eine nun leichenblasse Franziska seinen Satz. „Oh, mein Gott, es war Rautschek, der auf der Plattform ermordet wurde! Er ist das Mordopfer, von dem Esther gesprochen hat!“

„Und das, obwohl er eigentlich gar nicht da sein sollte an seinem freien Tag.“

„Das kann doch kein Zufall sein“, murmelte Franziska verstört und verspürte plötzlich einen gallebitteren Geschmack im Mund. „Jemand muss gewusst haben, dass er an diesem Tag auf der Plattform sein würde."

„Oder jemand hat ihn dorthin gelockt."

„Aber womit denn?" Franziska starrte weiter auf den Bildschirm, als könne sie dort die Antwort finden.

„Was mich vor allem interessiert, ist, was Tomke damit zu tun hat."

„Tomke?" Franziska sah ihn fragend an.

„Ja, das hatte ich doch gestern Abend schon erwähnt. Hufschmidt hat Tomkes Namen in einem Atemzug mit dem Wort Mord genannt."

Franziska ließ sich in ihrem Schreibtischstuhl zurückfallen und fingerte nervös an den Haarbändern herum, die sie sich am Morgen eingeflochten hatte. „Wir müssen die Polizei anrufen", sagte sie schließlich.

„Was willst du ihnen denn erzählen?", fragte Maarten skeptisch und zog die Stirn in Falten.

„Na, wer der Mann ist, was denn sonst?"

„Ach so, klar, ich dachte schon ..."

„Wir müssen jetzt ganz genau überlegen, wie wir vorgehen, Maarten. Noch hat keiner eine Ahnung davon, was wir von Esther wissen. Und wir dürfen sie da nicht mit reinziehen. Zumindest noch nicht."

Maarten fuhr sich mit der Hand durchs Gesicht. „Nein, das dürfen wir nicht." Er ging zur Kaffeemaschine und brühte sich einen doppelten Espresso auf. „Willst du auch einen?", fragte er seine Assistentin.

Franziska nickte. „Meinst du", fragte sie dann so leise, dass Maarten sie kaum verstehen konnte, „dass das alles miteinander zusammenhängt?"

Obwohl Franziska nicht genau gesagt hatte, was sie meinte, antwortete Maarten prompt: „Sieht fast so aus. Ich meine, wie du schon sagtest, kann das alles kein Zufall sein. Erst Hauke, dann die manipulierten Pläne, das Unglück, jetzt Rautscheks Tod ... nein, an einen Zufall glaube ich nicht mehr." Er schwieg für einen Moment und schlürfte gedankenverloren seinen Espresso. „Aber ich sehe auch den Zusammenhang noch nicht“, sagte er dann nachdenklich. „Ich meine, nur wegen der manipulierten Pläne bringt doch keiner einen anderen um, oder?“

Franziska zuckte mit den Schultern. „Menschen werden wegen viel geringerer Sachen umgebracht. Ach, Mist!“, stieß sie dann hervor und schlug mit der Faust auf den Tisch. „bestimmt könnte Tomke uns mehr sagen, aber sie ist ja noch immer nicht aufgewacht.“

Maarten wurde auf einmal ganz schlecht bei dem Gedanken, Tomke könnte tatsächlich in einen Mordfall verwickelt sein. Er holte tief Luft und legte sich die Hand auf den Magen, um ihn zu beruhigen. Aber was, um Himmels Willen, hatte Tomke mit Steffen Rautschek zu tun? Sie waren Kollegen, ja, hatten aber immer an unterschiedlichen Projekten gearbeitet. Es gab hier kaum Überschneidungen. Warum also sollte sie jetzt irgendwas mit dem Hühnchen zu tun haben, das offensichtlich einer mit Rautschek zu rupfen hatte? Und wieso hatte Rautschek sterben müssen? Hatte er zuviel gewusst? Aber worüber? Er musste gewusst haben, dass mit den Plänen irgendwas nicht stimmte. Hauke jedenfalls hatte von den Manipulationen gewusst, da war sich Maarten ziemlich sicher. Und er war vergiftet worden – so hatte er jedenfalls behauptet. Hatte vielleicht auch Rautschek den Druck nicht mehr ausgehalten und hatte reden wollen? Mit dem Ergebnis, dass er nun umgebracht wurde, genau wie Hauke? Dann musste es irgendwo Hintermänner geben, die ein vitales Interesse daran hatten, dass ihre Machenschaften nicht aufflogen. Und wenn doch mehr dahinter steckte, als ein paar manipulierte Pläne?

Maarten zermarterte sich den Kopf, doch seine Gedanken drehten sich im Kreis. Irgendein zentrales Puzzleteil fehlte noch. Aber wo sollte er anfangen zu suchen? Hauke und Rautschek waren tot. Sie konnte man nicht mehr fragen. Eine wichtige Zeugin, Antje, ebenso. Ein weiterer Zeuge, Hufschmidt, war zwar noch am

Leben, aber derzeit noch alles andere als vernehmungsfähig. Das Gleiche galt für Tomke.

„Die Polizei hatte schon mehrere Hinweise auf Steffen Rautschek bekommen", sagte Franziska in seine Gedanken hinein und legte den Telefonhörer auf. „Die Sache muss ziemlich hohe Wellen schlagen, bis hoch ins Innenministerium. Die sind nun wohl auch darauf gekommen, dass da irgendwas nicht mit rechten Dingen zugeht. Von einem Unglück spricht da wohl keiner mehr."

„Na, da brauche ich die Köpfe von Naumann und Rhein wohl nicht mehr selbst unter die Guillotine zu stecken", bemerkte Maarten säuerlich. „Die dürften sich mit der ganzen Sache schon selbst den Genickschuss gesetzt haben."

„Da wäre ich mir nicht so sicher", erwiderte Franziska und rümpfte die Nase. „Solche Kerle lavieren sich doch immer raus. Guck mal, wie die auf ihren jetzigen Posten gelandet sind, obwohl sie nicht die Spur Kompetenz mitbringen. Nee, wenn die dem Rautschek nicht selber das Messer in den Rücken gerammt haben, und das kann ja nicht sein, dann sitzen die das auf der linken Arschbacke ab. Im ungünstigsten Fall werden sie mit einem vergoldeten Handschlag weggelobt. Vermutlich sitzen sie dann irgendwo in Brüssel und schreiten zur Rettung der Eurozone. Tolle Aussichten, wenn du mich fragst."

„Wie auch immer", stöhnte Maarten, der sich plötzlich unendlich müde fühlte, „es ist nun kein Geheimnis mehr, dass auch wir eine ganze Menge wissen. Und mit meinem Auftritt bei der Pressekonferenz werde ich mir auch nicht eben viele Freunde gemacht haben. Womöglich lauert hinter der nächsten Ecke schon wieder einer mit `nem gezückten Messer, das er mir zwischen die Rippen rammen will."

„Puh", seufzte Franziska, „und ich Trottel hab in meiner Naivität gedacht, in Ostfriesland sei ein Strafzettel für Falschparken das Höchste, was man sich an krimineller Verfehlung vorstellen könnte."

„Ja", nickte Maarten, „selbst ich habe immer gedacht, dieser kleine Landflecken sei zwar nur halb so groß wie der Friedhof von Chicago, aber doppelt so tot. So kann man sich täuschen."

„Na, wenn es hier mit den Leichen so weitergeht, dann haut der Vergleich bestimmt bald hin", sagte Franziska betont lässig und grinste schief. Doch bei Maartens Worten war ihr ein eiskalter Schauer über den Rücken gelaufen. Er, und vielleicht auch sie selbst, schwebten in Lebensgefahr, das war klar. Und sie hatte noch nicht die Spur einer Ahnung, wie sie da wieder herauskamen.

41

Tomke erwachte am Sonntag. Maarten wäre beinahe vom Stuhl gefallen, auf dem er seit einer knappen Stunde saß und aus dem Fünf-Freund-Buch vorlas. Gerade hatte er eine kurze Lesepause gemacht, um sich ein Glas Wasser einzuschenken, als er neben sich eine schwache, stockende Stimme sagen hörte: „Lies … doch … weiter!"

Wie in Zeitlupe drehte er sich mit offenem Mund zu ihr um, weil er meinte, einer Halluzination aufgesessen zu sein. Aber tatsächlich lag sie mit flackernden Augenlidern da und versuchte, ihren Blick zu fixieren, was ihr jedoch noch nicht gelang. „Tomke", flüsterte er, und Tränen traten ihm in die Augen, „du bist wieder da." Er nahm ihre Hand und strich ihr mit der anderen Hand über die Wange. „Wie geht es dir? Tut dir was weh?"

Doch Tomke antwortete nicht, sondern stieß nur ein leises Stöhnen aus. Dann fielen ihr die Augenlider wieder zu. Schnell drückte Maarten auf den Klingelknopf, um eine Schwester zu holen. Es dauerte nur wenige Sekunden, bis diese mit besorgtem Gesicht zur Tür herein kam. „Ist was passiert?"

„Sie ist aufgewacht", sagte Maarten und strahlte über das ganze Gesicht. „Gerade hat sie mit mir gesprochen."

„Frau Coordes", rief die Schwester nun, „Frau Coordes, können Sie mich verstehen?" Wieder ging ein leichtes Flattern durch Tomkes Lider, aber offensichtlich gelang es ihr nicht, sie zu öffnen. „Es ist alles in Ordnung, Frau Coordes", sprach die Schwester mit beruhigender Stimme auf sie ein und drückte ihr die Hand. „Schlafen

Sie noch ein wenig.“

Tomkes Augen wurden ruhiger und schon im nächsten Moment fiel ihr Kopf leicht zur Seite. „Jetzt wird es nicht mehr lange dauern, bis sie wieder ganz wach ist“, lächelte die Schwester Maarten zu. „Natürlich wird sie noch sehr schwach sein und viel Ruhe brauchen. Aber das Schlimmste dürfte überstanden sein. Ich ruf dann mal bei den Eltern an.“

Als die Schwester gegangen war, brachen sich all die Gefühle, die sich in Maarten während der letzten Tage aufgestaut hatten, Bahn. Er fing hemmungslos an zu schluchzen, ließ seinen Kopf auf Tomkes Bett fallen und grub seine Hände in ihre Bettdecke. Als sich plötzlich eine Hand auf seine Schulter legte, schreckte er wieder hoch. Verdattert schaute er sich um. „Geh jetzt besser nach Hause, Maarten“, sagte Tomkes Mutter, „auch du brauchst deinen Schlaf. Wir passen in der Zeit auf Tomke auf.“

Müde rieb sich Maarten über das Gesicht. Er hatte gar nicht gemerkt, dass er eingeschlafen war. „Sie war kurz wach“, murmelte er mehr zu sich selbst, „sie hat gesprochen.“ Er zuckte zusammen. „Oder habe ich das nur geträumt?“, fügte er mit Angst in den Augen hinzu.

„Nein, das hast du nicht geträumt. Die Schwester hat uns angerufen und wir sind dann gleich hergekommen.“ Sie umschrieb mit dem Arm einen weiten Bogen, denn außer ihr waren auch noch ihr Mann und drei ihrer Söhne mitgekommen.

Maarten nickte ihnen zu und lächelte. „Na, dann werde ich mich mal auf den Weg in die Federn machen. Ich bin wirklich hundemüde. Bitte sagen Sie Tomke, dass ich heute Abend noch mal wiederkomme, wenn sie aufwacht.“

Er rief gleich bei Franziska an, als er im Auto saß und musste breit grinsen, als sie am anderen Ende in lautes Indianergeheul ausbrach. „Das ist die beste Nachricht, die ich jemals im Leben bekommen habe!", jubelte sie. „Komm doch vorbei, dann können wir mit einem Glas Sekt auf diesen Glückstag anstoßen!", rief sie aufgedreht in den Hörer. „Und es stimmt wirklich", fragte sie, ohne seine Reaktion abzuwarten, „sie ist wirklich wieder ganz wach?"

„Na ja", sagte er, „ganz wach geht anders. Aber sie ist auf einem guten Weg dahin. Und", fügte er hinzu, „was dein Angebot angeht: später gerne, aber nun muss ich erst mal ins Bett. Habe die ganze letzte Nacht kein Auge zugetan."

„Kein Problem", antwortete Franziska, „kann ich gut verstehen. Aber heute Abend kommst du auf jeden Fall noch vorbei, okay?"

„Versprochen."

„Meinst du, ich kann sie auch bald mal besuchen?"

„Hm. Wird sicherlich noch ein wenig dauern. Aber ich sag dir Bescheid. Tschüß!"

„Ach, Maarten", rief Franziska in den Hörer, als er gerade auflegen wollte, „freut mich sehr für euch beide. Ihr seid ein tolles Paar."

Über diesen letzten Satz von Franziska dachte Maarten noch lange nach, während er sich mit seinem Auto durch die Emder Straßen schlängelte. Ja, dachte er, Franziska hatte recht. Tomke und er würden sicherlich gut zusammen passen. Nur, wollte sie ihn überhaupt? Wenn er genau darüber nachdachte, hatte er die tiefe innere Verbundenheit erst wirklich gespürt, als er Angst haben musste, sie zu verlieren. Aber sie? Fühlte auch sie sich zu ihm hingezogen? Oder hatte sie ihn wirklich immer nur als guten Freund aus der Kindheit betrachtet? Und selbst wenn sie einander liebten, wie sollte eine Beziehung auf Dauer funktionieren? Denn er würde ja spätestens zum Frühjahr hin wieder nach New York zurückkehren, während sie ein ostfriesisches Gewächs war, das man nicht einfach so auf einen anderen Kontinent verpflanzte – das hatte sie ja auch ausdrücklich betont.

Er seufzte laut auf und hatte das Gefühl, dass seine Gedanken schon seit Tagen im Kopf Achterbahn fuhren, Runde um Runde, um letztlich genau an dem Punkt wieder anzukommen, wo sie gestartet waren.

Als er zu Hause ankam, leerte er zunächst seinen Briefkasten, aus dem die Werbeprospekte schon herausquollen, weil er seiner Post schon seit dem Unglück keine Beachtung mehr geschenkt hatte. Achtlos warf er den Stapel Papier auf seinen Küchentisch. Er würde ihn später durchsehen. Zunächst einmal aber wünschte er sich nichts sehnlicher als eine heiße Dusche und sein warmes Federbett, in dem er sich die vergangenen Nächte nur von einer Seite auf die andere geworfen und gegrübelt hatte. Heute aber, da war er sich ganz sicher, würde es ihm gelingen, wenigstens für ein paar Stunden Schlaf zu finden.

Draußen dämmerte es bereits, als er die Augen wieder aufschlug. Was aber eigentlich kaum einen Unterschied machte, war doch der ganze nebelverhangene Novembertag trist und kühl gewesen, so dass scheinbar kein einziger Sonnenstrahl seinen Weg bis auf die Erde gefunden hatte. Maarten schwang sich aus dem Bett, er fühlte sich herrlich erfrischt. Er trat, nur mit Shorts und T-Shirt bekleidet, hinaus auf seine Terrasse. Die feuchte Kälte schlug ihm wie ein nasser Lappen entgegen, und sein ganzer Körper überzog sich umgehend mit einer dichten Gänsehaut. Er schauderte und schlug die Arme vor seinem Körper zusammen. Dennoch blieb er für einige Augenblicke stehen und sog tief die kalte Luft in seine Lungen, weil er zum ersten Mal seit Tagen wieder das Gefühl hatte, frei atmen zu können.

Als wenig später auch sein Nachbar auf die Terrasse trat, um eine Zigarette zu rauchen, und ihn mit einem so kritischen Blick von oben bis unten musterte, als habe er entweder einen Irren oder einen Sittenstrolch oder womöglich sogar beides in einem vor sich, verkrümelte er sich mit einem knappen *Moin* schnell in seine Küche. Während er sich einen Cappuccino aufbrühte, fiel sein Blick auf den Stapel Post, den er beim Nachhausekommen aus dem Briefkasten gefischt und auf den Küchentisch gelegt hatte. Ohne großes Interesse blätterte er ihn durch und beförderte die Werbeprospekte umgehend in die eigens hierfür aufgestellte Altpapierkiste. Dann fiel sein Blick auf einen Brief ohne Absender. Er riss ihn auf und noch während er las, umwölkte sich seine Stirn und er spürte ein eisiges Kribbeln seinen Rücken hinauflaufen. Es war ein mit dem Computer, gänzlich in Kleinbuchstaben geschriebenes Gedicht, und als er es ein zweites Mal las, nuschelte er es leise vor sich hin:

„wenn es dunkelt in der nacht,
gib auf dich und die deinen acht,
verlässt du besser nicht das haus,
denn draußen geh'n die mörder aus."

Langsam ließ Maarten das Blatt Papier mit zittrigen Händen auf den Tisch sinken und nippte für eine Weile gedankenverloren an seinem Cappuccino. An der Polizei führte nun kein Weg mehr vorbei. Die Drohung war eindeutig. Nicht nur er, sondern auch die Seinen waren in Gefahr – wen auch immer der vermeintliche Poet damit gemeint haben mochte. Er dachte an seine Eltern, seine Schwestern, Tomke und Franziska. Wenn ihnen etwas zustoßen würde, könnte er sich das nie verzeihen.

Mit einem tiefen Seufzer stand er auf, faltete den Drohbrief zusammen und steckte ihn im Vorbeigehen an der Garderobe in die Innentasche seiner Jacke. Nun, das weitere Vorgehen würde er später am Abend mit Franziska besprechen. Jetzt aber würde er erst noch mal zu Tomke ins Krankenhaus fahren und schauen, ob sie womöglich erneut aufgewacht war.

42

Hauptkommissar David Büttner sah ihn mit zusammengezogenen Brauen an und reichte ihm die Zigarettenschachtel. Maarten winkte ab. „Nichtraucher", murmelte er.

„Sehr vernünftig", knurrte der Polizist. „Nicht besonders vernünftig von Ihnen war allerdings, während der Pressekonferenz mit allem herauszuplatzen, was Sie wussten", sagte er dann. „Sie hätten vorher mit uns reden sollen."

Maarten schlug die Beine übereinander und lehnte sich vor, sodass sich nun sein rechter Ellenbogen auf dem Knie und sein Gesicht sich wiederum in der Hand abstützten. „Ja, im Nachhinein war es nicht besonders schlau. Aber ich war an diesem Tag so aufgebracht, so geschockt. Und ich machte mir Vorwürfe, hatte das Gefühl, nicht genug unternommen zu haben, um dieses Unglück – wenn man es denn Unglück nennen möchte – zu verhindern. Und außerdem", fügte er noch hinzu, „konnte ich ja zu diesem Zeitpunkt nicht ahnen, welche Ausmaße die Geschichte annehmen würde."

„Das ist wohl war", schnaufte der Hauptkommissar, der soeben versuchte, einen schweren Karton auf einen kleinen Tisch zu heben, der in seinem Büro an der Wand stand. „Ehrlich gesagt tappen wir derzeit auch noch völlig im Dunkeln und versuchen, das Gewirr an Informationen, das auf uns einprasselt, zu sortieren und in eine Logik zu bringen. Aber wir stehen leider noch ganz am Anfang." Er wischte sich mit einem Taschentuch den Schweiß von der

Stirn und ließ sich auf einen Stuhl fallen. Sein korpulenter Körper war einfach nicht dazu geeignet, schwere körperliche Arbeit zu verrichten. Keuchend zeigte er auf die Kiste: „Da sind allerhand Akten drin. Es ist nur eine Kiste von Dutzenden. Wir waren heute Morgen bei der *N.S.OffshorePower Ltd.* und haben sie beschlagnahmt. Möchte nicht wissen, was die noch alles für Leichen im Keller haben. Oh, Entschuldigung", schob er gleich mit einen gequälten Gesichtsausdruck hinterher, „die Wortwahl war angesichts der Sachlage wohl nicht ganz angemessen." Er zögerte einen Moment und warf Maarten dann einen auffordernden Blick zu. „Herr Doktor Sieverts, können Sie mir bitte mal genau erklären, in welchem Verhältnis Sie zur *N.S.OffshorePower Ltd.* stehen und welche Informationen Sie bezüglich der Vorkommnisse der letzten Tage und Wochen haben. Vielleicht sehe ich dann ein wenig klarer."

Maarten überlegte einen Augenblick und ging in Gedanken noch mal die Ereignisse seit seiner Ankunft in Ostfriesland durch. Dann fing er langsam an zu erzählen. Er begann bei Hauke und dessen Verdacht, vergiftet worden zu sein und dass es hierzu bereits eine Anzeige beim Polizeirevier in Pewsum gab.

„Warum wissen wir nichts von dieser Anzeige?", hakte Hauptkommissar Büttner mürrisch ein.

Maarten zuckte mit den Schultern. „Die hat da anscheinend keiner als wichtig angesehen." Um Harry nicht mehr Schwierigkeiten zu bereiten, als er nach dieser Aussage vermutlich sowieso schon haben würde, verschwieg er, dass er die Akte schon eingesehen hatte.

Er erzählte von den Manipulationen an den Konstruktionsplänen der *Windlady II*, erwähnte aber auch hier mit keinem Wort, wie Tomke und er an sie herangekommen waren. Dann ging er auf seine und Inkas Bemühungen ein, die Menschen von der Plattform zu evakuieren, weil er die Befürchtung gehegt hatte, die

Windkraftanlage könne dem zu erwartenden Orkan nicht standhalten. Und genau das sei dann ja leider auch eingetroffen. „Glauben Sie mir, noch nie im meinem Leben hätte ich mir so sehr gewünscht, im Unrecht zu sein“, sagte er bedrückt. „Und dann hat mich Naumann noch vor der Pressekonferenz genötigt, nichts von unserer tags zuvor geführten Auseinandersetzung um die Evakuierung zu sagen. Und angesichts von soviel Unverschämtheit sind dann die Pferde mit mir durchgegangen.“

Maarten beschloss, von der Unterredung mit Esther nichts zu erzählen, da er sie nach wie vor nicht mit hineinziehen wollte. Und was wusste sie auch schon? Im Prinzip nicht mehr als er. Und jetzt, nachdem die Leiche von Steffen Rautschek aufgetaucht war, war ja klar, dass ihre Freundin Antje nicht gelogen hatte. Zur Suche von Rautscheks Mörder aber konnte sie sowieso nichts mehr beitragen.

„Ich vermute, dass einer der Verletzten, der Ingenieur Georg Hufschmidt, den Mord beobachtet hat“, fuhr er fort.

Hauptkommissar Büttner, der bisher bei Maartens Ausführungen einen eher desinteressierten Eindruck gemacht hatte, war auf einmal hellwach. „Was sagen Sie da“, rief er aufgeregt, „es gibt einen Zeugen?“

„Georg Hufschmidt ist gerade erst wieder aufgewacht, aber noch nicht wirklich ansprechbar“, erklärte Maarten. „Als ich ihn kurz besuchte, stammelte er irgendwas von *Mord.* Ob er ihn wirklich gesehen hat, weiß ich nicht. Könnte aber durchaus sein.“

„Ich werde mich darum kümmern, dass ich ihn so bald wie möglich vernehmen kann“, knurrte Büttner und klang ein wenig enttäuscht. Vermutlich hatte er gehofft, um allzu viel Arbeit herumzukommen. Denn er sah nicht so aus, als wäre er besonders erpicht auf einen so komplizierten Fall, wie er hier vorzuliegen schien. „Gibt es sonst noch jemanden, der etwas beobachtet hat?“

„Nicht, dass ich wüsste“, sagte Maarten und fand, dass das nicht einmal gelogen war. Denn die arme Antje gab es ja nun tatsächlich nicht mehr. „Was stellen Sie jetzt mit den Akten an, die Sie heute beschlagnahmt haben?“, fragte er, um weiteren Fragen hierzu aus dem Weg zu gehen.

„Werden wir wohl alle sichten müssen“, antwortete Büttner gedehnt und streckte seine verschränkten Arme über den Kopf. „Das wird kein Spaß, das können Sie mir glauben. Aber vielleicht werden wir ja wenigstens für diese undankbare Arbeit belohnt und finden einen Hinweis auf ein mögliches Motiv für den Mord an Rautschek.“

„Könnte es nicht genauso gut sein, dass die Manipulation an den Konstruktionsplänen und der Mord an Rautschek gar nichts miteinander zu tun haben?“, gab Maarten zu bedenken. „Und vielleicht ist auch mein Freund Hauke Langhoff ja gar keinem Verbrechen zum Opfer gefallen.“

Der Hauptkommissar hob die Hände und ließ sie dann mit einer resignierten Geste gleich wieder fallen. „Ich sagte ja schon, dass wir noch im Dunkeln tappen. Möglich ist tatsächlich erstmal alles.“ Er sah Maarten mit zusammengekniffenen Augen an. „Für die Theorie, dass alle Geschehnisse etwas miteinander zu tun haben, spricht allerdings, dass nun auch Sie eine Morddrohung – und ich denke als solche kann man das Gedicht betrachten – bekommen haben. Sie sollten vorsichtig sein, Herr Doktor Sieverts. Da scheint einer keinen Spaß zu verstehen.“ Er überlegte kurz und sagte dann: „Ich könnte Ihnen Polizeischutz anbieten.“

Maarten winkte ab. „Was würde das nützen. Wenn der potenzielle Mörder an mich nicht herankommt, vergreift er sich womöglich an einem Mitglied aus meinem Familien- oder Freundeskreis. Nee, lassen Sie mal, Herr Hauptkommissar. Das Risiko will ich nicht eingehen.“ Mit diesen Worten stand er auf und verabschiedete sich. Seine Mutter hatte ihm angeboten, den bei seinem letzten Besuch verschmähten Grünkohl noch mal aufzuwärmen. Und das wollte er sich um nichts in der Welt entgehen lassen.

43

Mama!? Sie war sich ganz sicher, soeben die Stimme ihrer Mutter gehört zu haben. Aber wo war sie? Warum antwortete sie nicht, wenn sie nach ihr rief? Vorlesen. Bitte weiter vorlesen! Von George und Tim und Anne, von Strand, Sonne und Felseninsel. Aber es blieb stumm. Bitte, bitte, weiter vorlesen! Was war das für eine Stimme? Sie kannte diese Stimme, da war sie ganz sicher. Sie mochte diese Stimme. Aber warum blieb sie jetzt stumm? Wo war sie denn hin? Sie wollte doch so gerne raus, über die Wiesen und Felder streifen, beim Schöpfwerk baden gehen, Cowboy und Indianer spielen. Mit Anne und Tim und Julius. Was wollte denn plötzlich der Mann von ihr? Nein. Sie wollte ihn nicht küssen, nein! Oh, es war plötzlich so kalt, sie fror, konnte ihre Zähne nicht ruhig halten, sie klapperten. Hörte denn niemand ihr Zähneklappern? Alles tat weh. Ihr Körper zersprang. Und es war so kalt! Oh nein, da kam wieder die Welle, sie hörte sie schon! Das Wasser würde eiskalt über ihr zusammenschlagen, sie mit sich fortreißen, sie in die Tiefe ziehen. Sie würde sterben! Es war so dunkel. Warum machte denn keiner das Licht an? Sie konnte ja gar nichts sehen! Hilfe! Wo war Mama? Sie würde ihr helfen und auch das Licht anmachen. Sie wollte nach Hause. Aber das ging nicht. Sie saß hier fest und da war der Mann. Sie hatte Angst. Er sollte ihr nichts tun. Nein, sie wollte das Päckchen nicht. Nein! Oh, was war denn das? Da kam die Sonne, es war auf einmal ganz warm. Sie spürte eine warme Hand auf ihrem Arm, auf ihrer Stirn. Und da war auch wieder diese Stimme. Ein Mann. Sie kannte diese Stimme. Ja, vorlesen, bitte vorlesen! Die Stimme nahm sie mit zu George, Tim und ... nein, George war sie ja selbst. Aber ja, da waren auch Julius, Anne und Richard und sie waren auf der Felseninsel. Es war so schön warm. Sommer. Und diese ruhige, tiefe Stimme ...

Maarten war mit besorgtem Blick auf Tomke zugetreten. Sie war unruhig, schlug mit dem Kopf hin und her. Beruhigend legte er ihr die Hand auf den Arm, strich ihr über den Kopf und sprach leise auf sie ein. Dann griff er zum Buch und fing an zu lesen. Und plötzlich wurde sie ruhiger. Nur ihre Augenlider zuckten noch, aber auch nicht mehr so stark wie zuvor. Mit sanfter Stimme las er: *„Julius legte sich in die Sonne und genoss die Wärme, die durch die Poren seiner Haut drang. Der Dienst als Wachposten schien sehr nett zu werden. Er hörte Anne unten in der Höhle singen ...“*

Maarten hatte mit Tomkes Mutter inzwischen die Vereinbarung getroffen, dass sich nach Möglichkeit immer jemand in Tomkes Nähe aufhielt, und sie hatten eine Art Dienstplan aufgestellt. Es sollte jemand da sein, falls sie plötzlich ganz aufwachte, damit sie angesichts der beängstigenden Umgebung, die dominiert war von Maschinen und Schläuchen, nicht in Panik geriet. Zurzeit beliefen sich ihre wachen Momente noch auf wenige Sekunden, in denen sie ab und an ein paar wirre Worte von sich gab. Einmal glaubte Maarten Rautscheks Namen vernommen zu haben, aber es war auch gut möglich, dass er sich da getäuscht hatte.

Die Sitzwache teilte Maarten sich abwechselnd mit Tomkes Eltern und ihren Brüdern. Falls doch mal Lücken entstanden, hatte sich Franziska gerne bereit erklärt einzuspringen. An diesem Tag war Maarten vor der Arbeit da und blieb etwa eine Stunde. Danach wollte Tomkes Bruder Keno ihn ablösen, der bei VW im Schichtdienst arbeitete und in dieser Woche im Spätdienst war.

Immer wieder schaute Maarten auch bei Georg

Hufschmidt rein, der inzwischen deutlich längere Wachphasen als Tomke, aber dennoch noch erhebliche Probleme mit der Orientierung hatte. Häufig schaute er mit weit aufgerissenen Augen um sich und schien vor irgendwas Angst zu haben. Von einem Moment auf den anderen aber konnte es passieren, dass er seine Besucher plötzlich mit Namen ansprach und minutenlang einen völlig sortierten Eindruck machte. Maarten hatte es bisher vermieden, ihm gegenüber noch einmal Tomkes Namen zu erwähnen, der ihn beim letzten Mal so in Aufruhr versetzt hatte. Was auch immer Hufschmidt auf der Plattform womöglich beobachtet hatte, es würde wohl noch ein wenig dauern, bis man ihn dahingehend ausführlich befragen konnte. Sehr zum Bedauern von Hauptkommissar Büttner, der in Hufschmidt all seine Hoffnung setzte, den mysteriösen Todesfall bald aufklären zu können.

Keno kam pünktlich und löste Maarten bei seiner Sitzwache ab. Maarten rief, als er draußen war, Franziska im Büro an und teilte ihr mit, dass er noch bei Hauptkommissar Büttner vorbeifahren und sich nach Neuigkeiten erkundigen würde. „Den Weg kannst du dir schenken", erwiderte Franziska und in ihrer Stimme schwang ein befriedigter Unterton mit. „Büttner ist beschäftigt, er hat nämlich gleich heute Morgen Naumann zum Verhör abholen lassen. Man munkelt, das Aktenstudium habe einige Hinweise ergeben, die einer Erklärung Naumanns bedürften. Tja", fügte sie bedeutungsvoll hinzu, „Büttner hat wohl gleich jemanden von der Wirtschaftskriminalität hinzugezogen. Ich würde sagen, es sieht gar nicht so gut aus für den Herren."

„Und von Rhein wollen sie noch nichts?", brummte Maarten. Für ihn war der zweite Vorstand ein viel gefährlicheres Kaliber als Naumann. Nach längeren Überlegungen hielt er Letzteren eher für einen armseligen und naiven Mitläufer, der nicht begriff, wie er zum

Zwecke irgendwelcher niederer wirtschaftlicher Interessen missbraucht wurde – und sich dabei auch noch ungeheuer wichtig vorkam. Nichtsdestotrotz wünschte sich Maarten, Naumann sprichwörtlich am Galgen zu sehen. Dummheit durfte schließlich nicht vor Strafe schützen; und immerhin war Naumann es ja auch, der letztlich den Tod von mehr als zehn Menschen zu verantworten hatte.

„Nein", antwortete Franziska, „Rhein sitzt hier in seinem Büro und grinst mit irrem Gesichtsausdruck vor sich hin. Vermutlich sieht er sich schon als absolutistischen Alleinherrscher auf einem vergoldeten Thron sitzen. Also, wenn du mich fragst, dann hat der das alles ganz clever eingefädelt und die anderen die Drecksarbeit machen lassen. Denn er ist zwar irre, aber nicht blöd."

„Das fürchte ich auch", seufzte Maarten. „Aber den kriegen wir, verlass dich drauf. Als ich Rautschek vor einiger Zeit fragte, was Rhein denn eigentlich so für ein Mensch sei, da meinte er, er gehöre zu den Typen, die gerne mit den großen Hunden pinkeln würden, aber ihr Beinchen nicht richtig hoch bekämen. Und solche Kerle machen über kurz oder lang immer einen Fehler, eben weil sie an einem hohen Maß an Selbstüberschätzung leiden." Er zögerte kurz, dann fügte er nachdenklich hinzu: „Hm, vielleicht sollten wir einen Köder auslegen, der ihn in die Falle tappen lässt. Noch weiß ich nicht, wie wir ihn kriegen können, aber da fällt mir schon noch was ein."

„Kommst du dann jetzt direkt ins Büro, bevor du zu Inspektor Columbo mutierst?", fragte Franziska. „Hier sind noch einige Sachen, die du unterschreiben müsstest."

„Hm. Ja, dann komme ich jetzt ... ach, nee, warte mal, ich hatte Nicolas und Tilman versprochen, sie mal mitzunehmen. Nicolas wollte sich so gerne mal die Werkshallen anschauen. Ich glaube, er wandelt derzeit auf den Spuren seines Vaters, um die Trauer irgendwie zu verarbeiten. Ich rufe jetzt mal bei Sonja an und frage, ob ich die Jungs abholen kann."

Maarten legte auf und wählte gleich darauf Sonjas Nummer. Was er als alleinstehender Mann natürlich nicht bedacht hatte, war, dass sich die Kinder zu dieser Zeit im Kindergarten aufhielten und diesen auch nicht so mir nichts, dir nichts verlassen konnten. Also machte er mit Sonja einen festen Termin in den nächsten Tagen aus, wo die Kinder dann rechtzeitig vom Kindergarten abgemeldet und ihn in die Firma begleiten würden. Zufrieden, dass er den Jungs in ihrem Kummer eine kleine Freude würde machen können, fuhr er ins Büro.

44

Ostfriesenzeitung vom 23. November

Verätzte Leiche am Strand von Spiekeroog angespült – Fischsterben nimmt bedrohliche Ausmaße an – Offizielle Trauerfeier am Samstag in Emden

(Spiekeroog/Emden) Nach dem Leichenfund von Juist (die OZ berichtete) wurde am gestrigen Abend am Nordstrand von Spiekeroog eine weitere Leiche angespült. Der Staatsanwaltschaft zufolge handelt es sich bei der Toten um eine 37jährige Frau, die seit der Katastrophe auf der Windplattform der N.S.OffshorePower Ltd. als vermisst galt. Kopfzerbrechen bereitet der Polizei die Tatsache, dass der Körper der Frau schwere Verätzungen aufweist. Unter anderem sei ihr Gesicht zu Teilen bis auf die Knochen weggeätzt gewesen, was eine Identifizierung der Leiche zunächst erschwert habe. Eine Obduktion müsse nun zeigen, ob die dreifache Mutter an den Verätzungen oder an einer anderen Todesursache gestorben sei. Auch würde ermittelt, wie es zu den schweren Verätzungen habe kommen können, würden auf einer solchen Bauplattform doch in der Regel keine Giftstoffe irgendwelcher Art gelagert.

Für einen Eintrag von Chemikalien in die Nordsee spräche hingegen die Tatsache, dass erneut tausende tote Fische an den Inselstränden und auch in den Netzen der Fischer gefunden wurden. Im Gegensatz zu den toten Fischen, die in den letzten Monaten für Unruhe nicht nur unter den Fischern sorgten, weisen die neuerlichen Fischfunde – ebenso wie die auf Spiekeroog angespülte Leiche – gravierende Verätzungen auf. Ob diese auf dieselbe Ursache zurückzuführen sind, müsse erst noch im Labor untersucht werden, hieß es aus der Staatsanwaltschaft.

Auch wenn jetzt nicht der Zeitpunkt ist, Panik zu schüren, so stellt sich nun doch die Frage, ob das monatelange Fischsterben in der Nordsee womöglich auf einen Umweltskandal zurückzuführen ist. Tappten die Behörden bisher noch im Dunkeln, so haben sie mit den neuesten Vorkommnissen zumindest einen konkreten Hinweis in der Hand, dass es in der Nordsee – und damit womöglich auch im Nationalpark Wattenmeer – offensichtlich Verunreinigungen gibt, die auf keinen Fall, wie in den heißen Sommermonaten zunächst angenommen, natürlichen Ursprungs sein können.

Unterdessen hat die Stadt Emden bekannt gegeben, dass die öffentliche Trauerfeier für die Opfer des Unglücks vor Borkum am kommenden Samstag in der Neuen Kirche zu Emden stattfinden wird. Zu der Trauerfeier erwartet wird auch der niedersächsische Innenminister Ralf Hünemann.

45

Hauptkommissar David Büttner war sich sicher, dass er solch einen schrecklichen Anblick noch niemals hatte ertragen müssen. Dabei hatte er als junger Mann für mehrere Jahre als Rettungssanitäter gearbeitet, vor allem bei Verkehrsunfällen absolut traumatische Erlebnisse gehabt und den ein oder anderen Verkehrstoten in Einzelteilen wieder auflesen müssen. Und auch in seiner Zeit als Hauptkommissar hatte ihn das ein oder andere übel zugerichtete Mordopfer noch wochenlang in Albträumen verfolgt.

Beim Anblick des von zahlreichen Verätzungen gezeichneten Körpers der auf Spiekeroog angespülten Frau aber drehte sich ihm erstmals der Magen um, und er musste den Obduktionssaal für ein paar Minuten verlassen. Kreidebleich stand er in der Herrentoilette der Pathologie vor dem Waschbecken und schlug sich immer wieder eiskaltes Wasser ins Gesicht. „Puh", sagte er zu seinem Spiegelbild, als er sich wieder aufgerichtet hatte und sein Gesicht abtrocknete, „für diesen Job wirst du so langsam wohl doch zu alt." Schon häufiger hatte er überlegt, seinen Dienst zu quittieren und zukünftig den *Papa ante portas* zu machen. Aber leider würde er in seinem Alter so hohe Abstriche bei der Pension hinnehmen müssen, dass er sich die Raten für das unter zahlreichen Entbehrungen errichtete Eigenheim dann nicht mehr würde leisten können.

„Ich hoffe, wir können unser Gespräch auch weiterführen, ohne dabei den wenig erfreulichen Anblick der armen Toten genießen zu müssen?“, rief er durch die angelehnte Tür des mit hellgrünen Kacheln gefliesten Obduktionssaales, bevor er sie aufstieß. Zu seiner Erleichterung hatte der Pathologe den Leichnam bereits wieder mit einem grünen Tuch abgedeckt, als er Sekunden später eintrat.

„Ein hochinteressanter Fall“, sagte der glatzköpfige Pathologe mit einem Leuchten in den Augen und deutete mit einem Skalpell auf die Tote unter dem Tuch. Anscheinend konnte er es gar nicht erwarten, wieder an ihr herumzuschnippeln.

„Hm“, sagte der Hauptkommissar spröde, „Sie können dann ja gleich weiterspielen, wenn ich wieder weg bin. Können Sie schon sagen, woran die Frau gestorben ist?“

„Ja, zunächst dachte ich, sie wäre ertrunken, da sie Wasser in der Lunge hat.“

„Aber?“

„Nun, irgendwie ist sie das auch, aber zuvor muss sie noch mit der Säure in Berührung gekommen sein.“

Büttner spürte, wie sich sein Magen wieder hob und er atmete tief durch. „Das heißt, sie hat die Verätzungen bei vollem Bewusstsein miterlebt?“, fragte er mit dünner Stimme.

„Wenn sie nicht vorher aus einem anderen Grund ohnmächtig war, dann ja. Sie zeigt aber, soweit ich das angesichts der umfangreichen Verätzungen noch beurteilen kann, keinerlei Verletzungen am Schädel auf, die auf eine Ohnmacht hindeuten könnten. Womöglich hätte sie ohne die Säure sogar eine Überlebenschance gehabt.“

„Sie ist durch die Hölle gegangen.“

„Wenn Sie es so ausdrücken wollen. Gegen das, was die arme Frau in diesem Fall mit hoher Wahrscheinlichkeit durchgemacht hat, dürfte das Fegefeuer allerdings ein Ponyhof sein.“

„Oh, mein Gott!“, entfuhr es Büttner. Weniger vor

Entsetzen über die soeben gehörten Ausführungen, als darüber, dass vor der Tür ein Mann mittleren Alters stand, dem bei den Worten des Mediziners alle Farbe aus dem Gesicht gewichen war und der jetzt am ganzen Körper zitterte. Soeben griff ihm eine Krankenschwester unter den Arm, um ihn wegzuführen. Sie warf ihrem Chef einen vernichtenden Blick zu.

„Das war wohl der Ehemann“, sagte dieser emotionslos.

„Können Sie schon sagen, mit was für einer Säure die Frau ... in Berührung kam?“

„Nein, das wird gerade im Labor untersucht. Ich denke, dass wir das Ergebnis spätestens morgen haben.“

„Ich brauche es noch heute.“

Der Pathologe zuckte mit den Schultern. „Wir tun, was wir können.“

„Nun gut. Ich werde noch mal ein paar Leute auf die Plattform rüberschicken. Sie sollen schauen, ob sich irgendwo so was wie Säure befindet. Denn irgendwo muss sie ja herkommen, auch wenn mir schleierhaft ist, wofür man solch ein Teufelszeug da draußen gebrauchen könnte.“ Er tippte sich mit dem Finger an einen imaginären Hut und verließ den Saal.

Stunden später saß David Büttner an seinem Schreibtisch, klopfte monoton mit einem Finger auf den Telefonhörer und starrte mit leerem Blick in die Dunkelheit hinaus. Soeben hatte er von seinen Leuten die Mitteilung bekommen, dass sich in den unteren Etagen der Plattform tatsächlich ein kleineres Säuredepot befunden haben musste. Zwar war kein Behältnis mehr zu sehen, Experten hatten aber mit einer Spezialkamera Spuren der Säure auf dem Fußoden feststellen können.

Der Fall wurde immer verworrener. Noch heute Morgen hatte Büttner es mit drei Fällen zu tun gehabt: Wirtschaftskriminalität in Tateinheit mit fahrlässiger Tötung, mutmaßliche Vergiftung des Ingenieurs Hauke

Langhoff, Mord an Ingenieur Steffen Rautschek. Und jetzt kam offensichtlich noch ein Umweltskandal hinzu, ebenfalls in Tateinheit mit der fahrlässigen Tötung einer, so wurde ihm berichtet, äußerst lebenslustigen jungen Frau, die auf der Plattform aushilfsweise als Sekretärin gearbeitet hatte.

Mit Widerwillen dachte der Hauptkommissar an die Vernehmung vom Tag zuvor. Selten hatte er solch eine Flachpfeife vor sich gehabt wie diesen Naumann. Schweißüberströmt hatte er vor ihm und seinem Kollegen von der Wirtschaftskriminalität gesessen und wirres Zeug gestammelt, der feine Herr Vorstand. Fast hätte man Mitleid mit diesem Häufchen Elend haben können. Aber dafür war Büttner schon zu lange im Geschäft. Denn gerade die Herren, das wusste er inzwischen, die zeitlebens den King Louis machten und Autos fuhren, mit denen sie ihre nur spärlich ausgefüllte Unterhose ein wenig aufblasen wollten, wurden in solchen Stresssituationen wieder zu sabbernden Kleinkindern, die am liebsten in den Schoß ihrer Mutter zurückkriechen würden. Jämmerlich. Anders konnte man das nicht bezeichnen.

Naumann hatte zugegeben, von den manipulierten Plänen der *Windlady II* gewusst zu haben. Angeblich habe der verstorbene Hauke Langhoff die Berechnungen durchgeführt mit der Begründung, ein ganzer Windpark zu den Kosten der *Windlady I* könne dem Unternehmen das Genick brechen. Und Naumann habe nun mal auf das zu hören, was seine Experten ihm sagten, dafür habe er sie ja schließlich eingestellt. Natürlich habe er Langhoff damals gefragt, ob es durch die Umplanungen zu Sicherheitsproblemen kommen könne. Aber das habe Langhoff vehement verneint.

Naumanns ganzer Körper hatte gezittert wie Espenlaub, als Büttner ihm mit eisigem Blick ein im Frühjahr per E-Mail verfasstes Schreiben über den Tisch geschoben hatte, aus dem ganz klar hervorging, dass Langhoff seinen Chef schon frühzeitig davor gewarnt hatte, die von ihm ursprünglich angestellten Berechnungen nach unten zu korrigieren. Für die Sicherheit der Anlage könne er dann, zum Beispiel im Falle eines Orkans, keine Garantie mehr übernehmen.

„I-ich k-kenne d-diese E-Mail nicht“, hatte Naumann gestottert und sich den Schweiß von der Stirn gewischt.

„Sie war aber in ihrem Posteingang. Und sie war geöffnet“, hatte Büttner erwidert.

„A-Annemarie sieht meine E-Mails d-durch, sie ... sie muss versäumt haben, sie mir vorzulegen.“

„Eine so wichtige Mail?“ Büttner hatte ihn mit zusammengekniffenen Augen angesehen. „Einfach ignoriert und dann säuberlich abgeheftet? Das glauben Sie doch selber nicht, Naumann. Und außerdem“, fuhr er fort, „war es nicht die einzige Mail, die Langhoff Ihnen in dieser Angelegenheit geschrieben hat. Es folgten mindestens noch drei weitere. Und ich denke, dass Langhoff es nicht beim E-Mail-Schreiben hat bewenden lassen. Mit Sicherheit wurde auch das ein oder andere Gespräch geführt.“

„Mein Mandant wird sich zu dieser Sache nicht mehr äußern“, hatte der Anwalt sich in die Vernehmung eingeschaltet, als Büttner fortfahren wollte. Doch auch der Rechtsbeistand hatte angesichts der erdrückenden Sachlage einen äußerst angefressenen Eindruck gemacht. Offensichtlich hatte Naumann auch ihn nicht über alles informiert, was er wusste.

Büttner stand auf und streckte abwechselnd seine Glieder von sich. Es kam ihm vor, als wäre sein ganz Körper bis in die Fingerspitzen hinein verspannt. Er hasste Stress. Ganz absichtlich hatte er sich vor zwei Jahrzehnten nach Emden versetzen lassen, sein Dienst in Hamburg war ihm definitiv zu anstrengend geworden. Und es war ja auch lange gut gegangen. Hier mal `ne

Messerstecherei mit Todesfolge, da mal ein Verkehrsdelikt, bei dem alles auf Totschlag hingedeutet hatte. War alles schnell geklärt gewesen. Und nun das. Womit hatte er solch einen komplizierten Fall nur verdient?

Nun, er würde jetzt erstmal nach Hause fahren und sich von seiner Frau einen heißen Grog und ein leckeres Abendessen zubereiten lassen. Vielleicht würde sie ihm auch den Rücken massieren. Ach, er wünschte, er hätte frühzeitig Urlaub genommen. Dann hätte diese verdammte Geschichte ein anderer aufklären müssen. Wozu hatte man schließlich ein Team. Denn stand das Wort Team nicht für *Toll, ein anderer macht's*?

46

Bereits am nächsten Tag ging es Georg Hufschmidt wieder Erwarten deutlich besser. Er musste zwar noch auf der Intensivstation bleiben, weil sein Kreislauf noch alles andere als stabil war. Aber er war wieder völlig klar im Kopf und konnte kürzere Gespräche führen, ohne sich gleich zu überanstrengen oder dabei einzuschlafen. Und mit seinen Panikattacken schien es auch vorbei zu sein.

Maarten stattete ihm am frühen Mittag einen kurzen Besuch ab, bevor er zu seiner Wache bei Tomke ging. Zum ersten Mal seit dem Unglück saß Hufschmidt auf der Bettkante und ließ die Beine baumeln. Er lächelte Maarten freundlich zu, als der den Raum betrat. „Na, Georg", flachste Maarten und gab seinem Kollegen die Hand, „sieht so aus, als könntest du uns schon bald wieder bei der Arbeit unterstützen."

„Ich wünschte, es wäre so", entgegnete Hufschmidt und verzog den Mund. „Aber die wollen mich leider noch nicht gehen lassen. Und", sagte er mit einem spöttischen Grinsen und hob die zahlreichen Kabel an, mit denen er noch verbunden war, „irgendwie hängt man ja auch an den Geräten nach so langer Zeit."

„Freut mich ehrlich, dass es dir wieder besser geht und du schon wieder Scherze machen kannst, Georg", lachte Maarten und klopfte ihm den Rücken. „Hauptsache du läufst wieder einigermaßen rund, alles andere findet sich schon mit der Zeit." Er zögerte einen kurzen Moment und fügte dann hinzu: „Tomke geht es leider noch nicht ganz so gut. Aber auch sie ist auf dem Wege der

Besserung, Gott sei Dank."

Bei diesen Worten zog Hufschmidt die Stirn in tiefe Falten, sagte aber nichts dazu. Stattdessen schüttelte er den Kopf und murmelte: „Was für eine furchtbare Geschichte. So viele Tote. Die Schwester sagte mir, dass man gestern unsere Sekretärin, Frau Fellinger, tot aufgefunden hat." Er rieb sich die Stirn, als hätte er plötzlich starke Kopfschmerzen. „Hauke hat gleich gesagt, dass das mit der *Windlady II* nicht gut gehen könne. Aber keiner hat auf ihn gehört."

Du auch nicht, lag Maarten auf der Zunge, er sagte aber nichts, um ihn nicht unnötig aufzuregen. Stattdessen erwiderte er: „Ja, da sind offensichtlich gravierende Fehler gemacht worden. Ich denke, dass nun auch bald die Polizei auf dich zukommen wird." Als er sah, wie bei diesen Worten ein Schaudern durch Hufschmidts Körper fuhr, fügte er besänftigend hinzu: „Reine Routine. Die befragen jeden, der etwas wissen könnte."

„Ich ... ich habe ...", setzte Hufschmidt an, unterbrach sich dann mit einem *Ach, ist ja auch egal* jedoch selbst und machte eine wegwerfende Handbewegung. „Ich glaube, ich muss mich mal wieder hinlegen. Mir wird plötzlich ganz schwummrig."

„Ja, ich geh jetzt auch mal rüber zu Tomke", entgegnete Maarten. „Weißt du, ich lese ihr immer mal aus einem Buch vor, das scheint sie zu beruhigen. Dir weiterhin gute Besserung, Georg. Ich schau dann wieder vorbei."

Maarten, der sich bereits zur Tür gewandt hatte, sah nicht mehr, wie Hufschmidts Augen bei seinen Worten einen seltsamen Glanz bekamen.

Tomke lag ruhig im Bett, als Maarten eintrat, und bevor er wieder zu den *Fünf Freunden* griff, schaute er sie für eine Weile prüfend an. Ihr schmales Gesicht hatte nach dem Unglück noch mehr an Fülle verloren und ihre Wangen wirkten eingefallen. Überall im Gesicht waren noch kleinere und größere Kratzer zu sehen, aber nur noch einer war mit einem Wundpflaster abgedeckt. Ihre blonden, leicht lockigen Haare sahen strähnig aus und lagen, durch das häufige Hin- und Herschlagen ihrs Kopfes, verwuschelt auf ihrem flachen Kopfkissen. Wie sie so blass und reglos dalag, sah sie sehr schwach und hilflos aus. Dennoch fand Maarten sie wunderschön und hätte alles dafür gegeben, sie in den Arm nehmen und ihr sagen zu können, das alles wieder gut würde.

Er nahm das Buch zur Hand und fing mit seiner tiefen, ruhigen Stimme an zu lesen. Immer mal wieder blickte er auf und hoffte auf eine Regung von ihr. Aber es kam nichts. Er war enttäuscht, hatte er doch so darauf gehofft, ja, schon fast damit gerechnet, dass sie heute vielleicht schon ansprechbar sein würde, nachdem sie in den letzten Tagen doch immer mal für kurze Zeit wach gewesen war.

Er hatte ungefähr eine dreiviertel Stunde gelesen, als er meinte, vor der Scheibe, die Tomkes Zimmer vom Gang trennte, eine Bewegung wahrgenommen zu haben. Und tatsächlich standen da drei Personen und blickten zu ihnen hinein. Im dämmrigen Licht war Maarten zunächst davon ausgegangen, dass es sich dabei um Mitglieder von Tomkes Familie handeln musste. Aber dann erkannte er Hauptkommissar Büttner und seinen Assistenten, den er bisher nur einmal kurz im Polizeirevier gesehen hatte. Er meinte sich zu erinnern, dass er Hasenpflug hieß oder so ähnlich. Neben den beiden Polizisten, die mit sehr ernstem Gesicht zu ihnen hineinschauten und ihm kurz zunickten, stand die diensthabende Krankenschwester und schüttelte gerade energisch mit dem Kopf.

Aha, dachte Maarten, es ging Büttner also mal wieder nicht schnell genug. Vermutlich hatte er gefragt, ob Tomke schon vernehmungsfähig sei. Er warf einen Blick auf Tomke, die weiterhin friedlich schlief, legte das Buch zur Seite und ging zur Tür, um den Hauptkommissar zu fragen, ob es Neuigkeiten gab. Vor allem interessierte ihn, was bei der Vernehmung von Naumann herausgekommen war. Allerdings hatte er wenig Hoffnung, dass Büttner es ihm verraten würde. Aber ein Versuch konnte nicht schaden.

„Moin, Herr Hauptkommissar“, begrüßte Maarten den Polizisten und gab auch dem Assistenten die Hand. „Moin, Herr Hasenpflug.“

„Hasen*krug*. Sebastian Hasenkrug“, erwiderte der mit festem Händedruck.

„Oh, Entschuldigung, hatte ich anders in Erinnerung.“

„Kein Problem. Passiert mir öfter“, antwortete der junge Mann mit einem Schulterzucken. „Sie kennen Frau Coordes näher?“, fragte er dann neugierig.

„J –nein ... ähm ... wir sind Freunde. Sandkastenfreunde sozusagen.“

„Herr Doktor Sieverts“, mischte sich nun der Hauptkommissar ein, „wir hatten gerade die Gelegenheit, ein kurzes Gespräch mit Herrn Hufschmidt zu führen, der, wie Sie sicherlich wissen, nur wenige Zimmer weiter liegt.“

Maarten nickte, sagte aber nichts.

„Nun, Herrn Hufschmidt geht es wohl schon bedeutend besser als Frau Coordes, wie mir die freundliche Schwester soeben zu verstehen gab. Nun haben wir allerdings ein paar sehr wichtige Fragen an sie, die eigentlich keinen Aufschub dulden.“

Büttner hatte sehr ernst geklungen und irgendwas war in seiner Stimme, das Maarten alarmiert aufhorchen ließ. „Und weiter?“, fragte er lauernd.

„Nun, wenn Sie gerade ein paar Minuten Zeit für uns haben, dann würden wir Ihnen gerne noch ein paar Fragen stellen, Herr Doktor Sieverts.“

Maarten warf einen Blick zu Tomke, die nach wie vor ruhig dalag und sagte dann: „Natürlich, kein Problem. Wir können uns ja in den Aufenthaltsraum vor der Station setzen.“

Büttner nickte und folgte ihm mit seinem Assistenten den Gang hinaus.

„Möchten Sie auch einen Becher Kaffee?“, fragte Maarten die Polizisten und machte sich an dem Kaffeeautomaten im Aufenthaltsraum zu schaffen.

„Gerne. Kann nicht viel schlechter sein als die Brühe, die wir im Revier bekommen“, grunzte Büttner und zupfte sich am Pullover herum, der sich über seinem üppigen Bauch nach oben geschoben hatte. Auch Hasenkrug nickte.

„Und, Herr Büttner, womit kann ich Ihnen diesmal weiterhelfen?“, fragte Maarten und reichte den Herren zwei braune Plastikbecher mit dampfendem Wasser, das auch irgendwie nach Kaffee roch. Er hatte das Zeug schon öfter getrunken und es schmeckte wenig überzeugend. Aber es war besser als nichts.

„Sie sagten gerade, Sie kennen Frau Coordes schon lange“, begann Büttner.

„Das ist richtig, ja. Wir haben schon als Kinder zusammen gespielt und gemeinsam Abitur gemacht. Dann haben wir uns allerdings aus den Augen verloren, als ich in München studierte und dann nach Amerika ging. Wir haben uns erst in diesem Sommer wiedergetroffen.“

„Kam Ihnen Frau Coordes ... nun, sagen wir mal, verändert vor?“

„Sicher, sie war erwachsener geworden und ... schöner“, sagte Maarten und grinste verschmitzt.

„Neigte sie jemals zu Aggressionen?“, fragte der Hauptkommissar unbeeindruckt weiter.

„Aggressionen?“ Maartens Grinsen war plötzlich wie weggewischt. „Was genau meinen Sie mit Aggressionen?“

„Gewalt. Neigt Frau Coordes zur Gewalt?“

„Frau Coordes. Tomke Coordes. Zur Gewalt.“ Maarten glaubte, sich verhört zu haben. Was wollte dieser Büttner von ihm?

„Ich habe vor zwei Tagen mit ihren Eltern gesprochen,

und die waren sich einig, dass Frau Coordes schon immer sehr ... lebhaft war“, insistierte der Hauptkommissar.

„Ja, das stimmt. Aber, Sie werden mir sicherlich recht geben“, sagte Maarten kühl, „wenn ich behaupte, dass lebhaft zu sein mit einer Neigung zur Gewalt erstmal nicht allzu viel zu tun hat.“

„Natürlich nicht. Aber hat sie sich nicht immer auch zur Wehr setzen müssen, gegen ihre vier Brüder zum Beispiel?“

„Ja, sicher, bei vier Brüdern bleibt einem gar nichts anderes übrig. Aber, Herr Hauptkommissar, worauf wollen Sie eigentlich hinaus? Ich verstehe nicht, was Tomkes Verhalten in ihrer Kindheit mit dem Mordfall zu tun hat.“

„Nun, dann will ich es mal auf den Punkt bringen.“ Büttner räusperte sich vernehmlich und richtete sich in seinem Stuhl auf. „Sie hatten in unserem ersten Gespräch angedeutet, dass Hufschmidt den Mörder von Rautschek gesehen haben könnte.“

„Das war meine Vermutung, ja.“

„Soeben hatten wir die Gelegenheit, mit Hufschmidt zu sprechen, da er ja endlich vernehmungsfähig ist.“ Wieder ließ er ein Räuspern vernehmen und machte eine kurze Pause. „Tja, und da sagte er uns, dass er gesehen habe, wie Frau Coordes Herrn Rautschek das Messer in den Rücken rammte.“

Maarten, der gerade einen Schluck von seinem Kaffee nehmen wollte, blieb vor Schreck der Mund offen stehen und er starrte den Hauptkommissar mit weit aufgerissenen Augen an. „Sie machen Witze“, sagte er mit dünner Stimme, und fühlte, wie ihm das Blut aus dem Kopf in die Beine schoss. Ihm wurde für einen kurzen Augenblick schwarz vor Augen, und alles drehte sich plötzlich um ihn.

„Mit so etwas scherze ich grundsätzlich nicht. Mein Assistent, Herr Hasenkrug, wird bestätigen, dass Hufschmidt genau das gesagt hat.“

Hasenkrug nickte.

„Er muss im Fieberwahn sein, anders kann ich es mir nicht erklären."

„Er hat kein Fieber. Und er schien völlig klar."

„Er war tagelang bewusstlos. Da ist gar nichts mehr völlig klar." Maarten spürte, wie langsam eine unbändige Wut in ihm hoch kroch. Was nahm sich dieser Hauptkommissar heraus, Tomke eines Mordes zu beschuldigen! Eines heimtückischen Mordes! Tomke! „Ich fasse es nicht, dass Sie so etwas auch nur denken können!", fuhr er den Polizisten an.

„Ich denke gar nichts. Ich mache nur meinen Job und gebe Ihnen wieder, was Hufschmidt mir gesagt hat", brummte der Hauptkommissar ungehalten. „Und Sie werden einsehen, dass ich jeder Spur nachgehen muss, auch wenn sie zunächst noch so abwegig erscheint. Hier ist ein Mensch umgebracht worden, und ich kann und will es mir nicht erlauben, in irgendeiner Weise nachlässig zu sein."

„Natürlich", murmelte Maarten, „entschuldigen Sie bitte. Ich bin sicher, das wird sich schnell als Missverständnis herausstellen."

„Wüsste nicht, wo wir Hufschmidt da missverstanden haben sollten" mischte sich Hasenkrug ins Gespräch, der bis dahin nur still an seinem Kaffee genippt hatte.

„Dann will er vielleicht von sich selber ablenken. Genau!" Aufgeregt sprang Maarten auf. „Ich weiß nicht, ob Sie wissen, dass nicht nur Rautschek und Langhoff, sondern auch Hufschmidt einer der leitenden Ingenieure in diesem verdammten Windpark war. Und Hufschmidt muss von den Manipulationen der Pläne gewusst haben. Als ich ihn bat, mir auf einen Tipp von Rautschek hin die Pläne zu zeigen, hat er es verweigert. Steffen Rautschek wollte reden, genau wie Hauke Langhoff. Und beide sind jetzt tot, wie Sie wissen. Das kann kein Zufall sein!" Maarten holte tief Luft und schlug sich mit der Hand an die Stirn. „Dass ich da nicht viel früher drauf gekommen bin. Natürlich, Hufschmidt hatte ein Motiv. Er musste verhindern, dass die kriminellen Machenschaften bei der Erstellung der Pläne aufflogen. Aber wo, frage ich Sie, soll denn bitte schön das Motiv von Frau Coordes sein!?“

„Nun, das gilt es herauszufinden. Überhaupt gibt es in diesem verfluchten Fall noch eine ganze Menge herauszufinden. Und ich wäre Ihnen sehr dankbar, wenn Sie auch weiterhin kooperieren würden, Herr Doktor Sieverts.“ Mit diesen Worten stand Büttner auf und warf seinen Becher mit einem gezielten Wurf in den Papierkorb. „Wir kommen wieder auf Sie zu.“

Als die Polizisten gegangen waren, ging Maarten in Tomkes Zimmer zurück. Nach wie vor schien sie tief und fest zu schlafen. Als er aber nach seinem Buch griff, sagte sie plötzlich mit schwacher Stimme: „Schön, dass du da bist, Maarten.“

47

Er alleine konnte sie nun noch retten. Das würde sie zu schätzen wissen, da war er sich ganz sicher. Der Hauptkommissar hatte ihm geglaubt, und er würde ihm auch weiterhin glauben. Er würde froh sein, den Fall schnell aufklären zu können. Denn er machte weiß Gott nicht den Eindruck, als habe er besonders viel Lust, sich noch monatelang mit dieser Geschichte auseinanderzusetzen. Nun, das würde er allerdings müssen, wenn Tomke erstmal eingesehen hätte, dass er, Georg Hufschmidt, ihre einzige Chance war, nicht für lange Jahre hinter Gittern zu sitzen. Ja, sie würde auf Knien gekrochen kommen und ihn anflehen, seine Aussage zurückzunehmen. Und das würde er tun. Allerdings nur unter der Bedingung, dass sie fortan mit ihm zusammensein würde, dass sie ihm gehörte, dass sie sich ihm voll und ganz hingab. Und das wollte sie ja auch. Oh, was hatte sie sich geziert, damals, auf der Plattform! Sie war richtig wild geworden, was ihn in höchstem Maße erregt hatte. Er mochte Frauen, die so taten, als würden sie sich zur Wehr setzen, eigentlich aber nichts sehnlicher wünschten, als von einem starken und kräftigen Mann genommen zu werden. Beinahe hätten sie beide ihren Willen bekommen – wenn nicht diese bescheuerte Windkraftanlage genau im falschen Moment in sich zusammengefallen wäre. Ihm war in diesem Moment wohl irgendetwas gegen den Kopf geflogen. Jedenfalls war ihm plötzlich schwarz vor Augen geworden und er war zur Seite gekippt. Gerade in dem Moment als es mit Tomke schön wurde.

Aber seine Ohnmacht hatte nicht lange gedauert. Sie war schon in dem Moment vorbei gewesen, als ein Schwall schneidend kalten Wassers über ihn hinweg gegangen war. Er war an die Wand geschleudert worden, als die Flutwelle wieder zurückwich. Und er hatte gesehen, wie Tomke in den erbarmungslosen Strudel geriet, der alles, was nicht fest verankert war, mit sich in die raue, feindliche See riss. Gerade noch hatte er sie zu fassen gekriegt und sie zu sich gezogen. Sie war nicht ohnmächtig, aber ganz benommen gewesen und hatte ständig irgendetwas vor sich hingebrabbelt, was er nicht genau verstehen konnte. Aber es hatte sich angehört wie *Georg, Liebester, hilf mir!*. Also hatte er sie in einem günstigen Moment unter den Armen gefasst und hatte sie nach draußen geschleift, bis hin zur Brüstung, wo er sie in einer sicheren Einbuchtung abgesetzt hatte. Doch plötzlich hatte ihn wieder eine Welle erfasst und hatte ihn mit sich getragen. Mehr wusste er nicht mehr. Alles um ihn herum war schwarz geworden. Er war erst im Krankenhaus wieder erwacht.

Anscheinend hatte dieser verdammte Maarten Sieverts die Chance ergriffen, um sich bei Tomke lieb Kind zu machen. Die Schwester hatte ihm erzählt, dass er regelmäßig kam, stundenlang an ihrem Bett saß und ihr was vorlas. Wie albern! Als hätte eine Frau wie Tomke Spaß daran, wenn ihr jemand etwas vorlas! Er, Georg, hätte sie gestreichelt, ihr körperliche Wärme gegeben, ihr Zärtlichkeiten ins Ohr geflüstert. Sie hätte sich geborgen gefühlt. Vorlesen, pah! Aber vielleicht hatte er ja mit seiner Vermutung recht. Vielleicht war Sieverts tatsächlich schwul. Wahrscheinlich sogar. Nur Schwuchteln kamen auf die Idee, aus irgendwelchen Kinderbüchern vorzulesen. Kinderbücher! Bei einer Frau wie Tomke! Sieverts konnte wirklich nicht ganz dicht sein! Nun, umso besser. Vermutlich würde Tomke ihn in die Wüste schicken, sobald sie wieder aus ihrer Ohnmacht erwachte. Die Schwester hatte am Morgen gesagt, sie sei schon ab und an mal wach gewesen und habe auch schon gesprochen. Was genau, das hatte sie ihm nicht verraten wollen. Aber er konnte fühlen, dass sie nach ihm gefragt hatte.

Als Hauptkommissar Büttner bei ihm gewesen war und ihn zum Mord an Steffen Rautschek befragte, von dem Inka ihm schon gleich nach seinem Wachwerden erzählt hatte, war ihm plötzlich der geniale Einfall gekommen, Tomke zu beschuldigen. Zwar war er sich sicher, dass Tomke auch freiwillig mit ihm zusammen sein würde. Aber bei Frauen konnte man nie wissen. Plötzlich gerieten ihre Hormone durcheinander und sie stellten sich komisch an. Das kannte er von seiner Frau. Völlig ohne Grund hatte sie sich von ihm abgewandt, hatte es mit seinen Kapseln begründet, die ihn angeblich verändert hätten. Eines Abends hatte er sie trotzdem genommen, hatte sie gezwungen, mit ihm zu schlafen, ihm Befriedigung zu verschaffen. Schließlich war es ihre Pflicht, verdammt, sie war immer noch seine Ehefrau! Aber es hatte ihm keinen Spaß gemacht. Er hatte versucht sich vorzustellen, dass es Tomke war, mit der er Sex hatte, denn seine Frau reizte ihn eigentlich schon lange nicht mehr. Aber es war ihm nicht gelungen und sein Orgasmus geriet ziemlich kläglich. Nein, echte Ekstase würde er nur noch bei Tomke verspüren. Und schon bald würde es soweit sein. Was auch immer jetzt passierte, und was auch immer Tomkes Hormone taten, er hatte sie in der Hand. Es würde wunderschön werden.

48

Menschen wie Hayo Rhein gehörten hinter Gitter. Schon alleine dafür, dass sie waren, wie sie eben waren. Hauptkommissar Büttner war sich sicher, dass der Kerl, der, ausstaffiert wie ein Pfau, vor ihm saß, mit Sicherheit die ein oder andere Schweinerei auf dem Kerbholz hatte, für die man ihn locker ein paar Jahre einbuchten könnte – wenn es für diese Theorie denn Beweise gäbe. Schon immer hatte er dafür plädiert, Leute mit einem solch schmierigen Grinsen, wie es Rhein vor sich her trug, einfach mal wegzusperren, um ihnen beizubringen, dass die Menschheit an ihnen keinerlei Bedarf hatte.

Leider hatte die Durchsicht der Akten keinerlei Hinweis darauf ergeben, dass Rhein in irgendeiner Weise in die Machenschaften rund um die *Windlady II* eingeweiht oder gar involviert gewesen war. Alle Dokumente, die belegten, dass es Unregelmäßigkeiten bei der Planung gegeben hatte, trugen ausschließlich Naumanns Unterschrift. Und der war längst geständig. Zwar war er derzeit gegen Kaution und Auflagen wieder auf freiem Fuß. Aber er war erledigt, so viel stand fest. Seine Unterstützer aus Wirtschaft und Politik, die ihn auf den Vorstandsposten gehoben hatten, hatten ihn längst fallengelassen. Sie alle wuschen ihre Hände in Unschuld und überschlugen sich geradezu in öffentlichen Beteuerungen, von den kriminellen Machenschaften Naumanns selbstverständlich nichts geahnt, geschweige denn gewusst zu haben. Denn wäre ihnen dazu auch nur ansatzweise etwas zu Ohren gekommen, hätten sie ihn selbstverständlich umgehend von seinem Posten entfernt. Mit kriminellen Machenschaften, nein, da habe man noch nie etwas zu tun haben wollen. Naumanns Verhalten sei an Widerwärtigkeit kaum zu übertreffen, schade er doch damit dem guten Ruf des deutschen, wenn nicht gar des gesamten europäischen Unternehmertums, blabla.

„Wie kann es denn eigentlich sein, Herr Rhein, dass so wichtige Vorgänge, wie die technische Planung von Windkraftanlagen, vollkommen an Ihnen vorbeigehen?“, fragte Büttner gerade. „Ich meine, Sie gehören immerhin dem Vorstand an. Da kann es doch eigentlich kaum sein, dass Sie zum Beispiel die Konstruktionspläne nie zu Gesicht bekommen.“

„Doch, das kann sogar sehr gut sein“, erwiderte Rhein, knackte krachend eine Haselnuss und schob sie sich in den Mund. „Wissen Sie, Herr Kommissar ...“

„Hauptkommissar.“ Eigentlich hatte Büttner da keine Allüren, aber bei solchen Widerlingen, wie dem Rhein, bestand er diesbezüglich auf Korrektheit.

„Wissen Sie, Herr *Haupt*kommissar“, betonte Rhein den Titel nun überdeutlich, ohne jedoch von seinen Haselnüssen aufzusehen, „ich bin Jurist, kein Techniker. Ich bin somit der kaufmännische Vorstand, Naumann der technische. Mit seinen ... hm, Unregelmäßigkeiten habe ich also nichts zu tun. Ich könnte solch einen Plan nicht mal lesen.“

„Das wundert mich“, sagte Büttner und verzog süffisant lächelnd den Mund, „wenn man sich hier im Betrieb umhört, heißt es häufig, Sie würden sich grundsätzlich in alles einmischen und der Meinung sein, alles besser zu können als Ihre Mitarbeiter. Wobei es völlig egal sei, in welchem Bereich diese arbeiteten.“

„Wer sagt das!?“, donnerte Rhein los, sprang auf und schmiss den Nussknacker so heftig auf den Tisch, dass er eine Kerbe ins harte Holz schlug. „Name, Abteilung, Dienstgrad! Sagen Sie mir sofort, wer so was behauptet!“

„Setzen Sie sich wieder, Herr Rhein“, sagte Büttner betont ruhig, „ich bin derjenige, der hier die Fragen stellt, nicht Sie.“

Das war zuviel für Rhein. „Was erlauben Sie sich, so mit mir umzuspringen, Sie ... Sie ... Niemand! Ich werde mich über Sie beschweren! Ich bin bestens befreundet mit Ihrem obersten Boss, dem Innenminister, spiele regelmäßig mit ihm Skat. Damit sind Sie die längste Zeit auf ihrem Posten gewesen, Herr Kommissar.“

„Hauptkommissar“, berichtigte Büttner ihn erneut und zog eine Augenbraue in die Höhe. „Tun Sie, was Sie nicht lassen können. Hm“, fuhr er innerlich kochend, aber nach Außen immer noch ruhig fort, „Sie sagten, Sie seien kaufmännischer Vorstand, Herr Rhein. Dann müssten Sie ja spätestens bei den Kostenkalkulationen zur *Windlady II* stutzig geworden sein.“

Für einen kurzen Moment schien Rhein verunsichert, fasste sich aber sofort wieder, setzte sich hin und fuhr fort, seine Nüsse zu knacken. „Die ersten, die ich gesehen habe, waren okay“, sagte er schmatzend. „Die anderen, nämlich die, die jetzt für soviel Aufsehen sorgen, habe ich nie gesehen. Muss jemand hinterher drin rumgeschmiert haben.“

„Wenn das hier so ohne Weiteres möglich ist, würde ich mal behaupten, Sie haben ihren Laden nicht im Griff, Herr ... Vorstand“, bemerkte Büttner und legte seine ganze Verachtung in das letzte Wort.

Wieder fuhr Rhein wie von der Tarantel gestochen hoch und blitzte Büttner aus hasserfüllten Augen an. „Ich warne Sie zum letzten Mal, Büttner!“, stieß er zischend hervor, so dass ihm einzelne Nusskrümel aus dem Mund spritzten, „ich kenne ...“

„... den Innenminister, ich weiß“, vollendete der Polizist seinen Satz. „Falls es Sie interessiert, ich kenne ihn schon seit meiner Ausbildung. Wir haben uns auf der Polizeischule ein Zimmer geteilt.“

„Lüge!“, Rhein sah ihn jetzt mit einem so wahnsinnigen Blick an, dass Büttner endgültig überzeugt war, es hier mit einem ausgemachten Irren zu tun zu haben. „Niemals hätte sich Ralf Hünemann mit so einem wie Ihnen abgegeben!“

„Nun, da Sie ja so dicke mit ihm sind, wird es Sie ja keine Mühe kosten, das in Erfahrung zu bringen.“ Büttner stand nun seinerseits auf. „Vorerst habe ich keine Fragen mehr an Sie, Herr Rhein. Aber halten Sie sich bitte zu unserer Verfügung!“

„Was soll das heißen?“ Rhein funkelte ihn aus hasserfüllten Augen an.

„Nun, dass Sie sich bitte zu unserer Verfügung halten, bis der Fall abgeschlossen ist.“

„Ich reise morgen nach Dubai, habe da einen wichtigen Termin.“

„Ich fürchte, darauf müssen Sie vorerst verzichten.“ Mit einem spröden Lächeln fügte Büttner auf dem Weg zur Tür hinzu: „Ansonsten müsste ich Sie leider in Gewahrsam nehmen.“

„Das dürfen Sie gar nicht! Ich habe mit der Sache nichts zu tun! Ich schwöre, ich mache Ihnen die Hölle heiß, Büttner!“, rief Rhein aufgebracht mit sich überschlagender Stimme.

„Nun, das werden wir dann ja sehen.“ Mit diesen Worten ließ Büttner die Tür ins Schloss fallen.

„Rhein? Hayo Rhein?“ Innenminister Ralf Hünemann klang hörbar genervt. „Ja, habe schon öfter gehört, dass der sich mit unserer angeblichen Freundschaft brüstet. Aber glaube mir, David, die Zeiten sind schon lange vorbei. Es dürfte jetzt ungefähr sechs, sieben Jahre her sein, seit wir uns zum letzten Mal zum Skatspielen getroffen haben. Seither ist weitgehend Funkstille. Es sei denn, er will mal wieder jemanden in die Pfanne hauen, so wie dich jetzt. Dafür ist er sich nie zu blöd, auch wenn ich ihm schon mehrmals unmissverständlich gesagt habe, dass ich mit ihm nichts mehr zu tun haben will."

„Was ist passiert?", forschte Büttner neugierig.

„Wir hatten vorgehabt, eine gemeinsame Firma aufzubauen. Ich wollte aus dem Polizeidienst raus. Damals dachte ich noch, Rhein sei ein exzellenter Jurist. Da ich die besseren Beziehungen und auch mehr finanzielle Mittel hatte, habe ich einen Großteil der mit der Gründung verbundenen Arbeit und auch einen guten Teil der Finanzierung gestemmt. Habe zum Beispiel die ganze Büroeinrichtung bezahlt. Und die war richtig teuer. Für mich hätte ja auch `ne Nummer kleiner gereicht, aber Rhein in seiner Großkotzigkeit wollte schon damals im Luxus baden, obwohl er nichts hatte, absolut nichts. Damals hatte er sogar Schulden, weil einige seiner Projekte schon gescheitert waren."

„Aber du hast ihn trotzdem unterstützt?", fragte Büttner ungläubig. Er hatte Hünemann immer für einen guten Menschenkenner gehalten.

„Er konnte mir glaubhaft versichern, dass er mit den Pleiten nichts zu tun hatte. Immer gab er seinen Kompagnons die Schuld und konnte es auch begründen. Nun, es war natürlich alles ganz anders, wie sich später herausstellte. Noch heute führt er gegen seine ehemaligen Partner ausufernde Gerichtsprozesse."

„Gegen dich auch?"

„Er wollte. Aber nachdem ich Innenminister geworden war, traute er sich nicht mehr. Er hat die Klage zurückgezogen."

„Worum ging`s?"

„Ich habe unseren Partnerschaftsvertrag gekündigt, nachdem er sich einige haarsträubende Geschichten geleistet hatte. Er war und ist als Jurist `ne absolute Niete und hat einige unserer Mandaten bös in die Scheiße gerissen."

„Und wie kam er trotz all dieser Geschichten noch auf seinen jetzigen Posten?"

„Nun, sagen wir mal, jeden Tag steht ein Dummer auf. Er hat offensichtlich wieder jemanden gefunden, der ihn nicht gleich durchschaut hat."

„Man munkelt, er habe Kontakte zur höchsten politischen Ebene."

„Ja, davon gehe ich aus. Er hat sich rechtzeitig das passende Parteibuch zugelegt. Und du weißt ja, wie es da zugeht."

„Politik eben."

„Ja, Politik eben."

„Ralf, ich bin dir was schuldig."

„Ach was. Halte mich einfach auf dem Laufenden. Die Sache bei euch in Ostfriesland sitzt mir ziemlich im Genick."

„Ja, ist `ne saublöde Geschichte."

„Wir sehen uns am Samstag auf der Trauerfeier in Emden."

„Ja, da kommen wir wohl nicht drum herum."

„Wohl kaum. Manchmal hasse ich meinen Job, David, das kannst du mir glauben."

„Dann sind wir ja schon zwei. Mach`s gut, Ralf, man sieht sich."

Langsam ließ Büttner sein Handy in die Manteltasche gleiten. Dieser Hayo Rhein war ja wirklich mit allen schmutzigen Wassern gewaschen. Hoffentlich würde er noch einen Fehler machen. Dann würde es ihm, Büttner, ein wahrer Genuss sein, ihn so richtig durch den Fleischwolf zu drehen.

49

Sie hatte Angst, sobald es dunkel wurde. Und sie hatte Albträume, schreckliche Albträume. Manchmal wünschte sie sich, noch immer im Koma zu liegen und diese furchtbaren Bilder nicht sehen zu müssen, sobald sie einschlief. Immer und immer wieder wurde sie dann von einer riesigen, eisig kalten Welle erfasst, unkontrolliert herumgeschleudert und schließlich wie durch die Arme einer Riesenkrake in die Tiefe gerissen, wo es dunkler war als in der dunkelsten Nacht. Und dann war da plötzlich dieser Mann, der ihr was ins Ohr raunte, der sie aufforderte, irgendwas zu tun. Aber es war, als würde er eine ihr völlig fremde Sprache sprechen. Sie versuchte verzweifelt, den Inhalt seiner Worte zu erfassen, aber es gelang ihr nicht. Und dann tat er ihr weh. Sie wusste nicht, womit, aber es schmerzte ganz scheußlich, an den Armen, an den Beinen, am Rücken, am Kopf.

Doch auch wenn sie wach wurde, hatte sie Angst. Denn in ihrem Kopf herrschte eine absolute Leere. Sie versuchte sich zu erinnern, die Fragen ihrer Eltern und Geschwister zu beantworten, aber sie konnte es nicht. Alles war wie weggewischt. Das, was sie über das furchtbare Unglück wusste, hatte man ihr erzählt. Oder nicht? Nach all den Schauergeschichten wusste sie nicht mehr, woran sie sich tatsächlich erinnerte und woran sie nur meinte, sich zu erinnern, weil ihr über bestimmte Dinge so eindrücklich und bildhaft berichtet worden war, dass sie später glaubte, es genauso erlebt zu haben.

Die Ärzte und Schwestern baten ihre Besucher immer,

nicht allzu viel mit ihr über das Unglück zu sprechen, es würde sie zu sehr aufregen. Das tat es auch. All diese Toten! Aber dennoch wollte sie ganz genau wissen, was passiert war, ansonsten hätte sie wahrscheinlich doch nur Stunde um Stunde darüber nachgegrübelt und ihre zahlreichen Fragen wären unbeantwortet geblieben – was sie wahrscheinlich noch mehr unter Stress gesetzt hätte als die Wahrheit. Nur wenige ihrer Kollegen hatten die Katastrophe überlebt, und sie hatte keine Ahnung, warum es ausgerechnet ihr gelungen war, am Leben zu bleiben. Sie musste einen Schutzengel gehabt haben. Die Ärzte sagten, sie habe ihr Überleben wahrscheinlich nur ihrer guten körperlichen Konstitution zu verdanken. Nun, dachte sie bitter, da hatte sich ihr intensives Sportprogramm, mit dem sie sich seit Jahr und Tag mehrmals die Woche kasteite, doch endlich mal ausbezahlt.

Und dann war da Maarten. Ihre Mutter, die vor lauter Freude, dass ihre Tochter wieder bei ihr war, immer wieder in Tränen ausbrach, hatte ihr erzählt, dass Maarten jeden Tag und manchmal auch nachts an ihrem Bett gesessen, mit ihr gesprochen oder ihr etwas vorgelesen hatte. Und auch seit sie wieder wach war, kam er in jeder freien Minute zu ihr. Gerade erst war er wieder gegangen, um zur Trauerfeier zu gehen, die an diesem Mittag in der Neuen Kirche stattfinden sollte. Gerne wäre sie auch selbst dabei gewesen, um sich von ihren toten und vermissten Kolleginnen und Kollegen zu verabschieden, ihnen einen letzten stillen Gruß zu senden. Aber ihre diesbezügliche Bitte war bei den Ärzten auf taube Ohren gestoßen.

Und so lag sie hier, ganz alleine, und dachte über das nach, was ihr Leben so überraschend auf den Kopf gestellt hatte. Nichts würde mehr so sein wie zuvor. Jeden Tag würde sie für den Rest ihres Lebens an dieses grauenhafte Ereignis denken müssen, da war sie sich ganz sicher. Vielleicht würde der Gedanke an die Toten, die einen so grausamen und überflüssigen Tod hatten sterben müssen, eines Tages nicht mehr ganz so schmerzen, wie er es jetzt tat. Vielleicht würde die tiefe Wunde in ihrer Seele, die ihr bei jedem Atemzug fast körperliche Schmerzen bereitete, eines Tages verheilen. Aber es würden Narben bleiben, tiefe Narben, und sie würde sich fragen, warum ausgerechnet sie es war, die leben durfte, während es so vielen anderen nicht vergönnt war, jemals wieder einen Atemzug zu tun.

Am allermeisten trauerte sie um Steffen Rautschek, denn ihn hatte sie am besten gekannt. Mit ihm hatte sie sich immer freundschaftlich verbunden gefühlt, er war einfach ein toller und stets freundlicher Kollege gewesen. Mit Wärme und Dankbarkeit erinnerte sie sich an die Nacht, als er sie beim Kopieren der Pläne erwischt und so getan hatte, als hätte er nichts bemerkt. Und nun war er innerhalb kürzester Zeit bereits der zweite Ingenieur, der ihrem Team auf so grauenvolle Weise verloren ging. Auch Maarten schien Steffens Tod ziemlich mitzunehmen, denn er druckste immer nur so komisch herum, wenn die Sprache auf ihn kam und gab auf ihre Fragen nach den Umständen seines Todes nur ausweichende Antworten.

Tomke hatte sich gerade entschlossen, noch ein wenig zu schlafen und die Schwester zu bitten, ihr ein leichtes Beruhigungsmittel zu geben, damit sie nicht wieder von den schrecklichen Albträumen heimgesucht wurde, als sie einen Schatten vor der Scheibe zum Gang bemerkte. In dem Glauben, es sei eine der Krankenschwestern, hob sie den Arm und winkte. „Ich wollte nur fragen ...“, begann sie, als im nächsten Moment die Tür aufging, hielt dann aber perplex inne. „Ach du bist es“, lachte sie, als sie sah, wer da vor ihr stand, „ich dachte, es sei die Krankenschwester und wollte sie nach einem Schlafmittel fragen. Find ich aber nett von dir, dass du mal vorbeischaust, Georg. Maarten sagte schon, dass es dir schon länger wieder besser geht."

Georg nickte und sah sie, wie sie fand, ein wenig seltsam an. Vermutlich hatte er Hemmungen, sich mit ihr zu unterhalten, weil er so mir nichts, dir nichts in ihr Zimmer getreten war. Aber dazu gab es doch keinen Grund. Sie freute sich doch, wenn man sie nicht mit ihren Grübeleien alleine ließ. „Komm und setz sich ein wenig zu mir, Georg", sagte sie freundlich und zeigte auf den Stuhl neben ihrem Bett.

Georg sagte immer noch kein Wort, tat aber, wie ihm geheißen. Kritischen Auges streifte er das Buch, das auf Tomkes Nachttisch lag. Sie folgte seinem Blick und sagte munter: „Das sind die *Fünf Freunde im Nebel.* Maarten hat sie mitgebracht und mir daraus vorgelesen. Meine Mutter sagte, er habe mein Lieblingsbuch *Fünf Freude auf geheimnisvollen Spuren* und auch *Fünf Freund jagen die Entführer* ganz durchgelesen, während ich ... nun ja ... noch nicht wieder in dieser Welt war. Ist das nicht lieb von ihm? Weißt du, es waren meine Lieblingsbücher, als ich noch klein war, und Maarten hat sich daran erinnert."

Sie sah, wie Georg bei ihren Worten schauderte und rot anlief, maß dem aber keinerlei Bedeutung zu. Schließlich war auch er noch schwach auf den Beinen und musste sich erst daran gewöhnen, wieder ein paar Schritte am Tag laufen zu dürfen. „Entschuldige, Georg", sagte sie lächelnd, „ich quassele und quassele und hab dich noch nicht mal gefragt, wie es dir geht. Wie ich hörte, geht es aber stetig bergauf."

„Mir geht es gut", erwiderte Georg mit seltsam belegter Stimme, „sie haben mich auf die normale Station verlegt. Aber ich wundere mich doch etwas, dass du hier so munter vor dich hinbrabbelst." Er zog die Stirn in Falten und sah sie düster an. „Also, ich an deiner Stelle würde mich lieber fragen, wie es jetzt weitergeht. Schließlich haben wir es hier ja nicht mit einer Lappalie zu tun."

„Ach", sagte Tomke gedehnt, „natürlich ist das alles ganz furchtbar, was passiert ist. Aber vom Trübsal blasen wird es doch auch nicht besser. Wir müssen nach vorne schauen. Sieh mal, gerade in diesem Moment findet die Trauerfeier für unsere Kollegen statt, und wenn ich daran denke, wird mir ganz übel. Da bin ich froh, wenn mich hier jemand ein wenig ablenkt."

Georg räusperte sich. „Du kannst dich an nichts von dem erinnern, was auf der Plattform passiert ist, oder?", fragte er lauernd.

Tomke schüttelte leicht den Kopf. „Nein, absolut an nichts. Ehrlich gesagt, kann ich mich nicht einmal daran erinnern, überhaupt auf der Plattform gewesen zu sein. Wenn mir keiner was gesagt hätte, dann wüsste ich heute noch nicht, warum ich hier an diesen Kabeln hänge."

Sie stutzte. „Aber vermutlich ist es auch besser so", sagte sie dann, „alles andere wäre womöglich noch viel belastender." Sie drehte ihr Gesicht zu ihm. „Weißt du denn noch, was passiert ist?"

„Allerdings", sagte er kühl und durchbohrte sie mit seinen Blicken. Unwillkürlich zuckte sie zusammen. „Ist was?", fragte sie leise.

„Was würdest denn du sagen, wenn ich einen Menschen umgebracht hätte?"

„Du hast einen Menschen umgebracht?", rief Tomke und starrte ihn mit großen Augen entsetzt an.

„Nein, Tomke, ich nicht", stieß Hufschmidt hervor und seine Stimme klang plötzlich ganz rau. „Aber den armen Steffen Rautschek und die Polizei würde es sicherlich brennend interessieren, dass du ihn auf dem Gewissen hast."

„Ich ... habe ihn a- auf dem Gewissen?", stammelte Tomke. „Aber ... er ist doch bei dem Unglück ums Leben gekommen."

„Bei dem Unglück ja, aber nicht durch das Unglück." Er räusperte sich. „Oder wie soll ihm sonst ein Messer in den Rücken gekommen sein?“

„M-Mess...“ Tomke spürte, wie ihr das Blut aus dem Kopf wich und sich plötzlich alles um sie herum drehte. „Ich ... ich wusste ja nicht ...“, krächzte sie und hörte das Blut in ihren Ohren rauschen.

Georg grinste breit. Nun hatte er sie. „Du hast ihn umgebracht, Tomke“, setzte er noch eins drauf, und in Tomkes Kopf klang dieser Satz wie der immer wiederkehrende krachende Hieb eines Vorschlaghammers. *Du hast ihn umgebracht, Tomke, Du hast ihn umgebracht, Tomke, Du hast ihn umgebracht, Tomke ...*

Tomke merkte nicht mehr, wie sie laut anfing zu schreien und um sich zu schlagen. Als die Krankenschwester ihr Zimmer betrat, war Georg bereits gegangen, und nichts deutete mehr darauf hin, dass irgendetwas Außergewöhnliches passiert war. Die Schwester konnte sich Tomkes plötzlichen Ausbruch nicht erklären und rief einen Arzt herbei.

50

Maarten saß still an Tomkes Bett und hielt ihre Hand. Die Schwester hatte ihm gesagt, Tomke habe aus dem Nichts heraus einen Schreianfall bekommen und man habe ihr eine Beruhigungsspritze geben müssen. Vermutlich hänge ihr plötzlicher Ausbruch mit den traumatischen Erfahrungen zusammen, die sie habe machen müssen. Das käme schon mal vor.

Nach der Trauerfeier hatte Maarten sich wieder auf den Weg ins Krankenhaus gemacht, denn er hatte Tomke versprochen, ihr davon zu berichten. Natürlich hatte er ihr zunächst gesagt, dass er das für keine gute Idee halte, schließlich sei das Ereignis ganz bestimmt nicht dazu angetan, sie in ihrer Erholung zu unterstützen, aber sie hatte darauf bestanden. *Ich kann die Sache nur verarbeiten, wenn ich mich mit ihr auseinandersetze,* sagte sie. Also hatte er nachgegeben. Und nun saß er hier und sie war, aus welchem Grund auch immer, nicht ansprechbar.

Es war ganz furchtbar gewesen. Erst während der Trauerfeier war Maarten wirklich bewusst geworden, welch schreckliche Tragödie sich vor Borkum an der *Windlady II* ereignet hatte. Natürlich hatte er in den vergangenen zehn Tagen über fast nichts anderes mehr nachgedacht. Aber in dieser großen Kirche zu stehen, von Angesicht zu Angesicht mit den Angehörigen der nunmehr fünfzehn geborgenen Opfer, hatte ihm erst vor Augen geführt, welch unfassbares Leid über so viele Menschen hereingebrochen war. Zumeist junge Familien waren brutal auseinander, lebensfrohe Menschen von einem Moment auf den anderen aus der Mitte ihres Freundeskreises und geschätzte Kolleginnen und Kollegen aus ihrem beruflichen Umfeld gerissen worden.

Hunderte trauernde Menschen hatten den Weg in die Neue Kirche gefunden, um Abschied zu nehmen. Noch jetzt, Stunden später, spürte Maarten die nahezu gespenstische Stille in dem hohen Gewölbe der Kirche als schwere Last auf seinen Schultern liegen. Er hatte das Gefühl gehabt, vom unsagbaren Leid der Menschen, die sich vor den fünfzehn, in Reihe aufgestellten Särgen mit tränenverschleierten Augen verneigten, erdrückt zu werden. Wie viel Schmerz konnte ein Mensch ertragen, hatte er sich beim Anblick der Mütter, Väter, Ehepartner und Kinder gefragt, die, von den Tagen der Trauer gezeichnet, mit leeren Gesichtern der Trauerzeremonie folgten.

Nachdem der Pfarrer Worte des Trostes und der Hoffnung gefunden hatte, war Innenminister Ralf Hünemann sichtlich bewegt ans Mikrofon getreten und hatte eine lückenlose Aufklärung des Unglücks versprochen. In seiner Ansprache waren die Worte *unverantwortliche Schlamperei*, *Profitgier* und *Machtgeilheit* ebenso gefallen wie *Demut vor den Kräften der Natur* und *Rückbesinnung auf Werte und Tugenden.* Und wenn Maarten nicht alles täuschte, war Hünemanns Blick dabei mehrfach zu Hayo Rhein gewandert, der mit teilnahmslosem Gesichtsausdruck in der ersten Reihe gestanden und sich, zum Unverständnis aller, bereits im Vorfeld geweigert hatte, im Namen der Unternehmensführung ein paar Worte zu sprechen. Das hatte dann der Vorsitzende des Betriebsrates übernommen, denn Naumann, dem man ja inzwischen die wissentliche Unterstützung bei der Manipulation der Konstruktionspläne nachgewiesen hatte, war von den Angehörigen seiner Opfer unmissverständlich aufgefordert worden, sich nicht in der Kirche blicken zu lassen, ansonsten könne es passieren, dass das Haus Gottes durch eine Gewalttat entweiht würde.

Nach der Trauerfeier hatte Maarten nicht gleich zu Tomke fahren wollen, da er das Gefühl hatte, sie mit seiner negativen Stimmung nicht belasten zu dürfen. Also war er mit Franziska an die Knock gefahren, hatte sich mit ihr in ein Restaurant gesetzt, und sie hatten meist schweigend den Wellen zugeschaut, die sich ungewöhnlich träge an das Ufer schleppten und sich der trüben Stimmung des Tages anzupassen schienen.

Zu jedem anderen Zeitpunkt hätte Maartens Herz sofort höher geschlagen, als er den Klumpen aus Hefeteig am Büffet entdeckte, den die Ostfriesen als *Mehlpütt* bezeichneten und den er seit Kindertagen nicht mehr gegessen hatte. Aber heute hatte er ihn nur mit deutlich gedämpfter Begeisterung zur Kenntnis genommen und Franziska erklärt, worum es sich bei diesem Gericht handelte, das man bevorzugt mit gekochten Birnen in einer angedickten Soße aß.

Franziska war dann mit ins Krankenhaus gekommen, um Tomke endlich hallo zu sagen. Nachdem die Krankenschwester aber den Vorfall geschildert hatte, hatte sie sich mit sorgenvoller Miene wieder verabschiedet und verkündet, sie würde dann am nächsten Tag wiederkommen, wenn es Tomke hoffentlich wieder besser ginge.

Rund zwei Stunden waren seither vergangen und Maarten wollte so lange warten, bis Tomke wieder wach war. Vielleicht konnte sie ihm erzählen, was die Ursache für ihren plötzlichen Schreikrampf gewesen war. Draußen war es bereits dunkel, als sie schließlich die Augen aufschlug. Sie lächelte, als sie Maarten am Bett sitzen sah. Im nächsten Moment aber trat Panik in ihren Blick, und sie schlug sich die Hand vor den Mund. Tränen traten in ihre Augen.

„Was ist los, Tomke?“, fragte Maarten besorgt und

strich ihr eine Locke aus der Stirn. „Hast du wieder schlecht geträumt?“

Statt einer Antwort fing Tomke laut schluchzend an zu weinen.

„Sag mir, was passiert ist“, sagte Maarten flehend, „nur dann kann ich dir helfen, Tomke.“

„Ich ... ich ha ... habe Steffen umgebracht, stimmt’s?“, stammelte sie unter lauten Schluchzern.

Maarten hatte das Gefühl, ihm würden die Beine weggerissen. Fassungslos starrte er Tomke an. „Wer sagt das?“, krächzte er.

„Ge ... Georg war hier und hat gesagt, ich hätte Steffen ein Messer in den ... in den Rücken gerammt. Aber Maarten“, rief sie verzweifelt auf und warf die Arme in die Luft, „das kann doch gar nicht sein! Ich meine, warum sollte ich so was tun? Ich ... ich kann mich an nichts erinnern“, fügte sie fast flüsternd hinzu und sah plötzlich sehr erschöpft aus. „Ich versuche es ja, aber ich kann mich an nichts erinnern.“

Maarten konnte nicht glauben, was er da hörte. Georg war tatsächlich zu Tomke ins Zimmer gekommen, um ihr zu sagen, sie habe ihren Kollegen umgebracht!? Was bezweckte er damit? Was bezweckte er überhaupt mit seiner haarsträubenden Aussage, die er gegenüber der Polizei gemacht hatte? Irgendetwas musste vorgefallen sein, was Georg dazu veranlasste, sich an Tomke zu rächen. Aber was? Dass Tomke mit dem Mord an Rautschek nichts zu tun hatte, stand für Maarten außer Frage. Auch nicht für eine Sekunde hatte er daran gezweifelt, dass Georg Hufschmidt gegenüber der Polizei eine Falschaussage gemacht hatte. Aber was, verdammt, trieb dieses Arschloch dazu, Tomke in ihrem ohnehin geschwächten Zustand so dermaßen in Schwierigkeiten zu bringen und die Tatsache, dass sie sich an nichts mehr erinnerte, so schamlos auszunutzen?

„Glaub mir, Tomke, du hast mit dem Tod von

Rautschek überhaupt nichts zu tun“, sagte Maarten bemüht ruhig, obwohl er gerade in der Stimmung war, Hufschmidt sein offensichtlich krankes Hirn aus dem Kopf zu blasen. „Georg hat dir da totalen Schwachsinn eingeredet. Oder kannst du dich vielleicht daran erinnern, mit Rautschek irgendeine Auseinandersetzung gehabt zu haben? Und selbst wenn. Du wärst doch niemals in der Lage, irgendeinem Menschen aus welchem Grund auch immer Gewalt anzutun. Und woher, frage ich dich, solltest du überhaupt das Messer haben. Sei vernünftig, Tomke, und denk nicht mehr darüber nach!“

Bei seinen letzten Worten musste Maarten tief schlucken, weil er selbstverständlich wusste, dass es nicht mehr lange dauern würde, bis die Polizei Tomke mit dieser absurden Anschuldigung Hufschmidts konfrontieren würde. Und er war sich nicht sicher, ob es nicht vielleicht besser wäre, Tomke schonend auf den Besuch der Polizei vorzubereiten.

„Aber wieso sagt er so etwas, Maarten? Ich meine, was hätte er denn für einen Grund, es einfach so zu behaupten, wenn er es nicht gesehen hätte? Aber“, fügte sie mit schleppender Stimme hinzu, „meinst du nicht, Maarten, dass ich mich an irgendwas erinnern könnte, wenn ich wirklich so eine furchtbare Tat begangen hätte?“

„Ach, Tomke, denk bitte einfach nicht mehr darüber nach. Ich gehe jetzt mal zu Georg und werde das klären.“ Mit einem gezwungen Lächeln fügte er, obwohl er es besser wusste, hinzu: „Bestimmt hat er sich nur einen geschmacklosen Scherz erlaubt. Es wird sich alles aufklären, da bin ich ganz sicher.“ Er wandte sich zur Tür und sah sich noch mal um. „Ich bin gleich zurück, Tomke.“

51

Was bildete sich dieses überhebliche Schwein eigentlich ein!? Ihn vor versammelter Mannschaft zur Rede zu stellen und ihn einen Lügner zu nennen! Ausgerechnet ihn, der doch nur bemüht war, der Wahrheit zu ihrem Recht zu verhelfen! Da hatte er gestanden, dieser Sieverts, direkt vor seinem Bett und hatte ihn angeschrien, er solle verdammt noch mal seine Anschuldigungen gegen Tomke zurücknehmen, ob er, Georg Hufschmidt, denn total durchgedreht sei. Und alle im Krankenzimmer hatten zugehört, einschließlich seiner Frau, die schließlich am ganzen Körper angefangen hatte zu zittern. Er hatte genau beobachtet, wie die Ohren seiner Bettnachbarn immer größer wurden, wie sie gelauscht hatten, als Sieverts ihn einen Psychopathen nannte.

Er! Ein Psychopath! Da hörte sich doch alles auf! Nur weil er ab und zu mal eine Kapsel nahm, die ihn beruhigte, war er doch noch lange kein Psychopath! Und er hatte doch genau gesehen, wie Tomke den Kollegen Rautschek umgebracht hatte. Er hatte es gesehen, mit seinen eigenen Augen, da war er sich jetzt absolut sicher. Und hatte sie es nicht selbst zugegeben? Ja, er erinnerte sich genau. Sie hatte angefangen zu jammern und gesagt, sie habe ihn umgebracht. Genau. Wörtlich hatte sie gesagt *Ich habe ihn auf dem Gewissen*, als er an ihrem Bett gesessen hatte. Erst gestern Mittag war das gewesen.

Er war hinterher ganz aufgewühlt gewesen, und hatte schnell eine der roten Kapseln genommen, die ihm seine Frau auf seine Anweisung hin ins Krankenhaus geschmuggelt hatte. Die dumme Kuh, seine liebe Gattin, hatte sich doch tatsächlich weigern wollen. Ha! Ihm seine Kapseln verweigern, wo er dem Tod doch gerade erst von der Schippe gesprungen war und ohne seine Kapseln immerzu von Albträumen geplagt wurde! Nein, damit war sie nicht durchgekommen. Er hatte sie an die Nacht erinnert, als er sich seinen Spaß mit ihr einfach geholt hatte, als sie sich schon mal verweigert hatte. Oh, da war sie aber kleinlaut geworden, als er ihr androhte, es zu wiederholen, sobald er zuhause sei. Ganz brav hatte sie ihm dann die Kapseln mitgebracht, gleich hundert Stück. Ja, genauso wollte er es haben. Genauso wollte er seine Frau haben. Klein und demütig. Und schon sehr bald würde er sie für immer los sein. Denn hatte Tomke ihn nicht angelächelt, als er zu ihr gekommen war? Ja, sicherlich hatte sie erkannt, was er für sie auf sich genommen hatte. Schließlich war es gar nicht so einfach, in ein Zimmer der Intensivstation zu gelangen, zu dem eigentlich keiner Zugang hatte. Aber er hatte viel Geduld gezeigt, sich Ecke für Ecke und Nische für Nische vorgekämpft, bis er es schließlich geschafft hatte, unbemerkt in Tomkes Zimmer zu schlüpfen. Oh ja, sie hatte sich sehr gefreut ihn zu sehen. Und es war ganz bestimmt nicht schön für ihn gewesen, ihr dann mitzuteilen, dass sie einen Mord auf dem Gewissen hatte. Aber was konnte er anderes tun? Musste man nicht ehrlich zueinander sein, wenn man sich liebte?

Nun war er wieder zuhause, heute Morgen hatten sie ihn entlassen. Seine Frau hatte ihn abgeholt, und er hatte sich gleich zuhause genommen, was ihm zustand, ihm, als Ehemann. Nein, sie würde ihm nie wieder widersprechen, da konnte er ganz sicher sein. Aber dieser Sieverts, der zeigte sich von seiner, Georgs, Überlegenheit völlig unbeeindruckt. Der stand einfach da und schrie ihn an. Oh, er hätte ihn auf der Stelle erwürgen können! Aber er hatte sich selbst zur Ordnung gerufen, hatte an Tomke gedacht, daran, dass sie ohne ihn unglücklich werden würde. Also war er ganz ruhig geblieben. Denn er musste ja dafür sorgen, dass es Tomke gut ging. Tja, dass sie so dumm gewesen war, Rautschek zu ermorden, was er ja mit eigenen Augen gesehen hatte, da konnte man nun nichts mehr dran ändern. Aber sie würde nicht ins Gefängnis gehen, dafür würde er schon sorgen. Er würde sich um sie kümmern.

Und diesen Sieverts, den würde er auch aus dem Weg räumen. Keiner durfte mit ihm, Georg Hufschmidt, so umspringen, wie der es getan hatte. Was fiel dem eigentlich ein, sich als Tomkes Beschützer aufzuspielen! Tomke hatte in ihm, Georg, ihren treuen Beschützer gefunden. Und ihr Lächeln hatte ihm ganz deutlich gezeigt, dass sie schon lange darauf gewartet hatte, dass er sich zu ihr bekannte. Nun, nicht jeder hatte solch ein großes Herz wie er und würde sich freiwillig einer Mörderin annehmen. Aber er war ja auch nicht jeder. Er war Georg Hufschmidt. Und er würde diesem Sieverts ganz klar zu verstehen geben, wo sein Platz war. Und er wusste auch schon wie.

52

Maarten startete mit denkbar schlechter Laune in die neue Woche. Er konnte es immer noch nicht fassen, dass Hauptkommissar Büttner darauf bestand, Tomke weiterhin als Verdächtige zu behandeln. Nachdem er seinen Auftritt in Hufschmidts Krankenzimmer gehabt hatte, war er direkt ins Kommissariat gefahren und hatte nochmals versucht, Büttner klarzumachen, dass Tomke mit dem Mord an Rautschek ganz bestimmt nichts zu tun habe. Aber der hatte auf stur geschaltet und ihm mitgeteilt, dass er seine Ermittlungen gegen Tomke selbstverständlich fortsetzen werde, schließlich sei sie aufgrund von Hufschmidts Aussage die Hauptverdächtige im Mordfall Rautschek. Und er habe noch nicht erkennen können, wo Hufschmidts Motiv liegen solle, ihn, Büttner, anzulügen.

Für den heutigen Mittag hatte sich Büttner zu einer ersten Vernehmung Tomkes im Krankenhaus angemeldet. Die Ärzte hatten dafür grünes Licht gegeben, denn Tomkes Zustand war nun stabil genug. Maarten wurde ganz schlecht bei dem Gedanken, was Tomke würde durchmachen müssen, wie verzweifelt sie sein würde. Er hatte den Hauptkommissar gebeten, bei der Vernehmung anwesend sein zu dürfen. Aber der hatte ihn abblitzen lassen. Das könne er schon ganz gut alleine, hatte er gesagt und Maarten dabei spöttisch angeguckt, er sei nämlich schon groß. Fast hätte Maarten sich zu einer passenden, wenngleich beleidigenden Erwiderung hinreißen lassen, sich aber dann doch noch beherrscht.

Büttner gegen sich aufzubringen brachte gar nichts, sondern würde die Situation nur unnötig verschlechtern. Und das konnte nicht in Tomkes Sinne sein. Nun, sie würden da schon wieder herauskommen. Und wenn Hufschmidt weiterhin auf seiner Schwachsinnsaussage bestand, dann musste man ihn eben eines Besseren belehren. Schließlich hatte bisher noch keiner nachgefragt, welche Rolle Hufschmidt eigentlich bei der Manipulation der Konstruktionspläne gespielt hatte. Aber das konnte man ja schnell nachholen, wenn er nicht freiwillig zur Vernunft kam.

Bevor Maarten an diesem Morgen ins Büro fuhr, machte er einen Abstecher nach Pewsum, um Nicolas und Tilman abzuholen. Endlich sollte es mit der Firmenbesichtigung klappen, die er ihnen versprochen hatte. Die beiden Jungen hüpften schon aufgeregt vor dem Haus herum und winkten heftig, als Maarten vorfuhr. Sonja stand lächelnd daneben, bückte sich dann und setzte Tilman die Mütze auf, die er sich vom Kopf gerissen und ihr vor die Füße geworfen hatte.

„Moin, Jungs“, sagte Maarten und bemühte sich um einen möglichst fröhlichen Tonfall, auch wenn ihm nicht danach zumute war. Er boxte beiden Brüdern spielerisch an die Schulter und erntete im Gegenzug ein paar Hiebe an den Oberschenkel. Lachend umarmte er Sonja und fragte dann die Jungs, ob es losgehen könne, denn schließlich erwarte die Firma heute ihre neuen Mitarbeiter. Er habe gehört, sie hießen Nicolas und Tilman Langhoff und seien die besten Ingenieure, die sich die Welt nur vorstellen könne.

Nicolas lachte schallend auf und machte Tilman dann Zeichen in Gebärden, die er gemeinsam mit seinem Bruder spielerisch im Kindergarten beigebracht bekam. Daraufhin ließ auch Tilman ein glucksendes Lachen vernehmen und warf die Arme hoch. Maarten bedeutete ihnen, ins Auto einzusteigen. Sonja hatte die Kindersitze bereitgestellt, montierte sie rasch, nachdem Maarten sich dabei völlig mit dem Gurt verheddert hatte und sie ratlos ansah, und half den Kindern dann hinein. Fröhlich winkend fuhren sie wenig später los.

So viel Aufmerksamkeit wie an diesem Morgen hatte Maarten noch nie bekommen, wenn er die Firma betrat. *Na, heute mal den Nachwuchs dabei* war die am häufigsten geäußerte Bemerkung der Kollegen, gleich gefolgt von *Na, wollt ihr dem Papa heute mal zur Hand gehen.* Eigentlich hatte er ja gedacht, es habe sich inzwischen herumgesprochen, dass er Single und kinderlos war. Aber vielleicht dachten die Leute auch einfach nicht darüber nach, ob das, was sie so daher sagten, irgendwie Sinn machte. Als er sah, wie Nicolas bei dem Wort *Papa* immer irritiert die Augenbrauen zusammenzog, beeilte er sich zu erklären, dass es sich bei den beiden Jungen um die Söhne von Hauke Langhoff handelte, worauf man schlagartig nur noch betroffene oder peinlich berührte Gesichter sah.

„Na“, wandte er sich mit einem fröhlichen Lächeln an die Jungen, „was soll ich euch denn als erstes zeigen?“

„Die großen Windmühlen!“, rief Nicolas mit glänzenden Augen und machte mit den Armen eine ausladende, kreisende Bewegung, die wohl sich drehende Rotorblätter symbolisieren sollten. Tilman sah seinen Bruder interessiert an und warf dann seinerseits lachend die Arme in die Luft.

„Gut, dann gehen wir als erstes mal in die Halle, wo die großen Mühlenflügel gebaut werden. Aber ihr müsst mir versprechen, dass ihr immer an meiner Hand bleibt, wenn ich es euch sage. In der Halle gibt es nämlich viele große Maschinen, und ich möchte nicht, dass ihr von einer von ihnen überfahren werdet oder dergleichen“, sagte Maarten.

„Passt schon!“, erwiderte Nicolas betont cool und fing sogleich an, seinem kleinen Bruder die Worte in Gebärden zu übersetzen. Maarten wunderte sich, wie schnell die kleinen Knirpse das gelernt hatten, obwohl sie doch erst im Sommer damit begonnen hatten.

Die Besichtigung der großen Maschinen und Anlagen riss die Jungen immer wieder zu Begeisterungsstürmen hin. Nicolas hörte gar nicht mehr auf, Fragen zu stellen und war sehr bemüht, diese und auch Maartens Antworten so gut es eben ging für Tilman verständlich zu machen. Der allerdings zeigte noch wenig Interesse an den technischen Details, sondern schlug eher bei optischen Reizen, wie zum Beispiel einer blinkenden Anzeigetafel oder einer sich drehenden Kurbelwelle, begeistert die kleinen Hände zusammen.

„So, und jetzt gehen wir hoch in mein Büro und schauen mal, ob Franziska nicht vielleicht eine Tasse Kakao und ein paar Kekse für euch hat“, sagte Maarten, als sie die letzte Halle durchquert und er einen vom vielen lauten Reden völlig ausgetrockneten Rachen hatte.

„Gibt's auch Kinderschokolade?“, fragte Nicolas so kess, dass Maarten lachen musste.

„Ja, du kleiner Naseweis“, sagte er und zog an dem Bommel seiner Mütze, „für dich gibt es auch Kinderschokolade.“ Insgeheim beglückwünschte er sich dazu, dass er beim Telefonat mit Sonja daran gedacht hatte, sie zu fragen, ob die Jungen irgendwelche Lieblingssüßigkeiten hatten – außer den guten Berlinern in der Neutorstraße natürlich.

Gemeinsam fuhren sie den verglasten Fahrstuhl hinauf, und die Jungen wussten gar nicht, wohin sie zuerst schauen sollten, so fasziniert waren sie von dem großen Glasbau, der sich um sie herum erstreckte und auf dessen Dach das gleichmäßige Prasseln des Herbstregens zu hören war.

„Franziska, hier sind zwei kleine Leckermäuler, die nach Kakao und Kinderschokolade verlangen“, rief er, als er sein Vorzimmer betrat. Seine Assistentin sah zu ihm auf und lächelte die Kinder freundlich an. Maarten bemerkte jedoch gleich, dass es sie Mühe kostete, ein so freundliches Gesicht zu machen und zog fragend die Augenbrauen hoch. Sie verzog das Gesicht und machte ihm Zeichen, alleine mit ihm sprechen zu müssen. „Geht doch schon mal vor in mein Büro“, sagte er zu den Jungen und schob sie zur Tür, „ich bringe euch sofort die Schokolade.“

„Inka ist bei dir im Büro“, verkündete Franziska, „sie meinte, sie müsse was Dringendes mit dir besprechen.“

„Ach, sie auch? Hier geht es ja heute zu wie auf dem Bahnhof“, frotzelte er. „Na, umso besser, dann soll sie sich solange um die Kinder kümmern, wie wir zwei uns unterhalten und dann kümmere ich mich um sie.“ Sprach’s und verschwand im Büro, um gleich darauf ohne die Jungen wieder herauszukommen.

„Und, macht sie den Babysitter?“

„Ja, kein Problem. Sie hat gleich ihre Muttergefühle entdeckt und nach Papier und Stiften gegriffen. Sie will mit den Jungen ein Bild malen. Ich bringe schnell den Kakao und die Schokolade rein und bin dann sofort wieder bei dir.“

„Und, warum guckst du so ernst?“, fragte er, als er alles erledigt hatte.

„Vorhin war ein Arbeiter hier. Er hat sich mit Kalle vorgestellt und meinte, er kennt dich vom ... ähm ... Bosseln?“

„Das heißt Boßeln, mit langem O. Macht übrigens Spaß, solltest du auch mal versuchen, solange du hier bist.“

„Nun, was auch immer das ist, kennst du ihn?“

„Wen?“

„Kalle.“

„Ja, wenn es der Kalle ist, den ich gerade vor Augen habe, dann kenne ich ihn. Wir haben zusammen in Canhusen ...“

„... geboßelt.“

„Richtig."

„Typ Schrank, Mittelalter, kaum noch Haare."

„Ja, ja, das ist er. Ist ein ... war ein guter Freund von Hauke. Was wollte er denn?"

„Er hat mir diesen Stapel Zettel auf den Schreibtisch gelegt und gesagt, du sollst sie dir mal anschauen."

„Was steht drin?" Maarten war sich sicher, dass Franziska ihm diese Arbeit schon abgenommen hatte, und genauso war es auch.

„Leider nicht viel Gutes. Es sieht so aus, als hätte Kalle die Ursache der Verätzungen gefunden, die der armen Frau Fellinger das Leben gekostet haben." Franziska schob Maarten die Zettel hin, auf denen sie einige Stellen mit grünem Textmarker angestrichen hatte.

Er warf einen Blick darauf und schluckte. „Wenn ich das richtig verstehe, sind Säuren aus unserer Produktion in die Nordsee gelangt."

„Und das nicht aus Versehen, ja", nickte Franziska und runzelte die Stirn.

„Du meinst, sie wurden absichtlich draußen im Meer verklappt?"

„Sieht ganz so aus. Was hätten sie sonst auf der Plattform zu suchen?"

Maarten setzte sich Franziska gegenüber auf einen Stuhl und rieb sich die Schläfen. So langsam konnte er die Hiobsbotschaften nicht mehr ertragen. In was für einen Moloch war er hier nur geraten? Gab es eigentlich irgendeine kriminelle Handlung, die bei der *N.S.OffshorePower Ltd.* noch nicht verübt worden war?

„Wir müssen es der Polizei sagen", sagte Franziska in seine Gedanken hinein.

„Ja, das müssen wir. Gibt es irgendeinen Hinweis darauf, wer für diese Schweinerei verantwortlich ist? Hat Kalle was dazu gesagt?"

„Leider nein."

„Hm. Wäre ja auch zu einfach gewesen. Weißt du, wo

Kalle jetzt ist?“

„Er sagte, du findest ihn an seinem Arbeitsplatz.“

„Okay, ich gehe mal schnell zu ihm und mache mit ihm für heute Abend ein Treffen aus.“

Er stand auf und ging zunächst in sein Büro. Was er da sah, trieb ihm trotz der erneuten Hiobsbotschaft ein Lächeln auf das Gesicht. Inka saß, einen kleinen Jungen an jeder Seite, im Schneidersitz auf dem Teppichboden und kritzelte irgendwas in einen Schreibblock. Die Jungen schauten ihr mit offenen Mündern zu, die Augen vor Staunen weit aufgerissen. „Guck mal, Maarten“, rief Nicolas, als er ihn eintreten sah, „Inka kann ganz toll zeichnen und Geschichten dazu erzählen! Und in den Geschichten reimt sich alles, obwohl sie sagt, sie hat sich das gerade erst ausgedacht. Boah, das will ich auch können!“

„Bestimmt kannst du das auch, wenn du mal groß bist“, lachte Inka und knuffte ihm in die Seite. Sie schien sichtlich Spaß an den Jungen zu haben.

„Hast du noch ein wenig Zeit, Inka?“, fragte Maarten. „Ich müsste noch mal schnell weg in die Produktion.“ Er schilderte ihr in schnellen Worten, was Kalle herausgefunden hatte und bemerkte, wie bei seinen Worten mehr und mehr die Farbe aus ihrem Gesicht wich. „D-das kann d-doch nicht sein“, stotterte sie und war sichtlich geschockt.

„Leider doch. Sieht ganz so aus, als wären hier noch mehr Leichen im Keller als gedacht. Also“, fügte er hinzu, „hast du noch ein paar Minuten Zeit?“

„K-klar. Kein Problem. Geh du nur.“

„Au ja“, rief Nicolas begeistert, der von dem Stimmungswandel anscheinend nichts mitbekommen hatte. „Erzählst du noch mal die Geschichte vom kleinen Pinguin, Inka?“

Maarten drehte sich um und ging in sein Vorzimmer. „Ich bin dann mal weg“, sagte er.

„Ich müsste mal schnell zu Tomkes Sekretärin rüber, sie hat da ein paar Sachen, die sie nicht auf die Reihe kriegt. Ist das okay oder soll ich auf dich warten?“, rief Franziska ihm hinterher.

„Nee, geh ruhig, Inka ist ja da“, rief er zurück.

Kopfschüttelnd kam Maarten einige Zeit später zurück. Er hatte nur wenige Minuten mit Kalle gesprochen aber das reichte, um ihm das Blut in den Adern gefrieren zu lassen. „Das kann doch alles nicht wahr sein“, murmelte er vor sich hin. Franziska war nicht an ihrem Platz, aber die Tür zu seinem Büro stand sperrangelweit offen. War Inka etwa mit den Jungen hinausgegangen? Maarten stutzte, als er aus dem Büro ein leises Wimmern hörte, dann ein Stöhnen. Mit schnellen Schritten ging er hinein um zu sehen, womit diese seltsamen Geräusche zu erklären waren.

Doch was er dann sah, raubte ihm für einen Moment den Atem und er japste laut auf. Vor ihm auf den Boden, ganz in der Nähe der Tür, lag Inka mit einer Platzwunde am Kopf, aus der in einem kleinen Rinnsal das Blut floss. Sie wälzte sich stöhnend hin und her und schien nicht wirklich bei Bewusstsein zu sein. In die hintere Ecke des Büros gekauert saß Nicolas, die Knie angezogen und die Hände über dem Kopf zusammengeschlagen. Er wimmerte und sah Maarten aus angsterfüllten Augen an.

„Wo ist Tilman?“, flüsterte Maarten, als er den kleinen Jungen nirgends entdecken konnte. Er musste weggelaufen sein. Er eilte zu Nicolas hinüber, ging langsam in die Hocke und hob seinen kleinen Kopf am Kinn an. „Wo ist dein Bruder, Nicolas? Ist er weggelaufen?“

Nicolas schluchzte laut auf und warf sich Maarten in die Arme. „Er ... er hat ihn mitgenommen“, schluchzte er verzweifelt und Maarten spürte die Zuckungen, die durch seinen kleinen Körper gingen.

Maarten glaubte, sein Herz würde aufhören zu

schlagen. Ihm wurde schwarz vor Augen und es gelang ihm kaum, einen klaren Gedanken zu fassen. „Wer, Nicolas, wer hat Tilman mitgenommen?“ Er bemühte sich, seine Stimme nicht zu nervös klingen zu lassen und drückte den Jungen fest an sich.

„Ein Mann.“

„Wie sah dieser Mann aus?“

„Gr-groß.“

„Und wie noch?“

„Gr-groß.“

„Was ist denn hier los?“, hörte Maarten im nächsten Moment die erschrockene Stimme von Franziska.

„Wir ... brauchen einen Krankenwagen. Und die Polizei. Schnell, Franziska!“, keuchte Maarten.

53

Minuten später wimmelte es bei der *N.S.OffshorePower Ltd.* von Polizisten. Sie durchkämmten alle Hallen und Gebäude vom Dach bis zum Keller, setzten dabei ihre Spürhunde ein. Ohne Erfolg. Der kleine Tilman blieb wie vom Erdboden verschluckt.

„Hexerei“, murmelte Maarten vor sich hin, „es kann nur Hexerei sein.“ Er war doch nur wenige Minuten weg gewesen. Wie um alles in der Welt hatte der Kerl es in dieser kurzen Zeit geschafft, Inka niederzuschlagen, sich den Jungen zu schnappen und ihn dann noch am helllichten Tag unbemerkt aus dem Gebäude zu schaffen? Das war doch völlig unmöglich! Er warf einen Blick auf seine Kollegin Inka, die sterbensbleich in einem Sessel saß und gerade vom Notarzt einen Kopfverband angelegt bekam. „Wie geht es ihr?“, fragte er leise.

„Es ist Gott sei Dank nur eine Platzwunde“, sagte der Arzt, „und vermutlich eine leichte Gehirnerschütterung. Sie wird bald wieder okay sein. Irgendwas muss ihr über den Kopf gezogen worden sein. Geht es so, Frau Henzler?“, wandte sich der Arzt dann an Inka. Sie nickte, sagte aber kein Wort. Sie stand ganz offensichtlich unter Schock.

Von der Tür her war ein lautes Prusten und Stöhnen zu vernehmen. Irritiert warf Maarten, der immer noch den kleinen Nicolas an sich drückte, einen Blick über die Schulter. Hatte es etwa noch ein Opfer gegeben, das sie bisher übersehen hatten? Aber als sein Blick auf den Türrahmen fiel, sah er unter diesem Hauptkommissar

Büttner stehen, der sich die Hand aufs Herz gelegt hatte und wie ein Fisch auf dem Trocknen und mit hochrotem Kopf nach Luft schnappte. „Alles klar mit Ihnen, Herr Kommissar?“, fragte Maarten besorgt. Das hätte ihm gerade noch gefehlt, dass der ermittelnde Beamte jetzt auch noch einen Herzanfall bekam!

„Geht schon“, schnaufte Büttner, „die Kollegen von der Spurensicherung haben die Fahrstühle blockiert und pinseln darin herum. Haben mich nicht reingelassen. Musste die Treppen nehmen.“ Er schaute Maarten mit finsterem Blick an. „Schleppen Sie mal mein Gewicht drei Stockwerke hoch. Das ist kein Spaß, kann ich Ihnen versichern.“ Nur gut, dass er die spöttischen Gesten seines Assistenten Sebastian Hasenkrug nicht sehen konnte, der hinter seinem Chef stehen geblieben war und sich nun mit theatralischem Gesichtsausdruck scheinbar den Schweiß von der Stirn wischte und sich dann ans Herz griff und strauchelte.

Zu jedem anderen Zeitpunkt hätte Maarten sicherlich darüber geschmunzelt, aber in diesem Moment war er fest davon überzeugt, nie wieder in seinem Leben auch nur ein Lächeln über die Lippen zu bringen. Er schaute zu Franziska, die an seinem Schreibtisch saß, auf ihren Fingernägeln kaute und einen nach dem anderen mit beinahe hektischem Blick musterte, als könne sie unter den Anwesenden Hinweise auf den Aufenthaltsort von Tilman finden. Die quirlige Franziska, die immer für jedes Problem sofort eine Lösung fand, haderte offenbar mit dieser Situation der völligen Machtlosigkeit. Aber wer tat das nicht.

„Ich will zu meinem Kind!“, hörte Maarten plötzlich eine kreischende Stimme aus seinem Vorzimmer und ihm war, als würde sich in diesem Moment eine eiskalte Hand um sein Herz klammern und es ihm aus dem Körper reißen. Sonja! Die Polizei hatte ihr Bescheid gegeben und hergebracht. Wie um alles in der Welt sollte er ihr jemals wieder ins Gesicht sehen können!? „Mama!“, schrie Nicolas und sprang von Maartens Schoß hinunter, um sich im nächsten Moment in die Arme seiner Mutter zu stürzen. Die brach unter der plötzlichen Last zusammen, und nun saßen Mutter und Sohn schluchzend am Boden, klammerten sich aneinander und boten in ihrer tiefen Traurigkeit ein Bild des Jammers.

Der Notarzt warf einer jungen Frau in Sanitäterkleidung einen auffordernden Blick zu und machte mit dem Kopf eine Geste in Richtung Sonja und Nicolas. Sie nickte, ging neben den beiden in die Hocke und sprach leise auf sie ein. Dann griff sie Sonja unter den Arm, half ihr auf und führte sie gemeinsam mit ihrem kleinen Sohn zum Sofa. Wie eine Marionette ohne Fäden ließ sich Sonja in die Polster fallen, ihren Muskeln schien jegliche Spannung verloren gegangen zu sein. Als die junge Sanitäterin etwas zu ihr sagte, hob Sonja erstmals den Kopf und schaute Maarten direkt in die Augen. Ihr Blick war leer und dennoch meinte er, darin einen stummen Vorwurf zu lesen. *Du hast nicht auf meinen Jungen aufgepasst*, schien dieser Blick zu sagen, *obwohl du es mir versprochen hattest.* Aber sie sagte nichts, sondern schien nur durch ihn hindurch zu sehen. Apathisch strich sie Nicolas immer wieder über den Kopf, der regungslos an ihrer Schulter lehnte.

Ja, Maarten fühlte sich schuldig. Hätte er die Jungen nicht mit Inka alleine gelassen, dann wäre das alles nicht passiert. Er hatte versagt. Er hatte diese verschissene Geschichte mit den Chemikalien über sein Versprechen gestellt, auf Nicolas und Tilman Acht zu geben. Franziska würde ihm später immer wieder sagen, dass es nicht seine Schuld sei, dass keiner habe ahnen können, dass so etwas passieren würde. Aber das stimmte nicht. Er hatte eine unmissverständliche Warnung bekommen, dass er sich aus der Sache heraushalten solle, wenn er nicht wolle, dass ihm oder einer ihm nahe stehenden Personen etwas zustieß. Er hatte diese Warnung nicht ernst genug genommen. Und jetzt war es passiert. Doch, er war schuld, er ganz allein.

Hauptkommissar Büttner blickte mit gerunzelter Stirn auf die schweigenden Menschen im Raum und hasste plötzlich seinen Job so sehr, wie er es niemals für möglich gehalten hätte. Nahm denn die Spirale aus Schrecken, Trauer und Gewalt nie ein Ende? Anstatt auch nur den Ansatz einer Lösung zu den zahlreichen Verbrechen zu finden, die alle ihren Ursprung unter diesem Dach zu haben schienen, drehte sich die Spirale von Tag zu Tag schneller, riss dutzende Menschen und Schicksale einfach mit sich und ließ die Polizei wie einen dummen Schuljungen dastehen, der auch am nächsten Tag seine Hausaufgaben wieder nicht gemacht haben würde.

Er war bei der Vernehmung von Tomke Coordes gewesen, als ihn der Anruf aus der Polizeizentrale erreichte. Sie hatte einen sehr vernünftigen und gefassten Eindruck gemacht und all seine Fragen bereitwillig beantwortet. Im Ergebnis aber hatte diese Befragung nichts gebracht, denn Frau Coordes schien an die Ereignisse auf der Plattform keinerlei Erinnerung mehr zu haben, was ihm auch von dem behandelnden Arzt bestätigt worden war. Er wusste, dass man Mördern selten ansah, dass sie Mörder waren. Viele sahen sogar aus, als könnten sie kein Wässerchen trüben. Aber sein Gefühl sagte ihm, dass er bei der Coordes tatsächlich an der völlig falschen Adresse war, wenn es um den Mord an Rautschek ging. Und das ärgerte ihn. Denn damit ging ihm sein einziges Puzzleteil verloren, das ihm in diesem Fall in die Finger gespielt worden war. Er würde sich nun diesen Georg Hufschmidt noch mal intensiver vorknüpfen müssen, um herauszubekommen, was ihn dazu trieb, Tomke Coordes zu beschuldigen, eine Mörderin zu sein. Verfluchter Mist! Innenminister Ralf Hünemann rief schon jeden Tag an und fragte nach den

Fortschritten seiner Ermittlungen. Fortschritte! Pah! Die Anzahl der Fortschritte reichte nicht mal für einen Nebensatz. Würde Hünemann sich hingegen nach den Rückschlägen erkundigen, könnte Büttner ihm problemlos eine ganze Vorlesung halten. Und jetzt noch das! Eine Kindesentführung! Das war für jeden Polizisten der Super-Gau. Da konnte man nur verlieren. Ganz egal, wie die Geschichte letztlich ausging.

Büttner räusperte sich vernehmlich, um den Frosch aus seiner Kehle zu vertreiben, der sich beim Anblick des ganzen Elends da eingeschlichen hatte. „Ich würde jetzt gerne all jenen ein paar Fragen stellen, die zum Zeitpunkt der Entführung für den kleinen Jungen verantwortlich oder in seiner Nähe waren“, sagte er mit rauer Stimme.

Seine Wortwahl traf Maarten wie ein Hammerschlag. *Die zum Zeitpunkt der Entführung für den kleinen Jungen verantwortlich waren.* Ja, das war er gewesen. Aber nicht in seiner Nähe. Das alles hier konnte nur ein Albtraum sein. Aber sooft er sich auch kniff, er wachte nicht auf, sondern musste sich ihm stellen. Jede Sekunde, jede Minute, jede Stunde. Gerne hätte er Sonja ein paar tröstende Worte gesagt, aber seine Kehle war wie zugeschnürt, sein Mund wie ausgedörrt. Und er hatte Angst. Angst, sie könne ihm die Wahrheit ins Gesicht brüllen, ihn für alles verantwortlich machen. Auf der anderen Seite wünschte er sich, sie würde es endlich tun. Dann wäre wenigstens diese schreiende Stille vorbei, die sich wie Blei auf seine Schultern senkte und ihn zu erdrücken drohte.

54

Minutenlang ließ er sich das heiße Wasser einfach nur über den Körper laufen. Seine Haut war schon krebsrot, aber das störte ihn nicht. Er hatte das dringende Bedürfnis, sich zu reinigen. Der Ausdruck *Sich von der Schuld reinwaschen* war ihm für einen kurzen Moment durch den Kopf geschossen, als er in die Duschwanne gestiegen war, und der Satz hatte bitterer geschmeckt als Galle. Hauptkommissar Büttner hatte ihn gleich nach der Vernehmung nach Hause geschickt, obwohl er, Maarten, darauf bestanden hatte, sich an der Suche nach Tilman zu beteiligen. Aber schließlich hatte er einsehen müssen, dass das nichts bringen würde. Nun stand vor seiner Tür eine Zivilstreife und beobachte ihn. Die Polizei nannte es Personenschutz, Maarten bezeichnete es als Kontrollposten, der verhindern sollte, dass er sich doch noch in die Suche einmischte und womöglich, so hatte sich Büttner ausgedrückt, die Polizeiaktion gefährdete.

Franziska hatte sich entschlossen, ihn nach Hause zu begleiten, um ihn, wie sie sagte, nicht ganz alleine mit seinen düsteren Gedanken zu lassen. Allerdings hatte er den Eindruck, dass es in erster Linie sie war, die das Alleinsein derzeit nicht ertragen konnte. Aber dennoch war er dankbar, jemanden zum Reden zu haben und nicht nur stumpf auf das Telefon starren zu müssen, immer in der Hoffnung, dass Entwarnung gegeben wurde.

Nach dem Duschen verzichtete Maarten darauf, sich erstmal nur im Bademantel aufs Sofa zu setzen, wie er es sonst gerne tat, sondern zog sich wieder Jeans und

Pullover an, um sofort aufbrechen zu können, wenn es Neues gab und jemand nach ihm verlangte. Es würde eine lange Nacht werden, so viel stand fest.

Franziska hatte vorgeschlagen ihnen eine Kleinigkeit zu kochen, während er unter der Dusche war. Aber alleine der Gedanke an Essen verursachte bei ihm einen Würgereiz. Also setzten sie sich nur ins Wohnzimmer, schenkten sich zur Beruhigung einen Cognac ein und sprachen noch mal über die Ereignisse der letzten Tage. Sie versuchten, sich jede Kleinigkeit noch mal zu vergegenwärtigen und hofften, dadurch doch noch auf ein winziges Detail zu stoßen, dass sie vielleicht nicht ernst genommen oder einfach übersehen hatten und das sie womöglich auf die Spur des Täters führte. Aber so sehr sie sich auch die Köpfe zerbrachen, es führte zu keinem Ergebnis.

Die Nacht verging, ohne das etwas Besonderes passierte. Hin und wieder brachten Maarten oder Franziska den Polizisten eine Tasse Kaffee ans Auto und unterhielten sich kurz mit ihnen. Gegen Morgen fiel Maarten auf dem Sofa sitzend in einen unruhigen Schlaf, aus dem er immer wieder aufschreckte und dann enttäuscht feststellen musste, dass er all die schrecklichen Dinge nicht geträumt hatte, sondern dass die Entführung von Tilman grausame Realität war.

Es musste in etwa halb acht am Morgen sein, als es plötzlich klingelte. Aufgeregt sprang Maarten auf und rannte an die Tür. Als er sie öffnete sah er sich einem Jugendlichen von vielleicht fünfzehn Jahren gegenüber, der ihm einen Briefumschlag entgegenstreckte. „Soll ich hier abgegeben“, murmelte er und trat gleich, nachdem Maarten den Brief entgegengenommen hatte, wieder den Rückzug an. Sein Gesicht weitete sich vor Schrecken, als sich ihm plötzlich zwei Männer in den Weg stellten, ihm ihre Polizeimarken unter die Nase hielten und ihn fragten, was er hier am frühen Morgen so Wichtiges zu erledigen habe.

„I-ich s-sollte doch nur den Brief abgeben", stammelte er, und sein Gesicht bekam eine tiefrote Farbe.

„Was ist denn das für ein Brief?", fragte einer der Polizisten.

„K-keine Ahnung. Ich bin hier um die Ecke die Straße runtergelaufen und da kam ein Mann auf mich zu und hat mich gefragt, ob ich den Brief hier abgeben kann."

„Bist du sicher, dass er gesagt hat *abgeben* und nicht *einschmeißen*?", hakte der Polizist nach.

Der junge Mann sah sich verstohlen um. „Das ist hier aber nicht die versteckte Kamera, oder so", sagte er dann und zog die Stirn in Falten.

„Wohl kaum", knurrte der Polizist. „Würdest du jetzt bitte auf meine Frage antworten."

„Wie war die noch gleich?"

„Abgeben oder einschmeißen. Was hat der Kerl gesagt?"

„Abgeben. Er meinte, dass es dringend ist. Deshalb nicht einschmeißen, sondern abgeben."

„Hast du was dafür bekommen?"

„Logo. Fünf Euro. Sonst hätte ich's ja nicht gemacht. Und was soll das jetzt alles hier?"

„Die Fragen stellen wir."

„Kann ich dann gehen?"

„Wohin willst du denn gehen?"

„Na, zur Schule."

„Welche Schule?"

„JAG ... ähm ... Johannes-Althusius-Gymnasium."

„Du wartest hier, bis wir den Brief geöffnet haben. Und wenn wir dann noch Fragen an dich haben, wartest du noch länger."

„Aber ... dann komme ich zu spät. Ich hab doch Mathearbeit."

„Na, bei deiner Ausdrucksweise hast du ja Glück, dass es keine Deutscharbeit ist. Wir fahren dich dann rüber."

„Nee, bloß nicht, wie peinlich wäre das denn!"

Ohne ein weiteres Wort bedeutete der Polizist Maarten, ihm den Brief auszuhändigen. Als er ihn in der Hand hatte, riss er ihn auf und schon im nächsten Moment zeigten sich auf seiner Stirn tiefe Furchen.

„Wie sah der Mann aus, der dir den Brief gegeben hat?", fragte er den Jungen.

„Na, so`n Typ eben."

„So genau wollte ich es gar nicht wissen. Also ..."

„Ungefähr ein Meter achtzig vielleicht, Kapuzenpulli. Hab sein Gesicht nicht gesehen, war ja noch dunkel. Ist das hier ein Kriminalfall, wie im Tatort, oder was?"

„Ist dir an dem Kerl was aufgefallen? Stimme, Akzent, Tätowierungen, irgendwas?"

„Nee, nichts."

„Hm. Ich ruf mal `nen Kollegen, der nimmt dich dann mit auf die Wache. Da kannst du deine Aussage zu Protokoll geben."

„Aber meine Mathe..."

„Musste nachschreiben."

„Boah, ey, wie Scheiße ist das denn! Dann hab ich doch alles wieder vergessen, was ich gelernt habe!", rief der Junge entsetzt.

Der Polizist zuckte mit den Schultern, griff zum Telefon und orderte einen Streifenwagen, der den Jungen zur Polizeiwache bringen sollte. Dann wandte er sich Maarten zu, der vor Ungeduld von einem Fuß auf den anderen tippelte und endlich wissen wollte, was in diesem ominösen Brief stand. Inzwischen hatte sich auch Franziska zu ihnen gesellt und blickte fragend von einem zum anderen.

„Leider keine schöne Sache, Herr Doktor Sieverts", murmelte der Polizist und reichte ihm den Zettel. Kaum, dass Maarten den ersten Blick darauf geworfen hatte, fingen seine Hände an zu zittern.

„Was steht drin?", fragte Franziska heiser, riss ihm den

Zettel aus der Hand und las:

wenn ein kleines kind verschwindet,
ist's viel arbeit, bis man`s findet,
doch abschied wird für immer sein,
wenn du nicht endlich kehrest heim.

„Oh, mein Gott“, flüsterte Franziska, „nicht schon wieder.“

„Was heißt das, nicht schon wieder? Haben Sie schon mal einen solchen Brief bekommen?“, fragte der Polizist.

„J-ja, so ähnlich“, stammelte Maarten. „Kommissar Büttner weiß darüber Bescheid.“

„Und wer sind Sie?“, wandte sich der Polizist an Franziska.

„Ich bin seine Assistentin. Franziska Bintz ist mein Name.“

„Nun, Frau Bintz, Herr Doktor Sieverts, dann möchte ich Sie beide bitten, uns aufs Revier zu begleiten.“

55

Was sollte das heißen, er habe die Polizei angeschwindelt!? Aber er hatte doch ganz genau gesehen, wie Tomke den Rautschek umgebracht hatte. Er sah es noch vor sich, *Zack!* war das Messer in seinen Rücken eingedrungen. So oft hatte er die Szene schon gesehen, immer wieder, Tag und Nacht. Aber gut, wenn sie ihm nun nicht mehr glaubten, umso besser. Dann war seine geliebte Tomke ja jetzt frei, und sie könnten endlich in ihre gemeinsame Zukunft starten. Jetzt war nur noch eine Kleinigkeit zu erledigen, die Sache mit dem Geld. Aber das hatte er ja nun im Griff. Ihnen blieb ja gar nichts anderes übrig, als das Geld zu bezahlen. Sonst saßen sie ganz schön in der Scheiße. Ha! Dass er soweit gehen würde, das hätten sie nicht gedacht, die Weicheier! Die würden dumm gucken, wenn er mit der Rechnung käme! Ja, so war das, wenn man andere Leute immerzu unterschätzte und sich selber für die Größten hielt. Dabei war er schlauer als alle anderen, und das hatte er ja jetzt bewiesen. Die Polizei, dieser dicke Kommissar, hatte ihn nach dem Kind gefragt. Und seine Frau hatten sie auch gefragt. Aber was wusste die schon, die blöde Kuh. War ja nie in der Lage gewesen, selbst Kinder in die Welt zu setzen, hatte ihre Rolle als Frau immer falsch verstanden. Karriere wollte sie machen. Pah! Wo sie doch einen so cleveren Mann hatte, der ihr alles bieten konnte. Aber nun wollte er sie nicht mehr. Er würde mit Tomke glücklich werden, und die würde froh sein, nicht mehr arbeiten zu müssen. Denn hatte sie nicht immer laut aufgestöhnt, wenn er sie um einen Gefallen gebeten hatte? Nein, sie wollte gar nicht arbeiten. Und das Geld würde jetzt er heranschaffen. Heute noch. Mensch, so schlau wie er musste man erstmal sein, einen so cleveren Coup zu landen! Nach dem Kind hatten sie gefragt. Aber was wusste er schon von einem Kind, haha!

Tomke lag immer noch im Krankenhaus. Aber er ging davon aus, dass sie in zwei, drei Tagen entlassen würde. Dann war sie endlich wieder alleine. Ganz alleine in ihrer Wohnung. Und dann würde er zu ihr gehen und sie würden es sich schön machen. Bestimmt wartete sie schon ungeduldig darauf. Er würde nur seinen Koffer mit Geld dabei haben, sonst nichts. Und dann würde er sie reich beschenken, ihr jeden Wunsch von den Augen ablesen. Ach, das gab ein Fest! Endlich leben, endlich frei sein! Als erstes würde er diese bescheuerten Kapseln in den Müll schmeißen, denn die brauchte er dann ganz bestimmt nicht mehr. Sie hatten ihm geholfen, in einer schweren Zeit, als es ihm schlecht ging, als er das Gefühl gehabt hatte durchzudrehen. Aber dank der Kapseln war er das ja nicht. Ja, bei all der Scheiße, die um ihn herum passierte, hatten sie ihm wirklich geholfen, normal zu bleiben. Gott sei Dank. Dann konnte er sie ja nun endlich loswerden. Nur noch wenige Tage.

56

„Es hat doch alles keinen Sinn“, sagte Maarten und rieb sich über die von einer durchwachten Nacht verquollenen Augen. Er fühlte sich noch elender als am Tag zuvor, hatte er doch gehofft, dass Tilman schon sehr bald wieder zu seiner Mutter und seinem großen Bruder zurückkehren würde. Aber wie schon die ganze letzte Zeit tappte die Polizei auch jetzt wieder im Dunkeln. Genauso wie er. Er musste sich eingestehen, dass er auf ganzer Linie versagt hatte. Er war in Ostfriesland geblieben, um herauszufinden, warum sein Freund Hauke hatte sterben müssen. Doch über eine vage Ahnung war er nicht hinausgekommen. Und auch alle anderen Vorfälle schienen ihm noch so verworren, dass man unmöglich von einem Fortschritt reden konnte. Nein, es war eine ziemlich dämliche Idee gewesen anzunehmen, er eigne sich zum Detektiv, zum großen Aufklärer und Heilsbringer. Er würde die Sache hier beenden. Denn ohne ihn kam man hier sicherlich besser zurecht.

„Ich reise ab“, sagte er, „sobald wie möglich.“

„Du reist ab?“, rief Franziska entsetzt. „Wie stellst du dir das denn vor? Du kannst uns doch hier nicht alleine lassen! In dieser Situation!“

„Du kannst ja mitkommen“, sagte er müde.

„Darum geht es doch gar nicht, Maarten“, antwortete sie empört, „hier sitzen alle im Schlamassel und du ...!“

„Und ich ... ich habe ihnen diesen Schlamassel eingebrockt!“, stieß Maarten hervor.

„So ein Quatsch“, fauchte Franziska, „nun versink hier

mal nicht im Selbstmitleid! Wir müssen Tilman finden, das ist alles, was zählt. Sonja sitzt zuhause und weiß nicht, wohin mit ihrer Angst. Sie dreht fast durch und kann nichts tun, außer zu warten. Sie durchlebt die Hölle, Maarten, und du willst den Schwanz einkneifen und abreisen! Dass du dich nicht ...“

„So ganz unrecht hat Herr Doktor Sieverts gar nicht“, wurde sie von Hauptkommissar Büttner unterbrochen, der ihrem kleinen Disput interessiert zugehört und dabei auf seinem Mettbrötchen gekaut hatte. Gerade griff er zu einer Papierserviette, um sich die Finger abzuwischen. „Sie erinnern sich an das Schreiben, Frau Bintz? Darin wird Herr Doktor Sieverts unmissverständlich aufgefordert heimzukehren.“ Er kräuselte die Lippen und sah Franziska durchdringend an. „Und damit war bestimmt nicht gemeint, er solle zu seinen Eltern nach Groß Midlum fahren. Oder sehen Sie das anders?“

„Sie meinen, er soll diesem Arschloch von Erpresser nachgeben?“, rief Franziska aufgebracht. „Glauben Sie wirklich, dass das was bringen würde?“

„In diesem Fall ja.“ Büttner stand auf, um sich eine Tasse Kaffee einzuschenken. „Möchten Sie auch einen?“, fragte er und sah von einem zum anderen.

„Ja, bitte“, sagte Maarten und nahm gleich darauf eine dampfende Tasse entgegen. Franziska hingegen winkte ab und sah den Kommissar herausfordernd an.

„Sehen Sie, Frau Bintz“, fuhr Büttner fort, „Ihr Chef scheint sich hier zu einem echten Feindbild gemausert zu haben, zumindest für die Leute, die all die Schweinereien, die hier so vorgefallen sind, zu verantworten haben. Anscheinend bilden sie sich ein, dass sie einfach so weiter machen können wie zuvor, wenn er nicht mehr da ist.“

„Das ist doch ...“, setzte Franziska an.

„Quatsch. Klar.“, unterbrach Büttner sie mit einer schneidenden Handbewegung. „Dazu sind inzwischen schon viel zu viele Personen involviert. Und die Polizei schläft ja auch nicht ... auch wenn wir zugegebenermaßen bisher noch nicht allzu viel zur Aufklärung des Schlamassels beitragen konnten. Nun, wie auch immer. Zumindest der Entführer des Kindes scheint davon auszugehen, dass sein einziges Problem in der Person von Maarten Sieverts liegt.“

„Das ist doch völlig irrational“, knurrte Franziska und fuchtelte mit der Hand vor ihrem Gesicht herum. „Total gagga.“

„Der Täter fühlt sich in die Enge getrieben, da handelt er nicht zwingend rational. Glauben Sie mir, Frau Bintz, da habe ich in meiner Amtszeit schon so manches verquere Verhalten erlebt, bei dem lediglich noch die Psychologen leuchtende Augen bekamen. Jeder Normalsterbliche aber wollte angesichts so mancher Absurdität am liebsten in den Tisch beißen und konnte kaum glauben, wie viel Dummheit in einem einzigen Menschen stecken kann.“

„Und Sie gehen tatsächlich davon aus, dass der kleine Tilman freigelassen wird, wenn Maarten nach New York zurückkehrt?“ Franziskas ungläubiger Gesichtsausdruck ließ noch immer nicht darauf schließen, dass sie dieser Vermutung viel abgewinnen konnte.

„Einen Versuch wäre es wert.“

„Einen Versuch wäre es ... das heißt, Sie würden nur so tun wollen, als wenn Maarten abreiste und in Wirklichkeit ...“

„Nein, nein“, fuhr Büttner dazwischen, „er sollte schon in den Flieger nach New York steigen. Ich gehe davon aus, dass er genau beobachtet wird. Sollte der Täter merken, dass er getäuscht wird ... nun, das wäre wohl eher kontraproduktiv.“

„Ich werde abreisen“, mischte sich nun Maarten wieder in das Gespräch ein. „Alles andere wäre der reine Wahnsinn, ich denke, da haben Sie ganz recht, Herr Büttner.“

„Ja, wenn Ihnen die Sicherheit des Jungen am Herzen liegt, dann tun Sie das“, nickte Büttner. „Außerdem kann ich auch für Ihre eigene Sicherheit nicht mehr garantieren.“

Maarten winkte mit einer müden Geste ab. „Es geht um Tilman. Um sonst nichts. Ich fahre jetzt nach Hause und packe meine Koffer. Franziska, schau doch bitte nach einem baldigen Flug, am besten von Bremen aus.“

Franziska sah nach wie vor wenig begeistert aus, sie nickte aber und hob ergeben die Arme. „Na gut“, sagte sie, „wenn ihr es so haben wollt, dann fahre ich jetzt ins Büro und buche den Flug.“

„Ja“, erwiderte Büttner, „und erzählen Sie jedem, der Ihnen über den Weg läuft, dass Ihr Chef abreist. Ob der es wissen will oder nicht. Und Herr Doktor Sieverts“, wandte er sich an Maarten, „Sie tun bitte das Gleiche, sagen Sie allen Bescheid, die Sie kennen. Sollte mich wundern, wenn der lütte Langhoff dann nicht schon heute Abend wieder zuhause wäre.“

Nur wenige Stunden später stand Maarten am Abflugterminal in Bremen und checkte ein. Er würde zunächst nach Frankfurt, dann weiter nach New York fliegen. Franziska hatte es sich nicht nehmen lassen, ihn persönlich an den Flughafen zu begleiten, und auch seine Schwester Wiebke hatte sich spontan freigemacht und war mitgekommen.

„Jule schickt dir dann wieder ein Fax, wenn Daniel und ich einen neuen Termin für unsere Hochzeit haben“, flachste Wiebke, als sie ihm einen letzten Kuss auf die Wange drückte, aber ihre Stimme klang sehr dünn. Keinem von ihnen war wirklich zum Scherzen zumute, solange Tilman nicht wieder sicher zuhause war. „Waren unsere Eltern sehr traurig, als du dich so plötzlich verabschiedet hast?“

Maarten zuckte mit den Schultern. „Sie waren überrascht. Aber als ich ihnen erklärt habe, worum es geht, da haben sie es natürlich verstanden. Mutter hat mir dann noch `ne Tupperdose Grünkohl eingepackt", grinste er schwach und klopfte auf sein Handgepäck, „ich fürchte nur, dass man sie mir an der Zollkontrolle wegnimmt, wenn man sie findet. Eigentlich darf man nach Amerika ja keine Lebensmittel einführen."

„Na dann, good luck!", sagte Franziska. „Ich werde mich hier noch um ein paar Angelegenheiten kümmern, dann komme ich sobald es geht nach. Ohne mich bist du ja ansonsten völlig aufgeschmissen."

„Das kann man wohl sagen", knurrte Maarten. Ein Schatten fiel über sein Gesicht. „Bitte gebt mit sofort Bescheid, wenn es was Neues von Tilman gibt", sagte er eindringlich, „bitte, sofort!"

„Natürlich, sobald wir was wissen, werden wir versuchen, dir auf allen möglichen Wegen einen Nachricht zukommen zu lassen, kein Thema", nickte Franziska.

„Und ... Tomke. Bringt es ihr bitte schonend bei. Ich ... hatte nicht die Kraft, noch mal bei ihr vorbeizufahren. Ich ... dann hätte ich womöglich meine Meinung geändert", sagte er und sah plötzlich um Jahre gealtert aus.

„Ich fahre gleich zu ihr und erklär ihr alles", versprach Wiebke. „Sie wird es verstehen."

„Und außerdem bist du ja nicht aus der Welt", ergänzte Franziska betont fröhlich und tätschelte ihm freundschaftlich den Rücken, „sie kann dich ja bald mal besuchen kommen."

Maarten deutete ein Nicken an, sagte aber nichts. Er spürte, wie ihm beim Gedanken an Tomke, die er jetzt womöglich für immer verloren hatte, die Tränen in die Augen schossen. Schnell drückte er seinen beiden Begleiterinnen noch einen Kuss auf die Wange, dann drehte er sich abrupt um und passierte das Gate.

57

„Na, Gott sei Dank!“, rief Hayo Rhein begeistert aus und klatschte kurz und heftig in die Hände, nachdem er die Bürotür hinter sich geschlossen hatte, „endlich sind wir den Querulanten wieder los!“ Da lief doch dieses Flittchen von Sieverts, diese Franziska, durch die Gänge und heulte rum, dass ihr Chef noch am selben Tag wieder nach New York zurückkehren würde. Für immer. Nun, besser konnte es doch gar nicht laufen! Ihm war ja von Anfang an klar gewesen, dass der keinen Arsch in der Hose hatte, dieser Möchtegern-Großkotz! Er hatte dieser Flachpfeife von Naumann gleich gesagt, dass er sich mit dem das Unglück ins Haus hole. Aber der hatte ja nicht auf ihn hören wollen, und immer wieder was von einer großen Chance gelabert, von einem perfekten Joint-Venture, einem Superdeal, der ihm Ruhm und Ehre einbringen würde. Nur ihm, Hayo Rhein, war schon beim ersten Treffen mit Sieverts klar gewesen, dass der Ärger machen würde. Den Vertrag mit ihm würde er selbstverständlich so schnell wie irgend möglich kündigen. Es hatte sich ausgedealt, für immer und ewig. Niemand würde hier jemals wieder einen Blick hinter die Kulissen werfen.

Alles war so schön rund gelaufen bei der *N.S.OffshorePower Ltd.* Bis zu dem Tag, an dem dieser völlig zu Unrecht hochgejubelte Star am Ingenieurshimmel aufgetaucht war. Star! Pah! Ein Jammerlappen war das, sonst nichts! Wie der nach diesem Zwischenfall auf der Plattform vor der Presse herumgequengelt hatte! Dabei wusste er als Geschäftsmann doch genauso gut wie jeder andere, dass, wo gehobelt wurde, auch Späne fielen. Kollateralschäden gab es schließlich in jedem Krieg. Und auf dem Energiemarkt herrschte nun mal Krieg. Da konnte schon ein geringer Kostenvorteil, den man sich verschaffte, eine ganze Schlacht entscheiden. Die Konkurrenz schlief ja bekanntlich nicht. Gut, so ein Zwischenfall gab mal für ein paar Tage Aufregung. Und ärgerlich war es natürlich, dass die *Windlady II* schlappgemacht hatte und jetzt noch für lange Zeit keinen Strom liefern würde. Das kostete das Unternehmen viel Geld. Aber es hätte ja auch funktionieren können – natürlich nur, wenn man einigermaßen intelligente Ingenieure beschäftigte. Mit diesen Fehlgriffen, die Naumann sich geleistet hatte, ging es natürlich nicht. Langhoff, Hufschmidt, Henzler, Rautschek. Alles Nieten. Wenn auch diese Inka Henzler rein optisch nicht von schlechten Eltern war, das musste er zugeben. Aber das reichte nun mal nicht aus, um einen ordentlichen Job zu machen. Aber in anderen Dingen war sie gut zu gebrauchen, das hatte er schon bemerkt.

Nur blöd, dass Sieverts auf seinen letzten Metern nun auch noch von der Sache mit der Säure Wind bekommen hatte. Nun ja, er, Hayo Rhein, wusch seine Hände in Unschuld. Denn es war natürlich wieder mal nur Naumanns Inkompetenz und Schlamperei zu verdanken, dass da noch irgendwelche Zettel aufgetaucht waren, die belegten, dass es Unregelmäßigkeiten gegeben hatte. Leider ließ es sich, da auch die Polizei schon davon wusste, nicht mehr verhindern, dass der angebliche Skandal an die Öffentlichkeit kam. Als könnte man bei ein paar Tropfen Chemie, die in die riesigen Weltmeere gerieten, überhaupt von einem Skandal sprechen! Natürlich war es von Frau Fellinger sehr ungeschickt gewesen, da auch noch reinzufallen, bevor es sich ausreichend im Meerwasser verdünnt hatte. Aber andererseits wäre sie doch sowieso abgesoffen, da sollten die sich mal alle nicht so anstellen.

Genau genommen, so hatte er sich in den vergangenen Tagen oft gedacht, war ja alles sogar ganz gut gelaufen. Hans-Jürgen Naumann, diese Flasche, hatten sie schon hops genommen, der war ein für alle Mal erledigt. Das kam davon, wenn man sich immer wie der große Zampano aufführte und stolz war über jeden Zettel, der einem zur Unterschrift vorgelegt wurde. Was war der sich groß vorgekommen, wenn er wichtige Dokumente unterschreiben durfte, zu Dingen, die alleine in seine Entscheidungskompetenz fielen. Und mangels Intelligenz hatte er häufig gar nicht gemerkt, wie er mit der Unterschrift unter dem einen oder anderen Dokument, das ihm Rhein über den Schreibtisch schob, Nagel um Nagel zu seinem eigenen Sarg sammelte.

Wie auch immer, bei Naumann war der Sargdeckel nun endgültig zu, seine Karriere so tot wie die Mitarbeiter, die er dank seiner unüberlegten Unterschriften auf dem Gewissen hatte. Blieb nur noch er übrig, Hayo Rhein. Natürlich würde die Konzernleitung wieder einen zweiten Vorstand berufen lassen, aber erfahrungsgemäß würde er da ein Mitspracherecht bekommen. Und er würde ganz genau hinschauen, ob er nicht wieder so einen fand wie Naumann. Einen, der es einfach nicht blickte, wie die Dinge hier liefen, sich dabei aber enorm wichtig vorkam. Dann hätte er wieder einen, den er steuern könnte. Und außerdem wäre er dann endlich die unangefochtene Nummer eins, die hier den Kurs vorgab. Er hatte sich nichts zu Schulden kommen lassen, und das würden sie ihm, nach all dem Schlamassel mit dem unzuverlässigen Naumann, ganz bestimmt danken. Sie würden ihm endlich die Einzelvertretung geben und er müsste mit niemandem mehr Kompromisse machen. Tja, und die Dinge, die eventuell brenzlig werden könnten, die würde er einfach dem Neuen zur Unterschrift vorlegen. Und auch der würde sich wieder vor lauter Stolz über so viel Vertrauen kaum halten können.

Ja, der heutige Tag war eindeutig ein Feiertag. Noch war nicht alles ausgestanden, das ein oder andere Problem noch zu lösen. Vor allem eine Sache brannte ihm noch auf den Nägeln, aber auch das würde er zu einem guten Ende führen, ohne sich dabei die Finger schmutzig zu machen. War keine wirklich schöne Sache, aber wie immer hatte er jemanden gefunden, den er an die fordere Front schicken konnte. So war es immer. Er sagte ihnen, er würde selbstverständlich hinter ihnen stehen, egal was passierte. Und darüber freuten sie sich auch noch. Sie waren einfach zu dumm zu bemerken, dass, wenn er hinter ihnen stand, sie trotzdem diejenigen waren, die vorne – nämlich im Schussfeld – waren.

Er ging zu seinem Schreibtisch und drückte auf eine Taste des Telefons. „Annemarie, Mäuschen, bitte zum Diktat“, flötete er mit zuckersüßer Stimme hinein, „und bringen Sie bitte den Champagner mit, es gibt was zu feiern.“

Es dauerte nur wenige Augenblicke, bis Annemarie das Büro betrat und mit wippendem Gang auf das Sofa zuging, auf dem Rhein es sich bequem gemacht hatte. Er klopfte auf seine Beine. „Haben Sie Lust auf eine Beförderung? Dann setzen Sie sich doch ein wenig zu mir, Annemarie“, forderte er sie auf und seine Stimme klang weich wie Öl.

Annemarie kicherte und setzte sich auf seinen Schoß. Rhein nahm die Champagnerflasche, ließ den Korken knallend an die Decke schießen, setzte sie sich an den Mund und wischte sich dann mit dem Ärmel über das Gesicht. Danach reichte er sie Annemarie, warf einen lüsternen Blick auf ihr üppiges Dekolleté und fing langsam an, ihre Bluse aufzuknöpfen.

58

Hufschmidt starrte auf das Bündel Mensch, das da vor seinen Füßen lag. Da hatten sie doch tatsächlich gedacht, ihn übervorteilen zu können. Ihn! Georg Hufschmidt! Aber da mussten sie schon früher aufstehen! Nur, was sollte er jetzt tun? Er hatte keinen Bedarf an diesem, in ein blutiges Laken gehülltes Stück Mensch, das ungewöhnlich flach atmete. Selbst Schuld! Hätten sie nicht versucht ihn zu verarschen, wäre es nie soweit gekommen. Er hatte aber keine Lust, dass die Polizei womöglich schon wieder vor seiner Tür stand, aber das würde sie bestimmt. Sie schnüffelten zurzeit ja in allem herum. Nun, wenigstens war dieser Maarten Sieverts verschwunden. Endlich hatte er kapiert, dass ihn hier keiner brauchte, dass er allen nur im Weg war. Dass er nur Ärger machte.

Er musste das Bündel beiseite schaffen. Er wusste auch schon wohin. Da war es schön feucht und dunkel – und einsam. Und kaum einer wusste davon. Es war sein kleines Schloss. Sein ganz privates Schloss, in das er seine Prinzessin einladen und verwöhnen würde. Tomke würde von dem Bündel gar nichts erfahren. Warum auch. War ja nur ein Paket. Natürlich würde der eine oder andere Fragen stellen. Aber sie würden keine Antworten bekommen. Denn er war schlauer als sie. Er hatte alles perfekt eingefädelt. Auch wenn es kurzzeitig so ausgesehen hatte, als würde es schiefgehen. Aber das konnte es ja gar nicht. Nichts, was er in die Hände nahm, ging jemals schief.

Nun wurde es aber Zeit, das Bündel aus dem Haus zu

schaffen. Gleich würde seine Frau von der Arbeit kommen. Und er hatte keine Lust darauf, dass sie das Bündel sah und Fragen stellte. Gut, er würde ihr wie immer schnell das Maul stopfen. Aber er hatte eigentlich gar keine Lust mehr darauf. Es erregte ihn nicht mehr, wenn sie schrie. Der Gedanke an Tomke erregte ihn. Tomke. Nur noch wenige Tage, vielleicht nur Stunden, und sie würde ihm gehören. Nein, von dem Bündel würde er ihr nichts erzählen. Obwohl er schon ziemlich stolz darauf war, wie clever er das Problem gelöst hatte. Bestimmt würde sie sich mit ihm freuen und sehr stolz auf ihn sein, dass er sich nicht hatte verarschen lassen. Nun ja, er würde noch mal darüber nachdenken. Erstmal musste er jetzt seinen Wagen vorfahren und das Bündel Mensch zu seinem Schloss bringen. Und dort dann alles hübsch machen. Für seine Prinzessin.

59

Maarten versuchte sich abzulenken, so gut es eben ging. Gleich nach seiner Ankunft in New York hatte er bei Franziska angerufen, da er bis zu diesem Zeitpunkt noch keinerlei Rückmeldung bezüglich Tilman erhalten hatte. Er hatte sie mitten in der Nacht erwischt, weil er in seiner Nervosität die Zeitverschiebung nicht bedacht hatte. Aber Franziska war es egal gewesen, sie wolle sowieso die ganze Nacht wach bleiben, verkündete sie. Mit viel Kaffee und ab und zu mal einer kalten Dusche würde das schon gehen, auch wenn es bereits die zweite Nacht in Folge sei. Von dem kleinen Jungen gebe es nach wie vor leider keinerlei Lebenszeichen.

Obwohl er überzeugt davon war, dass er die richtige Entscheidung getroffen hatte, haderte Maarten doch mit seinem Entschluss, nach Amerika zurückgekehrt zu sein. Hätte er nicht in Ostfriesland viel mehr erreichen können? Zumal es ja offensichtlich keinerlei Auswirkungen zeigte, dass er gegangen war. Denn schließlich war Tilman ja nach wie vor nicht auffindbar. Wenn er an die arme Sonja dachte, zerriss es ihm das Herz. Ob sie ihn nun für einen Feigling hielt? Oder hatte sie seine Entscheidung, Ostfriesland zu verlassen, begrüßt? Oder war sie womöglich ganz einfach nur froh, dass er weg war? Er, der Taugenichts, durch den ihr Sohn und sie erst in diese missliche Situation gekommen waren.

Franziska hatte erzählt, in Ostfriesland laufe die Suche nach Tilman auf Hochtouren. Überall wimmle es von Polizisten, an gefühlt jedem Baum und an jeder Mauer hingen Suchplakate, ständig würde in Radio und Fernsehen berichtet. Selbst Hubschrauber und Hundestaffeln seien eingesetzt worden, und man bekomme den Eindruck, als würde jeder Stein einzeln umgedreht. Bei der *N.S.OffshorePower Ltd.* habe eine Sondereinheit der Polizei praktisch ihr Zeltlager aufgeschlagen, was Vorstand Hayo Rhein bereits zu mehreren unkontrollierten Wutausbrüchen veranlasst habe. Die kleine Kröte sei wahrscheinlich nur weggelaufen und sitze irgendwo putzmunter beim Eisschlecken, hatte er gebrüllt, und dass er solch ein Polizeiaufgebot nicht dulden könne, schade es doch in höchstem Maße dem exzellenten Image seines Unternehmens.

Pech für ihn sei nur gewesen, dass nicht nur Unmengen von Polizisten, sondern auch Massen von Journalisten vor Ort gewesen seien, und man dieses Zitat von Rhein am nächsten Tag in jeder noch so kleinen Postille würde lesen können. In Radio und Fernsehen habe man die Szene bereits gebracht und seither sei Rhein abgetaucht und für niemanden mehr zu sprechen. „Geschieht ihm recht“, murmelte Maarten, als er dieses Gespräch mit Franziska später noch mal vor seinem inneren Auge Revue passieren ließ.

Was ihn aber doch mehr bedrückte, als er sich zu diesem Zeitpunkt eingestehen wollte, war die Tatsache, dass er Ostfriesland verlassen hatte, ohne sich von Tomke zu verabschieden. Natürlich war es eine ganz bewusste Entscheidung gewesen. Aber im Nachhinein schalt er sich dafür einen Trottel, einen Feigling, ein Arschloch und Schlimmeres. Vermutlich würde sie ihm das nie verzeihen, und da hatte sie auch ganz recht. Es gab Sachen, die waren durch nichts zu entschuldigen und wurden auch dadurch nicht besser, dass man sie sich noch Stunden und Tage später versuchte schönzureden.

Maarten fand auch in der kommenden Nacht keinen Schlaf und starrte unentwegt auf sein Telefon. Keinen

Schritt tat er, ohne es mit sich zu führen, aber es schwieg. Erbarmungslos. Er schaltete seinen Fernseher ein und wieder aus, blätterte die ihm nicht nachgestellte Post der vergangenen Wochen durch und nahm schließlich ein Buch zur Hand, um sich von seinen sich immerzu im Kreise drehenden Gedanken abzulenken. Als er auf Seite dreißig war, wurde ihm allerdings bewusst, dass er sich auch nicht an ein einziges Wort erinnern konnte, das er bis dahin gelesen hatte. Also klappte er das Buch wieder zu und pfefferte es in die nächste Ecke.

Als über der Skyline von Manhatten glühendrot die Sonne aufging und einen klirrend kalten Wintertag versprach, war Maarten gerade in einen unruhigen Schlaf gefallen und bekam von dem beeindruckenden Naturschauspiel nichts mehr mit. Erst, als es gegen Mittag ging und sein extra laut gestelltes Telefon wiederholt einen schrillen Klingelton von sich gab, wachte er auf und rieb sich verdutzt die Augen. Doch im nächsten Moment schon hatte er die Orientierung wiedergefunden, erkannte Wiebkes Nummer und griff gehetzt zum Hörer.

„Hallo“, meldete er sich und spürte, wie ihm sein Herz gegen die Rippen hämmerte, als wolle es sie durchbrechen.

„Maarten, bist du es?“, rief ihm Wiebkes Stimme entgegen.

„Ja, klar. Gibt`s was Neues von Tilman?“

„Er ...“, Wiebkes Stimme brach in einem Schluchzen.

„Was? Was ist mit ihm, Wiebke?“, schrie Maarten panisch. „Es ist ihm doch nichts passiert?“

„N-nein. Er ... ist wieder da, Maarten. Es ... geht ihm gut.“

Maarten spürte, wie vor Erleichterung seine Knie unter ihm nachgaben, und er ließ sich zurück aufs Sofa fallen. Tilman war wieder da! Und es ging ihm gut! „Wer hat ... hat die Polizei ihn gefunden?“

„Nein. Ein älteres Ehepaar hat ihn entdeckt. Er stand

irgendwo in Groothusen an einem Weidezaum in der Nähe eines Bauernhofes und hat versucht, ein paar Schafe mit dem spärlichen Gras zu füttert, das noch irgendwo am Wegesrand stand."

„Er ist einfach ausgesetzt worden?", rief Maarten fassungslos.

„Sieht ganz so aus. Aber wie gesagt. Es geht ihm gut. Er hatte die Taschen voller Schokolade und ein ganz verschmiertes Schokomäulchen. Wer auch immer ihn bei sich hatte, er wollte ihm auf keinen Fall wehtun."

„Wie edel", bemerkte Maarten säuerlich. „Hat man irgendeine Ahnung, wer ihn entführt haben könnte?"

„Nein. Es gibt nach wie vor keinerlei Spur. Der Kleine wurde von oben bis unten auf fremde DNA-Spuren untersucht. Aber es kann dauern, bis da die ersten Ergebnisse vorliegen."

„Und Sonja?"

„Nun ja. Total erschöpft aber überglücklich. Die Polizei hat sie mit ihren Kindern irgendwo hingefahren, wo sie sich in Ruhe erholen können und sie vor allem vor den Journalisten in Sicherheit sind. Keiner weiß, wo das ist, Aber das ist ja auch gut so."

Maarten atmete tief durch. „H-hast du was von ... Tomke gehört?", stotterte er in den Hörer.

„Sie wird morgen aus dem Krankenhaus entlassen."

„Dann geht's ihr gut?"

„Körperlich ja. Aber psychisch ist sie ... nun ja, etwas angeschlagen. Aber das ist ja auch kein Wunder. Irgendwie hatte sie von der Geschichte mit Tilman erfahren, das hat ihr einen heftigen Schock versetzt. Na ja ... und dann warst ja auch du noch so plötzlich weg."

„Es war ein Fehler, dass ich ihr nichts gesagt habe."

„Ja, vielleicht. Aber in der Situation war es eben so, Maarten. Es war für uns alle ein Ausnahmezustand. Tomke wird es verstehen, wenn erstmal wieder Ruhe eingekehrt ist."

„Wohin geht sie, wenn sie aus dem Krankenhaus kommt?“

„Sie will nach Hause, hat sie gesagt. Ich hatte ihr angeboten, dass sie mit zu uns kommt. Aber sie wollte nicht.“

„Meinst du ... ich sollte wieder zurückkommen, Wiebke?“, fragte er zögerlich.

„Nein, besser nicht, Maarten. Noch ist der Täter nicht gefasst. Und das Schwierige ist, dass Tilman ja nichts sagen kann. Außerdem wollte Sonja nicht, dass die Polizei ihn sofort befragt. Keine Ahnung, ob die da jemals weiterkommen.“

„Sag mir bitte Bescheid, wenn Tomke wieder zuhause ist. Ich werde sie dann anrufen und ihr in Ruhe alles erklären ... wenn sie überhaupt noch mit mir sprechen will.“

„Lass ihr Zeit, Maarten. Sie braucht jetzt erstmal viel Ruhe. Ich werde sie fragen und gebe dir dann Bescheid, wenn sie bereit ist, mit dir zu telefonieren.“

„Okay, Wiebke. Ich verlass mich auf dich. Danke, dass du gleich angerufen hast. Bitte halte mich auf dem Laufenden.“

„Natürlich, Maarten, das mach ich gerne. Ich melde mich, sobald es wieder was Neues gibt.“

„Das ist lieb. Danke.“ Maarten ließ den Hörer fallen und starrte ins Leere. Er hatte keinerlei Vorstellung, wie es jetzt weitergehen sollte. Einfach zur Tagesordnung überzugehen schien ihm unmöglich. Er würde jetzt erstmal ins Bett gehen und schlafen. Alles andere würde sich dann schon ergeben.

60

Es war früher Abend, als Maarten plötzlich hochschreckte. Er hatte geträumt. Von Tomke. Zunächst war es ein wunderschöner Traum gewesen. Sie waren unter einem strahlendblauen Frühlingshimmel lachend über die weiten ostfriesischen Felder gelaufen, Hand in Hand, immer geradeaus, dem undurchbrochenen, weiten Horizont entgegen. Ein würziger und auch ein wenig modriger Geruch hatte in der Luft gelegen, und sie hatten ihn tief in ihre vom langen Winter ausgehungerten Lungen gesaugt. Zwischendurch machten sie halt und legten sich ins Gras. Tomke pflückte Löwenzahn und trennte die gelben Blüten von den Stielen. Letztere hatte sie dann mehrfach eingerissen und in einen kleinen Teich geworfen, wo sie sich zu lustigen Figuren zusammenkringelten. Überall dort, wo sie auf Taubnesseln trafen, hatten sie aus ihren weißen Blüten den Nektar herausgesaugt und sich am herrlich süßen Geschmack erfreut. Und über allem schwebte ein Gefühl, das sich nur mit einem Wort beschreiben ließ: Liebe. Noch nie in seinem ganzen Leben war Maarten so unendlich glücklich gewesen; und noch nie hatte sich das, was er tat, so bedingungslos richtig angefühlt.

Doch ganz plötzlich, von einem Moment auf den anderen, waren dunkle Wolken heraufgezogen. In einem rasenden Tempo waren sie immer dichter geworden, bis sie wie eine feuchte, kalte Wand schwer auf der Erde lagen und ihn und Tomke zu erdrücken drohten. Tomke hatte sich ängstlich und vor Kälte zitternd an ihn geschmiegt und ihm zugeflüstert, er solle sie nie wieder alleine lassen. Ihr Gesicht hatte sich zu einer Fratze unfassbaren Grauens verzerrt, als sich aus der fast schwarzen Wolkenbank plötzlich die Gestalt des kleinen Tilman löste, der wie ein Gespenst langsam auf sie zuschwebte und sie aus großen Augen flehend und zugleich vorwurfsvoll ansah. Immer wieder hatte er seinen Mund aufgerissen, aber es war kein Laut herausgekommen, außer dem grellen Pfeifen des Windes, der durch ihn hindurch zu blasen schien. Tilman hatte, wie von Geisterhand gesteuert, einen kleinen Zettel aus den Wolken gezogen und ihn zerrissen. Und auf einmal verfielfachte sich dieser Zettel, es waren mehr und mehr geworden, bis es schließlich eine ganze Lawine aus Papier gab, die auf ihn und Tomke zugerollt, jedoch kurz, bevor sie sie unter sich begraben würde, zum Stillstand gekommen war.

Maarten hatte seine zitternde Hand ausgestreckt und einen der Zettel aus der blendendweißen Lawine gezogen. In diesem Moment tat sich vor ihm ein schwarzer Abgrund auf, auf dessen Grund ein speiender Vulkan, einem höllischen Inferno gleich, meterhohe Flammen in die Luft spie. Er hatte gespürt, wie sich Tomkes Körper ganz langsam von seinem Arm löste. Voller Panik, sie könnte ihm für immer entrissen werden, klammerte er sich an sie, flehte sie an, ihn nicht zu verlassen. Aber so sehr er auch zog und zerrte, Tomke war ihm entwichen und mit einem eisigen Lufthauch in den Himmel emporgestiegen. Er hatte versucht zu schreien, doch aus seinem Mund war kein einziges Wort gedrungen. Stattdessen hatte Tomke mit glockenheller Stimme einen gespenstigen Singsang angestimmt, der von allen Seiten widerzuhallen schien und immer die gleichen Verse wiederholte:

wenn ein kleines kind verschwindet,

ist's viel arbeit, bis man`s findet,
doch abschied wird für immer sein,
wenn du nicht endlich kehrest heim.

Und wie aus heiterem Himmel hatte plötzlich der kleine Nicolas neben ihm gestanden, lachend zu ihm aufgeschaut und mit einer Stimme, die der seines Vaters Hauke sehr ähnlich war, gesagt: „In den Geschichten reimt sich alles, obwohl sie sagt, sie hat sich das gerade erst ausgedacht."

Maarten lag mit schreckensweiten Augen und klatschnass geschwitzt im Bett. Für einen kurzen Moment wusste er nicht, wo er war. Dann aber fiel sein Blick auf die mächtige Skyline Manhattens. Er war wieder nach Hause geflogen, fiel ihm ein. Nachdem er diesen anonymen Brief mit dem Gedicht bekommen hatte, war er wieder nach Hause geflogen. Und lag jetzt im Bett, in seinem New Yorker Penthouse. Seine Schwester Wiebke hatte angerufen. Sie hatte gesagt, dass es Tilman gut gehe. Tilman. Man hatte ihn entführt, aus seinem Emder Büro heraus. Er hatte am Tisch gesessen, mit seinem Bruder Nicolas und Inka und ...

„Inka!", rief Maarten und schlug sich mit der flachen Hand vor die Stirn. Dass er nicht gleich darauf gekommen war! Inka malt Bilder und erzählt dazu Geschichten, die sich reimen. Sie hatte ein Faible für Reime! Aber ... konnte das sein? Könnte es tatsächlich Inka, seine immer so freundliche Kollegin Inka Henzler gewesen sein, die ihm diese abscheulichen Gedichte geschrieben hatte? Was hätte sie für einen Grund dazu? Sie hatte doch mit all den kriminellen Geschichten, die bei der *N.S.OffshorePower Ltd.* gelaufen waren, nichts zu tun. Oder vielleicht doch? Um Inka hatte sich bisher kaum einer gekümmert. War sie eigentlich jemals von der Polizei befragt worden?

Maarten warf einen Blick auf die Uhr. In New York war es jetzt kurz vor halb sechs am Abend. Dann musste es in Emden jetzt ungefähr halb zwölf in der Nacht sein. Mist! Hauptkommissar Büttner hatte mit Sicherheit schon längst Feierabend und lag friedlich schnarchend im Bett. Seine einzige Chance war vermutlich Franziska. Sie ging eigentlich nie vor Mitternacht schlafen, soviel er wusste. Obwohl ja auch sie mehrere schlaflose Nächte hinter sich hatte und nach all der Aufregung vielleicht endlich wieder zur Ruhe gekommen war. Nun ja, da half alles nichts. Er würde es einfach versuchen. Wenn sie nicht ans Telefon ging, müsste er eben bis zum nächsten Morgen warten.

Er griff zum Telefon und wählte mit zitternden Fingern Franziskas Nummer. Nach mehrmaligem Klingeln meldete sich eine verschlafene Frauenstimme mit einem knappen *Ja.*

„Franziska, gut, dass du da bist!“, rief Maarten in den Hörer. „Hör mal, ich muss was Dringendes ... bitte? Ach, Sie sind nicht Franziska? Mit wem spreche ich denn bitte? Imke? Ach, entschuldigen Sie bitte, dann ...“

„Wer ist denn da?“, meldete sich plötzlich eine andere, ebenfalls verschlafene Frauenstimme zu Wort.

„Franziska? Ich bin‘s, Maarten. Ich ...“

„Maarten! Hast du sie noch alle? Weißt du wie spät es ist? Ich ...“

„Ja, ich weiß“, fuhr Maarten dazwischen, „aber es ist wirklich dringend.“

„Hm. Na gut. Warte. Ich geh kurz in die Küche, dann kann wenigstens Imke weiterschlafen.“

Maarten hörte ein Rascheln, das Quietschen einer schon lange nicht mehr geölten Tür und schließlich das raue Schaben eines Stuhls auf den Küchenfliesen. „So, Maarten“, hauchte Franziska mehr schlafend als wach in den Hörer, „und wenn du mir jetzt nicht mindestens erzählst, dass grüne Männchen auf der Erde gelandet sind, um uns endlich aus diesem Elend hier zu befreien, dann sind wir ab dieser Nacht geschiedene Leute.“

„Glaub mir, Franziska, ich würde dich nicht anrufen,

wenn es nicht wirklich wichtig wäre."

„Hm."

„Also, ich bin da auf was gekommen, das mir keine Ruhe lässt. Es geht um Tilmans Entführung. Ich glaube, nein, ich habe eine vage Ahnung, wer damit was zu tun haben könnte."

„Schieß los", sagte Franziska. Sie klang aber weniger gespannt, als immer noch gequält.

„Ich glaube, dass Inka was damit zu tun hat."

„Inka? Unsere Inka? Warum das denn? Das ist doch total ... abwegig!" Nun klang Franziskas Stimme schon deutlich lebhafter. „Bist du sicher, Maarten, dass mit dir alles in Ordnung ist?"

„Mal langsam, Franziska. Lehn dich zurück und ich erzähl dir alles. Wenn du es dann immer noch für Schwachsinn hältst, kannst du sofort wieder ins Bett gehen. Hm. Sag mal, wer ist eigentlich Imke?"

„Geht dich nichts an."

„Nun, dann hör gut zu."

In kurzen Worten erzählte Maarten Franziska von seinem Traum und seiner daraus resultierenden Schlussfolgerung, Inka könne was mit den ominösen Gedichten zu tun haben, die er bekommen hatte. „Und, was meinst du", fragte er zum Schluss, „könnte ich da richtig liegen?"

„Vielleicht. Aber vielleicht auch nicht. Klingt ein bisschen weit hergeholt. Schließlich war Inka selber ein Opfer und hat kräftig was über den Schädel gekriegt. Wenn überhaupt, dann muss sie also auch noch einen Komplizen gehabt haben. Und um das alles einzufädeln, hatte sie nur wenige Minuten Zeit. Weiß nicht, ob die Polizei darauf anspringt und gleich ein Sondereinsatzkommando losschickt. Außerdem ... dass Inka so etwas Gemeines tun könnte, will mir noch immer nicht in den Kopf."

„Ja, ich hab mit dem Gedanken auch meine

Schwierigkeiten. Aber bevor wir irgendwas übersehen, nur weil uns jemand sympathisch ist, sollten wir der Sache trotzdem auf den Grund gehen."

„Wenn überhaupt, dann sollte die Polizei der Sache auf den Grund gehen. Du bist raus aus dem Spiel, Maarten, vergiss das nicht. Und von New York aus wirst du Inka wohl kaum verhaften können", sagte Franziska bestimmt.

„Wir sollten Büttner gleich morgen früh informieren. Hast du eine Ahnung, wann er wieder auf dem Revier ist?"

„Nee. Aber vermutlich um acht. Ist doch Beamter. Acht bis sechzehn Uhr mal gucken, was zu tun wäre, und dann Bleistift fallen lassen und auf den nächsten Tag verschieben."

„Du hast keine hohe Meinung von der Polizei."

„Haben in diesem Fall noch nicht viel gerissen, wenn du mich fragst. Der einzige, der festsitzt, ist Naumann. Und der hat sich mit seiner Blödheit ja praktisch selbst ans Messer geliefert. Da musste man wahrlich kein zweiter Sherlock Holmes sein."

„Nun, vielleicht fehlt denen ja auch einfach nur ein Watson. Ich ruf da morgen mal an und leiste ein wenig Überzeugungsarbeit. Die sollen Inka einfach nur mal vorladen."

„Wenn sie mit der Sache nichts zu tun hat, wird sie ziemlich sauer auf dich sein", gab Franziska zu bedenken.

„Zum einen sollte jeder in dieser Situation Verständnis dafür haben, dass er vernommen wird. Zum anderen sitze ich, wie du schon richtig feststelltest, in New York. Da kann es mir ziemlich wumpe sein, wer mich in Ostfriesland gerade zur Hölle wünscht."

„Wenn du meinst. Übrigens kommt Tomke morgen aus dem Krankenhaus."

„Ja, ich weiß, Wiebke hat es mir gesagt."

„Ich geh dann morgen Abend mal hin und schau nach ihr."

„Ja, mach das. Schlaf gut, Franziska. Sorry noch mal für die späte Störung. Und ... Gruß an Imke.

„Ja. Du mich auch.“

61

Inka Henzler hatte eine Wohnung direkt in der Emder Fußgängerzone *Zwischen beiden Sielen.* Sie brauchte das geräuschvolle Leben; die Ruhe und Abgeschiedenheit auf dem Land machten sie depressiv. Sie war ungebunden, hatte weder Mann noch Kind. Sie lebte für ihre Arbeit, machte zahlreiche Überstunden, die sie aber nur selten abbummelte. Sie habe Angst, schon früh am Abend in ihre leere Wohnung zurückzukehren, wo niemand auf sie warte, hatte sie mal gesagt, die Wochenenden seien für sie die Hölle. So kam es, dass man sie selbst an Sonn- und Feiertagen, wenn die meisten Menschen im Kreise ihrer Familie bei Kaffee und Kuchen gemütlich zusammensaßen, sehr häufig in der Firma antraf.

Umso mehr erstaunte es ihre Kollegen, dass sie nach der Entführung des kleinen Tilman nicht mehr im Unternehmen gesehen worden war. Natürlich, sie hatte bei dem Überfall eine Verletzung am Kopf davongetragen und ganz bestimmt einen Schock erlitten. Aber nichts sprach dafür, dass sie deswegen nicht zur Arbeit kam. Ganz im Gegenteil hatte sie doch immer dann am meisten geschuftet, wenn es ihr nicht besonders gut ging. Und noch nie war es vorgekommen, dass sie sich, sollte sie tatsächlich mal etwas anderes vorhaben als zu arbeiten, nicht zumindest bei der Sekretärin abgemeldet hatte.

All das war Kommissar Büttner erläutert worden, nachdem er am frühen Morgen den Anruf von Maarten Sieverts aus New York erhalten und sich daraufhin auf den Weg zur *N.S.OffshorePower Ltd.* gemacht hatte, um

Inka zur Vernehmung vorzuladen. Aber ganz egal, wo und auf welchem Weg er anschließend auch versucht hatte, sie zu erreichen, sie war einfach unauffindbar. Abgetaucht. Wenn Maarten Sieverts mit seiner Vermutung, dass Inka Henzler irgendwie in die Entführung von Tilman Langhoff eingebunden war, recht hatte, dann musste sie inzwischen Panik bekommen und untergetaucht sein, davon war Büttner überzeugt. Denn schließlich war der Junge wieder wohlbehalten zu seiner Familie zurückgekehrt, und sie musste davon ausgehen, dass er der Polizei Hinweise geben konnte.

Nach wie vor erschloss es sich Büttner nicht, warum überhaupt jemand den kleinen Jungen entführt und bald nach der Abreise von Maarten Sieverts wieder frei gelassen hatte. Das ergab doch alles keinen Sinn! Man entführte doch kein Kind in der Annahme, alle Probleme seien gelöst, wenn ein einzelner Mann, der noch dazu eng mit der Polizei zusammenarbeitete, sich über den Atlantik davon machte! Nein, da musste noch mehr dahinter stecken. Aber was? Dieser verworrene Fall ging Büttner inzwischen gehörig auf die Nerven. Nur gab es nun mal keine Chance, ihn irgendwie wieder loszuwerden, sodass er sich da zwangsläufig durchbeißen musste.

Also machte er sich am frühen Abend erneut auf in die vorweihnachtlich beleuchtete Fußgängerzone, in der ihm der herrlich würzige Geruch von frisch aufgebrühtem Glühwein in die Nase stieg. Am liebsten hätte er Verbrechen einfach Verbrechen sein lassen und wäre mit seinem Assistenten Sebastian Hasenkrug am Glühweinstand eingekehrt, um sich zum Feierabend etwas Gutes zu tun. Aber das ging natürlich nicht. Schließlich war es gut möglich, dass Inka Henzler gegen Abend wieder in ihrer Wohnung auftauchte. Sollte sie jedoch auch jetzt unauffindbar bleiben, würde er einen Polizeiposten vor ihrer Haustür abstellen und ihre Wohnung beobachten lassen.

„Suchen Sie jemanden?“, fragte eine weibliche Stimme im Treppenhaus, als sie zum wiederholten Male auf die Klingel der Wohnung Henzler drückten.

„Ja, wir würden gerne mit Frau Henzler sprechen“, brummte Büttner und schaute die ältere Frau, die einen Treppenabsatz höher stand, schlecht gelaunt an. „Haben Sie sie heute schon gesehen?“

„Warum wollen Sie das denn wissen?“, fragte die Frau zurück und verzog misstrauisch das Gesicht.

„Polizei“, sagte Büttner und hielt ihr seine Marke hin. „Das hier ist mein Kollege, Sebastian Hasenkrug.“

„Ach, das ist aber gut, dass Sie kommen“, rief sie. „Wissen Sie, ich hab mir ja schon Sorgen gemacht.“

„Darf man fragen, warum Sie sich um Frau Henzler Sorgen machen?“

„Nicht um Frau Henzler. Um die Katze!“

„Welche Katze?“

„Na, die Katze von Frau Henzler! Kleo heißt sie, na ja, eigentlich Kleopatra, aber das finde ich ganz furchtbar. Sie ist nun doch schon so lange allein.“

„Frau Henzler war wohl länger nicht da?“

„Ich jedenfalls hab sie nicht gesehen und auch nicht gehört. Wissen Sie, normalerweise geht sie ja immer erst unter die Dusche, wenn sie nach Hause kommt, aber nun habe ich schon seit zwei Tagen das Rauschen nicht mehr gehört. Und normalerweise, wenn Frau Henzler für längere Zeit weg ist, was ja nicht oft vorkommt, dann gibt sie mir schon mal die Wohnungsschlüssel. Aber diesmal ist sie einfach weggegangen ohne Bescheid zu sagen. Komisch ist das schon. Das passt gar nicht zu ihr.“

„Wissen Sie, ob Frau Henzler am Montag ein Kind dabei hatte, als sie nach Hause kam?“, fragte Hasenkrug, einer plötzlichen Eingebung folgend.

„Ein Kind? Nein, ich habe Frau Henzler nie mit einem Kind ... ach, warten Sie mal. Ja, jetzt wo Sie es sagen. Mir war die Tage mal so, als hätte ich aus ihrer Wohnung was gehört. Hörte sich an wie Kindergebrabbel."

„Das kann nur der Kleine gewesen sein", rief Hasenkrug aufgeregt, „sie hatte tatsächlich den Jungen mit hier!"

„Wohl kaum", knurrte Büttner.

„Aber ...", warf Hasenkrug ein, sein Chef jedoch schnitt ihm mit einer Handbewegung das Wort ab. „Der Junge ist taubstumm, schon vergessen?"

„Oh. Stimmt."

„Sind Sie sicher, gnädige Frau, dass Sie Kindergebrabbel gehört haben?", wandte sich Büttner wieder an die Nachbarin.

„Ach, wissen Sie, ich hör ja nicht mehr so gut. Kann vielleicht auch das Radio gewesen sein oder der Fernseher."

„Hm. Das bringt uns nicht weiter. Hasenkrug, rufen Sie einen Schlüsseldienst, wir müssen in die Wohnung, Katze retten. Und auf diesem Wege können wir uns auch gleich mal ein wenig umschauen."

„Wir haben keinen Durchsuchungsbeschluss", gab Hasenkrug zu bedenken.

„Holen wir nach. Nun machen Sie schon! Oder wollen Sie, dass die arme Katze verhungert?"

„N-nein", stammelte Hasenkrug und griff zum Handy.

„So, Frau ..."

„Möhlenkamp. Anneliese Möhlenkamp."

„So, Frau Möhlenkamp, ich danke Ihnen für Ihre Hilfe. Sie können jetzt wieder in ihre Wohnung gehen. Hier draußen im Treppenhaus ist es doch recht zugig."

„Och ..."

„Danke, Frau Möhlenkamp und noch eine schöne Adventszeit."

Die Katze Kleopatra flüchtete sich beim Öffnen der Haustür schnell unter das Sofa und schien etwas verwirrt darüber zu sein, dass man sie solange allein gelassen hatte. Als Hasenkrug aber mit dem Katzenfutter raschelte, das in kleinen Säckchen auf dem Küchenschrank stand, kam sie laut miauend hervor und strich ihm einschmeichelnd um die Beine. Rasch füllte er das Futter in eine kleine Schüssel und tat auch noch frisches Wasser in einen Napf. Kleopatra stürzte sich gierig auf ihr Fressen und schlang es laut schmatzend hinunter. Sie schien eine reine Hauskatze zu sein; nichts deutete darauf hin, dass sie die Wohnung jemals verließ.

In der kleinen Zweizimmerwohnung sah es so aus, als habe Inka Henzler sie überstürzt verlassen. In der Küche stand noch dreckiges Geschirr in der Spüle und eine halbvolle Kaffeetasse auf dem Tisch. Das Bett im Schlafzimmer war zerwühlt, aber das musste ja nichts heißen. Es gab viele Leute, die ihre Betten nicht mehr machten. Was Hauptkommissar Büttner jedoch stutzig machte, war, dass auf dem Wohnzimmertisch Schokoladenpapier lag. Denn in das gleiche weihnachtliche Papier waren die Schokokugeln eingewickelt gewesen, die der kleine Tilman zuhauf in seiner Jackentasche hatte, als er wieder auftauchte.

„Hasenkrug, rufen Sie die Spurensicherung an! Die sollen das Papier auf Fingerspuren vom kleinen Langhoff untersuchen und hier auch sonst alles auf den Kopf stellen. Ich nehme mir schon mal den Sekretär hier an der Wand vor. Ein schönes, antikes Stück übrigens“, fügte er hinzu und strich bewundernd über die Holzmaserung. „Sieht so aus, als habe sie auch zuhause noch jede Menge Schriftverkehr gehabt. Da werden wir für eine Weile beschäftigt sein.“ Er zog sich die mitgebrachten Gummihandschuhe über und begann, die Papiere durchzusehen. Vor allem ein Stapel kleiner Zettel erregte seine Aufmerksamkeit. Auf allen standen in der Regel Datum, Uhrzeit und Treffpunkt in krakeliger Handschrift, mehr nicht. Meistens hatte sie sich wohl mit jemandem am Abend getroffen, in einer Bar, einem Hotel oder *bei mir*. Wo und bei wem auch immer *bei mir* war.

Büttner roch an einem der Zettel und rümpfte die Nase. Sie waren parfümiert! Irgendein Moschusduft oder ähnlich Penetrantes. Sieh an, dachte er, so ganz auf ein Privatleben hatte die Dame ja wohl doch nicht verzichtet. „Hasenkrug", rief er seinem Assistenten zu, „diese Zettel müssen zur KTU. Die sollen herausfinden, was da für ein ekliges Zeug drauf versprüht wurde und auch die Fingerabdrücke nehmen. Sieht so aus, als habe die Lady ein reges Sexualleben gehabt."

„Die Treffen können doch auch einem ganz anderen Zweck gedient haben", warf Hasenkrug ein.

„Dann hätte der Kerl – und bei der Duftnote vermute ich mal stark, dass es ein Kerl war – sein Testosteron nicht schon so üppig auf diesen Zetteln versprüht. Also", hob er eine der Notizen noch mal an die Nase und schaute angeekelt drein, „wenn Frauen auf so was abfahren, dann habe ich ein ganzes Eheleben lang was falsch gemacht."

„Nehmen Sie doch mal einen mit nach Hause", witzelte Hasenkrug. „Wenn Ihre Frau wollüstig anfängt zu stöhnen, sind Sie auf dem richtigen Weg."

„Hm. Klingt anstrengend. Ich glaube, ich verzichte lieber drauf", brummte Büttner. „Auf jeden Fall könnte das hier eine heiße Spur sein. Aus blinder Verliebtheit heraus sind schon die blödesten Verbrechen begangen worden, da könnte ich ... ach", unterbrach er sich dann selbst, „sieh mal einer an! Die Dame hat tatsächlich Gedichte geschrieben." Er blätterte in einer Art Poesiealbum herum und sah sich an der einen oder anderen Stelle mal einen Vers genauer an. „Hm, schnulzig bis depressiv würde ich sagen. Nur gut, dass meine Frau so überhaupt keine poetische Ader hat", sagte er gedehnt.

Als die Mitarbeiter der Spurensicherung die Wohnung betraten, bekamen sie von Büttner noch einige Anweisungen, dann ging er mit Hasenkrug hinaus. Als sie in der immer noch belebten Fußgängerzone standen, atmete er tief ein und sagte dann: „Feierabend. Hasenkrug, haben Sie Lust auf einen Glühwein? Ich glaube, den haben wir uns jetzt verdient. Alles andere sehen wir dann morgen. Sollte mich wundern, wenn Sieverts da nicht einen guten Riecher bewiesen hat. Alles, was uns jetzt noch fehlt, ist die Henzler. Ich denke, wir sollten sie noch schnell zur Fahndung ausschreiben lassen und dann ... Prost!“

62

Nichts. Gar nichts. Inka Henzler blieb spurlos verschwunden. Alle Fahndungsaufrufe blieben ohne Ergebnis, und keiner wollte sie nach der Entführung des kleinen Jungen noch gesehen haben. Man hatte sich in Krankenhäusern, an Bahnhöfen, Häfen und Flughäfen nach ihr erkundigt, aber auch das brachte die Polizei keinen Schritt weiter.

„Es ist einfach ärgerlich“, maulte Büttner, und seine Laune verschlechterte sich von Tag zu Tag, „da hat man endlich mal eine halbwegs brauchbare Spur, und trotzdem landet man, egal, was man unternimmt, an allen Stellen mit Karacho in einer Sackgasse.“ An diesem Morgen hatte er erstmals seit Tilmans Rückkehr Sonja Langhoff und ihre Kinder aufgesucht. Immerhin war jetzt klar, dass es sich bei Inka Henzler zumindest um eine Mittäterin handeln musste, da Tilman mit strahlendem Gesicht und wild rudernden Armen erzählt hatte, wie toll die Frau aus dem Büro, die dann später mit ihm in einer Wohnung gewesen sei, Bilder malen konnte. Zudem waren in Inka Henzlers Wohnung jede Menge DNA-Spuren von Tilman sichergestellt worden.

Allerdings vermochte Tilman nicht zu sagen, wie er aus dem Unternehmen hinaus und in Inkas Wohnung gekommen war. Und auch Nicolas schien sich an keine weitere Person als Inka zu erinnern, außer dem großen Mann, den er bereits erwähnt hatte. Der hatte Tilman angeblich geschnappt, nachdem er Inka irgendwas über den Kopf schlug. Auf die Frage, was er in der

Zwischenzeit gemacht habe, hatte Tilman gesagt, er habe geschlafen und sei erst in der Wohnung wieder aufgewacht. Offensichtlich war er noch in der Firma betäubt worden. Büttner ging davon aus, dass der ominöse Mann mit den parfümgetränkten Notizzetteln in der Geschichte eine Rolle spielte, auch wenn es dafür keinerlei Beweise gab. Er verließ sich da mehr auf sein Bauchgefühl. Aber so lange man nicht wusste, wer dieser Mann war, kam man an ihn natürlich auch nicht heran. Die Polizisten waren mit einem Foto von Inka Henzler an allen Orten gewesen, die auf den Notizzetteln benannt worden waren, aber auch da konnte man sich nur an sie, nicht jedoch an eine Begleitung erinnern. Der Kerl, wer auch immer es war, war anscheinend übervorsichtig und hinterließ keinerlei Spuren. Vermutlich war er verheiratet und seine Frau sollte nichts von dem Techtelmechtel erfahren.

Hauptkommissar Büttner ging mit einer Tasse Kaffee in der Hand in seinem Büro auf und ab und starrte immer wieder mit gerunzelter Stirn auf die große Magnetwand, an der die Polizisten versucht hatten, die vielfältigen Handlungsstränge der mit der *N.S.OffshorePower Ltd.* in Zusammenhang stehenden Verbrechen zusammenzuführen. Aber für seinen Geschmack endeten noch viel zu viele Pfeile der *wirrsten Grafik der Welt*, wie Hasenkrug die Zeichnung nannte, mit einem Fragezeichen. Wer zum Beispiel war für die Verklappung von hochtoxischer Säure in die Nordsee und damit für den grausamen Tod der Sekretärin verantwortlich? Die Beamten hatten gleich nach dem Auftauchen der Papiere, die Maarten Sieverts von einem Arbeiter namens Kalle erhalten hatte, Vorstand Hans-Jürgen Naumann zum Verhör einbestellt. Aber der war so ehrlich überrascht und entsetzt gewesen, als man ihn mit den Vorgängen konfrontierte, dass man sicher sein konnte, dass er davon tatsächlich nichts gewusst hatte. Schade, dachte Büttner, wäre ja auch zu einfach gewesen.

Und dann war da der Mord an Steffen Rautschek. Hier lag noch alles im Nebel. Dass Tomke Coordes ihn umgebracht hatte, wie von diesem Hufschmidt behauptet, schied für Büttner aus. Sie hatte keinerlei Motiv. Georg Hufschmidt hingegen musste mit ihr noch irgendeine Rechnung offen haben. Aber bei seiner Befragung hatte er immer wieder beteuert, den Mord mit eigenen Augen gesehen zu haben. Er hatte auf Büttner einen etwas verwirrten Eindruck gemacht, was ja angesichts des Traumas, das er auf der berstenden Plattform erlebt hatte, auch nicht verwunderlich war. Womöglich war der tatsächliche Täter kurz nach der Tat selbst zum Opfer geworden und gehörte zu den zahlreichen Toten, die das Unglück gefordert hatte. Nun, dann würde der Mord an Rautschek wohl bis ans Ende aller Tage unaufgeklärt bleiben.

Ein weiterer Fall, in den womöglich nie Klarheit gebracht werden würde, war der Tod von Hauke Langhoff. Maarten Sieverts bestand darauf, dass Langhoff, genau wie Rautschek, ermordet worden war. Doch auch dafür gab es nach wie vor nicht den geringsten Hinweis – außer dass Büttner bei der *N.S.OffshorePower Ltd.* inzwischen gar nichts mehr wundern würde. In diesem Unternehmen musste auch die Entwicklung einer ausgeprägten Paranoia, wie sie der Pewsumer Kollege Harry Veldkamp Langhoff unterstellt hatte, sicherlich kein Hexenwerk sein. Denn selbst Büttner, der noch nicht einmal in dem Unternehmen arbeitete, fühlte sich bereits von diesem dermaßen verfolgt und abgestoßen, dass er schon häufiger nicht wenig Lust verspürt hatte, es einfach in die Luft zu jagen.

Laut fluchend setzte sich der Hauptkommissar an seinen Schreibtisch und stellte scheppernd die Kaffeetasse vor sich ab. Eigentlich hatte er diesen verflixten Fall noch vor Weihnachten abschließen wollen. Aber, wenn die

Ermittlungen weiterhin so schleppend verliefen wie bisher, dann würden seine Vorgesetzten ihn womöglich selbst an den Feiertagen ins Revier beordern. Sie waren sowieso schon stinksauer, weil der Druck aus dem Innenministerium auf sie täglich größer wurde. Inzwischen wurde schon offen damit gedroht, dem Landeskriminalamt den Fall zu übertragen. Und auf die Häme, mit der die Presse ihn und seine Leute dann überziehen würde, konnte Büttner ganz gut verzichten.

Gerade wollte Büttner sich auf den Weg in die Kantine machen, wo an diesem Mittag eine knusprige Entenkeule mit Knödeln und Rotkohl auf dem Speiseplan stand, als Sebastian Hasenkrug nach kurzem Klopfen eintrat. Im Schlepptau hatte er einen Mann mittleren Alters, der sich verunsichert umsah.

„Was gibt's?", knurrte Büttner und sah seine Entenkeule bereits irgendwo im Nirwana verschwinden.

„Der Herr hier möchte eine Aussage machen", erwiderte Hasenkrug und schob den Mann weiter zum Schreibtisch.

Mist! Das hatte ja so kommen müssen! Warum sollte er, Büttner, auch nur einfach mal Glück haben!? „In welchem Fall?", brummte er und seine Stimme sank um mindestens eine Oktave tiefer.

„Mordfall Rautschek."

Ade, du schöne Entenkeule! Seufzend bedeutete Büttner dem potenziellen Zeugen, am Besprechungstisch Platz zu nehmen.

„Was wissen Sie über Rautschek?", fragte er dann und schob sich, bevor er sich ebenfalls an den Tisch setzte, zum Trost eine von den Pralinen in den Mund, die er in seiner Schreibtischschublade bunkerte.

„Ich habe in der Zeitung gelesen, dass er umgebracht wurde."

„Nun, da erzählen Sie ja mal was Neues", tönte Büttner schmatzend und konnte sich einen sarkastischen

Unterton nicht verkneifen.

Der Mann ließ sich jedoch nicht beirren. „Ich war seit dem Tag, als das Unglück auf der Plattform passierte, im Urlaub. In Mexiko. Ich habe erst heute mitbekommen, dass Rautschek offenbar ermordet wurde."

„Sie kannten Rautschek, Herr ... wie war doch gleich ihr Name?"

„Hilko Bloem."

„Also, Herr Bloem, kannten Sie Steffen Rautschek?"

„Ja, sicher, ich habe ihn ja oft gefahren."

„Gefahren? Wohin?", fragte Büttner, nun doch neugierig geworden.

„Na, zur Plattform. Mit dem Boot. Oder wieder zurück."

„An dem Tag vor dem Unglück, haben Sie ihn da auch gefahren?"

„Ja."

„Nach meiner Information wurde Rautschek aber mit dem Helikopter zur Plattform geflogen. Und das, obwohl er noch nicht mal Dienst hatte."

„Ja, das stimmt. Deswegen wollte er ja auch nur kurz dableiben."

„Und dann kam er aber wegen des schlechten Wetters nicht mehr weg."

„Doch."

„Was heißt das, doch?", fragte Büttner, nun in höchstem Grade alarmiert.

„Ich hab ihn ja schon mittags abgeholt. Da war das Wetter noch gut."

Das saß! Büttner hatte das Gefühl, als flatterten plötzlich hunderte von Schmetterlingen durch seinen Körper und kitzelten jede einzelne seiner Zellen wach. Wenn das stimmte, was dieser Bloem hier sagte, dann war Rautschek gar nicht auf der Plattform ums Leben gekommen, wie sie bisher immer angenommen hatten. Und dieser Spinner von Hufschmidt hatte ihnen tatsächlich eine abscheuliche Lüge aufgetischt. Na warte, dachte Büttner, den knöpfe ich mir vor!

„Sind Sie ganz sicher?“, fragte er überflüssigerweise.

„Ja, natürlich“, nickte Hilko Bloem. „Wir haben uns ja noch darüber unterhalten, was er mit seinem freien Tag noch anfangen wollte und dass ich noch am gleichen Abend nach Mexiko fliegen würde.“

„Und darf ich fragen, was Rautschek noch vorhatte?“

„Ich habe ihn auf Juist am Hafen abgesetzt. Er sagte, da hätte er noch eine wichtige Verabredung. Und dann hat er noch was Seltsames hinzugefügt.“

„Was Seltsames?“, fragte Büttner lauernd.

„Ja. Er sagte, dass es mal Zeit sei aufzuräumen und die Leute zur Besinnung zu bringen.“

„Sagte er auch, welche Leute er zur Besinnung bringen wollte?“

„Nein, das sagte er nicht. Ich habe ihn gefragt, aber er hat abgewinkt. Besser, ich wüsste davon nichts, sagte er.“

„Und dabei haben Sie es bewenden lassen.“

„Ja. Er hatte so bestimmt geklungen, da hab ich mich nicht getraut, noch mal nachzufragen. Und dann haben wir über Mexiko gesprochen.“

„Verdammter Mist!“, fluchte Büttner enttäuscht und schlug mit der flachen Hand auf den Tisch.

„Tut ... mir leid“, flüsterte sein Gegenüber erschrocken.

„Schon gut, Herr Bloem.“ Büttner hob beschwichtigend die Hände. „Sie konnten ja nicht ahnen, dass es noch wichtig werden würde. Nein, Sie haben uns wirklich sehr geholfen. Vielen Dank, dass Sie gleich zu uns gekommen sind!“

„Oh, da nicht für“, freute sich Bloem über das unerwartete Lob und wurde rot.

„Hasenkrug“, wandte sich der Hauptkommissar an seinen Assistenten, „nehmen Sie bitte die Aussage von Herrn Bloem zu Protokoll. Ich muss leider gehen, habe noch eine wichtige Verabredung."

Dass es sich bei seiner Verabredung um ein Rendezvous mit einer Entenkeule handelte, verschwieg Büttner lieber. Er schüttelte Hilko Bloem gut gelaunt die Hand, dann ging er ungewöhnlich behände zur Tür hinaus.

63

Tomke war wieder zu Hause. Seine geliebte Tomke. Er sah sie am Tisch sitzen, den Kopf in die Hände gestützt. Offensichtlich las sie in der Tageszeitung. Nun ja, sie musste sich ja erst wieder informieren, was in den letzten Wochen so geschehen war. Sie hatte sich wohl nicht getraut, bei ihm anzurufen. Er hätte ihr doch alles Wichtige erzählen können. Aber natürlich war sie sehr schüchtern, schließlich wusste sie nicht, wie sie ihm ihre Liebe gestehen sollte. Aber er würde ihr gerne entgegenkommen. Viel zu lange hatten sie schon getrennt voneinander gelebt, hatten beide so viel Leid durchleben müssen. Nun wurde es Zeit, dass sie einander trösteten. Dass sie sich die Liebe und Wärme gaben, auf die sie beide so lange hatten verzichten müssen.

Tagelang hatte er alles vorbereitet, sein kleines Schloss zu einem wahren Palast gemacht, in dem sich seine Prinzessin wohl fühlen würde. Eine ganz neue Einrichtung hatte er sich von dem vielen Geld gekauft, das er sich auf so clevere Weise verdient hatte. Im Schlafzimmer stand nun ein ausladendes Himmelbett, mit Decken und Kissen aus reiner Seide, auf denen sie sich richtig austoben konnten. Bestimmt war seine Prinzessin total ausgehungert, verzehrte sich nach seiner Liebe. Oh, sie würde ihm in diesem fantastischen Himmelbett alles geben, wonach er sich so lange gesehnt hatte! Er konnte sich gut vorstellen, dass sie auf Fesselspiele stand. Nun, er hatte nichts dagegen. Er würde sie mit seiner Zunge zum Wahnsinn treiben, während sie, wehrlos ans Bettgestell gekettet, vor Wonne laut aufschrie.

Vielleicht mochte sie es aber auch romantisch, wenn sie die ersten gierigen Sexspiele hinter sich hatten. Auch daran hatte er gedacht und einen kuscheligen Platz vor dem offenen Kamin geschaffen. Dazu ein wenig romantische Musik ... ach, er konnte es kaum erwarten!

Wie ausgezerrt sie aussah! Er würde sie aufpäppeln, für sie kochen. Dazu würden sie Champagner trinken, Tag und Nacht. Er würde ihr den Champagner in den Bauchnabel und auf ihre Brüste tröpfeln und ihn dann mit seiner Zunge abschlecken. Sie würde in Ekstase geraten. Endlich würden sie ein richtiges Paar sein. Endlich, endlich, endlich.

So, genug geträumt. Nun wurde es aber Zeit, dass er sich bemerkbar machte. Sie konnte ihn nicht sehen, hier draußen im Dunkeln. Aber er sah sie, in ihrem von vielen Kerzen erhellten Wohnzimmer. Wie romantisch sie war, mit alle den Kerzen! Dann würde ihr bestimmt auch der große Blumenstrauß gefallen, mit dem er sie jetzt überraschen würde! Vielleicht würde sie zunächst ein wenig herumzicken, wenn er sie bat, mit ihm in sein Schloss zu gehen. Aber auch das hatte er eingeplant. In diesem Fall würde er sie eben schlafend über die Schwelle tragen. Und sie dann langsam wieder wachküssen.

64

Es war purer Zufall, dass das Feuer schnell entdeckt wurde. Ein Feuerwehrmann, der als einer der ersten am Einsatzort eingetroffen war, würde es später gegenüber der Zeitung schmunzelnd als *beschissenes Glück* bezeichnen. Und wenn man es genau nahm, war es das tatsächlich. Denn nur der Durchfallerkrankung seines Hundes war es zu verdanken, dass ein Nachbar bei dem unwirtlichen Wetter, das an diesem Abend herrschte, um genau die Zeit sein Haus verließ, als die Zeitung in Tomkes Coordes' Wohnzimmer Feuer fing. Keiner konnte sich erklären, wie es möglich war, dass Tomke das Haus verlassen hatte, ohne zuvor die zahlreichen Kerzen zu löschen, die im Wohnraum für eine heimelige vorweihnachtliche Atmosphäre sorgten. Alle Versuche, Tomke über ihr Handy zu erreichen, liefen ins Leere. Es meldete sich immer nur die Mailbox. Als Hauptkommissar Büttner am Einsatzort eintraf, herrschte Ratlosigkeit. Denn nach den Angaben aller Nachbarn, die sich neugierig vor dem rotweißen Absperrband drängelten, passte solch eine Nachlässigkeit nicht zu Tomke Coordes. „Da muss irgendwas passiert sein", brachte es ein älterer Mann auf den Punkt.

Dieser einfache Satz trieb Büttner trotz des eisigen Windes, der um die Häuserecken pfiff, den Schweiß auf die Stirn. Hörte das denn nie auf? Er hatte keine Lust auf noch mehr Drama. Immer, wenn er dachte, es könne nicht mehr schlimmer kommen, wurde er sofort eines Besseren belehrt. Es konnte doch wohl nicht sein, dass schon wieder jemand verschwunden war, der unmittelbar mit der *N.S.OffshorePower Ltd.* in Verbindung stand! Wenn er Glück hatte, hatten sich die Nachbarn getäuscht. Denn es konnte ja sein, dass Tomke Coordes nach dem Unglück nicht mehr dieselbe war wie zuvor. Vielleicht war sie immer noch etwas verwirrt und hatte ganz einfach vergessen, die Kerzen auszublasen. Womöglich trieb sie sich gerade mit Freunden auf dem Emder Weihnachtsmarkt herum und ließ sich ihren Glühwein schmecken. Das wäre wirklich zu schön um wahr zu sein. Aber so viel Glück würde er nicht haben, das sagte ihm schon sein Bauchgefühl. Nun ja, wenigstens hatte er soeben noch gut gegessen, seine Frau hatte einen herrlich deftigen Eintopf aufgetischt. Der lag ihm zwar nach der Ente am Mittag etwas schwer im Magen, war aber ganz köstlich gewesen.

„Hasenkrug, schauen Sie doch bitte mal in der Wohnung von Frau Coordes nach, ob es irgendwo ein Notizbuch oder Ähnliches mit Telefonnummern gibt. Und wenn ja, geben Sie es direkt an die Kollegen im Revier, und die sollen sie abtelefonieren, eine nach der anderen, und fragen, ob sich Frau Coordes bei irgendeinem von denen aufhält. Das Gleiche machen Sie selbst dann bitte mit den gespeicherten Kontakten in ihrem Festnetztelefon. Aber gleichen Sie die Listen zuvor miteinander ab. Nicht, dass wir diverse Leute doppelt anrufen und die uns für unterbelichtet halten." Gerade, als er mit seinen Anweisungen fortfahren wollte, kam ein Kollege der Spurensicherung auf ihn zu und reichte ihm ein Handy im Plastikbeutel. „Das dürfte das Handy der vermissten Person sein", sagte er, „ist auf lautlos geschaltet."

„Gut", antwortete Büttner, „das erklärt auch, warum wir sie nicht erreicht haben. Hasenkrug, Sie wissen, was Sie zu tun haben", wandte er sich an seinen Assistenten und reichte den Beutel an ihn weiter.

„Bleibt nur zu hoffen", fuhr er an den Kollegen der Spurensicherung gewandt fort, „dass Frau Coordes das Handy absichtlich hier liegengelassen hat, um endlich mal ungestört zu sein. Das würde auch erklären ..."

„Wohl kaum", fiel ihm ein weiterer Kollege in weißem Schutzanzug ins Wort und hielt ihm einen weiteren Plastikbeutel vor die Nase, in dem sich ein helles Tuch befand.

„Was ist das?", fragte Büttner und sah sich den Beutel mit gerunzelter Stirn an.

„Ein Tuch."

„Ach was."

„Mit Chloroform."

„Scheiße."

„Ja, sieht nicht so aus, als habe Frau Coordes freiwillig ihr Haus verlassen."

„Buchen Sie mir bitte einen Flug nach Timbuktu. Ich wandere aus", sagte Büttner tonlos und spürte, wie ihm der kalte Schweiß den Nacken hinunterlief. Er machte sich auf den Weg ins Haus, um sich von seinen Leuten genau erklären zu lassen, was sich ihrer Ansicht nach dort ereignet hatte.

Ein beißender Geruch nach Rauch schlug ihm entgegen, obwohl ein Fenster offen stand, durch das der Nachbar eingestiegen war, nachdem er mit einem Stein ein Loch hineingeworfen hatte. Dank seiner Geistesgegenwart hatte nach der Zeitung lediglich der schwere Holztisch Feuer gefangen, der nun reichlich verkohlt aussah.

„Gibt es Einbruchspuren?", fragte Büttner.

„Nein. Es sieht so aus, als habe Frau Coordes ihren Entführer selber ins Haus gelassen."

„Sie muss ihn also gekannt haben."

„Davon ist auszugehen, ja. Zumal sie ihn wohl noch ins Wohnzimmer gelassen hat."

„Woraus schließen Sie das?"

„Ein Stuhl war umgekippt und eine Blumenvase lag

auf dem Boden."

„Könnte das auch später passiert sein, bei den Löscharbeiten?"

„Nein, der Nachbar, der das Feuer entdeckt hat, hat ausgesagt, dass das schon so war, als er in die Wohnung gekommen ist."

„Hm. Und der Nachbar selbst kann nicht der Täter sein?"

„Wie bitte?"

„Ach, vergessen Sie's. Ich habe nur laut gedacht. Wäre aber auch zu einfach. Und das hätte auch nicht zu diesem Fall gepasst."

Der Kollege warf Büttner einen besorgten Blick zu. „Alles klar, Herr Hauptkommissar?", fragte er dann.

„Nein, nichts ist klar, das sehen Sie doch!", knurrte der zurück. „So langsam komme ich hier an meine Grenzen. Jetzt sind schon zwei Frauen verschwunden."

„Wenn Sie mir einen Hinweis gestatten ..."

„Bitte."

„Vielleicht hängen die beiden Fälle ja miteinander zusammen. Ich meine, könnte es nicht sein, dass die eine Frau, Inka Henzler heißt die mit Haftbefehl gesuchte ja wohl, die andere Frau, Tomke Coordes nämlich, entführt hat?"

„Und warum sollte sie das Ihrer Meinung nach tun?"

„Vielleicht weil Frau Coordes zu viel weiß."

„Was sollte sie denn wissen?"

„Ja, was weiß ich."

„Aha, sehen Sie, da geht es Ihnen genauso wie mir. Faktisch wissen wir nichts. Wir können lediglich spekulieren. Und das werde ich auch tun. Aber erst morgen, wenn ich ausgeschlafen bin. Dann werde ich im Revier noch mal die wirrste Grafik der Welt analysieren und schauen, ob wir irgendwas übersehen haben."

„Viel Spaß dabei."

„Haben Sie eine bessere Idee?", fuhr Büttner ihn

entnervt an.

„N-nein."

„So. Dann bitte mal ganz einfach mal die Klappe halten! Hasenkrug", rief Büttner dann seinem Assistenten zu, der gerade zum wiederholten Male eine Nummer auf der Tastatur von Tomkes Handy drückte, um einen weiteren Bekannten zu erreichen, „leiten Sie bitte alles in die Wege, was man in einem solchen Fall eben tut! Wir sehen uns morgen! Ich brauche jetzt erst mal Ruhe. Das mit dem Telefonieren können Sie sich übrigens schenken, Frau Coordes wurde entführt. Oder ... nein, machen Sie weiter und finden Sie heraus, wer zuletzt mit ihr gesprochen hat." Damit drehte er sich um und ging zu seinem Auto zurück. Er musste sich jetzt etwas Gutes tun. Vielleicht hatte seine Frau ja noch ein wenig von diesem himmlischen Eintopf übrig.

65

„Oh Mist, warum kann es denn nicht ein bisschen schneller gehen!?“, fluchte Maarten und schlug zum wiederholten Male heftig auf das Handschuhfach ein.

„Weil Stau ist?“, fragte Franziska mit einem unüberhörbar sarkastischen Unterton zurück.

Bereits seit einer halben Stunde standen sie, vom Flughafen kommend, irgendwo zwischen Bremen und Oldenburg auf der Autobahn und konnten sich nur ab und zu mal um wenige Meter nach vorne schieben.

„Danke“, brüllte er, „das weiß ich selbst!“

„Maarten“, sagte Franziska seufzend und sah ihn missbilligend von Seite an, „nun mach dich mal locker. Es gibt Situationen, an denen kann man absolut nichts ändern. Nicht mal du. Und ich schätze, diese hier gehört dazu. Also, reg dich ab und schone deine Nerven. Die wirst du nämlich vermutlich noch brauchen.“

„Der Gedanke, dass Tomke irgendwo hockt und in Gefahr ist, macht mich wahnsinnig“, erwiderte Maarten kläglich und fuhr sich mit den Händen über die übermüdeten Augen. Seit er Franziskas Anruf erhalten hatte, dass Tomke anscheinend das Opfer einer Entführung geworden war, hatte er keine Minute mehr geschlafen. Panisch war er durch seine Firma gerannt und hatte eine der Sekretärinnen angebrüllt, sie solle den nächsten Flug nach Deutschland buchen, und wenn der nicht innerhalb von zwei Stunden stattfände, würde ihr umgehend gekündigt. Die Mitarbeiter, die das Pech hatten, ihm in dieser Stimmung über den Weg zu laufen, hatten unwillkürlich die Köpfe eingezogen, denn einen solchen Ausbruch hatten sie bei ihrem Chef noch nie erlebt.

„Die Suche nach Tomke läuft auf Hochtouren, Maarten. Die Polizei tut, was sie kann."

„Ja, eben", rief er aufgebracht, „die können doch nichts! Oder hast du in den letzten Wochen irgendwelche Fortschritte in den Ermittlungen gesehen? Versagt haben sie, auf ganzer Linie versagt! Denn hätten sie ihren Job vernünftig gemacht, dann säße Tomke jetzt gemütlich auf ihrem Sofa und nicht ... Scheiße! Ich ertrage diesen Gedanken nicht, ich ertrage ihn einfach nicht!"

Franziska legte ihm beruhigend die Hand aufs Bein. „Lass uns die Zeit, die wir hier rumgammeln müssen, wenigstens konstruktiv nutzen. Wir müssen uns eine Strategie ausdenken, wie wir die Polizei bei der Suche nach Tomke unterstützen können. Natürlich dürfen die davon nichts wissen, sie würden uns sofort jede Maßnahme strikt untersagen. Aber dumm herumsitzen und Däumchen drehen will ich auch nicht. Komm, wir gehen jetzt alles noch mal durch und überlegen uns, wer für diese Schweinerei infrage kommt."

„Womöglich ist sie schon ... tot", sagte Maarten gequält.

„Quatsch!", stieß Franziska gepresst hervor.

„Der Mörder von Rautschek ist noch auf freiem Fuß, wie wir jetzt wissen. Vielleicht hat er es auch auf Tomke abgesehen."

Der Gedanke war Franziska natürlich auch schon gekommen, sie hatte sich aber nicht getraut ihn auszusprechen. Irgendwo in Ostfriesland lief ein brutaler Mörder herum, und es war gut möglich, dass er auch Tomke, aus welchem Grund auch immer, ins Visier genommen hatte. Womöglich war es tatsächlich Inka, wie es ein Journalist in der aktuellen Ausgabe der Ostfriesenzeitung gemutmaßt hatte. Denn, wer in der

Lage war, ein kleines, unschuldiges Kind zu entführen, der schreckte im Zweifel auch vor einem Mord nicht zurück. Inka. Nie im Leben hätte Franziska gedacht, dass ihre stets freundliche Kollegin zu solch einer Tat fähig war. Da verlor man doch echt den Glauben an die Menschheit.

„Was ich nicht verstehe", sagte Franziska, nachdem sie eine Weile geschwiegen hatte, „ist, warum Antje, die Praktikantin, die auf der Plattform ums Leben kam, laut ihrer Freundin Esther einen Mord beobachtet haben will. Denn wie wir ja erfahren haben, war Rautschek zum Zeitpunkt seiner Ermordung gar nicht mehr auf der Plattform."

„Darüber habe ich auch schon nachgedacht", nickte Maarten, und seine Stimme klang jetzt deutlich ruhiger. Anscheinend war die plötzliche Wutattacke abgeebbt. „Da muss irgendwas vorgefallen sein, von dem wir noch nichts wissen. Vielleicht hat sie sich ja getäuscht."

„Hm. Aber warum sollte sie so was behaupten, wenn sie sich nicht absolut sicher war? Sie muss zumindest etwas gesehen haben, was für sie wie ein Mord aussah, das steht fest. Vielleicht sollten wir Esther noch mal genauer fragen."

„Das wird nichts bringen. Mehr als damals wird sie uns auch jetzt nicht sagen können, schließlich ist die einzige Tatzeugin tot", bemerkte Maarten zweifelnd.

„Trotzdem. Ich rufe Esther mal an, wenn wir wieder zurück sind", erwiderte Franziska bestimmt.

Maarten sah sie finster an. „Mir wäre es lieber, wir würden erstmal die Entführung von Tomke aufklären."

„Vielleicht hängt das miteinander zusammen."

„Wir werden es nicht herausbekommen, Franziska. Lass uns jetzt überlegen, wie wir weiter vorgehen. Es hat keinen Sinn, nachher wie die kopflosen Hühner durch Emden zu springen."

„Meine Worte", sagte Franziska gedehnt. „Ich würde vorschlagen, wir gehen einfach mal in Tomkes Haus und sehen uns da ein wenig um."

„Die Polizei wird das Haus versiegelt haben", gab Maarten zu bedenken.

„Nun, dann müssen wir es eben auf offiziellem Wege machen."

„Wie soll das denn funktionieren? Das macht die Polizei doch nie im Leben mit!"

„Wir sagen einfach, wir wüssten was von den Tagebüchern."

„Tomke hat Tagebücher geschrieben? Woher weißt du das denn?"

„Ich weiß es doch gar nicht. Aber wir tun so, als wüssten wir, dass es welche gibt und wo sie sie versteckt hat. Und dann bitten wir darum, dass wir ins Haus gehen und sie holen dürfen."

Maarten gab einen unterdrückten Laut von sich, der sich wie ein missbilligendes Grunzen anhörte. „Das werden die dann schon selber machen wollen."

„Ach was, das krieg ich schon hin."

„Und dann?"

„Du wartest draußen und ich lasse dich rein, wenn es keiner sieht."

„Klingt abenteuerlich."

„Kann aber funktionieren."

„Hm. Und wenn sie das Haus beobachten?"

„Warum sollten sie das tun?"

„Falls der Entführer zurückkommt."

„Um saubere Unterwäsche zu holen, oder was?"

„Hm."

„Tomke wohnt alleine, Maarten, da wird sich in ihrem Haus ganz bestimmt keiner mehr sehen oder hören lassen. Die haben die Hütte versiegelt und damit ist gut."

„Dein Wort in Gottes Ohr."

„Wenn das nicht klappt, denken wir uns was anderes aus. Oder hast du einen bessere Idee?"

„Nein, nicht wirklich."

„Also, dann lass es uns versuchen.“

Es kam, wie es kommen musste. Die Polizei wollte sich auf das von Franziska vorgeschlagene Vorgehen nicht einlassen. Wenn es irgendwelche Tagebücher gäbe, hatte der freundliche Beamte verkündet, dann hätten die Kollegen sie mit Sicherheit schon gefunden, denn man habe in dem Haus von Frau Coordes selbst unter der letzten Bodendiele nachgesehen. Die Spurensicherung sei da sehr gründlich.

Franziska hatte auf alle mögliche Weise versucht, ihn noch umzustimmen, er aber hatte sich nicht erweichen lassen. Enttäuscht hatte Franziska das Revier daraufhin wieder verlassen.

„Hab ich dir ja gleich gesagt“, maulte Maarten, als sie kopfschüttelnd wieder zu ihm ins Auto stieg.

„Klugscheißer.“

„Und jetzt?“

„Lass dir was einfallen.“

„Hab ich schon. Deine abenteuerliche Idee hat mir von Anfang an nicht gefallen, und da habe ich einen Plan B entwickelt.“

„Da bin ich aber gespannt.

„Ich habe mit Keno gesprochen.“

„Mit welchem Kino?“

„Keno, nicht Kino. Keno Coordes. Er ist Tomkes jüngster Bruder.“

„Und was kann der beitragen?“

„Einen Haustürschlüssel.“

Franziska sah Maarten mit hochgezogenen Augenbrauen an. „Du willst da einfach so mit einem Schlüssel reinmarschieren?“, fragte sie perplex.

„Ja, geht ja nicht anders.“

„Und die Siegel?“

„Am besten nehmen wir die Kellertür. Da merken sie es vielleicht nicht so schnell.“

Franziska dachte für einen Moment darüber nach und

kam zu dem Ergebnis, dass ihnen gar nichts anderes übrig blieb. Schließlich zählte jede Sekunde. Denn wer wusste schon, was Tomke in diesen Stunden und Minuten bei ihrem Peiniger gerade durchmachte? „Okay“, sagte sie so heftig nickend, als müsse sie sich selber Mut machen, „ich bin dabei. Schließlich haben wir ja schon mal einen Einbruch gemeinsam mit Bravour gemeistert.“ Als Maarten sie fragend ansah ergänzte sie: „Der Einbruch in der Firma, um die Pläne zu stehlen, du erinnerst dich?“

„Ja, nur da war Tomke die treibende Kraft“, sagte er lahm.

„Nun, dann dürftest du ja viel bei ihr gelernt haben. Also, wann geht’s weiter mit unserer kriminellen Karriere?“

„Am besten noch bei Tageslicht. Dann müssen wir kein Licht machen und es fällt nicht so auf, wenn wir im Haus sind.“

„Gut. Dann müssen wir uns aber beeilen. Um diese Jahreszeit hat man ja kaum den Sonnenaufgang registriert, dann ist es auch schon wieder dunkel. Wie sieht’s mit ... ähm ... Keno aus?“

„Ich ruf ihn sofort an, dann können wir los. Er sagt, er steht jederzeit zur Verfügung. Die Familie kann ihr Unglück wohl gar nicht fassen. Gerade erst hatten sie ihre Tochter und Schwester wieder ...“ Maarten spürte, wie Tränen in seine Augen traten und schluckte. „Lass uns einfach hinfahren, okay? Ich telefoniere derweil mit Keno.“

66

Mit weit aufgerissenen Augen starrte Tomke in die Dunkelheit und versuchte sich zu orientieren. Wo, verdammt noch mal, war sie hier? Und warum? Seit geraumer Zeit schon versuchte sie, ihre Arme zu bewegen, aber sie mussten irgendwo festgebunden sein. Je mehr sie zog und zerrte, desto mehr schnitten ihr die Taue, oder was auch immer es war, in die Handgelenke. Voller Panik versuchte sie sich zu erinnern, was passiert war, aber ihr Gehirn arbeitete nicht richtig. Es kam ihr vor, als wären ihre Gedanken in Watte gehüllt, alles war so dumpf und zäh. Von irgendwo her vernahm sie ein leises Stöhnen und Wimmern, doch sie konnte es nicht einordnen. Kam es aus demselben Raum? Oder drang es durch eine Wand zu ihr herüber?

Wieder zerrte sie an ihren Armen, aber im nächsten Moment fuhr ein so scharfer Schmerz in ihre Handgelenke, dass sie einen lauten Schrei von sich gab. „Hilfe!“, rief sie verzweifelt, „Hilfe, bitte, lasst mich hier raus!“ Es musste ein Traum sein, da war sie sich sicher. Schon die ganzen letzten Wochen hatte sie immer wieder Albträume gehabt. Aber keiner war so klar gewesen wie dieser. Mit aller Macht versuchte sie aufzuwachen, aber es gelang ihr nicht. Und der Schmerz in ihren Handgelenken war so real, dass sie beinahe glaubte, gar nicht zu schlafen, sondern wach zu sein. Aber das war doch nicht möglich. Sie war doch wieder zuhause in ihrer Wohnung und ... las Zeitung?

„Oh, mein Gott“, murmelte sie leise, und plötzlich war

alles wieder da. Georg Hufschmidt war bei ihr zu Besuch gewesen und hatte sich so seltsam benommen. Zunächst hatte sie gedacht, er wolle sich für sein schäbiges Verhalten im Krankenhaus entschuldigen, als er versucht hatte ihr einzureden, dass sie Steffen Rautschek auf dem Gewissen habe. Aber dann war er plötzlich zudringlich geworden, hatte irgendwas von Liebe gefaselt und einem gemeinsamen Leben. Sie hatte ihn angeschrien, er solle sofort ihr Haus verlassen. Aber er hatte sich nicht beirren lassen, hatte sie immer wieder angefasst. Sie hatte einen Stuhl nach ihm geworfen, dann eine Vase. Aber beides hatte ihn um Längen verfehlt und er hatte laut gelacht. Er liebe es, wenn sie so wild würde und wüsste genau, dass sie eigentlich etwas ganz anderes wolle. Aber gut, wenn sie auf dieses Spiel stehe, dann würde er sich dem gerne hingeben. Und plötzlich hatte er sich wie eine Raubkatze auf sie gestürzt, hatte sie zu Boden geworfen und dann ... nichts mehr.

Tomke zitterte am ganzen Leib. Dies war kein Traum! Dies war bittere Realität! Georg Hufschmidt hatte sie entführt! Er war wahnsinnig, er ... Sie hatte den Gedanken noch nicht zu Ende geführt, als sie plötzlich alles wieder vor sich sah. Sie saß in einem Büro auf der Plattform. Auch da hatte er auf einmal in der Tür gestanden und sie mit diesem seltsamen Blick angesehen. Auch da hatte er irgendwas von Liebe gestammelt, ihr ein Päckchen entgegengehalten und sie in eine Ecke gedrängt, bis sie nicht mehr ausweichen konnte. Sie hatte ihm einen Schlag versetzt, er war zu Boden gegangen, hatte sie aber zu fassen gekriegt und sich auf sie geschmissen. Sie hatte keine Luft mehr bekommen. Und dann war da plötzlich dieser laute Knall gewesen.

Hier riss ihre Erinnerung abrupt ab. Aber das bisschen, was sie jetzt vor sich gesehen hatte, reichte aus, um sie in nackte Panik zu versetzen. Georg Hufschmidt war irre und bildete sich ein sie zu lieben! Nein, schlimmer noch:

Er bildete sich ein, sie würde ihn lieben. Womöglich bildete er sich sogar ein, sie sei freiwillig hier. „Hilfe!“, schrie sie wieder aus vollem Hals, „bitte, helft mir, ich muss hier raus!“ Im nächsten Moment hörte sie wieder das leise, gequälte Stöhnen, aber sie konnte immer noch nicht einordnen, woher genau es kam. Hier musste noch jemand sein, jemand, der offensichtlich Schmerzen hatte. „Hallo“, sagte sie leise, „hallo, ist hier wer?“ Aber sie bekam keine Antwort. Und plötzlich wurde sie von einem Lichtstrahl geblendet. Irgendjemand kam zur Tür herein. „Na, meine Prinzessin, bist du endlich aufgewacht“, hörte sie eine ölige Stimme sagen und spürte in demselben Moment, wie ihr das Blut in den Adern gefror.

Georg Hufschmidt schaltete das Licht ein, und Tomke blickte mit zusammengekniffenen Augen in einen riesigen Kronleuchter, der in der Mitte des großen Raumes von der Decke baumelte. Langsam gewöhnte sie sich an das grelle Licht und sah sich mit schreckenstarrem Blick im Zimmer um. Sie lag in einem ausladenden Himmelbett mit bordeauxrotem Baldachin. Die Kissen und Decken, die sie mit ihrem Blick erfassen konnten, waren aus altrosa Seide. Die Wände waren mit kitschig gemusterten Tapeten verkleidet, ebenfalls in Rot- und Rosatönen. Zur Tür hin sah sie den Ausschnitt eines dunkelroten, flauschigen Teppichs, mehr konnte sie vom Bett aus nicht erkennen. An der gegenüberliegenden Wand war ein riesiger Spiegel angebracht, davor lagen diverse rot gemusterte Kissen herum. Kurz gesagt: der ganze Raum war eine Hölle in Rot.

„Na, meine kleine Tomke, gefällt dir dein neues Zuhause?“, fragte Hufschmidt und trat mit einem irren Lächeln auf dem Gesicht zu ihr ans Bett. Voller Panik riss Tomke wieder an den Stricken, die, wie sie mit zurückgelehntem Kopf feststellte, mit schwarzen Kabelbindern am eisernen Bettgestell festgebunden waren. „Au!“, schrie sie unvermittelt, als ihr der Schmerz wie tausend Messerstiche in die Arme schoss.

„Na, na“, zwitscherte Hufschmidt, „wer wird sich denn da die zarten Handgelenke kaputt machen!“ Er strich mit seinen Fingern über die Wunden, was Tomke ein leises Stöhnen entlockte. „Ja, das gefällt dir, wenn ich dich anfasse, nicht wahr, mein Täubchen“, sagte er, „das habe ich doch gewusst.“

Tomke schnappte entsetzt nach Luft. „Lass mich sofort gehen, du Arschloch!“, schrie sie ihm ins Gesicht.

„Ich mag es, wenn du schreist, weißt du“, flüsterte Hufschmidt dicht an ihrem Ohr. „Aber ich möchte nicht, dass uns hier jemand hört. Denn das Spiel, das wir jetzt spielen, ist ganz alleine unseres. Und deshalb werde ich dir jetzt das hier um deinen süßen Mund binden, mein göttlicher Schatz.“ Damit griff er in seine Tasche und zog ein Tuch hervor. Tomke holte zu einem weiteren Schrei aus. Doch noch bevor auch nur ein Ton herauskam, hatte er ihr das Tuch in den offenen Mund gestopft. Im nächsten Moment glaubte sie zu ersticken und versuchte verzweifelt nach Luft zu schnappen. „Pscht“, machte ihr Peiniger, „du musst jetzt durch die Nase atmen, mein Engel. Ganz ruhig. Pscht.“ Dabei fuhr er ihr mit der Hand über die Unterseite ihres Armes.

Im nächsten Moment fing Tomke wie wild an, mit den Beinen zu strampeln und versuchte, Hufschmidt einen Tritt zu versetzen. Aber der saß zu weit am Kopfende, sodass der Tritt ins Leere ging.

„Tststs, was für ein wildes Kätzchen du bist. Na ja, dann binden wir dir eben auch noch die Beine fest. Dass ich daran nicht gleich gedacht habe. Aber du hast recht, so wird es uns beiden noch mehr Spaß machen.“

„Oh, lieber Gott“, betete Tomke still, „bitte, bitte lass mich sterben, bevor dieser wahnsinnige über mich herfällt.“ Lieber wollte sie tot sein, als das zu ertragen, was Georg Hufschmidt offensichtlich mit ihr vorhatte. Aus den Augenwinkeln sah sie, wie er zwei dünne Seile aus einer Tasche zog. Er beugte sich zu ihren Beinen hinunter, und diesen Moment nutzte sie, um kräftig nach seinem Gesicht zu treten. Er jaulte auf und griff sich an die Nase, aus der wenig später das Blut hervorschoss. „Du kleine Hexe", krächzte er, „das machst du nicht noch mal!" Und tatsächlich wünschte Tomke sich, sie hätte sich zurückgehalten, als er sich im nächsten Moment wie ein Besessener auf sie warf, ein Seil mit offensichtlich vorbereiteter Schlinge um ihr linkes Bein schlang und so heftig daran zog, dass sie meinte, ihr Oberschenkel würde vom Rumpf getrennt. Der Schmerz war so heftig, dass ihr Tränen in die Augen traten. Die gleiche Prozedur wiederholte er mit ihrem rechten Bein.

Nachdem er die Gliedmaßen am Bett vertäut hatte, setzte er sich keuchend auf und wischte sich mit der Hand übers Gesicht, wobei er das nach wie vor fließende Blut verwischte. Der Anblick ließ Tomke das pure Grauen in die Glieder fahren.

„So, mein Täubchen", nuschelte Hufschmidt unter seiner linken Hand hervor, „und jetzt kommen wir zum angenehmen Teil des Tages. Du wirst sehen, es wird dir viel Freude bereiten." Er rutschte ein Stück näher an Tomkes Kopf heran und fing dann umständlich mit der noch freien Hand an, ihre Bluse aufzuknöpfen. Dabei strich er immer wieder sanft über ihren Bauch. Doch es schien ihm nicht schnell genug zu gehen, und mit einem Fluchen nahm er schließlich seine blutverschmierte linke Hand hinzu. „Ja, so geht es besser", keuchte er und zog, als die Bluse offen vor ihm lag, die Körbchen ihres BHs hinunter, sodass ihre drallen Brüste hervorquollen. „Du ... bist so wunderschön", quetschte er sabbernd hervor und begann, ihre Brüste mit festem Griff zu kneten.

Tomke spürte, wie unaufhörlich ein heftiger Brechreiz in ihr hochstieg. Sie wusste, wenn der Inhalt ihres Magens nach oben drang, würde sie unweigerlich ersticken. Aber der Gedanke schreckte sie erstaunlicherweise nicht. Denn nichts konnte grausamer sein, als das, was Hufschmidt ihr in seiner Wollust antat. Gerade, als sie das erste heftige Würgen verspürte, durchriss ein plötzliches Klingeln den Raum. Tomke sah, wie Hufschmidt stutzte, die Hände von ihren Brüsten nahm und anfing, in seinen Hosentaschen nach dem Handy zu kramen. „Scheiße", fluchte er vor sich hin, „wenn das meine Alte ist, dann bringe ich sie um! Hier stört mich niemand, damit das klar ist!"

Zu Tomkes Erstaunen wich Hufschmidt alle Farbe aus dem Gesicht, als er wenig später auf das Display sah. „Mist", murmelte er und ging doch tatsächlich dran. „Ja, bitte", fragte er mit schwacher Stimme. Tomke hörte, wie am anderen Ende offensichtlich einer lautstark in den Hörer schrie. Und wenn sie nicht alles täuschte, dann war es Hayo Rhein. Sie vernahm Wortfetzen wie *einziger Ingenieur*, *Frechheit*, *Kontrolle* und *sofort kommen.* Hoffnung keimte in ihr auf. Denn Hufschmidt war so blass geworden und nickte ständig so ergeben mit dem Kopf, dass er womöglich gleich aufstehen und tatsächlich gehen würde.

Und das tat er. Tomke konnte es kaum glauben, aber, nachdem er das Gespräch beendet hatte, stand Hufschmidt tatsächlich auf und zog seinen Mantel an, den er achtlos auf den Boden geworfen hatte, als er hereingekommen war. Er warf einen bedauernden Blick auf Tomkes halbnackten Körper, kam noch mal zurück und drückte ihr einen Kuss auf die Brust. „Tut mir leid, mein Schatz, ich muss jetzt gehen", murmelte er und sah ihr in die Augen. „Aber du läufst ja nicht weg. Und wenn ich wiederkomme, wird es noch viel schöner, das verspreche ich dir." Er strich ihr eine Haarsträhne aus der Stirn, dann war er verschwunden.

67

Mit leisen Schritten folgten Maarten und Franziska Tomkes Bruder Keno die außen gelegene Kellertreppe hinunter und hofften, dass sie keiner der Nachbarn gesehen hatte, als sie das Gründstück betraten. Quer über Kellertür und Rahmen war, wie sie befürchtet hatten, ein Polizeisiegel angebracht, das Keno ohne zu zögern mit einem Taschenmesser durchschnitt. Dann steckte er den Schlüssel ins Schloss, die Tür ließ sich problemlos öffnen. Als er sie aufstieß, quietschte sie jedoch in einem so grellen Ton, dass die drei erschrocken die Luft anhielten. „Das sieht Tomke ähnlich“, presste Keno hervor, „fettes Ingenieurstudium, aber nicht in der Lage, mal ihre Türen zu ölen.“ Als alle hineingeschlüpft waren, schloss er die Tür wieder mit einem schnellen Ruck, um das Quietschen so kurz wie möglich zu halten.

„Was genau sucht ihr eigentlich?“, fragte Keno, als sie, an zahllosem Gerümpel vorbei, die Treppe zur Wohnung hinaufstiegen.

„Keine Ahnung“, antwortete Franziska, „wir wollen nur mal schauen, ob die Polizei bei ihrer Durchsuchung vielleicht was übersehen hat.“

„So wie die hier gewühlt haben, ist das eher unwahrscheinlich, oder?“, meinte Keno.

„Ach, wer weiß, wir ... au, Mist!“, unterbrach Franziska sich im nächsten Moment selbst, als sie Tomkes Wohnzimmer betrat, und schlug erschrocken die Hände vor den Mund.

Und auch Maarten war das Entsetzen ins Gesicht

geschrieben. „Puh“, sagte er mit rauer Stimme, „das hatte ich mir irgendwie anders vorgestellt, als ich hörte, das Feuer habe schnell gelöscht werden können.“

Tatsächlich bot das Wohnzimmer keinen schönen Anblick. In der Mitte des Raumes stand der beinahe komplett verkohlte Tisch und bildete den traurigen Mittelpunkt des völlig verrußten Raumes. Die in freundlichen Farben gestrichenen Wände waren von einem dichten, schwarzen Film überzogen, und auch alle weiteren Möbelstücke sahen aus, als trügen sie Trauer. Der angrenzenden Küche ging es ähnlich. „Schöne Sauerei!“, nuschelte Maarten und bückte sich instinktiv, um den umgefallenen Stuhl wieder in eine aufrechte Position zu bringen. „He“, stieß Keno hervor, „und riss ihn am Arm zurück, „nichts verändern!“

„Oh, sorry“, erwiderte Maarten, „war nur so ein Reflex.“

„Wo fangen wir an?“, fragte Franziska, die sich von ihrem Schrecken wieder erholt hatte.

„Weiß nicht“, antwortete Maarten und zuckte mit den Schultern, „vielleicht im Büro? Wenn es einen Hinweis auf die Hintergründe ihrer Entführung gibt, dann wahrscheinlich am ehesten da.“

Franziska nickte und strebte sofort dem Raum zu, den Tomke als Arbeitszimmer nutzte. „Am besten nimmt sich jeder von uns ein Regal vor“, sagte sie, als sie sich stirnrunzelnd umsah und Berge von teilweise schon vergilbtem Papier entdeckte. „Das ist ja wirklich jede Menge Zeug, was die Gute hier angesammelt hat.“

„Ja, Tomke konnte noch nie was wegschmeißen“, nickte Keno, „war ja auch im Keller unschwer zu übersehen. Ihr hättet früher mal ihr Kinderzimmer sehen sollen, Kraut und Rüben, sag ich euch. Sie meint immer, alles irgendwann bestimmt noch mal gebrauchen zu können. Ist absolut kein Spaß, mit ihr umzuziehen, das könnt ihr mir glauben. Hm, irgendwann mutiert sie bestimmt zum absoluten Messi, wenn sie so weitermacht."

„Na, dann kommt sie wenigstens mal ins Fernsehen, in eine dieser furchtbaren Reality-Shows", knurrte Maarten.

„Na toll", entgegnete Franziska und schürzte die Lippen, „dann werden wir aber alle mächtig stolz auf sie sein, wenn wir Chips fressend vor dem Flachbildschirm hocken und zuschauen, wie die fleißigen Helfer tonnenweise Zeug aus den Fenstern in Container der Megaklasse werfen und ..."

„Auf geht's", rief Keno dazwischen und klatschte in die Hände, „wir haben nicht ewig Zeit!" Damit schnappte er sich den ersten Aktenordner und fing an zu blättern.

Konzentriert arbeiteten sich die drei durch die Papiere, wobei sie darauf achteten, bei den aktuellen Vorgängen anzufangen. Aber im Laufe der Zeit wurden ihre Gesichter immer länger. Die Suche ergab nichts. Absolut nichts. Als sie etwas mehr als die Hälfte durchwühlt hatten, setzte draußen bereits die Dämmerung ein.

„Wir sollten jetzt aufhören", seufzte Franziska und rieb sich die Augen, „ich kann sowieso schon fast nichts mehr sehen. Ich fürchte, diese Aktion war ein Griff in die Tonne."

„Nicht ganz", antwortete Maarten und hielt einen Ordner hoch, auf dessen Rücken das Wort *Manuskripte* stand. „Habt ihr gewusst, dass Tomke Kinderbücher schreibt?"

„Kinderbücher?", fragten Franziska und Keno wie aus einem Mund.

„Ja, hier sind zwei Manuskripte drin. Zumindest gehe ich davon aus, dass sie von Tomke sind", sagte Maarten und reichte den Ordner an Franziska weiter.

Sofort vertiefte sie sich in die erste Geschichte und schien vergessen zu haben, dass es ihr zum Lesen eigentlich schon zu dunkel war. Auch Keno nahm sich eine Geschichte vor, und ab und zu sah man ein Lächeln über sein Gesicht huschen, während er las.

„Die sind ja total schön geschrieben“, schwärmte Franziska, als sie den Ordner wieder beiseite legte und Kenos Manuskript, das er ihr gereicht hatte, wieder abheftete. „Da hat Tomke ja ein Talent, von dem bisher keiner was geahnt hat. Oder wusstet ihr davon?“, wandte sie sich an Keno.

„Keine Spur. Davon hat sie nie was gesagt. Zumindest mir nicht. Aber ich gehe davon aus, dass auch meine Eltern und Brüder nichts davon wissen. Meine Mutter hätte vor lauter Stolz sonst gar nicht die Klappe halten können.“

„Ob Tomke sie schon einem Verlag angeboten hat?“, sinnierte Franziska.

„Wenn nicht, sollten wir sie schnell dazu überreden ... ich meine, wenn sie wieder da ist“, sagte Maarten und seine Stirn umwölkte sich. Für einen Moment hatte er ganz vergessen, warum sie hier eigentlich in Tomkes Sachen wühlten. Er klopfte sich auf seine Beine und stand auf. „Ich schätze, hier kommen wir erstmal nicht weiter. Wir müssen jetzt sehen, was wir noch unternehmen können. Womöglich würden wir in ihrem Büro in der Firma was finden, was meint ihr?“

„Vergiss es“, antwortete Franziska, „die Polizei hat schon alles beschlagnahmt, was nicht irgendwo festgedübelt war. Nee, da ist ganz bestimmt nichts mehr zu holen. Außerdem“, gab sie zu bedenken, „hat Hayo Rhein uns ja vor die Tür gesetzt und uns mit sofortiger Wirkung Hausverbot erteilt. Wir dürfen in den nächsten Tagen nur noch in Begleitung des Sicherheitsdienstes unsere Sachen einsammeln und raustragen.“

„Arschloch!“, sagte Maarten knapp. „Aber das sieht ihm ja ähnlich, dass der da jetzt den King Louis gibt, nachdem sie Naumann hopsgenommen haben.“ Er wollte noch etwas hinzufügen, doch in diesem Moment fing sein Handy an, die Titelmelodie von *Magnum* zu dudeln. „Esther“, rief er erstaunt, nachdem er sich gemeldet hatte,

„was führt dich zu mir? ... aha ... na, du machst es aber spannend ... ja, sicher ... ich würde sagen, wir treffen uns in zehn Minuten in Emden im Bistro am Markt, wie heißt es noch gleich ... ja, richtig ... okay, bis gleich dann."

„Dein Klingelton hat ja echt Symbolik", bemerkte Franziska süffisant, als er das Gespräch beendet hatte.

„In diesem Fall wäre es mir lieber, er hätte keine", gab Maarten mit gerunzelter Stirn zurück und ließ sein Handy in die Hosentasche gleiten.

„Was wollte Esther?"

„Sie sagt, sie hätte eine wichtige Info für uns. Sie klang ganz aufgeregt."

„Wer ist Esther?", fragte Keno.

„Ach, sorry. Esther ist die Freundin von der Praktikantin, die auf der Plattform ums Leben gekommen ist. Sie hat uns ein paar interessante Dinge erzählt, die uns nur leider nicht wirklich weitergebracht haben." In kurzen Worten umriss er Tomkes Bruder, was die junge Frau ihnen nach dem Unglück auf der Plattform berichtet hatte.

„Na, der Mord an Rautschek kann es ja nicht gewesen sein", schlussfolgerte Keno treffend. „Und was hat sie jetzt herausgefunden?"

„Das erfahren wir in zehn Minuten", sagte Maarten. „Kommt, wir gehen."

Nur wenig später schloss Keno die Kellertür hinter sich, und wieder zuckten alle beim lauten Quietschen zusammen. Doch nichts regte sich in der Nachbarschaft, und Maarten war dankbar, dass es inzwischen in Strömen regnete und vermutlich keiner sein Haus verließ, wenn er nicht unbedingt musste. Franziska versuchte, das Polizeisiegel notdürftig wieder so zu platzieren, dass man die Beschädigung nicht auf den ersten Blick erkennen würde, wenn man die Kellertreppe hinunterschaute. „Nun ja", murmelte sie, als sie abschließend ihr Werk betrachtete, „nicht schön, aber brauchbar." Dann lief sie in gebückter Haltung, die Kapuze ihres Anoraks tief ins Gesicht gezogen, den anderen hinterher und stellte zufrieden fest, dass die Dunkelheit inzwischen so weit fortgeschritten war, dass man sie von den beleuchteten Fenstern der Nachbarhäuser aus nicht mehr würde erkennen können, selbst wenn jemand ihre kleine Prozession durch den Garten entdeckte.

68

Esther saß bereits im Bistro, als Maarten, Franziska und Keno ankamen. Sie hatte sich einen Tisch ganz hinten in der Ecke ausgesucht und schlürfte gerade mit einem Strohhalm den letzten Rest ihrer Kirschschorle aus dem Glas. Als die drei an ihren Tisch traten, sah sie auf und lächelte sie freundlich an. „Hallo", sagte sie „ich hoffe, der Platz hier ist okay. Ich habe schon ein ganzes Glas Schorle vernichtet, weil ich einen so unheimlichen Durst hatte. Wer ist denn das?", fragte sie ohne Luft zu holen, als sie Keno entdeckte.

„Das ist Keno, Tomkes Bruder", stellte Maarten ihn vor, „Keno, das ist Esther." Die zwei nickten sich lächelnd zu, und Maarten hatte den Eindruck, dass sie sich auf Anhieb sympathisch waren.

„Tut mir leid, das mit Tomke", sagte Esther und ihr Gesicht verfinsterte sich. „Da ging es ihr gerade wieder gut und dann so was. Kaum vorstellbar, auf was für Ideen so Schwachmaten alles kommen. Erst wird das Kind entführt, dann verschwindet Inka Henzler und jetzt Tomke. Es ist einfach unfassbar! Aber ...", stockte sie für einen Augenblick und griff nach einem Handy, „vielleicht habe ich einen Tipp für euch. Hm. Vielleicht auch nicht, aber einen Versuch ist es wert. Ich dachte, es kann nicht schaden, wenn ich es euch mal zeige. Ich jedenfalls war ziemlich geschockt, als ich es gesehen habe."

„Da bin ich aber mal gespannt", sagte Maarten und starrte gebannt auf Esthers Finger, die sich jetzt wie der Blitz über die Tasten bewegten.

„Cooles Handy“, bemerkte Keno, „das wollte ich ...“ In diesem Augenblick wurde er von der Kellnerin unterbrochen, die ihre Bestellung aufnahm. Alle drei entschieden sich für einen Cappuccino, Esther für eine weitere Schorle, und die junge Frau ging wieder zum Tresen zurück.

„Ja, das finde ich auch“, nahm Esther den Faden wieder auf und bearbeitete weiterhin unbeirrt die Tasten. „Es gehört mir aber eigentlich gar nicht.“

„Was heißt das, eigentlich“, hakte Franziska nach, „kann einem ein Handy auch uneigentlich gehören?“

„Ja. Nein. Es ... gehörte Antje.“

„Antje? Deiner Freundin, die ...“, setzte Maarten an, wurde aber gleich wieder von Esther unterbrochen.

„Ja, genau die.“

„Und wie kommt das Handy zu dir?“

„Ich ... war die Tage bei ihren Eltern, um zu fragen, wie es ihnen geht. Wissen Sie ...“

„Du kannst uns ruhig duzen, Esther“, bot Maarten ihr an.

„Ja, gut, danke. Also, wisst ihr, ich war früher sehr oft bei Antje zuhause, unsere Eltern nannten uns immer die Unzertrennlichen, weil wir uns im Sandkasten kennen gelernt und dann immer alles zusammen gemacht haben.“ Esther schluchzte kurz auf und wischte sich verstohlen eine Träne aus dem Auge. „Na ja, ist ja auch egal. Also, ich war bei Antjes Eltern, und dieses Handy lag bei ihnen auf dem Wohnzimmertisch, neben noch einigen anderen Sachen. Es waren die Dinge, die sie im Krankenhaus ausgehändigt bekommen haben, nachdem ... nach ihrem Tod.“

„Und sie haben es dir geschenkt?“, fragte Franziska erstaunt.

„Ja. Ich wollte es erst gar nicht annehmen. Es erschien mir ... nicht richtig. Aber sie haben darauf bestanden, weil sie wussten, dass ich mir so eines schon ganz lange gewünscht, aber nie bekommen habe."

„Ich finde es gut, dass du es jetzt hast", sagte Franziska leise, „so hast du immer eine Erinnerung an deine Freundin, die dir noch dazu Spaß macht."

Esther nickte. „Ja, das haben ihre Eltern auch gesagt. Trotzdem kam ich mir ... ja, wie eine Spannerin vor, als ich die Dateien durchgeblättert habe. Und gleichzeitig tat es so weh, weil noch so viele Fotos darauf waren, die wir gemeinsam bei den unterschiedlichsten Gelegenheiten gemacht hatten. Wisst ihr, wir haben eigentlich ständig was im Bild festgehalten, egal wo wir waren. Und jetzt sind hunderte Fotos auf diesem Handy, obwohl Antje es noch gar nicht so lange hatte."

„Hatte sie dich von diesem Handy aus angerufen an ... dem Tag?", fragte Franziska.

„Ja. Es war der letzte Anruf, den sie gemacht hat. Das habe ich schon herausgefunden. Und dann ist da noch ein Foto, das sie wohl nicht mehr abschicken konnte oder mir vielleicht auch erst später zeigen wollte."

„Und was genau wolltest du uns jetzt zeigen?", fragte Maarten.

Esther zögerte kurz, dann drückte sie Maarten das Handy in die Hand. Neugierig betrachtete er das Display – und erstarrte. „D-das ist ja Tomke", stammelte er und seine Hände fingen an zu zittern. Sofort riss ihm Franziska das Telefon aus der Hand. „Oh mein Gott", keuchte sie, „es sieht ja so aus, als sei sie überfallen worden! Seht mal, ihr Gesichtsausdruck, sie guckt ganz panisch!" Sie schaute noch mal genauer hin und erschrak. „Scheiße", sagte sie dann, „hast du gesehen, Maarten, wer da auf ihr liegt und sie anscheinend zu Boden drückt?" Jetzt griff Keno, dessen Augen sich bei ihren Worten vor Schreck geweitet hatten, nach dem Handy und starrte es sekundenlang fassungslos an.

„Georg Hufschmidt", sagte Maarten mit dünner Stimme, „es ist Georg Hufschmidt."

„Wer ist Georg Hufschmidt?“, rief Keno so aufgebracht, dass sich die anderen Gäste des Bistros zu ihm umdrehten, „wer ist dieser verdammte Hurensohn?“

„Er ist ein Kollege von Tomke“, sagte Maarten und nahm einen Schluck von seinem Cappuccino, den die Kellnerin soeben auf den Tisch gestellt hatte.

„Und, wo finde ich dieses Schwein? Ich schlage ihn windelweich! Wenn ich mit ihm fertig bin, wird er sich wünschen, nie geboren worden zu sein!“, schrie Keno außer sich und sprang auf.

„He, bleib mal locker!“, sagte Franziska barsch. „Bevor du diesen Drecksack ins Jenseits beförderst, lass uns erstmal überlegen, wie wir es am besten anstellen.“ Sie zögerte und sah Keno eindringlich an. „Ich werde dir jetzt noch mehr erzählen, aber du musst mir versprechen ruhig zu bleiben. Ich könnte auch schreien vor Wut, das kannst du mir glauben, aber das bringt uns gerade kein Stück weiter.“

„In Ordnung“, sagte Keno und atmete tief durch.

Franziska warf ihm einen langen Blick zu, dann begann sie ihm zu erzählen, dass es Georg Hufschmidt war, der Tomke des Mordes an Rautschek beschuldigt hatte und sich keiner erklären konnte, warum er nach wie vor darauf bestand, den Mord persönlich beobachtet zu haben, obwohl längst klar war, dass das gar nicht sein konnte, weil Rautschek sich nachweislich schon am Mittag gar nicht mehr in Tomkes Nähe aufgehalten und die Plattform lebend wieder verlassen hatte.

Keno nickte. „Die Polizei wollte uns nicht sagen, wer Tomke bei ihr angeschwärzt hatte. Aber nun wird mir alles klar. Der Kerl muss irre sein, komplett verrückt.“

„Ja“, sagte Maarten, „zunächst hatte ich gedacht, der wäre durch sein tagelanges Koma einfach etwas durch den Wind. Aber wenn ich mir das hier so angucke“, er machte mit dem Kopf eine Bewegung zu Esthers Handy, „dann glaube ich auch so langsam, dass er schon seit Längerem nicht ganz dicht im Kopf sein muss. Aber warum hat er sich für seine Angriffe ausgerechnet Tomke ausgesucht?"

„Hm", mischte sich nun auch Esther wieder ins Gespräch. „Jetzt, wo ihr von einem Irren sprecht. Also, Antje hat mir wenige Tage, nachdem sie mit dem Praktikum begonnen hatte, von so einem seltsamen Typen, einem Ingenieur, erzählt, der, wenn er sich unbeobachtet fühlte, immer irgendwelche Fotos aus seinem Schreibtisch geholt, sie mit glasigen Augen angeguckt und mit dem Finger darüber gestrichen hat. Sie hat es mal zufällig gesehen, als sie in sein Büro kam und er sie, obwohl sie angeklopft hatte, nicht bemerkt hat. Sie hat es dann noch öfter durch die Scheibe beobachtet und sich köstlich darüber amüsiert. *Der muss es aber nötig haben*, hat sie gesagt, *wenn er es schon mit Fotos treibt.*"

Die vier sahen sich betreten an. „Meint ihr", fragte Franziska schließlich, „dass Hufschmidt Tomke in seiner Gewalt hat? Ich meine, vielleicht haben wir uns die ganze Zeit getäuscht, und ihr Verschwinden hat mit den Vorkommnissen in der Firma gar nichts zu tun."

„Du meinst, er hat sie einfach nur verschleppt, um ..." Keno schluckte und wurde blass.

„Ja", nickte Franziska, „kann doch sein, er hat sie entführt, weil er ... ganz einfach geil auf sie ist und sie ihn zurückgewiesen hat."

Maarten spürte, wie sich ihm bei Franziskas Worten der Magen umdrehte. „Wir müssen sofort zur Polizei!", presste er mit erstickter Stimme hervor. „Sie müssen sich diesen Scheißkerl vorknüpfen, bevor ... oh, mein Gott, Tomke ..."

„Wenn es so ist, wie es aussieht, dann Gnade ihm Gott! Ich werde das Schwein mit meinen eigenen Händen kastrieren, das schwöre ich, so wahr ich hier sitze!", knurrte Keno und ballte seine Hand zur Faust, bis die Knöchel seiner Finger bedrohlich scharf hervortraten.

69

Er hasste ihn. Er hasste ihn von ganzem Herzen. Und wenn sich eine Gelegenheit ergeben würde, dass er ihm diese Schmach heimzahlen konnte, dann würde er sie nutzen. Dieser Scheißkerl hatte ihn niedergeschrien, wie einen räudigen Straßenköter. Aber er, Georg, hatte keine Wahl. Noch saß dieser Halunke am längeren Hebel. Und das nur, weil er, der ansonsten so schlaue Georg Hufschmidt, diesen saudummen Fehler gemacht hatte und noch nicht wusste, wie er da wieder herauskam.

Blamiert hatte er sich, abgrundtief blamiert. Dabei hatte er sich schon gewundert, warum ihn die anderen Autofahrer so irritiert angesehen hatten. Und wäre er nicht so aufgeregt gewesen, dann wäre er mit Sicherheit darauf gekommen. Aber so war er einfach im Affenzahn in die Firma gefahren und, an dem aufgeregt mit den Armen fuchtelnden Portier vorbei, schnurstracks ins Besprechungszimmer gerannt. Wenn er an die entsetzten Gesichter dachte, die ihm mit ungläubig aufgerissenen Augen entgegenstarrten, dann würde er noch jetzt am liebsten im Boden versinken.

Sein Chef war wutschnaubend auf ihn losgestürzt, hatte ihn am Arm gepackt und in die Waschräume gezerrt. Und erst, als er vor dem Spiegel gestanden hatte, war ihm klar geworden, warum er so viel Aufmerksamkeit auf sich gezogen hatte: Sein Gesicht war nach wie vor blutverschmiert, von oben bis unten. Ebenso wie seine Hände. Er hatte ausgesehen, wie frisch dem Schlachthaus entsprungen. Wie demütigend! Und daran war nur diese

Schlampe schuld, die anscheinend auf harte Sexspiele stand – was ja durchaus seinen Reiz hatte. Aber sie hatte es übertrieben. Sie hatte ihn zum Gespött der Wirtschaftsprüfer gemacht, die im Auftrag der Staatsanwaltschaft unangemeldet beim Chef vorgesprochen und Einsicht in alle Bücher verlangt hatten.

Stundenlang hielten sie ihn hier nun schon fest, nachdem der Chef ihn herbeordert hatte, befragten ihn und ließen sich von ihm die Unterlagen der *Windladys* erläutern. Er war ganz schön ins Schwitzen geraten. Denn es war ihm offensichtlich nicht gelungen, ihnen seine Berechnungen plausibel zu machen. Mit gerunzelter Stirn hatten sie dagesessen und immer wieder den Kopf geschüttelt. Verflucht! Warum musste ausgerechnet er den Kopf für diese kriminellen Machenschaften hinhalten?! Sein Chef konnte sich doch sonst nie schnell genug nach vorne drängeln, wenn es darum ging, Dinge zu erläutern, von denen er eigentlich keine Ahnung hatte. Und jetzt? Jetzt zog er einfach den Schwanz ein und hatte den Damen und Herren Wirtschaftsprüfern mehrmals mit weinerlicher Stimme erklärt, er habe mit diesen Machenschaften nichts zu tun, aber auch rein gar nichts. An allem sei nur sein Mitarbeiter Georg Hufschmidt schuld, denn er habe gemeinsame Sache gemacht mit seinem Kollegen Naumann. Aber dass der ein ausgebuffter Ganove sei, sei ja inzwischen hinlänglich bekannt. Hätte er auch nur die Spur einer Ahnung gehabt, was hier hinter seinem Rücken lief, dann hätte er mit alledem schon viel früher aufgeräumt.

Und sie hatten ihm geglaubt. Er hatte irgendwas von *Innenminister* und *enger Freundschaft* gebrabbelt und sie hatten zustimmend genickt. Ja, hatte einer sogar gesagt, das erlebe man immer wieder, dass in Firmen jeder sein eigenes Süppchen koche, um daraus einen persönlichen Vorteil zu ziehen. Und hinterher würden die Chefs für alles verantwortlich gemacht, was schiefging. Dann hatten sie Rhein hinausgeschickt, sich wie hungrige Hyänen auf ihn, Georg Hufschmidt, gestürzt und ihm ihre scharfen Vampirszähne in den Nacken geschlagen.

Mist, wenn es so lief, wie es sich sein Chef derzeit anscheinend vorstellte, dann würden sie ihn für den ganzen Schlamassel verantwortlich machen. Vermutlich würde er jahrelang hinter Gittern sitzen, während dieses Sackgesicht auf der Karriereleiter noch weiter nach oben krabbelte. Aber so war das in diesem Land. Wer einem einflussreichen Politiker am tiefsten in den Hintern kroch, der hatte für sein Leben ausgesorgt – und umgekehrt. Und sein Chef war einer von denen, die den Hals nicht voll bekamen, das sah man ihm ja schon an. Der hatte sich im Hintern vom Innenminister bestimmt schon so breit gemacht, dass kein anderer mehr hineinpasste.

Draußen war es längst dunkel und er wollte endlich gehen. Schließlich wartete seine Traumfrau in seinem kleinen Schloss sehnsüchtig auf seine Rückkehr. Aber, bevor er wieder so nett zu ihr war wie zuvor, würde er ihr erstmal unmissverständlich klar machen müssen, dass er sich nur wegen ihrer Leidenschaft für harte Sexspiele zum Gespött der Leute gemacht hatte. Und das konnte er nicht akzeptieren. Schließlich war immer noch er der Mann im Haus. Seine Alte hatte auch so angefangen, hatte immer wieder versucht ihm zu sagen, was er zu tun habe. Nun, die wusste jetzt, wo der Hammer hing. Der hatte er es so ordentlich besorgt, dass sie vor Angst und Schmerzen geschrien hatte. Aber auch seine süße kleine Tomke würde schon noch lernen, wie sie sich ihm gegenüber zu verhalten hatte. Er würde ihr schon beibringen, was ihm gefiel. Schließlich hatten sich in einer Liebesbeziehung beide auf den anderen einzustellen. Er wusste ja jetzt, was sie wollte. Nun war es an ihm ihr zu zeigen, wie auch er zu seinem Recht kam. Es wurde wirklich Zeit, dass er zu seiner Liebsten zurückkehrte.

Irritiert schaute er auf, als er vom Gang her eine laute Stimme hörte, die irgendwelche Kommandos brüllte. Was war denn da los? Auch die Wirtschaftsprüfer hatten ihre Köpfe gehoben und schauten sich fragend an. Im nächsten Augenblick stand einer der Herren auf und öffnete die Tür. Verflixt, konnte der nicht mal beiseite treten? Ah, jetzt ... doch was er dann sah, ließ ihm für einen Augenblick das Herz stocken. Was, zum Teufel, tat denn dieser Sieverts hier? Der sollte doch längst wieder in Amerika sein! Und diese blöde Franziska war auch dabei! Und die anderen zwei, ja, die hatte er auch schon mal gesehen. Wer war das noch gleich? Au Mist, jetzt fiel es ihm wieder ein! Das waren der Kommissar und sein Vasall. Was wollten die denn hier? Und warum hatten sie noch zwei Polizisten in Uniform mitgebracht? Er spürte, wie ihm alles Blut aus dem Kopf wich, als er sah, wohin sie gingen. Denn sie strebten geradewegs auf sein Büro zu. Das konnte doch nicht sein! Was wollten die von ihm, er hatte doch nichts getan!

„Entschuldigung“, murmelte er im nächsten Moment, „ich müsste mal wohin.“ Er hatte das Gefühl, seine Beine würden ihm ihren Dienst versagen, sie fühlten sich an wie Pudding. Leicht schwankend lief er zur Tür, passte den richtigen Moment ab, stieß den Wirtschaftsprüfer beiseite und verschwand um die nächste Ecke.

70

„Sie hatten leider recht mit ihrer Vermutung, fürchte ich", sagte Hauptkommissar Büttner und reichte Maarten einen Stapel Fotos, die er aus Hufschmidts Schreibtischschublade gezogen und kurz durchgeblättert hatte.

Maarten glaubte, eine eiskalte Hand zu spüren, die sich wie ein Krake um sein Herz klammerte, als er sich ein Foto nach dem anderen ansah und sie dann an Franziska und Keno weiterreichte. „Dieser Sauhund muss sie heimlich fotografiert haben", stieß er gepresst hervor, „ganz egal, wo sie sich gerade aufhielt, im Labor, im Büro, auf der Plattform, ja selbst auf dem Parkplatz."

„Hier ist noch ein Stapel", verkündete Sebastian Hasenkrug, nachdem er noch mal alle Schubladen durchgesehen hatte. „Und so wie es aussieht, muss er sie sogar bis nach Hause verfolgt haben. Schauen Sie mal, hier ist ein Foto, das Frau Coordes im Bikini auf ihrer Terrasse zeigt."

Keno riss es ihm geradezu aus der Hand und fluchte. „Wir müssen sofort etwas unternehmen, wer weiß, was der Kerl in der Zwischenzeit ... oh, ich bringe ihn um, ich ...!"

„Ich verstehe ja ihren Unmut, Herr Coordes, aber das werden Sie ganz sicher nicht tun", sagte Kommissar Büttner gedehnt und sah ihn finster an.

„Dann stehen Sie hier nicht herum wie das Michelinmännchen, sondern unternehmen Sie endlich was!", brüllte Keno ihn an. „Es geht hier um meine

Schwester, verstehen Sie, um meine Schwester, verdammt! Und wenn Sie nicht sofort Ihre Leute in Bewegung setzen, um dieses Arschloch ..."

„Halt die Klappe, Keno", fauchte Franziska, „es nützt niemandem etwas, wenn du hier so ausrastest! Herr Büttner", wandte sie sich dann an den Polizisten, „es wäre wirklich ganz gut, wenn ..."

„Was, bitte schön, ist denn hier los!?", wurde sie von einer unfreundlichen Stimme unterbrochen. Hayo Rhein stand mit einem missmutigen Gesichtsausdruck in der Tür des Büros und sah von einem zum anderen. „Sie", platzte er dann heraus und zeigte mit spitzem Finger auf Maarten und Franziska, „Sie haben hier nichts zu suchen! Verlassen Sie sofort das Gebäude, sonst ...!"

„... rufen Sie die Polizei?", vollendete Büttner mit süffisanter Stimme seinen Satz.

Rhein stutzte, fasste sich aber schnell wieder und sagte mit zittriger Stimme: „Wagen Sie es ja nicht, in diesem Ton mit mir zu sprechen, Büttner, sonst hat das Konsequenzen. Ich bin eng mit dem Innenminister ..."

„... befreundet, ja, ich weiß. Sparen Sie sich die Leier, Rhein, und sagen Sie uns lieber, wo wir Ihren Mitarbeiter Georg Hufschmidt finden."

„Hufschmidt, diese Ratte?" Plötzlich schlich sich ein dämonisches Grinsen auf Rheins Gesicht, und seine Wut schien von einem Moment auf den anderen wie verraucht. „Der wird gerade von den Wirtschaftsprüfern durch die Mangel gedreht."

„Wo", schrie Keno, sprang auf Rhein zu und packte ihn am Revers seines teuren Anzugs, „wo ist dieses Schwein?"

„Herr Coordes, bitte", sagte Büttner ruhig, „machen Sie sich doch an dem nicht die Finger schmutzig." Er schnitt Rhein, als dieser empört nach Luft schnappte und zu einer Erwiderung ansetzte, mit einer Bewegung seines Armes das Wort ab und fügte hinzu: „Also, Herr

Vorstand, wir möchten mit Herrn Hufschmidt sprechen und zwar unverzüglich."

„Erst, wenn Sie ihren Kampfhund hier zurückpfeifen!", zischte Rhein und stieß Keno von sich, der immer noch an seinem Jackett hing.

Franziska zog Keno am Ärmel, und der ließ mit einem Schnauben von seinem Gegenüber ab.

„Na, geht doch", sagte Rhein spröde und zupfte an den Aufschlägen seines Zweireihers herum. „Hufschmidt ist im kleinen Besprechungsraum, aber es wäre ganz gut, wenn Sie ihn jetzt nicht störten, weil ..."

Doch noch ehe er zu Ende gesprochen hatte, waren Maarten und Franziska schon zur Tür hinaus und hechteten, dicht gefolgt von Keno, auf besagten Raum zu. Büttner rief ihnen hinterher, sie sollten warten, aber sie ließen sich nicht aufhalten. Laut schnaufend rissen sie die Tür auf und – schauten in drei verdutzte Gesichter. Von Hufschmidt keine Spur.

„Wo ist er", presste Maarten hervor, „wo ist Hufschmidt?"

„Vielleicht könnten Sie sich erstmal vorstellen", flötete eine Dame im Kostüm, „hier geht es ja wirklich zu ..."

„Haben Sie nicht verstanden", brüllte Keno sie im nächsten Moment so laut nieder, dass sie zusammenzuckte, „wir wollen wissen, wo dieser Hurensohn ...!"

„Coordes!", kam es da wie Gewehrfeuer von hinten, halten Sie die Klappe! Ich bin Hauptkommissar Büttner", wandte er sich den Wirtschaftsprüfern zu. „Sagen Sie uns bitte sofort, wohin Hufschmidt gegangen ist."

„Er ist ... einfach zur Tür raus", stammelte die Frau, und auf ihrem blassen Gesicht zeichneten sich nun hektische rote Flecken ab.

„Wo wollte er hin?", fragte Hasenkrug.

„A-auf die Toilette, g-glaube ich." Die Frau schien mit der Situation nun völlig überfordert.

Wieder rannten Maarten und Franziska wie gehetzt los, wieder folgte Keno ihnen auf dem Fuß. Mit Schwung stieß Maarten alle Türen in dem WC-Raum auf. „Nichts. Scheiße!“, rief er und trat mit voller Wucht gegen eine der Türen, die daraufhin mehrmals an die Wand und wieder zurück schlug.

„Sofort zur Fahndung ausschreiben!“, blaffte Büttner seinem Assistenten zu. „Wir fahren jetzt zu ihm nach Hause. Hasenkrug, ich brauche die Adresse, sofort!“

„Was wollen Sie denn von meinem Mann?“, fragte Frau Hufschmidt, als sie wenig später vor ihrer Haustür in Wirdum standen, und schaute völlig verstört auf das Aufgebot an Polizisten in ihrem Vorgarten.

„Das sagen wir ihm dann schon selbst“, antwortete Büttner. „Also, ist er zuhause?“

„Nein. Ich habe keine Ahnung wo er ist, er war den ganzen Tag noch nicht da.“

„Dann würden wir uns gerne mal im Haus umsehen.“

„Einfach so? Das dürfen Sie doch gar nicht!“

„Doch, Frau Hufschmidt, das dürfen wir. Gefahr im Verzug.“ Damit schob Büttner die Frau beiseite und winkte seine Leute herein. Er hatte noch Verstärkung angefordert, sodass sie jetzt zu sechst waren. Sofort verteilten sich die Polizisten im gesamten Haus. Nachdem sie festgestellt hatten, dass Hufschmidt tatsächlich nicht da war, fingen sie an, Schränke und Schubladen zu durchwühlen. Maarten, Franziska und Keno wollten auch eintreten, doch Büttner bedeutete ihnen, draußen zu bleiben. Keno sprang vor und wollte protestieren, aber Franziska hielt ihn zurück, als sie Büttners warnenden Gesichtsausdruck sah. „Das bringt doch nichts“, zischte sie ihm zu. „Sei froh, dass wir überhaupt dabei sein dürfen und er uns noch nicht nach Hause geschickt hat.“ Widerwillig zog Keno sich wieder zurück.

„Ich verstehe nicht, was das alles hier soll“, quengelte

Frau Hufschmidt.

„Hat sich ihr Mann in letzter Zeit vielleicht auffällig benommen?“, fragte Büttner, ließ sich in der Küche keuchend auf einen Stuhl fallen und schaute sie forschend an. Sie schien ihm sehr verunsichert und nervös. Ihre Hände zitterten, und ihre Augen wanderten rastlos hin und her, so, als hätte sie vor irgendetwas Angst. Ihr schmales Gesicht mochte mal recht hübsch gewesen sein, sah jetzt aber bleich und ausgezerrt aus. Überhaupt war sie sehr dürr. Es schien ihr nicht gut zu gehen.

„Auffällig benommen?“, fragte sie und ihre Stimme klang jetzt krächzend. Sie setzte sich ihm gegenüber. „Was meinen Sie mit auffällig benommen?“

„War er seltener zu Hause, war er unruhig, hatte er schlechtere oder auch bessere Laune als sonst ... na, irgendwas in der Art eben.“

Ihre Augen fingen an zu flattern, und sie knetete nervös die Hände in ihrem Schoß. „Nein“, sagte sie dann, „nein, er war eigentlich wie immer.“

„Was heißt eigentlich?“, hakte Büttner nach. Er war sich sicher, dass sie ihm etwas verheimlichte. Nicht, weil sie etwas auf dem Kerbholz hatte, sondern aus Angst.

„Sagte ich eigentlich? Also ... ähm ... nein, er war eigentlich wie immer.“

Büttner beugte sich vor und sah sie beschwörend an. „Frau Hufschmidt, nichts liegt mir ferner, als Sie unter Druck zu setzen. Aber wenn Sie uns nicht helfen, dann machen Sie sich womöglich mitschuldig an einer Entführung.“

„Einer ... Entführung?“, krächzte sie, und ihre Gesichtsfarbe nahm sich nun kaum noch von der in einem hellen Grauton gestrichenen Küchenwand ab.

„Ja, Frau Hufschmidt. Eine junge Frau wird seit gestern vermisst, und Ihr Mann ist dringend tatverdächtig.“

„Aber ... so was macht der doch nicht, nein, das ist

völlig unmöglich." Sie schüttelte so heftig den Kopf, dass ihre stumpf aussehenden dunklen Haare über ihr Gesicht wirbelten.

„Wir haben ihn in der Firma gesucht. Er war auch da gewesen, ist dann aber anscheinend vor uns weggelaufen."

„Weggelaufen? Aber warum sollte er das tun?"

„Eben das will ich von Ihnen wissen, Frau Hufschmidt."

„Aber ich weiß doch nichts, ich weiß doch nichts!", rief sie schluchzend und vergrub ihr Gesicht in den Händen.

„Wovor haben Sie Angst, Frau Hufschmidt?"

Langsam schaute sie hinter ihren Händen hervor und wischte sich über die Augen. „Ich habe keine Angst", sagte sie dann.

Ein junger Polizist in Uniform betrat die Küche und reichte seinem Chef einen Pappkarton. Büttner schaute hinein, und augenblicklich verfinsterte sich sein Gesichtsausdruck. „Wo haben Sie den gefunden?", fragte er seinen Kollegen.

„In seinem Nachtschrank. Neben diversen Pornos."

„Entzückend. Nun, Frau Hufschmidt, was sagen Sie dazu?", fragte er und zeigte ihr ein paar Fotos. „Kennen Sie diese Frau?"

Sie warf einen kurzen Blick auf die Bilder und nickte dann. „Ja, es ist Tomke. Tomke Coordes."

„Wussten Sie, dass Ihr Mann diese Fotos und die Pornos in seinem Nachtschrank aufbewahrt?"

Sie schüttelte den Kopf, schaute ihn jedoch nicht an.

„Sie haben also keine Ahnung, was Ihr Mann neben Ihnen in seinem Bett so treibt?"

Erschrocken blickte sie auf und biss sich in die geballte Faust. Dann schüttelte sie wieder den Kopf.

Wieder betrat jemand die Küche, diesmal eine junge Kollegin. Sie blickte Frau Hufschmidt mit mitleidiger Miene an, bevor sie sagte: „Im Bett von Frau Hufschmidt haben wir Blutflecken gefunden. Es sieht aus, als sei sie verletzt gewesen."

„Hat Ihr Mann Sie verletzt, Frau Hufschmidt?", fragte Büttner vorsichtig.

„Nein."

„Sind sie sicher?"

„J-ja. Das Blut ist ... es ist Menstruationsblut."

„Am Kopfende?", fragte die junge Kollegin leise und legte ihr eine Hand auf die Schulter.

„Ich ... weiß doch nichts", schluchzte Frau Hufschmidt. „Bitte, lassen Sie mich in Ruhe!"

„Hier geht es nicht um Sie", sagte Büttner, und seine Stimme klang jetzt deutlich ungeduldiger. „Hier geht es um eine junge Frau, die sich möglicherweise in der Gewalt Ihres Mannes befindet, Frau Hufschmidt. Und wenn er ihr etwas antut, und Sie haben uns etwas verschwiegen, dann Gnade Ihnen Gott!"

„Aber ich weiß doch nichts", schluchzte sie wieder.

„Gibt es einen Ort außer diesem Haus, an dem sich Ihr Mann aufhalten könnte?"

Sie schüttelte den Kopf.

„Keine Gartenlaube, ein Ferienhaus, nichts?"

„Nein."

„Okay, Frau Hufschmidt, wir gehen dann wieder. Aber Sie halten sich bitte zu unserer Verfügung, falls wir noch weitere Fragen haben. Die Kollegen bleiben noch hier, bis sie mit der Durchsuchung fertig sind. Falls Ihnen noch etwas einfällt", er reichte ihr seine Visitenkarte, „dann rufen Sie mich bitte sofort an. Zu jeder Tages- oder Nachtzeit, ganz egal. Und wenn Ihr Mann zurückkommt, soll er sich bei uns melden. Umgehend. Was er natürlich nicht tun wird, aber besser wäre es für ihn."

Sie nahm die Visitenkarte entgegen ohne einen Blick darauf zu werfen und nickte schwach. Büttner sah sie beim Hinausgehen noch mal an und schüttelte den Kopf. Diese arme Frau wurde von ihrem Mann gequält. Und wie so viele Frauen in ihrer Lage traute sie sich nicht, sich ihm entgegenzustellen. Am liebsten hätte er laut herausgeschrien, was er mit diesem Mann machen würde, wenn er dürfte. Aber als Polizist durfte er ja leider nicht.

71

Sie hatte solch einen Durst! Alles hätte sie hergegeben für einen Schluck Wasser! Wie lang lag sie schon hier? Sie hatte jedes Zeitgefühl verloren. Um sie herum war es stockdunkel. Er hatte das Licht wieder ausgemacht, als er gegangen war. Sie konnte nichts sehen, denn er hatte vor allen Fenstern die Rollläden heruntergelassen. Sie musste irgendwo in der Einsamkeit sein, denn von draußen war nichts zu hören, außer dem Wind, der durch die kahlen Bäume strich. Oder war es Regen, der prasselnd auf den Boden fiel? Sie wusste es nicht. Von nebenan – oder unten drunter? – kam immer noch dieses leise Stöhnen und Wimmern. Sie war sich jetzt sicher, dass sie nicht die einzige Gefangene dieses Monsters war. Aber es war ihr noch nicht gelungen, sich verständlich zu machen. Sobald sie sich auch nur einen Millimeter bewegte, schnitten ihr die Kabelbinder wie scharfe Messer in die Gelenke. Er hatte die verdammten Dinger so fest geschnürt, dass sie ihr das Blut abdrückten. Ihre Hände und Füße waren schon ganz kalt und taub.

Und sie musste auf die Toilette, ihre Blase stand kurz vor dem Platzen. Aber sie wollte nicht einfach ins Bett machen, in einer stinkenden Pfütze aus Urin liegen. Aber wie sollte sie sich verständlich machen, wenn dieser Scheißkerl zurückkam? Würde er überhaupt zurückkommen? Er war nun schon so lange fort. Vielleicht hielten sie ihn irgendwo fest, vielleicht war ihm was passiert. Dann würde sie hier elendig verdursten. Oh, dieser Durst! Sie hätte nie geglaubt, dass man sich dermaßen nach einem Schluck Wasser sehnen konnte! Aber vielleicht war es besser zu verdursten, als sich von diesem Sexmonster weiter quälen zu lassen. Ja, alles war besser, als das ertragen zu müssen.

Wie würde es wohl sein, langsam und qualvoll zu verdursten? Sie hatte sich noch nie wirklich Gedanken darüber gemacht. Es musste grausam sein. Aber war es grausamer als das, was sie erwartete, wenn er zurückkam? Was würde er mit ihr machen? Wie lange würde er sie hier festhalten? Er konnte sie ja gar nicht wieder gehen lassen, denn das wäre sein Ende. Also würde er sie solange quälen, wie er Spaß daran hatte. Und dann würde er sie umbringen. Ja, es blieb ihm ja gar nichts anderes übrig, als sie umzubringen.

Ob sie schon jemand vermisste? Vielleicht hatte noch gar keiner bemerkt, dass sie verschwunden war. Denn hatte sie nicht allen gesagt, sie bräuchte ihre Ruhe und wolle erstmal nicht gestört werden? Ja, genau das hatte sie gesagt. Und dann würde es auch keiner tun. Sie hatte über ihr weiteres Leben nachdenken wollen. Denn nach dem Unglück, das sie um ein Haar das Leben gekostet hatte, war nichts mehr wie zuvor. Und Maarten war weg. Er war einfach gegangen, ohne sich von ihr zu verabschieden. Ohne ein Wort. Wiebke hatte versucht, ihr seine Beweggründe zu erklären. Aber ganz egal, was auch immer ihn dazu bewogen haben mochte, nach Amerika zurückzukehren, er hätte es ihr persönlich sagen müssen. Dass er es nicht getan hatte, deutete darauf hin, dass ihm doch nicht so viel an ihr lag, wie sie es sich eingebildet hatte, nachdem er sich im Krankenhaus so rührend um sie gekümmert hatte. Maarten. Was er wohl gerade machte? Hatte er sie womöglich schon vergessen?

Nein, sie wollte jetzt nicht an ihn denken. Es tat zu weh. Wo war sie in ihren Gedanken stehen geblieben, bevor sie über ihn nachgedacht hatte? Ach ja. Bei ihrer Ruhe, die sie haben wollte. Hm. Würde es nicht vielleicht auffallen, wenn in ihrem Haus kein Licht brannte? Würde dann nicht vielleicht doch mal jemand nachsehen, ob alles in Ordnung war? Nein, vermutlich würden sie annehmen, sie sei für ein paar Tage verreist. Um ihre Ruhe zu haben. Mist! Hätte sie das doch bloß nicht gesagt! Ruhe wurde sowieso völlig überbewertet. Ja, Ruhe konnte auch die wahre Hölle sein. Das merkte sie ja jetzt hier, in diesem Raum, der ausstaffiert war wie ein Zimmer im Puff. Hier, wo sie sich in einer ausweglosen Situation befand und nichts hörte, außer dem Wind – und das leise, gequälte Wimmern.

Würde sie womöglich auch bald so kläglich wimmern, wie die Frau oder der Mann nebenan? Sie ging davon aus, dass es eine Frau war. Womöglich war sie nicht sein erstes Sexopfer. Wieso hatte sie nichts bemerkt, in all den Jahren? Wieso hatte keiner etwas bemerkt? Georg Hufschmidt war eigentlich immer ein ganz normaler Kollege gewesen. Gut, er war häufig mürrisch gewesen und nicht immer sehr kooperativ. Aber das war ja noch nicht wirklich außergewöhnlich und schon gar nicht kriminell. Er hatte immer gut mit Inka zusammengearbeitet. Inka. Man verdächtigte Inka, den kleinen Tilman entführt zu haben. Es gab wohl Beweise. Ausgerechnet Inka. Sie, Tomke, hatte den Fahndungsaufruf in der Zeitung gelesen. Inka war abgetaucht. Nein, so eine Tat hätte sie ihr niemals zugetraut. Warum nur hatte sie das getan? Es musste im Zusammenhang mit dieser Säure stehen, die irgendwer aus der Firma anscheinend illegal in der Nordsee verklappt hatte. Es sah so aus, als hätte Inka irgendwas damit zu tun. Aber sie war doch schon so lange bei Greenpeace aktiv. War das nur Show? Was mochte sie dazu getrieben haben, so was zu tun? Oder war alles nur ein Missverständnis? War sie in Panik geraten? Hatte man ihr vielleicht ...?

Was war das? Panik kroch in ihr hoch und schnürte ihr

die Kehle zu. Er war wieder da!

„Na, mein Täubchen", sagte Georg Hufschmidt, nachdem er das Licht eingeschaltet hatte, und trat auf sie zu, „hast du schon auf mich gewartet? Es tut mir leid, dass ich so lange weg war, aber leider ging es nicht anders." Er sah sie mit gierigen Augen an und strich ihr mit seinen Fingern über die noch immer frei liegenden Brüste. „Weißt du, mein Engel", fuhr er fort, „nach der ganzen Scheiße, die heute in der Firma war, wusste ich erst gar nicht, wo ich hingehen sollte. Sie werden mich überall suchen. Bestimmt werden sie mich einsperren. Auf einmal soll ich den Prügelknaben spielen für das, was unsere Chefs verbockt haben. Dabei habe ich doch immer nur meinen Job gemacht, habe das getan, was mir gesagt wurde. Natürlich habe ich schnell gemerkt, dass da was nicht mit rechten Dingen zuging. Und dann habe ich mir den Teil genommen, der mir zustand. Für all den Ärger, den ich in dieser beschissenen Firma gehabt habe. Nein, ich habe mir ganz bestimmt nichts vorzuwerfen."

Tomke spürte wieder die Übelkeit in sich aufsteigen, als sie seine Finger auf ihren Brüsten spürte. Sie meinte, sich vor lauter Ekel übergeben zu müssen. Aber noch überwiegte der brennende Durst. Wollte ihr dieses Schwein denn gar nichts zu trinken geben? Wollte er sie hier verdursten lassen? Dachte er überhaupt darüber nach? Sie versuchte, sich mit dem einzigen Mittel verständlich zu machen, das ihr noch blieb: ihren Augen. Sie riss sie auf und rollte sie hin und her. Aber er verstand nicht. Im Gegenteil.

„Ja, ich weiß, jetzt bekommst du Angst", sagte er und ließ seine Hand langsam ihren Bauch hinunterwandern. Sein Blick wurde immer gieriger. „Denn du willst ja auch nicht, dass sie mich einsperren. Das dürfen sie auf gar keinen Fall. Aber ich werde ihnen erklären, dass du und ich uns lieben, dass keiner uns jemals wieder trennen darf. Sie werden es bestimmt verstehen. Und dann ist ja alles gut. Ja, so werde ich es machen."

Tomke schöpfte Hoffnung. Er war total irre, das stand fest. Aber er würde freiwillig zur Polizei gehen. Das war ihre Chance! Er war so irre, dass er gar nicht begriff, dass das, was er hier tat, ein Verbrechen war! Sie würden ihn festnehmen und sie befreien. Sie ...

Doch schon seine nächsten Sätze zerstörten ihre Hoffnung: „Aber zunächst mal müssen wir uns noch für ein paar Tage verstecken. In unserem kleinen Schloss hier. Ich und meine wunderschöne Prinzessin. Wir werden ein paar schöne gemeinsame Tage haben. Und dann werden wir weitersehen." Seine Stimme klang jetzt ganz heiser, seine Hände wurden fordernder. Er riss an ihrem Gürtel herum, zerrte ihn schließlich aus den Schlaufen. Der Schmerz, der bei den zerrenden Bewegungen durch ihre Hände und Füße ging, raubte ihr fast den Verstand.

Er zog ihren Reißverschluss auf und griff ihr mit einer Hand zwischen die Beine. Seine Augen quollen vor Erregung fast aus ihren Höhlen, und sein keuchender Atem streifte heiß ihren Körper, als er seinen Kopf zu ihr hinunterbeugte und seine Zunge in schnellen Bewegungen über ihren Unterleib gleiten ließ. Doch plötzlich hörte er auf und sprang auf. Er rannte zu einer kleinen Kommode, die am Ende des Raumes stand, zerrte an den Schubladen, bis er das fand, was er gesucht hatte. Eine Schere. Er stürzte zu ihr zurück und begann, ihre Jeans von unten herauf aufzuschneiden. Das Geräusch des zerreißenden Stoffes schien Tomke direkt aus der Hölle zu kommen, noch nie hatte sie etwas Furchtbareres gehört. Sie schmiss vor lauter Panik ihren Kopf von einer Seite auf die andere. „Tut mir leid, mein Schatz", keuchte ihr Peiniger, „ich weiß, dass du dich über die kaputte Jeans ärgerst. Aber ich kaufe dir eine neue. Du wirst alles von mir bekommen. Alles. Du bist so ... so wunderschön." Er riss ihr die zerfetzte Hose vom Leib, warf sie hinter sich und sprang auf. Ohne den Blick von ihr zu wenden, zerrte er jetzt an seinem Gürtel herum, fluchte, weil es ihm nicht schnell genug ging, bis er schließlich entblößt vor ihm stand.

Voller Entsetzen starrte Tomke auf sein erregiertes Glied, das steif und prall von seinem Körper abstand. Sie spürte einen Würgereiz und schloss die Augen. „Bitte nicht“, flehte sie still in sich hinein und die Tränen rannen ihr die Wangen hinunter, „bitte nicht!“

„Schau nicht weg, meine Prinzessin, bitte schau nicht weg“, keuchte er und fingerte ihr im Gesicht herum. „Ich will, dass du guckst, ich will die Erregung in deinen Augen sehen, ich will dich vor lauter Lust schreien hören.“ Im nächsten Moment riss er ihr den Knebel aus dem Mund, warf sich auf sie, nestelte zwischen ihren Beinen herum und versuchte, in sie einzudringen.

Tomke schnappte hörbar nach Luft, dann schrie sie, so laut sie konnte. Sie schrie und schrie und schrie ... und merkte im ersten Moment gar nicht, wie sich das auf ihr liegende Gewicht plötzlich verflüchtigte.

„Tomke“, hörte sie weit entfernt eine Stimme sagen, „Tomke, es ist vorbei!“

„Nein“, schrie sie, „nicht! Ich will nicht! Bitte nicht!“

Erst als ihr eine Hand beruhigend über das Gesicht strich und sich plötzlich ihre eigenen Hände und Füße wieder frei bewegen ließen, öffnete sie verwirrt ihre Augen. „Maarten“, flüsterte sie im nächsten Moment, „Maarten.“ Das konnte doch nicht sein, sie musste träumen! Aber da stand er vor ihr, mit einer Schere in der Hand, und sah sie mit einem besorgten und zugleich wütenden Blick an. „Maarten“, sagte sie noch einmal.

„Ja, Tomke, wir sind hier. Jetzt wird alles gut.“ Maarten nahm eine Decke und legte sie vorsichtig über ihren entblößten Körper. Dann schaute er über die Schulter, und erst in diesem Augenblick nahm Tomke wahr, was neben ihr im Raum passierte. Sie hörte Schreie. Grausame Schmerzensschreie. Und sie sah Georg Hufschmidt, der soeben einen Tritt zwischen die Beine bekam, in die Knie ging und dann gleich von vier Männern auf einmal in die Mangel genommen wurde. Von vier bekannten Männern. Es waren ihre Brüder. Und sie hatten anscheinend nicht vor, den perversen Lüstling hier lebend herauskommen zu lassen.

„Halt!", schrie plötzlich eine Stimme von der Tür her, „halt, lassen Sie sofort den Mann los!" Vier Polizisten stürzten sich auf Tomkes Brüder und zerrten sie zurück. „Lassen Sie mich", hörte Tomke ihren Bruder Keno brüllen, „lassen Sie mich, ich bringe ihn um, dieses Schwein!" Er schlug und trat in wilder Raserei um sich.

„Seien Sie vernünftig, Coordes", rief Hauptkommissar Büttner, „machen Sie sich nicht unglücklich! Er ist es nicht wert, dass Sie für ihn ins Gefängnis gehen!"

Keno fluchte, trat noch einmal auf Hufschmidt ein, ließ dann aber von ihm ab. „Sie kommen zu früh, Herr Kommissar", keuchte er, „wir waren noch nicht fertig mit ihm."

„Alles in Ordnung, Frau Coordes?", wandte sich Büttner an Tomke.

„Wohl kaum", knurrte Maarten und sah ihn finster an. „Wir brauchen einen Krankenwagen."

„Zwei", sagte Tomke schwach und fühlte sich plötzlich unendlich müde.

„Ja, auch einen für Hufschmidt", bestätigte Büttner. „Hasenkrug ..."

„Nein, das ... meine ich nicht. Hier ... ist noch jemand im Haus ... irgendwo ... man hört immer ein Stöhnen ..."

„Ein Stöhnen?", fragte Büttner und runzelte die Stirn, bedeutete aber seinen Männern, das Haus abzusuchen.

„Hier ist noch jemand", hörten sie bald darauf einen Polizisten rufen, „eine Frau! Sieht nicht gut aus!"

„Also, Hasenkrug, drei Krankenwagen, aber schnell!"

Büttner rannte der Stimme des Polizisten nach, dicht gefolgt von Maarten und Tomkes Brüdern. „Inka", schrie Maarten wenig später entsetzt aus, „mein Gott, es ist Inka

Henzler!“

Mit Schaudern blickten die Männer auf das menschliche Bündel, das da auf dem nackten Boden vor ihnen lag. Es wimmerte leise vor sich hin und der ganze Körper war blutüberströmt, das meiste davon inzwischen angetrocknet. Büttner beugte sich zu ihr hinunter und fühlte den Puls. Der aber war kaum noch zu spüren.

„Oh mein Gott“, stöhnte Maarten, „er hat sie beide entführt! Und wir dachten ...“

„Dieser Fall liegt anders“, schnitt ihm Büttner das Wort ab. „Sie hat eine Stichverletzung im Oberkörper.“

„Eine Stichverletzung?“, fragte Maarten verwirrt.

„Ja. Wird eine interessante Geschichte, die Hufschmidt uns da zu erzählen hat ... wenn er denn jemals wieder die Zähne auseinanderkriegt, so wie Sie ihn zugerichtet haben“, brummte er und sah Tomkes Brüder finster an. Die aber zuckten nur mit den Achseln und schwiegen.

Die Krankenwagen kamen wenige Minuten später vorgefahren. Die Ärzte sprangen hinaus und eilten ins Haus, wo ihnen Büttner und die anderen Männer schon entgegen kamen. Nur Keno war bei Inka geblieben und redete beruhigend auf sie ein.

„Was ist denn mit dem passiert?“, fragte einer der Ärzte, als er Hufschmidt zusammengekrümmt und winselnd am Boden liegen sah.

Büttner zuckte die Schultern. „Muss wohl hingefallen sein.“

„Aha“, erwiderte der Arzt und räusperte sich, als sein Blick auf Tomke fiel, die jetzt von seiner Kollegin betreut wurde und zur Hälfte wieder ohne Decke dalag. „Wie ungeschickt von ihm. Nun ja, dann darf ich jetzt alle Herren, die noch aufrecht gehen können, bitten, das Haus zu verlassen.“

72

„Liest du mir wieder was vor?", fragte Tomke und lächelte Maarten an. „Ich glaube fast, dass ich nur wieder ganz gesund werden kann, wenn ich die Enid Blyton-Geschichten aus deinem Munde höre." Draußen läuteten die Kirchenglocken zum zwölften Mal, und sie war erst vor wenigen Minuten aus einem langen und tiefen Schlaf aufgewacht und rieb sich die Augen. Die Ärzte hatten ihr ein Beruhigungsmittel gegeben, als sie ins Krankenhaus eingeliefert worden war, nun fühlte sie sich frisch und ausgeruht. In einer ihrer Hände steckte eine Kanüle, durch die tropfenweise eine Kochsalzlösung in ihre Adern geleitet wurde. Ihre Hand- und Fußgelenke waren verbunden, schmerzten jedoch nur noch ein wenig. Sie würden bald verheilt sein, aber vermutlich blieben Narben zurück.

„Gerne", antwortete Maarten. „Ich habe schon was mitgebracht. Aber von Enid Blyton ist es leider nicht."

„Och", sagte Tomke enttäuscht. „Keiner liest Enid Blyton so gut wie du. Hm. Was hast du mir denn mitgebracht?"

„Es ist von einer ganz neuen Schriftstellerin. Sie schreibt ganz wunderbare Bücher."

„Na gut", seufzte Tomke genüsslich und schloss die Augen, „ich höre."

„Ella ließ ihre Füße langsam im eiskalten Wasser hin und her baumeln. Es war ein so himmlisch prickelndes Gefühl nach der langen Wanderung, die sie hinter sich hatte. Ach, wie wundervoll war es gewesen, mit all den anderen Kindern durch die Wildnis zu

streifen, die munter umherspringenden Tiere zu beobachten und den aufregenden Geschichten von Gustav, dem alten Förster, zu lauschen! Schon lange hatte Ella sich gewünscht ..."

„Maarten!", rief Tomke und riss erstaunt die Augen auf. „Wo, um Himmels Willen, hast du diese Geschichte her?"

„Frisch importiert aus dem Hause des neuen Sterns am Schriftstellerhimmel", grinste er und hielt das Manuskript in die Höhe.

„Du hast in meinen Sachen gewühlt?", fragte sie, und zwischen ihren Augen erschien eine steile Falte.

„Nein, ich habe recherchiert."

„Wie, recherchiert?"

„Ich war mit Franziska und Keno im Haus, um nach Hinweisen zu suchen, wohin man dich verschleppt haben könnte. Und dabei sind mir diese Manuskripte in die Hände gefallen."

„Wie ... habt ihr eigentlich erfahren, dass ich weg war? Ich meine, wer hat mich denn vermisst? Und warum du, Maarten? Ich dachte, du wärst längst wieder in Amerika!"

„Das sind aber viele Fragen auf einmal. Nun, sagen wir mal, ein aufmerksamer Nachbar, dessen Hund etwas .... hm ... unpässlich war, hat den entscheidenden Hinweis gegeben."

„Welchen Hinweis?"

„Puh, ich weiß wirklich nicht, ob ich dir das jetzt im Detail erläutern sollte, in deinem Zustand."

„Quatsch, Zustand", winkte Tomke mit einer Handbewegung ab. „Mir geht es gut, Maarten. Also, was war los?"

„In ... deinem Wohnzimmer ...", Maarten stockte und strich sich fahrig durchs Haar.

„In meinem Wohnzimmer, ja, und weiter? Maarten, bitte, behandele mich nicht wie ein rohes Ei. Ich kann einiges verkraften, glaub mir."

Er nickte. „In Ordnung. Also, in deinem Wohnzimmer

war ein Feuer ausgebrochen und ..."

„Ein Feuer!?", kreischte Tomke laut auf und wurde blass, „was für ein Feuer!?"

„Siehste, ich hab ja gewusst, dass dich das zu sehr aufregt." Beruhigend legte er ihr seine Hand auf den Arm.

„Ach was!", schnaubte sie und atmete einmal tief durch. „War nur der erste Schock. Erzähl weiter!"

„Also, um es gleich vorweg zu nehmen: Es ist nicht viel passiert, weil der Nachbar sofort die Scheibe eingeschmissen und das Feuer gelöscht hat. Die Feuerwehr war praktisch arbeitslos, als sie eintraf. Nun ja, der große Tisch dürfte nahe am Verfallsdatum sein, und alles ist ein wenig verrußt. Aber der Glaser war schon da, und wir haben eine Reinigungsfirma hingeschickt, die alles wieder in Ordnung bringt. Unterstützt von deinem Vater, der alles überwacht. Bis du nach Hause kommst, ist alles wieder wie neu. Deine Brüder kaufen gerade einen Tisch."

„Aber wie konnte in meinem Haus ein Feuer ausbrechen?", fragte Tomke und schaute ihn ängstlich an. „Hat Hufschmidt etwa ...?"

„Nein", sagte Maarten beschwichtigend, „du hattest anscheinend viele Kerzen an und da ..."

„Ach ja, die Kerzen. Stimmt, ich habe Kerzen angemacht und Zeitung gelesen."

„Ja. Und eben diese Zeitung hat sich dann entzündet, nachdem ihr die Wohnung ... verlassen hattet."

„Und da habt ihr euch natürlich, gefragt, wie das passieren konnte."

„Na ja, eher die anderen. Ich war zu diesem Zeitpunkt noch in Amerika."

„Und wieso bist du dann jetzt hier?"

„Franziska hat mich angerufen und ich habe sogleich ein Flugzeug gekidnappt. Na ja, so ähnlich zumindest." Er erinnerte sich an seinen Auftritt in seiner Firma, als er die Sekretärin zusammengefaltet hatte. Die Arme. Da stand wohl noch eine Entschuldigung aus.

„Und du bist extra wegen mir wieder hergekommen?“, fragte Tomke leise.

„Ja ... ähm ... natürlich ... ich ...“, stotterte er verlegen und wurde rot. „Ich meine, ich konnte dich doch nicht ... ich ...“ Er schlug sich mit der flachen Hand auf das Bein und rief dann laut aus: „Ach, verdammt, Tomke, ich hatte solche Angst um dich, ich wäre fast durchgedreht, als Franziska mir sagte, du seiest vermutlich entführt worden! Noch nie in meinem Leben hatte ich solch eine Angst! Ich dachte, ich würde dich nie wiedersehen!“

„Küss mich, Maarten!“, sagte Tomke leise und schloss die Augen.

„W-was?“

„Küss mich. Sofort! Oder hast du noch was anderes vor?“

„N-nein.“ Langsam beugte er sich zu ihr hinunter und küsste sie zart auf den Mund.

„Mehr“, hauchte Tomke.

„Aber gerne doch“, sagte Maarten heiser; und ehe sie sich’s versah, versanken sie in einem zärtlichen und ausdauernden Kuss; und der fühlte sich so gut an, dass sie sich wünschte, er möge niemals wieder aufhören.

„Stören wir?“, klang es Minuten später von der Tür her. Erschrocken fuhr Maarten hoch und blickte in sechs Gesichter, von denen eines breiter grinste als das andere. Familie Coordes war eingetroffen.

„Na, habt ihr es endlich geschafft“, frotzelte Keno. „Ich dachte schon, das wird in diesem Leben nichts mehr.“

„Ihr habt es gewusst?“, fragte Tomke und wirkte ehrlich erstaunt. „Ich meine, ich habe doch nie mit euch darüber gesprochen.“

„Ach, Tomke, Kind, jeder hat es gewusst, schon lange. Wir sind ja nicht ganz von gestern“, sagte Tomkes Vater und hielt ihr einen riesigen Blumenstrauß entgegen.

„Ich ... hol dann mal `ne Vase“, stammelte Maarten,

dem die Situation unangenehm war. Er war noch völlig überwältigt von dem, was gerade passiert war. Er musste erstmal an die frische Luft.

„Was mich schon die ganze Zeit interessiert", sagte Tomke später zu Maarten, als ihre Familie wieder gegangen war. „Wie habt ihr mich eigentlich gefunden? Ich hatte den Eindruck, ich befände mich am Ende der Welt."

„So ähnlich war es auch", antwortete er. „Die Polizei hatte versucht, von Hufschmidts Frau irgendwas herauszubekommen. Aber sie war ganz eingeschüchtert, anscheinend hatte er auch sie schon sehr lange gequält."

„So ein Drecksack!", warf Tomke empört ein.

„Das sowieso. Na ja, Büttner hat nicht viel aus ihr herausbekommen, sie sagte immer nur, sie wisse von nichts. Irgendwann sind sie dann wieder gegangen, ohne auch nur einen Deut schlauer zu sein als zuvor."

„Ihr wart dabei?"

„Wir waren auf dem Grundstück, Franziska, Keno und ich. Aber wir durften nicht mit rein. Hatten wohl Angst, wir würden ihnen ihr Verhör vermasseln."

„Und dann?"

„Na ja, als sie wieder gegangen waren und auch die Hausdurchsuchung abgeschlossen war, sind wir drei noch mal zurück zur schweigsamen Frau Hufschmidt."

„Ihr habt ihr aber hoffentlich nichts getan?", rief Tomke erschrocken.

„Ach was, natürlich nicht. Wir haben geklingelt und gefragt, ob wir noch mal reinkommen dürfen. Wir haben uns als Kollegen von Hufschmidt vorgestellt."

„Und dann hat sie euch einfach hereingebeten und eine Tasse Tee angeboten."

„Nein, natürlich nicht. Sie wurde erst weich, als Franziska ganz fürchterlich anfing zu weinen."

„Franziska? Was hatte sie denn?"

„Hm. Nichts, eigentlich." Maarten grinste. „Auch mir

war bis zu diesem Zeitpunkt nicht klar, über welch schauspielerisches Talent meine gewitzte Assistentin verfügt."

„Nun, unseren Pförtner hatte sie ja damals auch ganz schön um den Finger gewickelt, als wir nachts in die Firma eingestiegen sind, du erinnerst dich?"

„Ja, sicher. Sie hat also fürchterlich angefangen zu weinen und gesagt, sie sei deine Schwester, sie habe so schreckliche Angst um dich, denn du bräuchtest doch so dringend deine Medikamente, sonst würdest du sterben."

„Welche Medikamente denn, um Himmels Willen?"

„Ja, was weiß denn ich. Auf jeden Fall hatte Franziska eine alte Schachtel in der Tasche. Sie nahm sie heraus und fuchtelte wild damit herum, sodass es aussah, als seien genau dies diese überlebenswichtigen Medikamente. Sie schrie dabei immerzu *Sie sind schuld, wenn sie stirbt, Sie ganz allein*! Und sie, Franziska, würde ganz persönlich dafür sorgen, dass sie für den Rest ihres Lebens ins Gefängnis käme, falls ihre Schwester wirklich sterben sollte."

„Und?"

„Na ja, die arme Frau war völlig neben der Spur. Sie zitterte am ganzen Körper. Dann lief sie plötzlich ins Haus zurück und kam mit einem Prospekt zurück. In diesem Prospekt war ein kleines Häuschen abgebildet. Es sollte irgendwo an der Leybucht liegen, mitten in den Poldern."

„Ein Häuschen", flüsterte Tomke. „Er hat immer von einem kleinen Schloss gesprochen." Bei dem Gedanken daran durchlief ein Schaudern ihren Körper, und sie schlug fröstelnd die Arme um ihren Körper.

„Soll ich aufhören zu erzählen?", fragte Maarten besorgt und drückte ihr einen Kuss auf die Stirn.

„Nein. Ist schon okay."

„Also, wir sind los und haben dieses Haus gesucht. Das war gar nicht so einfach, denn es war ja dunkel und noch dazu sehr neblig. Aber in Leybuchtpolder haben wir dann einen Mann mit Hund auf der Straße getroffen. Und der konnte uns sagen, wo das Haus ist. Keno hatte inzwischen deine anderen Brüder alarmiert, und die kamen in einem Affenzahn praktisch gleichzeitig mit uns da an. Wie du dir vorstellen kannst, haben sie nicht lange gefackelt und sind recht schwungvoll in das Haus eingedrungen, zumal sie dich schreien gehört hatten. Wenig später kam dann auch die Polizei, die wiederum von Franziska herbeigeholt worden war. Ja, und den Rest kennst du."

„Ihr seid ziemlich auf Zack", sagte Tomke, aber ihre Stimme zitterte. Und dann, von einem Moment auf den anderen, schlug sie die Hände vors Gesicht und fing laut schluchzend an zu weinen.

Maarten nahm sie in den Arm, drückte sie fest an sich und strich ihr über den Rücken. „Lass es raus, mein Schatz", flüsterte er ihr ins Ohr, und auch ihm standen jetzt Tränen in den Augen, „lass es einfach raus."

„Bitte, lass mich nie wieder alleine, Maarten", schluchzte sie und vergrub ihren Kopf tief an seiner Schulter, „nie, nie wieder!"

73

Maarten konnte sich nicht erinnern, jemals so oft in einen Krankenhaus gewesen zu sein, wie in den letzten Wochen. Inzwischen war er schon so bekannt, dass er sogar von einzelnen Ärzten und Schwestern mit Namen begrüßt wurde, wenn er kam. Als er an diesem Nachmittag die Station betrat, auf der Tomke lag, hoffte er, dass dies für lange Zeit sein letzter Besuch sein würde. Denn Tomke sollte nun, nachdem sie zwei Tage mittels Infusionen wieder aufgepäppelt worden war, nach Hause entlassen werden. Da ihre Wohnung noch nicht ganz wieder hergestellt war, würde er sie erstmal mit zu sich nehmen.

Sie hatte ihre wenigen Sachen schon gepackt, als er in ihr Zimmer kam. Sie saß auf dem Bett und ließ die Beine baumeln. Ein Strahlen ging über ihr Gesicht, als Maarten auf sie zu kam und sie in den Arm nahm. „Fühlst du dich auch fit genug, um wieder nach Hause zu gehen?“, fragte er besorgt und strich ihr zärtlich eine Locke aus dem Gesicht.

„Ich könnte Bäume ausreißen“, strahlte Tomke, und tatsächlich fühlte sie sich so gut wie schon lange nicht mehr. Am vergangenen Tag hatte sie ein Gespräch mit einer Psychologin gehabt, und das hatte ihr sehr gut getan. Sie würde sie auch in den kommenden Monaten noch begleiten und ihr helfen, die schrecklichen Erlebnisse der letzten Wochen zu verarbeiten. Doch am meisten Kraft, und da war sie sich ganz sicher, würde sie aus ihrer Liebe zu Maarten schöpfen. So lange er ihr zur Seite stand, würde sie das Gefühl haben, dass alle Wunden, die körperlichen wie die seelischen, in den nächsten Wochen und Monaten verheilen würden.

Maarten schnappte sich Tomkes Tasche und schmiss sie sich mit Schwung über die Schulter. „Und, du schönste aller Frauen“, lächelte er und gab ihr einen Kuss auf die Nase, „wohin möchtest du jetzt als allererstes gehen?“

„Auf den Weihnachtsmarkt“, sagte sie prompt.

„Ach“, erwiderte Maarten erstaunt. Damit hatte er jetzt nicht gerechnet.

„Ja“, sagte sie bestimmt, „ich möchte einen Crêpe essen und einen Glühwein trinken.“

Als Maarten sie perplex anguckte, fügte sie hinzu: „Ich war in diesem Jahr noch gar nicht auf dem Weihnachtsmarkt. Und nun ist die Adventszeit schon bald vorbei. Also möchte ich jetzt die Chance nutzen, um noch ein wenig vorweihnachtliche Atmosphäre mitzubekommen. Ich habe mich schon die ganze Zeit darauf gefreut.“

„Nun“, sagte er lachend, „wenn das so ist, dann sollst du es auch haben. Du wirst ab heute alles von mir bekommen, was du dir wünscht.“

Bei diesen Worten lief Tomke ein kalter Schauer über den Rücken und sie schauderte. Genau diesen Satz hatte erst vor wenigen Tagen Georg Hufschmidt zu ihr gesagt, bevor er sich auf sie stürzte. Unwillkürlich kam ein tiefer Seufzer über ihre Lippen.

„Ist alles in Ordnung, Tomke?“, fragte Maarten, der schon zur Tür hinaus war.

„Ja“, sagte sie und lächelte, „ja, alles kein Problem.“

In den letzten zwei Tagen hatte es geschneit. Wie befreit sog Tomke die frische, eisige Luft tief in ihre Lungen, als sie in Emden durch die Große Straße in Richtung Ratsdelft und Stadtgarten gingen. Sie genoss das Quietschen des Schnees unter ihren Schuhen und das Gewirr der Menschen, die sich, dick eingemummelt und mit Atemwolken vor den Gesichtern, ihren Weg durch die weihnachtlich geschmückte Stadt bahnten. Ja, dachte sie, diesen Trubel brauchte sie jetzt, um der inneren Einsamkeit, die sie in den letzten Wochen gefangen gehalten hatte, zu entkommen.

Als sie am Stadtgarten ankamen, war die Dämmerung bereits weit fortgeschritten, und Tomkes Augen leuchteten mit den vielen bunten Lichtern der Weihnachtsbuden um die Wette. Fasziniert schaute sie den Ratsdelft hinab, auf dem sich zahlreiche Traditionssegler und das Museumsfeuerschiff *Deutsche Bucht* eingefunden hatten und ebenfalls mit festlichen Lichterketten geschmückt waren. Ein intensiver Geruch nach Lebkuchen, Mandeln und weihnachtlichen Gewürzen stieg ihr in die Nase und ließ ihr das Wasser im Munde zusammenlaufen. Sie fasste Maarten am Ärmel und zog ihn in Richtung Weihnachtspyramide, die die majestätische Krone des *Engelkemarktes* bildete, dessen Namen eine Hommage an das Emder Stadtwappen war, das von den Einheimischen liebevoll *Engelke up de Muer* genannt wurde.

Genüsslich nippte sie wenig später an ihrem ersten Glühwein in diesem Jahr und ließ sich einen Crêpe mit Apfelmus schmecken. Erst jetzt bemerkte sie, wie ausgehungert sie war, hatte sie doch in den vergangenen Tagen kaum etwas gegessen.

„Pass auf, dass du dir nicht den Magen verdirbst“, sagte Maarten mit mahnender Stimme, wischte ihr dann aber lachend mit einer Papierserviette heruntergetropften Apfelmus vom Kinn.

„Ach, Maarten, es schmeckt so herrlich! Am liebsten würde ich gleich noch einen essen.“

„Wie wäre es stattdessen mit ein paar gebrannten Mandeln zum Nachtisch?“, schlug er vor.

„Na gut“, lachte sie, „ist `ne gute Alternative.“

Gerade, als sie sich beide die erste Mandel in den

Mund geschoben hatten und knuspernd auf ihr herumkauten, entdeckte Tomke eine Frau mit zwei kleinen Kindern und winkte heftig. Maarten drehte sich neugierig um und fühlte prompt ein mulmiges Gefühl in sich aufsteigen, als er sah, wer nun direkt auf sie zusteuerte. Es war Sonja mit Nicolas und Tilman. Natürlich hatte er inzwischen mehrmals mit Sonja telefoniert und sich nach ihrem und dem Befinden der Kinder, vor allem Tilman, erkundigt. Aber er hatte dabei immer das Gefühl gehabt, als könne ihm Sonja nach wie vor nicht verzeihen, dass er ihre Kinder einfach so einer beinahe fremden Frau überlassen und damit die Entführung ihres Jüngsten erst ermöglicht hatte.

Viel Zeit blieb ihm allerdings nicht, sich seinem schlechten Gewissen hinzugeben, denn der kleine Tilman kam mit strahlendem Gesicht schlitternd auf ihn zugerannt und sprang ihm mit einem Satz in die ausgebreiteten Arme. Maarten drückte ihn fest an sich und gab ihm in einem Anfall von Gefühlsduselei einen Kuss auf seine runde, von der Kälte gerötete Wange. Tilman fing an, wie wild mit den Armen zu fuchteln und sah ihn dabei aus großen Augen an. „Er sagt, dass Mama ihm erzählt hat, du wärst wieder in Amerika. Und jetzt will er wissen, warum du dann hier mit Tomke auf dem Weihnachtsmarkt stehst. Und ob du unterwegs vielleicht den Weihnachtsmann gesehen hast“, übersetzte Nicolas prompt und biss herzhaft in seinen Berliner mit Erdbeermarmelade, den er seiner Mutter wohl soeben abgeschwatzt hatte.

„Ich war auch in Amerika, bin nun aber wieder da.“

Diesmal übersetzte Sonja, denn Nicolas’ ganze Aufmerksamkeit galt nun seinem Berliner. Tilman antwortete prompt.

„Nun will er wissen, ob du für immer hier bleibst“, sagte Sonja leise und sah Maarten mit einem unergründlichen Gesichtsausdruck an. Auch Tomke hatte nun den Blick gehoben und wartete gespannt auf die Antwort zu der Frage, die sie sich noch nicht zu stellen getraut hatte. In der Luft lag plötzlich eine vibrierende Spannung und Maarten schluckte. Er wusste doch selbst noch nicht, wie es weiterging. „Ich ... ähm ... also ...“, stammelte er und schaute verlegen von einem zu anderen.

„Wollen die Kinder vielleicht mal beim Weihnachtsmann gucken gehen?“, fragte Tomke schnell, als sie den Mann im roten Kostüm sah, der gerade die Bühne bestieg und die Kinder aufforderte, zu ihm zu kommen.

Das musste man den beiden nicht zweimal sagen. Tilman strampelte sich von Maartens Armen hinunter und rannte mit rudernden Armen hinter seinem Bruder her. Die Erwachsenen folgten ihnen und sahen für eine Weile lächelnd zu, wie sich die Jungen lebhaft mit dem Weihnachtsmann unterhielten und ihm alle möglichen Fragen zu ihrem anscheinend recht umfangreichen Wunschzettel stellten.

„Wie geht es dir, Tomke?“, fragte Sonja.

„Soweit ganz gut“, antwortete Tomke und bot ihr eine Mandel an. „Gott sei Dank sind meine Retter ja gerade noch im rechten Moment gekommen.“ Bei diesen Worten strahlte sie Maarten an, und in ihren Augen standen soviel Glück und Zuversicht, dass er sie gerührt in den Arm nahm und ihr einen zärtlichen Kuss auf die Stirn drückte.

Mit hochgezogenen Augenbrauen sah Sonja von einen zum anderen. „Wie ich sehe, habt ihr euch endlich getraut“, sagte sie dann.

„Sag nicht, du hast auch nur darauf gewartet“, erwiderte Tomke verdutzt.

„Jeder hat nur darauf gewartet“, sagte Sonja und verdrehte in gespielter Verzweiflung die Augen. Dann lachte sie und schlang die Arme um ihre beiden Freunde. „Ich wünsche euch alles Glück der Welt!“, flüsterte sie.

Maarten spürte, wie ihm ein ganzer Felsbrocken vom

Herzen fiel. Diese kleine Geste bedeutete ihm mehr als tausend Worte. Offensichtlich hatte Sonja ihm verziehen.

Als die Kinder sich etliche Minuten später und nach viel gutem Zureden endlich vom Weihnachtsmann lösen konnten, verabschiedete sich Sonja und ging mit ihren beiden Jungen Richtung Neutorstraße davon.

„Ich würde nun auch gerne nach Hause gehen“, sagte Tomke, „ich krieg nämlich so langsam kalte Füße.“

„Geht mir genauso“, nickte Maarten, der seine Zehen kaum noch spürte.

Sie machten sich eng umschlungen auf in Richtung Parkplatz, als sie in der Großen Straße plötzlich eine düstere Stimme hinter sich hörten.

„Na, wenn Sie hier schon wieder über den Weihnachtsmarkt springen können, dann können Sie ja am Montag auch wieder zur Arbeit kommen.“

Maarten und Tomke drehten sich um und sahen in das finster blickende Gesicht von Hayo Rhein.

„Frau Coordes ist krankgeschrieben“, sagte Maarten knapp.

„So krank sieht sie aber gar nicht aus“, bemerkte Rhein in süffisantem Tonfall und musterte Tomke mit gekräuselten Lippen von oben bis unten.

„Sie haben ja sicher gehört, was sie durchgemacht hat“, presste Maarten warnend hervor.

„Wieso, ist doch eigentlich nichts gewesen, wie ich gehört habe.“ Er nutzte den Moment, als Tomke und Maarten ihn verdutzt und sprachlos anstarrten, und fügte mit einem kühlen Grinsen hinzu: „Nun, wenn ich ganz ehrlich bin, kann ich Hufschmidt sogar verstehen.“

Er hatte nicht einmal mehr Zeit, diese Worte zu bereuen, denn nur den Bruchteil einer Sekunde später landete Maartens geballte Faust krachend in seinem Gesicht und brach ihm das Nasenbein. Rhein taumelte und fiel rücklings in den Schnee. Um sie herum ging ein Raunen durch die Menge, und eine Frau kreischte hysterisch auf.

„Kommen Sie mir nie wieder unter die Augen, Rhein!“, zischte Maarten wutentbrannt und sah mit blitzenden Augen auf ihn hinunter. „Und sollten Sie mir jemals entgegenkommen, dann wechseln Sie besser die Straßenseite, sonst kann ich für nichts garantieren. Und jetzt schieben Sie ihre verschissene Visage sofort aus meinen Blickfeld oder ich schwöre, ich setzte noch einen drauf!“

Rhein stand schwankend auf und hielt sich die schmerzende Nase. „Ich mache Sie fertig, Sieverts“, keuchte er. „Ich schwöre ...“

Doch was er schwor, sollte nie jemand erfahren. Denn als Maartens Faust erneut ausfuhr, wurde es für einige Augenblicke schwarz um ihn, und er sackte benommen in sich zusammen.

Verfroren betraten Maarten und Tomke wenig später seine Wohnung, und Maarten kochte schnell Wasser für einen heißen Grog auf. Er füllte zwei Gläser zu einem Viertel mit Rum, goss das noch sprudelnde Wasser darüber und griff nach den Zuckerwürfeln.

„Wie viel Zucker möchtest du?“, rief er aus der Küche zu Tomke hinüber, die es sich im Wohnzimmer gemütlich machte.

„Zwei Stück, bitte“, antwortete sie und kuschelte sich auf dem Sofa in eine warme Decke ein.

Minutenlang saßen sie aneinandergeschmiegt einfach nur schweigend da und genossen es, die Wärme des Grogs durch ihren Körper fließen zu spüren.

„Ich würde gerne ins Bett gehen“, sagte Tomke schließlich schläfrig und gähnte.

„Ich habe die Couch im Arbeitszimmer für dich bezogen“, antwortete Maarten und küsste sie auf die müden Augen.

Doch Tomke war mit einem Schlag wieder hellwach. „Das ist jetzt nicht dein Ernst!“, rief sie empört und sah ihn entsetzt an. „Ich soll in deinem *Arbeitszimmer* schlafen?“

„N-nein“, stammelte er irritiert, „d-du kannst natürlich auch mein Bett haben. Dann schlafe ich eben ...“

„Sag mal, bist du gaga? Ich hatte mich so auf eine kuschelige Nacht mit dir gefreut und du schickst mich weg!?“

„Ich ... wusste ja nicht. Ich dachte, nach den Erfahrungen der letzten Tage möchtest du vielleicht erstmal ...“

„Einen Mann, der mich wirklich liebt, ja“, hauchte sie beruhigt und presste ihre vollen Lippen für lange Sekunden sanft auf die seinen.

„Na, wenn du mich so lieb bittest“, sagte er heiser, „das kannst du haben.“ Dann hob er sie hoch und trug sie ins Schlafzimmer.

74

Inka Henzler starb am 19. Dezember. Draußen vor ihrem Fenster trieb ein starker Wind große Schneeflocken vor sich her, aber sie sah sie nicht mehr. Sie hatte es immer geliebt, wenn es schneite, und die weiße Pracht die Welt um sie herum in einen schützenden Mantel hüllte. Denn dann hatte auch sie sich geborgen gefühlt.

Ihre alte Nachbarin, Anneliese Möhlenkamp, stand wie versteinert vor der Badezimmertür in Inkas Wohnung, als die Polizei eintraf.

„Sie haben die Leiche gefunden?“, fragte Hauptkommissar Büttner, aber die alte Dame reagierte nicht. „Kümmern Sie sich bitte um sie“, bat er eine junge Kollegin, und die führte sie ins Wohnzimmer.

Mit gerunzelter Stirn sah sich Büttner im Badezimmer um, während ihm Katze Kleopatra miauend um die Beine strich. Inka lag in einem roten, spitzenbesetzten Negligé in ihrer Badewanne. Der bleiche Kopf ragte aus dem Wasser und war zur Seite gefallen. Ihre Augen waren geschlossen, und auf den ersten Blick sah es so aus, als schliefe sie. Wenn da nicht überall das Blut gewesen wäre, das aus ihren Handgelenken ins Wasser und auf den Fußboden gespritzt war und dort zwischen den Fliesen bizarre Muster zeichnete.

„Die arme Frau“, sagte Büttner ungewohnt leise, „anscheinend war das alles zu viel für sie.“

„Aber“, warf Sebastian Hasenkrug ein, „ich verstehe das nicht. Sie hatte doch so gute Heilungsfortschritte gemacht. Außerdem machte sie einen recht munteren

Eindruck, als sie vor zwei Tagen aus dem Krankenhaus entlassen wurde. Na ja, den Umständen entsprechend."

„Eben. Den Umständen entsprechend. Überlegen Sie mal, Hasenkrug: Sie gehen tagelang durch die Hölle und kommen dann in diese leere Wohnung zurück. Keiner kümmert sich um Sie. Den möchte ich sehen, der da nicht depressiv wird."

„Sie gehen also von Selbstmord aus."

„Sieht ganz danach aus."

„Hier liegt ein Abschiedsbrief!", rief in diesem Moment ein Polizist aus dem Schlafzimmer.

„Bringen Sie ihn bitte her!", rief Büttner zurück, sah Hasenkrug bedeutungsvoll an und setzte sich auf eine blau gestrichene Holzbank im Flur.

Der Polizist drückte ihm den Zettel in die Hand. Er war in einer sauberen, wenn auch etwas zittrigen Handschrift verfasst. Büttner las:

Ich kann es nicht mehr ertragen, kann mit meiner Schuld nicht mehr leben. Ich bin mitschuldig am Tod von so vielen Kollegen, die auf der Plattform ums Leben gekommen sind. Ich habe den kleinen Tilman Langhoff entführt. Aber das ist noch nicht alles. Ich war es auch, die Steffen Rautschek umgebracht hat, gemeinsam mit meinem Komplizen Georg Hufschmidt. Rautschek wollte zur Polizei gehen und uns wegen der illegalen Verklappung von Giftmüll anzeigen. Ich bin in Panik geraten und habe ihn erstochen. Mein schlechtes Gewissen hat mir keine Ruhe gelassen, und ich habe Hufschmidt gesagt, dass ich alles gestehen werde. Daraufhin hat er mir sein Messer in den Bauch gerammt und mich bei sich eingesperrt.

Ich kann für meine Taten nicht auf Vergebung hoffen. Doch mit meinem Freitod hoffe ich, sie wenigstens zum Teil gesühnt zu haben.
Inka Henzler

„Nun", sagte Hasenkrug betreten, „damit dürfte ja alles klar sein."

„Sieht zumindest so aus", brummte Büttner und starrte

an die gegenüberliegende Wand. „Was macht eigentlich dieser Hufschmidt?", fragte er dann.

„Der ist gestern aus dem Krankenhaus entlassen und in die Psychiatrie überführt worden." Er schaute seinen Chef fragend an. „Sie haben Zweifel am Freitod von Frau Henzler", stellte er nüchtern fest.

„Ich weiß es nicht. Wir lassen sie jetzt in die Gerichtsmedizin bringen, und dann sehen wir mal weiter. Und Sie, Hasenkrug, bestellen mir bitte Maarten Sieverts und Tomke Coordes ins Präsidium."

„Ähm ... darf ich fragen, warum, Chef?"

„Nein. Dürfen Sie nicht. Tun Sie's einfach. Aber vorher bringen Sie noch den Abschiedsbrief zur KTU. Die sollen ihn auf Fingerabdrücke und sonstige Spuren untersuchen. Ach, Hasenkrug", rief er ihm im Gehen noch hinterher, „und sorgen Sie dafür, dass zunächst nichts über diesen Fall an die Presse kommt! Und wenn ich *nichts* sage, dann meine ich auch *nichts*! Und auch sonst zu keinem ein Wort! Wir müssen es solange wie nur irgend möglich geheim halten."

Nachdem Hasenkrug die Wohnung verlassen hatte, ging Büttner ins Wohnzimmer. Anneliese Möhlenkamp, die bei ihrer letzten Begegnung noch so munter gewesen war, saß kalkweiß in einem Sessel und starrte ins Leere.

„Frau Möhlenkamp", sprach Büttner sie an, „können Sie mir sagen, warum Sie in Frau Henzlers Wohnung waren?"

„Ich habe doch nach der Katze gesehen", sagte sie mit zittriger Stimme, sah ihn aber immer noch nicht an.

„Aber Frau Henzler war doch seit zwei Tagen wieder zurück."

„Ja, das war sie wohl."

„Und warum sind Sie dann trotzdem hierher gekommen?"

„Ich hatte mir von ihr ein paar Eier geliehen, als sie weg war. Die wollte ich ihr zurückbringen. Sie hat aber nicht aufgemacht. Und weil ich die Eier nicht wieder mit nach oben nehmen wollte und gerade den Wohnungsschlüssel dabei hatte, habe ich gedacht, ich könnte ihr die schnell in die Küche stellen."

„Und dann haben Sie Frau Henzler im Badezimmer gefunden."

„Ja. Nee, zuerst ja nicht. Aber die Katze ist immer so an der Badezimmertür vorbeigestrichen und hat miaut. Und da hab ich gedacht, ich müsste mal nachgucken, was da wohl ist. Ja, und da lag sie dann."

„Hatten Sie schon mit Frau Henzler gesprochen, seit sie zurück war?"

„Ja, sicher. Sie hat sich bei mir bedankt, dass ich mich um die Katze gekümmert habe und hat mir dafür meine Lieblingspralinen geschenkt. Ach, sie war immer so nett und freundlich."

„Hat sie auf Sie einen ... sagen wir mal bedrückten Eindruck gemacht?"

„Nein. Nein, überhaupt nicht. Sie sagte, sie sei so froh, dass es ihr wieder besser ginge. Nun müsse sie noch ein paar Dinge regeln, hat sie gesagt. Und dann hat sie mich für den 4. Advent auf eine Tasse Tee mit Kuchen eingeladen. Sie sagte, sie würde meinen Lieblingskuchen backen, Schwarzwälderkirsch. Oh, Frau Henzler konnte gut backen."

„Danke, Frau Möhlenkamp. Sie haben mir sehr geholfen", sagte Büttner und reichte ihr die Hand. „Falls ich noch Fragen habe, komme ich noch mal auf Sie zu."

„Tun Sie das, Herr Kommissar. Ich freue mich, wenn ich helfen kann. So eine schreckliche Sache aber auch." Durch das Gespräch hatte ihr Gesicht wieder etwas Farbe angenommen, und sie lächelte ihn sogar an.

„Ja, Frau Möhlenkamp, da haben Sie leider recht."

„Das hat niemals Inka Henzler geschrieben", sagte Maarten, nachdem er eine Kopie des Abschiedsbriefes gelesen hatte. Seit einigen Minuten saß er Büttner im Polizeipräsidium gegenüber.

„Wie kommen Sie darauf? Es ist ihre Handschrift, das haben wir schon überprüft“, gab Büttner zu bedenken.

„Ja, aber das ist auch alles. Dieser Brief ist so plump geschrieben, der passt gar nicht zu Inka. Denken Sie daran, sie hat Gedichte geschrieben. Und dann das hier!“ Er hob den Brief kurz hoch und ließ ihn dann wieder fallen. „Nein, das kann unmöglich sein.“

„Bedenken Sie, dass sie sich in einem psychischen Ausnahmezustand befand.“

„Trotzdem, ich kann es mir nicht vorstellen.“

„Ich auch nicht. Ich denke, Maarten hat recht“, mischte sich nun auch Tomke ins Gespräch. „Sie war eine emotionale Frau. Und genauso hätte mit Sicherheit auch ihr Abschiedsbrief geklungen, wenn sie einen geschrieben hätte. So was hier“, sie deutete mit dem Finger auf den Brief, „hätte sie niemals hinterlassen.“

„Und denken Sie an ihren Lebenswillen“, warf Maarten ein. „Sie hat tagelang bei Hufschmidt verletzt in diesem kahlen, kalten Zimmer gelegen, aber sie hat überlebt. Auch im Krankenhaus hat sie dafür gekämpft, schnell wieder gesund zu werden. Und nur zwei Tage später bringt sie sich um? Wohl kaum.“

„Ja“, sagte Büttner, „ich hatte angenommen, dass Sie es genauso sehen würden.“

„Sie glauben also auch nicht an einen Selbstmord?“, fragte Tomke lauernd.

„Nein. Mir ging es genauso wie Ihnen, als ich den Abschiedsbrief gelesen habe. Obwohl mir ein Selbstmord weiß Gott besser in den Kram gepasst hätte. So kurz vor Weihnachten allemal.“

„Chef, die ersten Ergebnisse des Obduktionsberichtes sind da“, meldete sich Sebastian Hasenkrug und trat mit einer Mappe an den Besprechungstisch.

„Und?“, fragte Büttner forschend. Er hoffte noch

immer, dass er sich getäuscht hatte.

„Tod durch verbluten“, sagte Hasenkrug knapp.

„War klar. Sonst nichts?“

„Sie hatte kurz vor ihrem Tod Geschlechtsverkehr.“

Büttner pfiff durch die Zähne. „Vergewaltigung?“, fragte er dann und warf Tomke, die bei diesem Wort zusammengezuckt war, einen entschuldigenden Blick zu.

„Deutet nichts darauf hin. Man muss von einvernehmlich ausgehen, steht hier.“

„Der Herr mit den parfümierten Zetteln wahrscheinlich“, sagte Büttner nachdenklich.

„Welche parfümierten Zettel?“, fragte Maarten neugierig, der Kommissar aber schnitt ihm mit einen Handbewegung das Wort ab.

„Und da ist noch was.“

„Ja?“

„Sie hat vor ihrem Tod starke Beruhigungsmittel genommen.“

„Hm. Also Mord. Eindeutig.“

Tomke schüttelte heftig den Kopf. „Unbegreiflich“, flüsterte sie, „hört das denn nie auf!?“

Maarten seufzte. „Ich glaube, wir waren alle auf dem falschen Dampfer“, sagte er. „Inka war augenscheinlich eher Opfer als Täter. Nun fangen wir also wieder von vorne an.“

75

Ha! Nun hatte er sie alle ausgetrickst! Da dachten die doch tatsächlich, sie könnten ihn kleinkriegen! Aber nicht mit ihm! Nicht mit Georg Hufschmidt! Still vor sich hingrinsend saß er auf seinem Stuhl und dachte an das, was in der letzten Zeit geschehen war. Sie hatten ihn verprügelt, diese Schweine, einfach so. Dabei hatte er doch gar nichts getan! Die anderen waren doch schuld, nicht er! Aber nun hatten sie sie ihm weggenommen. Sie hatten seine Prinzessin entführt. Aber er würde sie sich wiederholen. Er würde seine Tomke aus ihren Klauen befreien, koste es, was es wolle!

Fast hätten sie ihn tot geprügelt, aber nur fast. Denn er war stärker gewesen, wie immer. Gegen ihn hatte einfach keiner eine Chance. Nun gut, er hatte ein paar leichte Verletzungen davongetragen. Peanuts. Aber nun war Tomke weg. Und das schmerzte. Ja, damit hatten sie ihm wehgetan. Aber er würde es ihnen heimzahlen. Mit dieser Schlampe hatte er angefangen. Der hatte er es ordentlich gegeben. Es hatte Spaß gemacht. Ja, das hatte es. Und jetzt würde er weitermachen. Nein, sie würden vor ihm keine Ruhe haben. Nicht, bevor Tomke in Sicherheit war.

76

Büttner sah sein Gegenüber voller Abscheu und mit hochrotem Kopf an. Wie konnte man angesichts dieser furchtbaren Ereignisse, die so gar kein Ende nehmen wollten, nur so kalt und abgebrüht sein? Soeben hatte er Hayo Rhein mitgeteilt, dass seine langjährige Mitarbeiterin Inka Henzler in ihrer Wohnung verstorben war. Ganz bewusst hatte er ihm nichts von seinem Verdacht gesagt, dass die junge Ingenieurin, die er selbst gegen Auflagen auf freien Fuß gesetzt hatte, vermutlich das Opfer eines Verbrechens geworden war. Nein, er hatte sich mit den wenigen Leuten, die in seinen Verdacht eingeweiht waren, vereinbart, dass man nach außen die Selbstmordtheorie vertreten würde, in der Hoffnung, dass der Täter sich in Sicherheit wähnen und dann eventuell einen Fehler machen würde.

Nun versuchte er herauszufinden, wer dieser ominöse Fremde war, mit dem Inka Henzler ganz offensichtlich ein Liebesverhältnis gehabt hatte. Ein geheim gehaltenes Liebesverhältnis. Denn inzwischen hatten sie jede einzelne Person, mit der die junge Frau bekanntermaßen zu tun gehabt hatte, kontaktiert. Aber auch nicht eine von ihnen hatte hierzu Angaben machen können. Vielmehr war jeder, den sie danach fragten, aufs Äußerste erstaunt gewesen. *Inka*, hatten sie verdutzt gefragt, *ein Liebesverhältnis? Das ist das erste, was ich höre.* Was diese Menschen allerdings ganz eklatant von ihrem Chef, Hayo Rhein, unterschied, war die ehrliche Betroffenheit, die sie zeigten, wenn sie vom vermeintlichen Freitod Inkas hörten.

Rhein aber hatte nur kurz aufgeschaut, den Kopf geschüttelt und gesagt: „Nun, wenn jemand meint, er müsse freiwillig aus diesem Leben scheiden, dann sollte man ihn nicht aufhalten." Doch damit nicht genug. Was dann kam, hatte Büttner erstmals in seiner polizeilichen Laufbahn den Wunsch verspüren lassen, der Himmel möge Gerechtigkeit walten lassen und ihm Zauberkräfte verleihen, die es ihm ermöglichten, sein Gegenüber auf bestialische Weise zu foltern und zu quälen. „Natürlich ist der Tod von Inka Henzler in gewisser Weise bedauerlich", hatte Rhein verkündet, „denn wie Sie ja wissen, haben die Vorfälle der letzten Wochen doch die ein oder andere Lücke in die Reihen meiner Ingenieure gerissen. Was fachlich kein großer Verlust ist, schließlich hatte sich mein Kollege Naumann bevorzugt mit Nieten umgeben. Aber zum Abarbeiten meiner Vorgaben wären sie womöglich doch noch zu gebrauchen gewesen. Keine Ahnung, wo ich so schnell Ersatz herbekommen soll."

„Verdammt, haben Sie denn gar kein Taktgefühl!", presste Büttner rasend vor Wut hervor. „Wie können Sie es wagen, Menschen, die, einer wieder der andere, eines grausamen Todes gestorben sind, so durch den Schmutz zu ziehen!?"

„Schmutz", entgegnete Rhein und zog die Augenbrauen hoch, „wieso Schmutz? Ich sage nur die Wahrheit, und das dürfte ja wohl noch erlaubt sein."

Büttner donnerte mit der Faust auf den Tisch und sah ihn so hasserfüllt an, dass Rhein für einen kurzen Moment zusammenzuckte. „Sie sind der letzte Abschaum, Rhein!", brüllte der Kommissar. „So was durch und durch Schlechtes, wie Sie es sind, ist mir in meiner ganzen beruflichen Laufbahn noch nicht begegnet! Und, glauben Sie mir, da ist mir schon so mancher Widerling vor die Füße gekommen!"

„Sie lassen sich gehen, Herr Kommissar", sagte Rhein

ruhig, und auf seinem Gesicht erschien ein süffisantes Grinsen. „Und wieder einmal bin ich erstaunt, wie wenig ihr Beamte vom wahren Leben versteht.“ Er lehnte sich zurück und zeigte mit dem Finger auf die riesige Glasscheibe seines Büros. „Da draußen, Herr Kommissar ...“

„Hauptkommissar“, sagte Büttner mit zitternder Stimme.

„Da draußen, Herr Hauptkommissar“, wiederholte Hayo Rhein, ohne seine Stimmlage zu verändern, „da draußen herrscht Krieg. Denken Sie vielleicht, die Konkurrenz auf dem Energiemarkt wartet auf uns, nur weil wir hier mit unseren Mitarbeitern kuscheln? Nein, das tut sie weiß Gott nicht. Und deswegen muss ich handeln und kann es mir nicht erlauben, wie Sie, Herr *Haupt*kommissar, den ganzen Tag mit Leidensmiene durch die Gegend zu schleichen, das angeblich Schlechte dieser Welt zu bejammern und anderen Leuten ihre wertvolle Zeit zu stehlen. Und jetzt entschuldigen Sie mich, denn *ich* habe zu tun.“

Rhein griff zum Telefon und sagte dann: „Annemarie, begleiten Sie den Kommissar bitte hinaus. Und dann kommen Sie bitte zum ... Diktat.“

Büttner verließ wutschnaubend den Raum. Annemarie kam ihm bereits mit einem einfältigen Lächeln auf dem Gesicht an der Tür entgegengetänzelt.

„Ich finde alleine raus“, brummte der Kommissar. Doch gerade, als er sich an ihr vorbeischieben wollte, stürmte eine junge Frau ins Vorzimmer. „Gott sei Dank, Herr Kommissar, Sie sind noch da!“, rief sie ihm völlig außer Atem entgegen.

„Was gibt’s?“, fragte er knapp. Er wollte hier nur noch raus, ansonsten, so meinte er, drohte er in diesem Mief zu ersticken.

„Ich ... könnte ich Sie vielleicht in Ruhe sprechen?“, unterbrach sie sich dann selbst und schaute mit besorgtem

Blick auf ihren Chef, der sie kritisch von oben bis unten musterte.

„Darf ich trotzdem fragen, worum es geht?“, ließ sich Büttner nicht beirren.

„Es geht ... um das hier“, sagte die Frau leise und hielt einen Ordner hoch.

„Was ist das?“, plärrte jetzt Rhein lautstark durchs Büro, und schon im nächsten Moment kam er schnellen Schrittes auf seine Mitarbeiterin zugelaufen. „Geben Sie das her, sofort!“

„A-aber das ist für den Kommissar“, stammelte die Frau und ließ den Ordner hinter ihrem Rücken verschwinden.

„Geben Sie her, sofort!“, schrie Rhein sie erneut an und langte mit seinem rechten Arm um ihren Körper herum.

„Moment!“, herrschte Büttner ihn an und stieß ihn zurück. „Wenn die Dame sagt, das ist für mich, dann ist es für mich!“

„Woher haben Sie das?“, brüllte Rhein und trat wieder einen Schritt vor.

„Es ist ... ich habe es aus dem Regal in Frau Henzlers Büro.“

„Sehen Sie!“, keifte Rhein, „dieser Ordner gehört mir! Alles, was sich in dieser Firma befindet, gehört mir! Denn ich bin hier der Chef, ich ganz allein!“

„Falsch“, erwiderte Büttner, „alles, was sich in dieser Firma befindet, liegt derzeit in öffentlichem Interesse und gehört somit in die Hände der Staatsanwaltschaft.“

„Das ist eine Frechheit!“, donnerte Rhein und hob drohend den Zeigefinger. „Wenn Sie diesen Ordner entwenden, dann wird Sie das teuer zu stehen kommen, Büttner. Ich werde mich an höchster Stelle über Sie beschweren. Ich bin ...“

„Ja, ja, ich weiß“, winkte Büttner ab. „Aber wissen Sie, Herr Rhein, ich habe diese Dame damit beauftragt, den

Schreibtisch von Frau Henzler durchzusehen und ihre privaten Dinge zusammenzusuchen. Tja, und dann wird dieser Ordner wohl privat sein“, sagte er und zwinkerte der jungen Frau verschwörerisch zu.

„Lüge!“, brüllte Rhein. „Niemals handelt es sich bei diesem Ordner um eine Privatangelegenheit von Frau Henzler! Das ist ein Firmenordner, das sieht man doch!“ Wieder versuchte er, seiner Mitarbeiterin den Ordner zu entreißen.

„Es reicht!“, donnerte Büttner. „Lassen Sie die Finger von diesem Ordner, Rhein! Ich sagte Ihnen bereits, dass ich ein Recht darauf habe, ihn an mich zu nehmen und genau das werde ich jetzt auch tun.“ Damit streckte er seine Hand aus und bedeutete der Frau, ihm den Ordner auszuhändigen.

Sofort griff Rhein mit seiner Hand dazwischen.

„Ich warne Sie, Rhein“, zischte Büttner, „noch einen Griff zu diesem Ordner, und ich kriege Sie dran wegen Behinderung der Staatsgewalt!“

Rhein zuckte zurück. „Das würden Sie nicht wagen!“, sagte er mit schneidender Stimme.

„Worauf Sie einen lassen können“, sagte Büttner nur und fügte dann zu der Frau gewandt hinzu: „Kommen Sie, wir gehen in Ihr Büro, Frau ...“

„Kastner. Ich war Frau Henzlers Sekretärin.“

„Frau Kastner.“

„Annemarie, zum Diktat, sofort!“, hörten Sie Rhein noch brüllen, bevor die Tür hinter ihnen ins Schloss fiel.

„Nun, Frau Kastner, was gibt es denn in diesem Ordner so Dringendes?“, fragte Büttner, als sie alleine waren und fing an ihn durchzublättern. „Hm, interessant, Gedichte.“

„Ja“, nickte Frau Kastner. „Frau Henzler hat immer Gedichte geschrieben, sehr poetische, aber manchmal, nun ja, auch sehr düstere.“

„Aber wahrscheinlich nicht während ihrer Arbeitszeit“,

vermutete Büttner.

„Nein. Nein, natürlich nicht. Sie hat diesen Ordner hierher gebracht, kurz nachdem sie ...“

„Ja?“

„Nun, kurz nachdem sie aus dem Krankenhaus entlassen worden war.“

„Hat sie auch gesagt, warum?“

„Nein, doch ... ähm ... nein. Nicht direkt jedenfalls.“

„Und indirekt?“

„Ich hab mich gewundert. Denn sie sagte, dass sie nicht wisse, ob der Ordner bei ihr zu Hause sicher sei. Deswegen habe sie alles in einen Firmenordner geheftet und werde ihn hier abstellen.“

„Sie meinen, Frau Henzler hat geahnt, dass ihr eventuell etwas zustoßen könnte?“

„So hat sie es nicht gesagt. Aber ... ich hatte schon den Eindruck, als sei sie sehr nervös.“

„Aber es sind nur Gedichte.“

„Ja. Ich verstehe es ja auch nicht.“

„Und Frau Henzler sagte, dass Sie den Ordner der Polizei übergeben sollen?“

„Nein. Eigentlich sagte sie, dass Frau Coordes ihn bekommen sollte, falls ...“

„Falls?“

„Falls ihr ... etwas zustieße.“

„Also hat sie geahnt, dass sie nicht mehr lange leben würde.“

„Ja. Sieht so aus.“ Frau Kastner schlug plötzlich die Hände vors Gesicht und fing an zu schluchzen. „Es ist alles so furchtbar! Vielleicht hätte ich ihr helfen können, aber ich habe es nicht so ernst genommen. Hier waren ja alle so komisch in den letzten Wochen. Wie verzweifelt muss sie gewesen sein!“

Büttner legte ihr beruhigend die Hand auf den Arm. „Aber warum geben Sie ihn mir, wenn er eigentlich für Frau Coordes bestimmt war?“, fragte er leise.

„Ich dachte, dass er bei Ihnen am sichersten ist. Ich ... traue einfach niemandem mehr, in dieser Firma. Und die arme Frau Coordes ist ja auch noch so lange krankgeschrieben. Da wollte ich sie mit dieser Sache nicht aufregen.“

„Nun, ich sehe zwar nicht, wie man sie mit Gedichten aufregen könnte, aber gut. Ich werde mich darum kümmern.“

„Danke, Herr Kommissar.“

„Keine Ursache. Ich werde den Ordner bei Frau Coordes vorbeibringen und sie fragen, ob sie weiß, was das zu bedeuten hat. Auf Wiedersehen, Frau Kastner.“

77

„Darf ich mal sehen?“, fragte Maarten und griff nach dem Ordner, den der Hauptkommissar am Tag zuvor vorbeigebracht hatte.

„Natürlich“, nickte Tomke und kuschelte sich enger an ihn. Sie hatten beschlossen, den ganzen Tag in ihrer Wohnung zu bleiben und einfach nur rumzugammeln. Tomke hatte am Morgen Brötchen geholt und war bibbernd vor Kälte zurückgekehrt. Draußen ging ein eisiger Wind, der ihr schneidend ins Gesicht fuhr, und inzwischen hatte es auch wieder angefangen zu schneien. Wenn es so weiterginge, würden sie bald genauso eingeschneit sein, wie im Winter 1978/79, an den sich Maarten und sie nur noch schemenhaft erinnerten, von dem sie aber in den Alben ihrer Eltern viele Fotos gesehen hatten. Ganz Ostfriesland hatte damals unter einer mehrere Meter dicken Schneedecke gelegen; die Versorgung, vor allem der kleinen Dörfer, war über einige Tage beinahe völlig zum Erliegen gekommen. Nachdem schließlich das Tauwetter eingesetzt hatte, hatte alles unter Wasser gestanden. Es war ein absoluter Ausnahmewinter gewesen.

„Hm. Es ist ja schon witzig“, sagte Maarten in ihre Gedanken hinein.

„Was ist witzig?“

„Na, Inka und du. Dass ihr beide schreibt. Du Bücher, sie Gedichte.“

„Ja. Muss wohl am Job liegen. Das Ingenieurswesen hat nun so gar nichts lieblich-romantisches.“

„Nun, wenn ich mir hier Inkas Gedichte genauer anschaue, dann sind sie von lieblich-romantisch aber weit entfernt. Die meisten zumindest.“

„Ja, sie muss wohl ein sehr einsamer Mensch gewesen sein, nach allem, was wir jetzt über sie erfahren haben. Hätte ich das gewusst, hätte ich sie öfter mit zu meinen Partys eingeladen oder wäre abends mal mit ihr ausgegangen. Aber so ist es nun mal, wir leben in einer Welt von Egoisten und registrieren oft erst viel zu spät, wenn bei anderen etwas schief läuft.“

„Du wirst ja auf einmal so philosophisch“, frotzelte Maarten und gab ihr einen Kuss auf die Nase.

„Ach was, ich bin nur nachdenklich. Und ich bin mir ziemlich sicher“, fügte sie mit einem Lächeln hinzu und gab den Nasenkuss zurück, „dass ich nach all den Ereignissen der letzten Wochen bestimmt genauso depressiv wäre, wie die arme Inka, wenn ich mich nicht gerade in einem hormonellen Ausnahmezustand befände.“

„Nanu, so früh schon in den Wechseljahren!?“, stichelte Maarten.

Tomke nahm ein kleines Sofakissen und schlug es ihm in gespielter Empörung über den Kopf. „Dir werde ich’s zeigen“, rief sie, „zur Strafe bekomme ich jetzt mindestens ein halbes Dutzend Kinder. Wechseljahre! Pah! Du wirst schon sehen, wie lange das noch dauert, wenn du erstmal zwischen Windeln und Nuckelfläschchen versinkst.“

„Solange dieses halbe Dutzend so reizend aussieht wie du, wird es mir eine wahre Freude sein. Von mir aus können wir gleich mit dem ersten anfangen.“ Maarten beugte sich zu ihr hinüber, und augenblicklich vergaßen sie die Welt um sich herum.

Später stand Maarten in der Küche und schnippelte diverses Gemüse und Kartoffeln, aus denen er einen deftigen Wintereintopf zu kochen gedachte. Er wusste zwar noch nicht genau, wie er es anstellen sollte, da er sich um die Kunst des Essenkochens bisher nur wenige Gedanken gemacht hatte. Aber irgendwie würde es schon gehen.

Währenddessen hatte sich Tomke den Gedichtordner vorgenommen. Sie fand, sie sei es ihrer Kollegin schuldig, sich die Verse anzuschauen, wenn Inka schon so ausdrücklich darauf bestanden hatte, dass der Ordner seinen Weg zu ihr fand. Und, das musste sie unumwunden zugeben, der ein oder andere Vers gefiel ihr sogar sehr gut. Diesen griff sie dann heraus und las ihn Maarten vor.

„Ich glaube, hier kommt wieder ein depressiv-romantisches“, rief sie, als sie die nächste Seite umgeschlagen hatte. Hör mal:

dies jahr, es ist vorbei nun bald
doch ist es mir im herzen kalt
wenn ich bedenk was ich getan
nur um zu haben diesen MANN

Oh, guck an, ich glaube, jetzt erfahren wir mehr über ihre ominöse Liebesbeziehung zu diesem Mister Unbekannt. Na, da bin ich aber gespannt. Achtung, ich lese weiter:

ich bracht' viel unglück in die welt
weil IHM verlangte nach viel geld
vergiftet hab ich fisch und meer
auf SEIN geheiß, s'war SEIN begehr.“

Tomke stutzte und hatte schon die letzte Zeile nur noch sehr leise und stockend vorgelesen. Maarten ließ langsam sein Messer sinken, wischte sich die Hände an der Schürze ab und drehte sich wie in Zeitlupe zu ihr um. „Lies das noch mal!“, sagte er heiser.

Tomke räusperte sich vernehmlich und begann noch mal von vorne. „Oh mein Gott, das klingt ja, als ob ...“, flüsterte sie, als sie fertig war.

„Kommt noch mehr?“, fiel Maarten ihr ins Wort und ließ sich zu ihr aufs Sofa fallen.

„Ja. Ja, es geht noch weiter. Lies selbst“, antwortete sie.

Maarten schaute sich die nächsten Strophen des Gedichtes an und wurde blass. Er las:

ich hab familienglück zerstört
weil ich IHM sagte, was ich hört
weiß ganz genau, ER tat ins glas
was mann getötet, was ihn fraß

auch weiß ich heute, WER es tat
WER mann getötet, auf der fahrt
geworfen in des meeres klauen
gefunden erst im morgengrauen

das kind ich brachte in mein haus
ich wollt es nicht, wollt steigen aus
doch hat ER einfach mich dem mann
ins messer laufen lassen dann

bin für kurze zeit nun wieder hier
wart strafe ab, sie geben mir
doch wird ER finden mich sehr bald
ich habe angst, mir ist so kalt

denk ich an IHN, den ich geliebt
der mir jedoch die hölle gibt
weil ER gesagt, ER mache schluss
mein liebesqual, mein mann, mein fluss.

Geschockt ließ Maarten den Ordner auf den Boden fallen, nachdem er geendet hatte. Sein ganzer Körper hatte sich mit einer Gänsehaut überzogen. „Wir müssen Büttner anrufen, sofort!“, stieß er mit erstickter Stimme hervor. Dann stand er mit zittrigen Beinen auf und holte sein Handy aus der Tasche seiner Jacke.

Es dauerte nur wenige Minuten, bis Hauptkommissar Büttner an der Tür klingelte. Maarten ließ ihn herein und glaubte im ersten Moment, einen recht fülligen Schneemann vor sich zu haben. Ein Blick nach draußen sagte ihm, dass das Schneetreiben dichter geworden war. „Ich hoffe, Sie haben einen guten Grund, mich bei diesem Sauwetter hierher zu locken, Sieverts. Sie haben Glück, dass ich gerade in der Nähe war. Womöglich müssen Sie mir für heute Nacht einen Schlafplatz anbieten. Kann gut sein, dass wir bald eingeschneit sind“, maulte Büttner und klopfte seine Jacke ab.

„Kein Problem, aber nur, wenn Sie nachher meinen Eintopf abschmecken“, erwiderte Maarten, der sich von seinem ersten Schock erholt hatte und nun ganz einfach froh war, den Polizisten zu sehen.

„In Eintopf abschmecken bin ich Meister“, sagte Büttner und schälte sich aus der dicken Jacke, „fragen Sie meine Frau.“ Nachdem er seinen Anorak einfach auf den Boden geschmissen hatte, betrat er das Wohnzimmer, wo Tomke mit gerunzelter Stirn über dem ihm bekannten Ordner saß.

„Moin, Frau Coordes. Ich hoffe, es geht Ihnen gut!?“, begrüßte er Tomke und gab ihr die Hand.

„Moin, Herr ... oh, Sie haben ja eiskalte Hände. Darf ich Ihnen zum Aufwärmen einen Tee anbieten oder einen Grog?“

„Gerne. Tee bitte. Bin ja noch im Dienst.“

„Gut“, sagte Maarten, „dann kriegen Sie den Grog nachher zum Eintopf.“

„Und, was haben Sie Schönes für mich?“, fragte der Kommissar und rieb sich die kalten Hände.

Tomke schob ihm den Ordner rüber, während Maarten in der Küche verschwand und Teewasser aufsetzte. Büttner beugte sich über das Gedicht, auf das

Tomke ihn verwiesen hatte. Sein Gesicht wurde mit jeder Zeile blasser. Fahrig fuhr er sich mit seinen Fingern über die Stirn. „Dann war also das der Grund, warum Frau Henzler den Ordner in Sicherheit bringen wollte“, sagte er dumpf.

„Sieht so aus.“

„Es ist ein Geständnis.“

„Nun, zumindest ein halbes“, gab Tomke zu bedenken. „Der Drahtzieher für die ganzen Verbrechen scheint eher der berühmte Unbekannte zu sein.“

„Ja, so wie es aussieht, war Inka Henzler ihm hörig und hat sich von ihm instrumentalisieren lassen.“

„Jetzt müssen wir nur noch herausfinden, wer er ist. Leider hat sie seinen Namen nicht genannt.“

„Es muss der mit den parfümierten Zetteln sein, das Testosteron-Monster.“

„Testosteron-Monster klingt nach Hufschmidt“, rief Maarten aus der Küche. „Der sitzt doch in der Psychiatrie, oder? Sie sollten ihn so schnell wie möglich befragen.“

„Befragen“, seufzte Büttner, „wenn das so einfach wäre. Der Typ ist total durchgeknallt. Gemeingefährlich. Hat gleich am ersten Tag, nachdem er in die Geschlossene eingeliefert worden war, eine der Krankenschwestern auf Übelste zugerichtet. Sie hatte sich geweigert, ihm die Tür aufzuschließen. Ja, und dann ist er mit seinen Fäusten auf sie los.“

Tomke sah Büttner erschüttert an und schluckte.

„Keine Angst, Frau Coordes. Zwei kräftige Pfleger waren gleich zur Stelle und haben ihn auf sein Zimmer gebracht. Dort schläft er seither den Schlaf des Gerechten. Wird vollgepumpt mit Beruhigungsmitteln, bis klar ist, was weiter mit ihm passieren soll“, sagte Büttner und klopfte ihr auf die Schulter.

„Also kommen wir da erstmal nicht weiter“, bemerkte Maarten und stellte eine Kanne Tee mit Stövchen auf den Tisch und eine Tasse daneben.

„Ich glaube nicht, dass es Hufschmidt war. Der war total auf Frau Coordes fixiert, wie man an seiner Fotosammlung unschwer erkennen kann. Lassen Sie uns das Gedicht noch mal durchgehen. Vielleicht finden wir einen Hinweis."

Maarten setzte sich zu ihnen aufs Sofa, und sie schauten sich Strophe für Strophe an.

„In Strophe zwei geht es um das Fischsterben durch die Verklappung der Chemikalien", stellte Maarten fest.

„Und damit um den Tod der armen Frau Fellinger", brummte der Kommissar.

„Mit Strophe drei könnte Hauke Langhoff gemeint sein. So wie es aussieht, wurde er tatsächlich vergiftet. Die Leiche aus Strophe vier ist Steffen Rautschek", ging Maarten weiter.

„Ja, dann die Entführung von Tilman und ... oh, hier meint sie anscheinend Hufschmidt. Er muss der Mann gewesen sein, der ihr das Messer in den Bauch gerammt hat", stellte Tomke fest. „Das wäre ja auch logisch, schließlich haben wir sie bei ihm gefunden."

„Gut möglich. Kann aber auch anders gewesen sein", erwiderte Büttner.

„Und wie?"

„Wenn Hufschmidt das Testosteron-Monster war, was ich nach wie vor nicht glaube, dann hat ein ominöser Dritter ihr den Stich versetzt."

„Nun, wie auch immer", sagte Maarten. „Aus den letzten zwei Strophen geht hervor, dass sie ganz offensichtlich Angst vor ihrem Liebsten hatte und er sie zudem verlassen wollte, was sie bedauerte. Paradox. Sie musste ihm wirklich total verfallen sein. Aber es gibt leider keinen eindeutigen Hinweis, von wem hier die Rede ist."

„Den letzten Satz verstehe ich nicht", murmelte Tomke. *„mein liebesqual, mein mann, mein fluss.* Liebesqual ist klar, Mann sowieso, aber Fluss?"

„Fluss. Hm. Vielleicht ist es bildlich gemeint. Der

Mann, der ihren Körper, ihre Liebe, ihre Seele im Fluss, sprich am Laufen hält."

Tomke sah ihn zweifelnd an und auch Büttner schüttelte den Kopf.

„Vielleicht hat sie mit ihm eine Kreuzfahrt über die Donau gemacht oder über den Rhein", mutmaßte Tomke und kräuselte den Mund.

„Es war doch eine geheime Liebe", gab Maarten zu bedenken. „Da zeigt man sich doch nicht in aller Öffentlichkeit zusammen auf einer Flusskreuzfahrt."

„Hm. Vielleicht steckt genau in diesem Wort des Rätsels Lösung", sagte Büttner und zog die Stirn in Falten. „Jetzt lassen Sie uns noch mal sammeln, was uns zum Thema Fluss einfällt."

„Iller, Lech, Isar, Inn fließen nach der Donau hin ... oder so ähnlich", sagte Maarten.

„Wenig hilfreich."

„Loreley-ley-ley, unter dir da fließt der Rhein ..."

„Wenn das Wasser im Rhein goldner Wein wär ..."

„So kommen wir nicht weiter", seufzte Maarten.

Für eine Weile saßen sie da und brüteten. Inkas Gedicht war so eindeutig. Bis zum letzten Wort. Das ergab keine Logik. Warum sollte sie ausgerechnet an der Stelle plötzlich in Rätseln sprechen?

„Doch!", rief Tomke plötzlich und schlug mit der Faust auf den Ordner, „wir sind sogar schon da!"

„Wo?", fragte Maarten verdattert und auch Büttner sah sie fragend an.

„Am Rhein. Wir sind am beautiful river Rhein."

„Versteh ich nicht."

„Wie viel Rheins kennt ihr denn, na?"

„Es gibt nur einen Rhein", knurrte Maarten.

„Nein", sagte Büttner kaum hörbar. „Es gibt zwei. Zumindest für uns. Sie sind ein Genie, Frau Coordes."

„Na, kommst du auch drauf?", fragte Tomke und grinste Maarten frech an. „Oder soll ich es dir sagen?"

„Bevor ich dumm sterben muss“, knurrte Maarten. Er hasste es, als Einziger auf dem Schlauch zu stehen.

„Gestatten, sein Name ist Rhein. Hayo Rhein.“

78

Büttner lief mit mürrischem Blick in seinem Büro auf und ab und schlug sich wiederholt mit der Faust auf die flache Hand. Schon die ganze Nacht hatte er wach in seinem Bett gelegen und darüber nachgedacht, wie er Hayo Rhein überführen konnte. Denn sie wussten zwar nun, wer vermutlich für all die Verbrechen der vergangenen Wochen verantwortlich war, aber sie hatten keinerlei Beweise. Sie hatten nur das Gedicht. Darauf jedoch ihre Beweisführung aufzubauen, würde nicht funktionieren. Jeder Anwalt würde ihnen den Ordner um die Ohren hauen und hätte seinen Mandanten innerhalb kürzester Zeit wieder auf freiem Fuß.

Dieser Hayo Rhein war zwar ein Arschloch, dachte Büttner, aber leider kein Dummer. Anscheinend wühlte er mit seinen Fingern in allen möglichen Schweinereien herum, hinterließ aber keine Spuren. Bis auf dieses Gedicht von Inka Henzler gab es nichts, nicht mal die kleinsten Indizien, die darauf hindeuteten, dass Rhein in die kriminellen Machenschaften verstrickt war. Im Gegenteil saß er zurzeit fester im Sattel als jemals zuvor und hatte sein Ziel, seinen Vorstandskollegen Hans-Jürgen Naumann auszubooten und an die erste Stelle im Unternehmen vorzurücken, anscheinend erreicht. Naumann hatte sich, genauso wie Inka Henzler, von Rhein manipulieren lassen. Naumann war ein Trottel. Das kam davon, wenn man sich selber für den Größten hielt und es auch noch allen tagtäglich mitteilen wollte. Rhein hatte Naumann durchschaut und ihn über seinen eigenen

Größenwahn stolpern lassen. Nein, er war kein Dummer, absolut nicht. Deshalb würde es schwer werden, an ihn heranzukommen. Es blieb nur ein Weg: Man musste ihn mit seinen eigenen Waffen schlagen, genauso, wie er es mit Naumann gemacht hatte. Nur wie?

Warum nur hatte Inka Henzler nicht gegen Rhein ausgesagt? Er hatte ihr doch so übel mitgespielt, sie zu seiner Marionette gemacht, sie sogar, wie sie ja selbst schrieb, im wahrsten Sinne des Wortes ins Messer laufen lassen. Natürlich wäre auch sie nicht straffrei davongekommen, aber das war ihr ja sowieso klar gewesen. Warum also hatte sie ihre Aussage nur verdeckt gemacht, anstatt ihn der Polizei direkt ans Messer zu liefern? Er selbst war bei ihr gewesen, als sie noch im Krankenhaus gelegen hatte. Er hatte sie eingehend befragt. Sie aber hatte kaum ein Wort über die Lippen gebracht, außer der immer währenden Litanei, dass es ihr leid tue, dass sie sich abgrundtief schäme und ihrer gerechten Strafe nicht entgehen wolle. Aber kein Wort zur Rolle, die ihr Liebhaber und Peiniger Rhein gespielt hatte. Selbst zur Rolle von Hufschmidt hatte sie nichts gesagt. Und den in seinem geistig umnachteten Zustand zu befragen, machte keinen Sinn. Kein Richter der Welt würde die Aussage dieses Irren als Beweis akzeptieren.

„Verstehe einer die Frauen“, knurrte Büttner. Es hätte so schön einfach werden können, wenn Inka Henzler ihre Aussage mündlich anstatt in Versform gemacht hätte. Dieser Widerling Rhein säße bereits in Untersuchungshaft und er, Büttner, hätte dem nörgelnden Polizeipräsidenten endlich mal eine Erfolgsmeldung überbringen können. „Aber nein“, schimpfte er, „da quatschen diese Weiber den lieben langen Tag vor sich hin, texten ungefragt ganze Vorlesungen an einen heran. Aber wenn sie dann mal etwas Sinnvolles zur Lösung eines Kriminalfalles beitragen könnten, dann handeln sie plötzlich wider ihre Natur und schweigen. Sagen kein einziges Wort mehr. Das soll mal einer begreifen!“

Büttner hatte nicht bemerkt, dass Sebastian Hasenkrug inzwischen sein Büro betreten hatte und ihn mit einem breiten Grinsen ansah. „Chef“, sagte er nun, „wenn ich Sie bitte mal in Ihren Betrachtungen zur widersprüchlichen Natur des holden Weibes unterbrechen dürfte.“

„Ungern, Hasenkrug, sehr ungern. Hab mich gerade so schön warm gelaufen.“

„Frau Coordes ist am Telefon, sie möchte mit Ihnen sprechen. Es ist dringend, sagt sie.“

„Nur, wenn sie eine Lösung gefunden hat, wie wir diesen Drecksack Rhein für dieses und seine nächsten drei Leben hinter Gitter bringen können“, brummte Büttner. „Na gut, dann stellen Sie sie mal durch.

79

Lasziv schlug die junge Frau ihre Beine übereinander, zupfte sich ihren Minirock zurecht und zwinkerte Rhein verführerisch zu.

„Sind Sie für dieses Winterwetter nicht ein wenig zu leicht gekleidet?“, fragte Hayo Rhein und musterte sie mit glänzenden Augen von oben bis unten. „Also, wenn Sie meine Tochter wären, ich wüsste nicht ... aber“, berichtigte er sich dann schnell selbst und lachte laut auf, „in dem Alter bin ich ja noch gar nicht, als dass ich solch eine ... reife Tochter haben könnte.“

„Natürlich nicht, Herr Rhein“, schnurrte die blonde Frau und öffnete einen weiteren Knopf ihrer Bluse, „Sie sind doch in den, sagen wir mal, aktivsten Mannesjahren. Puh“, fügte sie dann mit einem Seufzer hinzu, „mir wird ganz heiß, ist ganz schön warm hier bei Ihnen.“

„Wenn Sie möchten, könnte ich Ihnen ein wenig Kühlung verschaffen“, säuselte Rhein und trat hinter sie. „Möchten Sie vielleicht ihr Jäckchen ablegen?“

„Vielleicht später“, sagte sie und sah ihn mit halb geschlossenen Augen an, „zunächst einmal sollten wir zum geschäftlichen Teil unserer ... Verabredung kommen, finden Sie nicht?“

„Sicher, sicher“, sagte Rhein und stieß einen tiefen Seufzer aus, „die Provision kommt immer erst nach erbrachter Leistung, habe ich recht?“

„Das sehen Sie ganz richtig“, hauchte die Frau und sah ihn von oben bis unten an, bis ihr Blick schließlich in Höhe seiner Gürtellinie hängen blieb, „auch, wenn es nicht immer ganz einfach ist, wenn man so etwas Stattliches wie Sie vor sich hat.“

Rhein räusperte sich vernehmlich und musste sich sehr zusammenreißen, um sich nicht gleich mit seiner geballten Manneskraft, die er bei ihren Worten heiß in seinen Lenden verspürte, auf sie zu stürzen. Na, da hatten sie ihm aber mal wieder ein echtes Luder vorbeigeschickt, diese Halunken. Sie verstanden ihr Geschäft, denn sie wussten, was ihm gefiel. Und sie, die süße kleine Lolita vor ihm, die verstand ihr Geschäft auch, da war er ganz sicher. Ob sie überhaupt schon volljährig war? Egal. Er nahm alles, was kam. Und zwischen so jungen Schenkeln hatte er schon lange nicht mehr gelegen. Es würde eine nette Abwechslung sein.

„Auch, wenn Ihnen jetzt schon heiß ist, junge Frau“, sagte er und war bemüht, seine Stimme nicht zu sehr zittern zu lassen, „darf ich Ihnen vielleicht eine Tasse Kaffee bringen lassen? Dann plauscht es sich gemütlicher.“

„Sehr gerne“, hauchte sie und strich sich mit der Zunge über die grell geschminkten Lippen, vielleicht haben Sie auch eine Kleinigkeit zu essen? Ich bin schon ganz ausgehungert.“

Rhein griff zum Telefon und schrie: „Annemarie, Kaffee! Und dazu ein paar von den fantastischen Lebkuchen aus der Kantine!“

Wenige Minuten später kam eine sichtlich angefressene Annemarie ins Büro gerauscht, stellte das Tablett mit Kaffee und Lebkuchen scheppernd auf dem Besprechungstisch ihres Chefs ab und rauschte wortlos wieder hinaus, nicht ohne der jungen Frau noch einen vernichtenden Blick zuzuwerfen.

„Was hat sie denn?“, zwitscherte diese, „die haben Sie aber nicht besonders gut erzogen!“

„Doch, aber genau das ist ihr Problem“, grinste Rhein und schenkte ihr Kaffee ein, „ich habe sie sogar sehr gut erzogen. Sie tut einfach alles für mich, wenn Sie verstehen, was ich meine."

„Oh, na dann. Aber ich möchte nicht, dass sie sich durch mich gestört fühlt, wenn sie ... ältere Rechte an Ihnen hat."

„Rechte, an mir?", polterte Rhein so plötzlich los, dass die junge Frau erschrocken zusammenfuhr. „Eines kann ich Ihnen gleich sagen, an mir, Hayo Rhein, hat noch nie jemand *Rechte* gehabt! Es ist noch gar nicht lange her, da hat das auch mal so eine Schlampe von sich behauptet, nur, weil ich sie gevögelt habe. Sie hat mich sogar bedrängt, ich solle sie heiraten. Heiraten! Ich! Wo kämen wir denn da hin!"

„Huch! Sie sind aber forsch!", stieß die junge Frau hervor.

„Oh", sagte Hayo Rhein bedauernd und atmete tief durch, „ich habe Sie doch nicht etwa erschreckt?" Mist, dachte er bei sich, als er ihren irritierten Blick sah, er musste sich besser in der Gewalt haben! Er durfte diesen verruchten Engel nicht verschrecken, bevor er ihn nicht vernascht hatte! Das könnte er sich nie verzeihen.

„Ein bisschen schon", flötete sie. „Aber wissen Sie, ich mag so forsche Männer wie Sie, die wissen was sie wollen. Und was sie nicht wollen, natürlich."

„Und was will ich Ihrer Meinung nach nicht?"

„Sie möchten nicht nur einer Frau gehören", sagte sie und fügte augenzwinkernd hinzu: „und das ist auch gut so, denn was wäre das für ein Verlust für die Frauenwelt."

Rhein nickte zufrieden. „Das nenne ich eine gute Einstellung."

„Und diese Frau, von der Sie sprachen, hat sie Sie auch ohne Hochzeitsglocken noch haben wollen?"

„Natürlich. Aber nach dem ganzen Gejammer ... wissen Sie, ein Mann wie ich braucht seinen Spaß, keine Klette, die an ihm klebt."

„Sie haben sie verlassen?" Die junge Frau sah ihn mit

kugelrunden Augen erschrocken an.

„Nun, sagen wir mal, ich habe sie ... auf elegante Weise entsorgt."

„Uih, das klingt aber verwegen!"

„Tja, einfach Tschüß sagen hätte bei der nicht gereicht. Die klebte wie Kaugummi an mir."

„Darf ich fragen, wie sie hieß?"

„Warum wollen Sie das wissen?", fragte er lauernd, und seine Stimme klang nun deutlich kühler. Aber sie ließ sich dadurch nicht beirren.

„Ach, wissen Sie, ich beschäftige mich schon sehr lange mit Namenskunde. Ist quasi ein Hobby von mir. Tja, und da ist es ja erwiesenermaßen so, dass Eltern ihrem Kind praktisch instinktiv den Vornamen geben, der zu ihm passt."

„Ist das so?", fragte Rhein und klang demonstrativ gelangweilt. Dass Frauen immer über so unbedeutendes Zeug quatschen mussten!

„Ja. Und diese Frau, die so anhänglich war, die wird vermutlich auch einen entsprechenden Namen haben. Hm. Lassen Sie mich raten. Ingrid? Heidrun? Andrea? ..."

„Ach, hören Sie doch auf! Ist doch nicht wichtig", brummte er.

„Nun seien Sie doch nicht so eine Spaßbremse! Also, Marion? Sandra? Inka? Jasmin? Bettina? ..."

„Nun ist aber Schluss!", rief Rhein und schlug mit der flachen Hand auf den Tisch.

„Aber ..."

„Ja, um Himmels Willen, Sie haben ja recht!"

„Wie jetzt? Hatte ich etwa schon einen Treffer?"

„Ja, Volltreffer."

„Und, welcher Name war es?", fragte sie aufgeregt und beugte sich zu ihm vor, sodass er einen tiefen Einblick in ihr Dekolleté nehmen konnte.

„Nun, wenn es für Sie so wichtig ist: Sie hieß tatsächlich Inka."

„Ich hab's doch gewusst!", rief sie und klopfte sich freudestrahlend auf die Schenkel, „dieses Ding funktioniert tatsächlich!"

Wie kindlich naiv sie war, sich über so einen ausgemachten Blödsinn freuen zu können, dachte Rhein „Wie hießen Sie noch gleich?"

„Sarah."

„Sarah. Und was heißt das?"

Sie grinste und tat so, als würde sie mit ihren Fingern irgendetwas aus ihrem Ausschnitt fischen. „Dreimal dürfen Sie raten!"

„Könnten wir vielleicht jetzt endlich aufs Geschäftliche zu sprechen kommen?" Rhein schaute auf die Uhr. Er hatte in zwei Stunden noch einen Termin, und vorher wollte er doch noch die angekündigte Provision einfahren. Die Kleine schien ja ganz heiß auf ihn zu sein, wie sie da ständig nervös in ihrem Sessel hin- und herrutschte und ihn mit unverwandt gierigen Blicken ansah. Anscheinend machte die Vorstellung sie an, dass er es auch noch mit zahlreichen anderen Frauen trieb. Nun ja, in seiner Position, die er nun endlich erklommen hatte, konnte er praktisch jede haben. Denn Macht machte bekanntlich sexy.

„Ja, sicher", strahlte die junge Frau, offensichtlich immer noch hoch zufrieden mit ihrem Erfolg.

„Also, wie sieht das Angebot Ihrer Firma diesmal aus?"

„Nun, nach den Zwischenfällen der letzten Wochen und dem bedauerlichen Unfall auf der Plattform, bei dem es ja leider offenbar wurde, dass die Chemieabfälle aus Ihrem Labor ungefiltert in die Nordsee abgelassen werden, müssen wir natürlich erstmal etwas vorsichtiger sein."

„Das heißt?"

„Sie entsorgen die Abfälle so wie gehabt. Wir stellen Ihnen entsprechende Bescheinigungen aus. Auch wie gehabt."

„Und wo soll ich das verdammte Zeug hinbringen? Der übliche Weg scheidet ja jetzt aus. Wir werden schärfer überwacht als ein Hochsicherheitstrakt."

„Ja, wie Sie schon gesehen haben, haben wir umfirmiert. Neuer Firmenname, neues Logo, neues Siegel, neuer Gebäudekomplex und alles, was man als seriöse Entsorgungsfirma so braucht."

„Ja, clever, und was heißt das für mich?"

„Das heißt, dass wir nicht mehr unter Kontrolle stehen, sondern nur das, was von unserer alten Firma übrig blieb. Also, Sie bringen ihren Abfall zukünftig direkt zu uns. Wir lagern ihn, bis Gras über die Sache gewachsen ist und stellen Ihnen fingierte Rechnungen und Bescheinigungen aus. Und wenn dann endlich wieder Ruhe ist, verfahren wir weiter wie bisher. Das Finanzielle bleibt wie gehabt."

„Das klingt gut", nickte Rhein. „Wie ich sehe, haben Sie nicht nur einen hübschen, sondern noch dazu einen schlauen Kopf. Erstaunlich, für so ein junges Ding."

„Ach", sagte die junge Frau und strich sich verlegen die Haare aus der Stirn, „das ist aber nett, dass Sie das sagen. Wissen Sie, ich selber glaube immer, dass ich eigentlich gar nicht so viel kann."

„Nun, ich bin davon überzeugt, dass Sie die unterschiedlichsten ... Qualitäten haben."

Sie kicherte albern und sagte dann: „Also, kommen wir ins Geschäft?"

„Natürlich. In alle Geschäfte, die Sie wollen. Und jetzt, würde ich mir ganz gerne die Provision abholen." Damit stand er aus seinem Sessel auf und trat auf sie zu. „Kommen Sie, auf dem Sofa ist es viel gemütlicher."

Doch gerade, als er seinen Arm um sie legte, riss plötzlich jemand die Bürotür auf.

„Ich will jetzt nicht gestört werden, verdammt noch mal!", keifte er Annemarie an, die mit galligem Blick im

Türrahmen stand.

„Aber da ist ein Anruf für Sie, Herr Rhein", sagte sie jammernd und musterte die junge Frau, die sich erschrocken wieder in ihren Sessel hatte fallen lassen, mit abschätzig gekräuselten Lippen.

„Ich sagte, keinen Anruf jetzt! Oder geht das nicht in Ihr Spatzenhirn?"

„Aber ... es ist der Innenminister."

„Der Innenminister? Ralf Hünemann? Worum geht es denn?", fragte Rhein verunsichert. Der würde ihm jetzt doch nicht seinen Spaß vermasseln?

„Er sagt, es sei sehr wichtig, es ginge um die Sache ... Sie wüssten schon welche."

„Ja. Ja, natürlich." Er warf einen bedauernden Blick auf das Mädchen, das mit Kulleraugen von einem zum anderen blickte. „Stellen Sie durch, Annemarie."

„Na, dann gehe ich wohl besser", sagte die junge Frau und zog einen Schmollmund.

„Nein, bleiben Sie, es dauert doch nicht lange!", rief Rhein hinter ihr her, als sie aufstand und Richtung Tür ging.

„Ach nein, lieber nicht, wenn hier jetzt jemand anderes die Hauptrolle spielt." Sie drehte sich noch mal zu ihm um. „Aber vielleicht können wir unser ... Gespräch ja zu einem anderen Zeitpunkt fortsetzen." Sie ließ ihren Blick durch den Raum und dann zu Annemarie schweifen. „Und gerne auch an einem anderen Ort, wo man nicht ständig gestört wird."

„Ja, gut", sagte Rhein ruhig, hätte vor Wut aber am liebsten laut geschrien, „ich rufe Sie dann an."

„Ich freu mich drauf", flötete die junge Frau, dann warf sie ihre Handtasche über die Schulter und ging mit einem aufreizenden Hüftschwung davon.

80

Na, das war ja mal ein schöner Mist! Verärgert trommelte Hayo Rhein mit seinen Fingern auf den Schreibtisch. Der Anruf von Hünemann hatte nicht nur sein Schäferstündchen mit der Zuckerschnitte verhindert, sondern ihn auch noch richtig nervös gemacht. Denn wenn es so kommen würde, wie sein Freund, der Innenminister befürchtete, dann sah es für ihn ganz schlecht aus. Dann wusste dieser Giftpilz von Sieverts jetzt, dass er mit den Morden an Langhoff und Rautschek etwas zu tun hatte. Und angeblich könne er es sogar beweisen. Wie diese Auskunft ausgerechnet auf den Schreibtisch des Innenministers gekommen war, hatte der ihm nicht sagen wollen. Aber die Sache war eindeutig. Nur gut, dass er mit Ralf Hünemann so eng befreundet war. Da hatte er es noch gerade rechtzeitig erfahren und konnte womöglich seine ganz persönliche Katastrophe noch verhindern. Und dass er handeln musste, das war klar. Nur schade, dass Inka nicht mehr lebte. Die war immer ganz gut geeignet gewesen, wenn es darum ging, die Schmutzarbeit zu machen. Tja, Pech. So musste er das hier eben selber erledigen. Und schlauer als der Sieverts war er doch allemal.

Verärgert stellte er fest, dass seine Hände zitterten, als er zum Telefonhörer griff. „Annemarie, verbinden Sie mich mit Maarten Sieverts!“

„Mit Herrn Doktor Sieverts?“

„Ja, das haben Sie doch gehört. Oder soll ich’s vielleicht singen?“ Er knallte den Hörer auf. Dr. Sieverts!

Pah! Der sollte sich auf seinen blöden Doktortitel mal bloß nichts einbilden! Mit Sicherheit war er genauso schräg daran gekommen, wie dieser Politiker, den sie unlängst in die Wüste geschickt hatten. Wie hieß der noch gleich? Er, Rhein, hatte es wenigstens auf seriösem Wege versucht, nur leider war er an der Zeit gescheitert. Sein Job war schließlich auch deutlich anspruchsvoller als der von Sieverts, der lediglich seine eigene kleine Klitsche in New York zu leiten hatte.

Nur mit Widerwillen nahm er den Hörer ab, als Annemarie *Dr. Sieverts für Sie!* in die Leitung flötete. „Herr Doktor Sieverts, das ist aber schön, dass wir Sie gleich erreicht haben", rief er.

„Worum geht es denn, Herr Rhein?"

„Ich würde Ihnen gerne ein Angebot machen."

„Ein Angebot? Sie?" Maarten klang ehrlich erstaunt.

„Ja, wissen Sie, Herr Doktor Sieverts, jetzt, da sich diese fürchterliche Geschichte mit all den Toten ihrem Ende zuneigt, sollten wir in die Zukunft schauen."

„Ich sehe nicht, dass die Geschichte, wie Sie es nennen, schon zu Ende ist."

„Nun, es ist vielleicht noch die ein oder andere Frage offen, aber die zu lösen soll doch die Aufgabe der Polizei sein, nicht wahr!?"

„Wenn Sie meinen. Also, was wollen Sie von mir?"

„Das würde ich nicht gerne hier am Telefon, sondern unter vier Augen besprechen. Es ist eine zu große Sache, als dass man sie so zwischen Tür und Angel erörtern sollte."

„Ich habe kein Interesse daran, wieder mit Ihnen zusammenzuarbeiten, falls es das ist, worauf Ihre Anfrage hinausläuft."

„Ach was, wer spricht denn von Zusammenarbeit", winkte Rhein ab und lachte laut auf. „Es geht um etwas viel Größeres. Es geht um jede Menge Geld."

„Geld? Was für Geld?", fragte Maarten vorsichtig.

„Tja, eben das würde ich Ihnen gerne bei einem Glas Wein erläutern."

„Sie machen's ja spannend!"

„Ja, Geld ist ja auch spannend, nicht wahr, Herr Doktor Sieverts?"

„Da haben Sie wohl recht. Na gut, wo treffen wir uns?"

„Ach, machen Sie sich keine Umstände. Ich würde einfach auf dem Heimweg bei Ihnen zu Hause vorbeikommen." Er warf einen Blick aus dem Fenster. Immer noch fielen dichte Schneeflocken vom Himmel. „Draußen ist ja auch nach wie vor ein so scheußliches Wetter, da müssen Sie nicht extra noch vor die Tür."

„Ist in Ordnung. Ich erwarte Sie dann gegen zwanzig Uhr bei mir."

„Ich bin pünktlich", sagte Rhein und ließ den Hörer mit einem lauten Seufzer auf die Gabel fallen.

„Bingo!", rief er und klatschte geräuschvoll in die Hände, „wusste ich's doch, dass dieser Sauhund käuflich ist!" Jeder war käuflich, davon war Rhein seit jeher überzeugt. Der tat nur immer so sauber, dieser Sieverts, aber wenn die Scheine groß genug waren, dann verkaufte selbst er seine Großmutter. Ach, auf das Schlechte im Menschen war einfach Verlass, insbesondere auf seine Gier! Rhein sah auf die teure Standuhr, die er erst kürzlich auf einem Antikmarkt erworben hatte. Hm. Wenn er seinen nächsten Termin absagen würde, dann könnte er es sich noch ein wenig gemütlich machen. Nur schade, dass dieses kleine, scharfe Luder von vorhin schon gegangen war. Ob er versuchen sollte, sie zurückzuholen? Ach was, sagte er sich dann, für die bräuchte er ein wenig länger Zeit, bestimmt war sie unersättlich.

Um Punkt zwanzig Uhr läutete Hayo Rhein an der Wohnungstür von Maarten Sieverts. Lange Sekunden passierte gar nichts, aus der Wohnung war kein Geräusch zu hören. Er hatte ihn doch wohl nicht versetzt!? Rhein spürte, wie eine unbändige Wut in ihm aufstieg. Schließlich war es schon schlimm genug, dass er sich mit diesem Kerl auseinandersetzen musste, und nun ließ er ihn auch noch hier in der klirrenden Kälte im Hausflur stehen. Dass diese Vermieter aber auch nie richtig heizen konnten! Er drückte nochmals heftig und ausdauernd auf den Klingelknopf, und jetzt endlich tat sich da drinnen was. Sekunden später öffnete sich die Tür, und Maarten Sieverts hielt ihm die Hand zur Begrüßung hin. „Und, wo haben Sie den Koffer mit dem vielen Geld?", fragte er und sah Rhein verschmitzt grinsend an.

„Ha", rief Rhein und lachte laut auf, „Sie sind mir ja einer, Herr Doktor Sieverts. Kann Ihnen ja gar nicht schnell genug gehen, nicht wahr?"

„So ist es, Herr Rhein. Denn wie Sie ja wissen, ist jeder Geldschein schon morgen weniger wert als heute." Maarten nahm ihm seinen Mantel ab und hängte ihn an die Garderobe.

„Ja, ja, die liebe Inflation. Aber Gott sei Dank gibt es ja die guten alten Finanzmärkte, die für unsereinen noch ganz annehmbare Renditen versprechen. Da kann uns die Inflation noch nicht allzu viel anhaben."

Maarten führte seinen Gast ins Wohnzimmer und bedeutete ihm, in einem der Sessel Platz zu nehmen. „Lust auf ein Glas Wein?", fragte er.

„Ja, einen roten, wenn Sie haben."

„Sicher." Maarten verschwand in der Küche, entkorkte eine Flasche Merlot, die er für besondere Anlässe zurückgelegt hatte, und nahm dann Flasche und zwei Weinkelche mit ins Wohnzimmer zurück. Gluckernd schenkte er den Wein in die bauchigen Gläser. Gleich darauf hob er sein Glas und prostete Rhein zu. „Auf eine bessere Zukunft!", sagte er.

„Ha, da können Sie sicher sein!", rief Rhein und streckte ihm ebenfalls sein Glas entgegen, „ab heute wird alles anders. Für Sie und auch für mich." Wenn der wüsste, dieser Idiot, fügte er in Gedanken hinzu, ließ seinen eigenen Henker zur Tür herein und bewirtete ihn auch noch mit einem teuren Wein. Er sah auf die Flasche. Hm. Solch einen erlesenen Geschmack hätte er diesem Banausen, der von nichts eine Ahnung hatte und hier naiv seinem Tod in die Augen sah, gar nicht zugetraut. „Exzellenter Tropfen", sagte er, „aber ich würde sagen, wir kommen jetzt erstmal zum Geschäftlichen, bevor wie die Flasche leeren. Sonst können wir nachher gar nicht mehr klar denken, was sehr schade wäre, haha."

„In der Tat", grinste Maarten, „das wäre wirklich bedauerlich. Also, Herr Rhein, was haben Sie mir anzubieten?"

„Nun, Sie können sich ja sicherlich schon denken, worum es geht, Herr Doktor Sieverts", sagte Rhein, und seine Stimme klang plötzlich deutlich dunkler.

„Ich? Nein. Woher denn. Sie haben mir ja noch nicht gesagt, um welche Art von Geschäft es sich handelt." Maarten sah sein Gegenüber erstaunt an.

„Jetzt tun Sie nicht so naiv!", stieß Rhein hervor, und in seine Augen trat ein eigentümlicher Glanz.

„Ich, naiv? Ich weiß gar nicht, wovon Sie reden! Sie wollten mir doch einen Deal vorschlagen, bei dem es angeblich viel Geld zu verdienen gibt."

„Das ist richtig, das wollte ich."

„Und?"

„Nun, ich habe es mir anders überlegt."

„Anders überlegt?", fragte Maarten überrascht. „Und warum, bitte schön, sind Sie dann hier und stehlen mir meine kostbare Zeit?"

„Weil Sie mir im Weg sind, Sieverts! Weil sie mich ankotzen, seit ich Sie zum ersten Mal gesehen habe! Weil Sie seit Monaten nichts als Ärger machen! Weil Sie ein arrogantes Arschloch sind!", schrie Rhein, und kühle Feindseligkeit stand jetzt in seinem Blick. Dann fügte er kalt lächeln hinzu: „Und weil Sie jetzt sterben werden!" Damit griff er in seine Tasche und zog ein Messer.

Maarten schluckte, er hatte dieses Messer schon mal gesehen. Sein Herz klopfte ihm gegen die Rippen, als wolle es sie auseinander sprengen. Aber er versuchte, sich seine Angst und Nervosität nicht anmerken zu lassen. „Haben Sie mehrere davon?", fragte er scheinbar ruhig und machte mit seinem Kopf eine Bewegung zum Messer.

„Wie?", fragte Rhein perplex. Er war enttäuscht. Nicht eine Spur von Angst hatte er in Sieverts Augen gesehen, als er die Waffe gezogen hatte. Aber das würde sich noch ändern! Auf den Knien würde er vor ihm kriechen und ihn anflehen, ihm sein Leben zu schenken! Leben! Pah! Die reine Pest war er, dieser Möchtegern-Unternehmer! Nur gut, dass sein Freund Ralf Hünemann ihn gewarnt hatte. So konnte er den Kerl noch in die Hölle befördern, bevor er zuviel redete.

„Na, das gleiche Messer steckte doch im Rücken von Rautschek, wenn ich mich richtig erinnere."

„Ja, Sie erinnern sich richtig. Ich habe ja immer gewusst, dass Sie ein ganz Cleverer sind, Sieverts. Nur leider nicht clever genug. Wusste gar nicht, dass Sie meinen Freund Ralf Hünemann kennen."

„Ich kenne Hünemann nicht."

„Lüge!", schrie Rhein und sprang auf. „Das ist eine infame Lüge!"

„Woher, bitte schön, sollte ich den Innenminister kennen?", fragte Maarten. „Ich habe fast zwei Jahrzehnte in den USA verbracht. Da gibt es mit einem niedersächsischen Innenminister relativ wenig Berührungspunkte."

„Nun", grinste Rhein, „einen Versuch war es wert."

„Bitte?"

„Ich wollte mal sehen, ob Hünemann die Information womöglich von Ihnen persönlich hat."

„Welche Information?"

„Dass ich angeblich für den Mord an Langhoff und Rautschek verantwortlich bin."

Maarten schluckte. Es war das erste Mal, dass jemand in Bezug auf Hauke bestätigte, dass er ermordet worden war. Bisher waren alle immer lediglich davon ausgegangen. Er spürte, wie sich sein Magen zusammenkrampfte und ihm übel wurde. Dieses skrupellose Schwein hatte tatsächlich seinen Freund auf dem Gewissen! „Sind Sie es nicht?", presste er hervor.

„Das muss Sie jetzt nicht mehr interessieren, Sieverts", sagte Rhein, und ein dämonisches Grinsen zog sich über sein Gesicht, „Sie werden es ja gleich erfahren, wenn Sie an der Himmelspforte klopfen." Rhein stand langsam auf, das Messer zeigte genau auf Maartens Brustkorb.

„Schön, dass Sie mir wenigstens einen Platz im Himmel zutrauen", sagte Maarten betont ruhig, obwohl seine Nerven zum Zerreißen gespannt waren. Auch er stand jetzt auf und zog sich langsam Richtung Diele zurück.

„Glauben Sie nur ja nicht, dass Sie mir entkommen", gluckste Rhein und schien jetzt richtig gut gelaunt zu sein.

„Wie haben Sie Langhoff ermordet?"

„Geht Sie nichts an, das sagte ich schon."

„Aha. Aber dass Sie ihn getötet haben, bestreiten Sie nicht."

„Warum sollte ich, ist doch sowieso egal. Sie jedenfalls werden es nicht mehr ausplaudern können. Weder bei Langhoff noch bei Rautschek."

„Beide gehen also auf ihr Konto. Inka Henzler auch?"

„Ach, die naive Henzler. Sie war genauso blöd wie Sie, Sieverts. Sie hat mich einfach in ihre Wohnung gelassen. Es war ein fast zu leichtes Spiel. Na ja, wenigstens hatte ich vorher noch meinen Spaß."

„Wie kam Inka Henzler zu Hufschmidt?"

„Hufschmidt? Der aus der Klapse? Er wollte mich erpressen, das Schwein. Weil er herausbekommen hatte, dass ich Giftmüll verklappen ließ. Mit Hilfe von Inka Henzler natürlich, dieser dummen Kuh. Er wollte ganz schlau sein und hat uns einbestellt, Inka und mich. Genau wie Rautschek, dieser Idiot. Dachten alle, sie könnten mich eines Besseren belehren. Leider ist dann Inka in das Messer gefallen, das er auf mich richtete."

„Gefallen worden, wohl eher. Ich vermute, dass Sie sie brutal geopfert haben, um sich selber zu retten."

„Kann auch sein."

„Und warum hat Hufschmidt Inka dann mitgenommen?"

„Ich habe ihm gesagt, dass ich ihn an die Polizei ausliefern würde, wenn er sie nicht verschwinden ließe. Hat noch ein bisschen Geld dafür bekommen. Der war ganz geil auf das Geld und nuschelte was von *Schloss* und *Prinzessin*."

„Er hätte Sie anzeigen können."

„Er ist total irre, das wissen Sie genauso gut wie ich. Und er hatte Angst vor mir. Da tut man manchmal komische Dinge."

„Rautschek hat Sie auch erpresst?"

„Nein", sagte Rhein und lachte ein gespenstiges Lachen, „selbst dazu war der zu blöd. Der hat nur mit der Polizei gedroht. Ja, und dann ist er mir einfach ins Messer gefallen und nahm ein feuchtes Bad in der Nordsee. Dumm gelaufen für ihn."

„Sie sind ein mieser Drecksack, der letzte Abschaum, Rhein!", keuchte Maarten, rasend vor Wut und Trauer. Doch noch ehe er sich wundern konnte, sprang sein Widersacher plötzlich vor und stieß, begleitet von einem *Schluss jetzt mit dem Gequatsche, es wird Zeit fürs große Finale!* mit dem Messer nach ihm. Er konnte sich noch wegdrehen, aber die Klinge traf ihn mit voller Wucht am linken Oberarm. Er schrie auf vor Schmerz. Ihm wurde schwarz vor Augen und er begann zu taumeln. Rhein zog das Messer lachend wieder zurück, hob erneut an und ...

wurde im nächsten Augenblick von vier starken Armen zurückgerissen. Das Messer fiel ihm aus der Hand. „Genug!“, schrie die Stimme von Kommissar Büttner. „Hayo Rhein, ich verhafte Sie wegen des Mordes an Steffen Rautschek, Hauke Langhoff und Inka Henzler! Außerdem wegen der illegalen Einbringung von Giftstoffen in die Nordsee in Tateinheit mit der fahrlässigen Tötung von Margit Fellinger.“

„A-aber das kann doch nicht sein“, stammelte Rhein und starrte entsetzt auf das Aufgebot an Polizisten, das sich so plötzlich in der Wohnung tummelte. „Wer ... woher wussten Sie ... ich war mir doch sicher ...“

„Tja, Hayo“, ließ sich eine dunkle Stimme vernehmen, „das war dann wohl dein letzter Coup!“

„Ralf! Ralf, was machst du denn ... ähm ... ich meinte, gut, dass du hier bist. Da kannst du ja deinen Untergebenen sagen, dass sie die Finger von mir lassen sollen. So geht man doch nicht mit ehrenwerten Geschäftsleuten um. Meine Herren, darf ich Ihnen meinen langjährigen, guten Freund vorstellen, den Innenminister von Niedersachsen, Ralf Hünemann.“

Im Raum herrschte nach dieser kurzen Ansprache betretenes Schweigen. Nur Tomke, die auf Geheiß des Kommissars im Wohnzimmer geblieben war, stürzte sich auf Maarten, der bleich am Boden saß. Sie seufzte erleichtert auf, als der sie anlächelte und sagte: „Alles halb so schlimm.“

„Ach, Hayo, wie oft habe ich dir eigentlich schon gesagt, dass es mit unserer Freundschaft aus und vorbei ist“, seufzte Hünemann. „Deine ganzen miesen Touren, die du dir in den letzten Jahren geleistet hast ... nun, das war einfach zuviel. Ich habe dir gesagt, dass ich mich in keine kriminellen Machenschaften mit hineinziehen lasse. Aber du hast es nicht wissen wollen und immer, wenn es dir gelegen kam, mit unserer Freundschaft geprahlt. Also, deswegen jetzt noch mal zum Mitschreiben: ES GIBT

KEINE FREUNDSCHAFT MEHR! So, meine Herren, Sie können ihn jetzt mitnehmen. Führen Sie ihn seiner gerechten Strafe zu! David“, fügte er dann an Büttner gewandt hinzu und legte ihm den Arm um die Schulter, „ich danke dir, dass ich dabei sein durfte. Um nichts in der Welt hätte ich das hier verpassen mögen. Er hätte mich ansonsten morgen schon wieder angerufen und gejammert. Gut, dass das jetzt klargestellt ist.“ Er stieß einen tiefen Seufzer aus. „Ach ja, es war wie in den guten alten Zeiten, heute Abend. Vielleicht hätte ich doch bei der Polizei bleiben sollen. Ist nicht so ein schmutziges Geschäft wie die Politik.“

Rhein sah ihn mit großen Augen ungläubig an. „A-aber, das kannst du doch nicht tun. Ich ... ich zähle auf dich ...ich ... habe Geld ...“ Den Rest seiner Worte hörte man nicht mehr, sie wurden vom dichten Schneetreiben geschluckt, als er zum Polizeiwagen geführt wurde.

81

Ostfriesenzeitung vom 23. Dezember

Vorstand Hayo Rhein verhaftet - Morde rund um N.S.OffshorePower Ltd. aufgeklärt

(Emden) Nach wochenlangem Rätselraten sind die Geschehnisse rund um die N.S.OffshorePower Ltd. nun offensichtlich aufgeklärt, wie die Staatsanwaltschaft Emden anlässlich einer Pressekonferenz mitteilte. Nachdem bereits im November Vorstand Hans-Jürgen Naumann verhaftet worden war, steht nun auch Vorstand Hayo Rhein im Visier der Staatsanwaltschaft. Während Naumann wegen der Manipulation von Konstruktionsplänen und dem damit einhergehenden Unglück mit 13 Toten und mehreren Verletzten auf der Bauplattform der Windkraftanlage Windlady II in der Nacht vom 15. November angeklagt werden wird, geht es bei Rhein um mehrfachen Mord sowie die illegale Einleitung von Giftmüll in die Nordsee.

Wie aus Ermittlerkreisen verlautete, wird Rhein zum einen der Mord an Ingenieur Steffen Rautschek vorgeworfen, dessen Leiche wenige Tage nach dem Unglück mit einem Messer im Rücken am Strand von Juist angespült worden war. Auch beim angeblichen Selbstmord einer weiteren Mitarbeiterin der N.S.OffshorePower Ltd., Inka Henzler, geht die Staatsanwaltschaft nunmehr von einem Mord aus, genauso wie bei dem Tod des leitenden Ingenieurs der N.S.OffshorePower Ltd., Hauke Langhoff, der bereits im August im Emder Krankenhaus verstarb. „Im Falle von Hauke Langhoff wissen wir inzwischen, dass er an einer Überdosis eines stark Blut verdünnenden Medikamentes gestorben ist, das ihm über längere

Zeit heimlich verabreicht worden war und zu starken inneren Blutungen führte, die letztendlich zum Tod führten", teilte ein Sprecher der Staatsanwaltschaft im Rahmen der Pressekonferenz mit. Rhein habe ihm das Mittel in hoher Konzentration in seine Getränke gegeben. Auch im Falle der Entführung des kleinen Tilmann Langhoff gab Rhein inzwischen zu, beteiligt gewesen zu sein. Im Falle von Ingenieurin Inka Henzler, die am 20. Dezember tot in ihrer Badewanne aufgefunden worden war, sei man aufgrund der Indizien zunächst von Selbstmord ausgegangen. Inzwischen aber habe man erdrückende Beweise dafür, dass auch sie ein Opfer von Hayo Rhein wurde. Über die näheren Umstände ihres Todes wurde noch nichts bekannt.

Wie von der Staatsanwaltschaft erläutert wurde, musste Hauke Langhoff sterben, weil er die Unregelmäßigkeiten bei der Planung der Windlady II aufgedeckt und dem Vorstand mitgeteilt hatte, die Verantwortung nicht länger übernehmen und zur Polizei gehen zu wollen. Steffen Rautschek hingegen hatte die Endeckung gemacht, dass unter der Verantwortung von Vorstand Hayo Rhein hochgiftige Stoffe aus der Produktion der N.S.OffshorePower Ltd. in der Nordsee verklappt wurden, anstatt sie einer ordentlichen – und sehr teuren – Entsorgung zuzuführen. Man geht bei der Staatsanwaltschaft davon aus, dass auch das ominöse Fischsterben, das die ostfriesische Bevölkerung über Wochen in Atem hielt, auf diese Giftstoffe zurückzuführen ist. Opfer dieser Chemikalien wurde auch die Sekretärin der N.S.OffshorePower Ltd., Margit Fellinger, die während des Unglücks auf der Bauplattform mit ihnen in Berührung kam und tödliche Verätzungen davontrug.

Das Entsetzen über die schrecklichen Vorgänge in ihrer Emder Niederlassung stand den Vertretern der Konzernspitze der in Großbritannien ansässigen N.S.OffshorePower Ltd. ins Gesicht geschrieben. Die auf der Pressekonferenz anwesenden Herren drückten allen Betroffenen ihr tiefes Bedauern aus und kündigten an, bei der endgültigen Aufklärung der Vorfälle uneingeschränkte Unterstützung zu leisten. Bereits in Kürze werde der Vorstand der Emder Niederlassung neu besetzt und man hoffe, diesmal bei „der Besetzung der Vorstandsposten ein glücklicheres Händchen" zu haben. Außerdem kündigte die Konzernspitze an, einen Hilfsfonds für die Hinterbliebenen der Opfer einrichten zu wollen.

Der niedersächsische Innenminister Ralf Hünemann zeigte sich auf der Pressekonferenz erleichtert, dass „die Urheber all der Schrecken" dank der „vorbildlichen Arbeit der Emder Polizei" dingfest gemacht werden konnten. Explizit distanzierte sich Hünemann von Hayo Rhein, mit dem er in früheren Jahren eng befreundet gewesen war und den er noch in seiner Zeit als Politiker gefördert hatte. Inzwischen wisse er um seine „fatale menschliche Fehleinschätzung" und er bedaure zutiefst, den „wahren Charakter dieses elendigen Verbrechers" nicht schon viel früher erkannt zu haben. Aus gewöhnlich gut informierten Kreisen erfuhr unsere Redaktion, dass Hünemann am gestrigen Abend bei der Überführung und Verhaftung von Rhein persönlich anwesend gewesen sein soll. Bevor er die Politik zu seinem Hauptätigkeitsbereich machte, war er selber Polizist gewesen.

Noch immer wird nach dem Unglück auf der Plattform ein 52jähriger Mann, der hier als Installateur gearbeitet hatte, vermisst. Es ist davon auszugehen, dass er sein Grab in der offenen See gefunden hat. Während der Weihnachtsgottesdienste wird den Opfern der Verbrechen in allen Kirchen Ostfrieslands mit einer Schweigeminute gedacht werden.

82

Trotz des Erfolgs, den sie tags zuvor errungen hatten, war die Stimmung in Tomkes Wohnzimmer, das inzwischen von allen Spuren des Brandes gereinigt war und einen neuen, massiven Esstisch sein Eigen nannte, gedrückt. Wäre nicht das fröhliche Lachen der Kinder, die im Garten den Bau eines Schneemannes in Angriff genommen hatten, durch die Terrassentür hereingedrungen, hätte man außer dem Pfeifen des Windes keinen Laut gehört. Tatsächlich aber saßen eine ganze Menge Leute bei Kerzenschein und einer Tasse Tee um den großen Esstisch herum und ließen, ein jeder für sich, die Ereignisse der letzten Monate noch einmal Revue passieren. Jetzt, da alles vorbei war und die Verantwortlichen zur Rechenschaft gezogen werden konnten, verspürten alle eine erdrückende Leere, und sie stellten sich die Frage nach dem Warum. Es war nicht einfach zu begreifen, dass siebzehn Menschen, die sie über mehrere Jahre oder auch länger durch ihr Leben begleitet hatten, nie wieder zu ihnen zurückkehren würden. Am härtesten hatte es sicherlich die Familien getroffen, in denen es kleine Kinder gab und die nun für immer auf einen Elternteil würden verzichten müssen. Und wie sollte man gerade den Kindern erklären, was dieses *Für immer* tatsächlich bedeutete, wenn es doch schon für die Erwachsenen nur so schwer greifbar war?

„Es wird nicht ganz leicht sein, wieder in den Alltag zurückzukehren“, durchbrach Tomke plötzlich die Stille.

„Es geht, ihr werdet sehen“, sagte Sonja leise und sah

von einem zum anderen. „Es ist nicht einfach, aber es geht. Ich bin jetzt vor allem erstmal dankbar, dass ich endlich weiß, warum und durch wessen Hand Hauke sterben musste. Und dass er ein ehrlicher und aufrechter Mensch war, der alles darangesetzt hat, die Verbrechen, die sich rund um seine *Windladys* rankten, zu verhindern.“

„Ja, hätte irgendjemand früher auf ihn gehört, dann wären all die schrecklichen Dinge womöglich nie passiert“, nickte Maarten und rieb sich seinen verletzten Arm, der dick einbandagiert in einer Schlinge hing.

„Auf jeden Fall können wir dennoch dankbar sein, dass an Maarten offenbar ein Detektiv verloren gegangen ist. Ein furchtbar penetranter Detektiv, wenn ich das so sagen darf. Ohne ihn und seine Spürnase mit dem richtigen Riecher für Verbrechen wären wir wahrscheinlich noch nicht viel weiter“, warf Franziska ein, und erstmals in dieser Runde war wieder ein Lächeln zu sehen. „Ich kann nicht sagen, dass ich von seiner scheinbar bekloppten Idee, New York zu verlassen und in Ostfriesland auf Verbrecherjagd zu gehen, besonders begeistert war. Aber es schien mir eine ganz nette Abwechslung zu sein, zuzusehen, wie mein Chef vermutlich erstmals in seinem Leben mit einer Theorie so richtig auf die Schnauze fallen würde.“

„Na, das war dann ja wohl wieder nichts. Wie ihr seht, steht er heute sogar noch aufrechter als zuvor“, flachste Swaantje, und mit diesem Satz verbesserte sich die Atmosphäre im Raum plötzlich spürbar.

„Na, zumindest wenn man von seinem auf halb acht hängenden Arm mal absieht“, bemerkte Tomke mit einem spöttischen Blick.

„Okay, also nur ein Supermann mit Abstrichen“, grinste Franziska.

„Können wir jetzt bitte mal über etwas anderes reden“, wandte Maarten verlegen ein, „ich war ja nun wirklich nicht der einzige, der hier vermeintlich eine Heldenrolle eingenommen hat. Was ist denn zum Beispiel mit Esther, die gestern einen so fulminanten Auftritt hingelegt hat, dass ich zwischendurch Zweifel bekam, ob sie ihre Rolle tatsächlich nur spielte. Aber", fügte er mit einer beschwichtigenden Geste hinzu, als er die empörten Blicke sah, „natürlich habe ich nie wirklich geglaubt, dass sie sich im wahren Leben auch nur ansatzweise mit dem von ihr so brillant verkörperten Miststück identifizieren könnte."

Esther grinste. „Ja", sagte sie, „es war mal ganz witzig, in die Rolle eines sexgeilen Luders zu schlüpfen. Weniger witzig war allerdings die Erfahrung, dass es wirklich solche miesen Schweine gibt, wie diesen durch und durch widerlichen Hayo Rhein, der Frauen nur als Sexobjekte betrachtet. Nur gut, dass der vermutlich den Rest seines Lebens hinter Gittern verbringen wird."

„Allerdings", nickte Tomke, „der fällt ganz klar in die Kategorie *Was die Welt nicht braucht*. Also, Esther, ich war ja, als ich dich in diesen unmöglichen Klamotten sah und über die Kopfhörer euren Dialog mit anhörte, voller Bewunderung für dich. Ich schwöre, ich wäre dem Kerl schon bei seinem ersten schlüpfrigen Satz mit nacktem Hintern ins Gesicht gesprungen. Respekt, Esther, Respekt! Vielleicht solltest du deinen Wunsch, Journalistin zu werden, an den Nagel hängen und dich zur Schauspielerin ausbilden lassen."

„Na ja, da kann ich doch Maarten gleich mitnehmen. Der war ja wohl auch nicht schlecht, nach allem, was ich gehört habe, und ist noch dazu das deutlich größere Risiko eingegangen – wie man an seinem misshandelten Arm unschwer erkennen kann."

„Sag ich doch, er ist ein Supermann", frotzelte Franziska. „Im Übrigen verdient auch der Innenminister ein dickes Lob, der auf die Anfrage seines Freundes Büttner hin seine Rolle des großen Warnenden toll gespielt hat. Rhein wäre vermutlich auf keinen anderen hereingefallen, als auf seinen vermeintlich besten Freund Ralf Hünemann."

„Aber, um noch mal auf das Thema Job zurückzukommen", mischte sich jetzt erstmals Wiebke ins Geschehen ein und sah Maarten und Tomke forschend an, „was habt ihr zwei jetzt eigentlich vor? Doch sicherlich nicht, einfach so weiterzumachen wie bisher, oder?"

Maarten und Tomke sahen sich an und grinsten. „Nein", sagte Maarten dann, „wir haben in den letzten Tagen viel darüber nachgedacht, was sein könnte. Voraussetzung für eine Entscheidung war aber natürlich erstmal, dass diese ganzen furchtbaren Verbrechen aufgeklärt und die Verantwortlichen zur Strecke gebracht würden."

„Das ist ja nun erreicht", sagte Wiebkes Beinahe-Ehemann Daniel.

„Richtig. Und deswegen werden wir jetzt das Modell leben, das uns derzeit als das Attraktivste erscheint." Maarten machte eine bedeutungsvolle Pause und sah von einem zum anderen.

„Mensch, jetzt lass dich nicht so feiern!", sagte Daniel in gespielter Empörung.

„Also gut. Ich bleibe hier."

„Und ich auch", grinste Tomke.

Von allen Seiten war auf diese Ankündigung hin Applaus zu hören, und Swaantje fiel ihrem Bruder und Tomke abwechselnd um den Hals. „Das freut mich aber, großer Bruder, dass ich dich jetzt öfter sehen werde! Und unsere Mutter wird umfallen vor Glück! Aber, mal ganz ehrlich, kannst du hier in Ostfriesland wirklich glücklich sein? Ich meine, wird dir New York nicht fehlen? Ist es hier nicht viel zu langweilig?"

„Langweilig? Hier? Also davon habe ich in den letzten Wochen weiß Gott nichts gemerkt. New York ist gegen Emden doch ein Priesterseminar."

„Und, schulst du nun zum Detektiv um?“, fragte Wiebke flapsig.

„Nee. Ich werde mein Unternehmen erweitern und hier in Ostfriesland eine Niederlassung errichten. Damit bin ich erstmal für `ne Zeit beschäftigt.“

„Und du wirst dich bei ihm anstellen lassen?“, wandte sich Wiebke an Tomke.

„Wohl kaum. Ich werde ihn höchstens an der ein oder anderen Stelle unterstützen.“

„Aber du wirst doch nicht in diesen Drecksladen zurückkehren, oder?“

„Nein, natürlich nicht. Mit der Klitsche bin ich durch. Maarten hat mich überzeugt, mein Glück in einem ganz anderen Feld zu versuchen.“

„Ach was. Und das wäre was?“, fragte Swaantje.

„Ich werde Kinderbücher schreiben.“

„Klar. Kinderbücher.“ Swaantje sah sie an, als würde sie an ihrer Zurechnungsfähigkeit zweifeln. „Ist ja auch fast dasselbe wie Windkraftanlagen zu bauen.“

„Tomke hat schon zwei Manuskripte fertig“, sagte Maarten, und der Stolz in seiner Stimme war nicht zu überhören.

Für einen Moment herrschte überraschtes Schweigen. Dann aber fingen alle auf einmal an zu reden und Fragen zu stellen, bis Tomke schließlich aufstand und den Ordner mit ihren Manuskripten holte. Im Nu waren alle eifrig damit beschäftigt, in den Seiten zu blättern und hier und da einen Absatz zu lesen.

„Toll“, sagte Wiebke, „darf ich die Jule und Immo vorlesen? Die würden sich bestimmt total freuen!“

„Klar. Gerne.“, sagte Tomke. „Ich brauche sowieso noch Testleser, bevor ich mich traue, sie einem Verlag anzubieten. Und Maarten gehört ja nun nicht wirklich zur Zielgruppe.“

„Apropos Zielgruppe. Was macht eigentlich Franziska, wenn Maarten New York jetzt den Rücken kehrt?“, fragte

Swaantje.

„Na, toll, dass das hier auch mal jemanden interessiert“, maulte Franziska, setzte aber gleich darauf wieder ihr breitestes Grinsen auf, als alle sie betreten ansahen. „Kein Grund zur Sorge. Ich habe mit Maarten schon darüber gesprochen. Ich werde nach New York zurückkehren und da die Geschäfte im Blick halten.“

„Och“, sagte Swaantje und zog einen Schmollmund, „das ist nun aber mal `ne blöde Idee.“

„Ach was“, winkte Franziska ab, „alles halb so wild. Maarten wird hier ohne mich sowieso nicht zurechtkommen und ständig um Hilfe schreien. Also werden wir uns wahrscheinlich öfter sehen, als euch lieb ist, weil ich ständig ins Flugzeug steigen und Feuerwehr spielen muss.“

„Könnte durchaus passieren“, murmelte Maarten. Dann verteilte er Kluntjes und schenkte allen der Reihe nach nochmals Tee ein.

Der Schnee fiel in dichten Flocken auf das Grab, als Maarten am Heiligabend minutenlang einfach nur dastand und die mit seinem Freund Hauke gemeinsam verbrachte Zeit gedanklich an sich vorbeiziehen ließ. Er sah zwei unbeschwerte Jungen, die in Groß Midlum an heißen Sommertagen barfuß und fröhlich lachend über frisch gemähte Wiesen dem Sonnenuntergang entgegen sprangen. Er sah zwei Jugendliche, die am Schöpfwerk von Longewehr mit einem Kopfsprung ins kalte Nass eintauchten, um dann prustend wieder an die Oberfläche zu kommen und zu schauen, ob ihnen die Mädchen auch bewundernde Blicke zuwarfen. Und er sah zwei Halbstarke, die mit klopfendem Herzen ein Schild mit der Aufschrift *Maximal 12 Personen* in einem Emder Fahrstuhl abmontierten und es stolz in der Pewsumer Kneipe von Wirt Günni über die Theke nagelten.

„Ich bleibe jetzt hier, Hauke“, flüsterte Maarten, „und

werde mich um Sonja und deine Jungs kümmern. Versprochen!“ Dann legte er, mit einer letzten Verbeugung vor seinem besten Freund, einen großen Blumenstrauß auf dessen Grab, das aussah, als hätte es jemand in eine Schicht schützende weiche Watte gehüllt.

Die Handlung und alle handelnden Personen in diesem Buch sind frei erfunden. Jegliche Ähnlichkeit mit lebenden oder realen Personen wäre rein zufällig.

Mein herzliches **Dankeschön**! für Tipps, Anregungen und konstruktive Kritik während der Erarbeitung dieses Buches gilt meiner im September 2012 verstorbenen Mama, meinen Schwestern Maike und Maria, sowie Volker, Daniela, Marina, Monika und Susanne.

35169338R00261

Printed in Poland
by Amazon Fulfillment
Poland Sp. z o.o., Wrocław